本书列入

2017年国家社会科学基金重大委托项目

"十三五"国家重点图书出版规划项目

中华传统文化百部经典

苏轼集（节选）

苏轼 著

周裕锴 解读

国家图书馆出版社

图书在版编目（CIP）数据

苏轼集：节选 /（宋）苏轼著；周裕锴解读 . — 北京：国家图书馆出版社，2022.12（2025.8 重印）
（中华传统文化百部经典 / 袁行霈主编）
ISBN 978−7−5013−7670−4

Ⅰ.①苏… Ⅱ.①苏… ②周… Ⅲ.①中国文学－古典文学－作品综合集－宋代 Ⅳ.① I214.42

中国版本图书馆 CIP 数据核字（2022）第 234401 号

国家图书馆出版社官方微信

书　　名	苏轼集（节选）
著　　者	（宋）苏　轼 著　周裕锴 解读
责任编辑	于春媚　闫　悦
特约编辑	吴麒麟
封面设计	敬人设计工作室

出版发行	国家图书馆出版社（北京市西城区文津街 7 号　100034） 010−66114536　63802249　nlcpress@nlc.cn（邮购）
网　　址	http://www.nlcpress.com
印　　装	北京科信印刷有限公司
版次印次	2022 年 12 月第 1 版　2025 年 8 月第 2 次印刷

开　　本	710×1000　1/16
印　　张	25.25
字　　数	325 千字
书　　号	ISBN 978−7−5013−7670−4
定　　价	50.00 元（平装）

本册审订

王能宪　　朱　刚　　张　剑

中华传统文化百部经典
编纂办公室

张　洁　　梁葆莉　　徐　慧　　张毕晓　　马　超　　华鑫文

编纂缘起

　　文化是民族的血脉，是人民的精神家园。党的十八大以来，围绕传承发展中华优秀传统文化，习近平总书记发表了一系列重要讲话，深刻揭示出中华优秀传统文化的地位和作用，梳理概括了中华优秀传统文化的历史源流、思想精神和鲜明特质，集中阐明了我们党对待传统文化的立场态度，这是中华民族继往开来、实现伟大复兴的重要文化方略。2017 年初，中共中央办公厅、国务院办公厅印发《关于实施中华优秀传统文化传承发展工程的意见》，从国家战略层面对中华优秀传统文化传承发展工作作出部署。

　　我国古代留下浩如烟海的典籍，其中的精华是培育民族精神和时代精神的文化基础。激活经典，熔古铸今，是增强文化自觉和文化自信的重要途径。多年来，学术界潜心研究，钩沉发覆、辨伪存真、提炼精华，做了许多有益工作。编纂《中华传统文化百部经典》（简称《百部经典》），就是在汲取已有成果基础上，力求编出一套兼具思想性、学术性和大众性的读本，使之成为广泛认同、传之久远的范本。《百部经典》所选图书上起先秦，下至辛亥革命，包括哲学、文学、历史、艺术、科技等领域的重要典籍。萃取其精华，加以解读，旨在搭建传统典籍与大众之间的桥梁，激活中华优秀传统文化，用优秀传统文化滋养当代中国人的精神世界，提振当代中国人的文化自信。

这套书采取导读、原典、注释、点评相结合的编纂体例，寻求优秀传统文化与社会主义核心价值观之间的深度契合点；以当代眼光审视和解读古代典籍，启发读者从中汲取古人的智慧和历史的经验，借以育人、资政，更好地为今人所取、为今人所用；力求深入浅出、明白晓畅地介绍古代经典，让优秀传统文化贴近现实生活，融入课堂教育，走进人们心中，最大限度地发挥以文化人的作用。

《百部经典》的编纂是一项重大文化工程。在中宣部等部门的指导和大力支持下，国家图书馆做了大量组织工作，得到学术界的积极响应和参与。由专家组成的编纂委员会，职责是作出总体规划，选定书目，制订体例，掌握进度；并延请德高望重的大家耆宿担当顾问，聘请对各书有深入研究的学者承担注释和解读，邀请相关领域的知名专家负责审订。先后约有 500 位专家参与工作。在此，向他们表示由衷的谢意。

书中疏漏不当之处，诚请读者批评指正。

2017 年 9 月 21 日

凡　例

一、《中华传统文化百部经典》的选书范围，上起先秦，下迄辛亥革命。选择在哲学、文学、历史、艺术、科技等各个领域具有重大思想价值、社会价值、历史价值和学术价值的一百部经典著作。

二、对于入选典籍，视具体情况确定节选或全录，并慎重选择底本。

三、对每部典籍，均设"导读""注释""点评"三个栏目加以诠释。导读居一书之首，主要介绍作者生平、成书过程、主要内容、历史地位、时代价值等，行文力求准确平实。注释部分解释字词、注明难字读音，串讲句子大意，务求简明扼要。点评包括篇末评和旁批两种形式。篇末评撮述原典要旨，标以"点评"，旁批萃取思想精华，印于书页一侧，力求要言不烦，雅俗共赏。

四、原文中的古今字、假借字一般不做改动，唯对异体字根据现行标准做适当转换。

五、每书附入相关善本书影，以期展现典籍的历史形态。

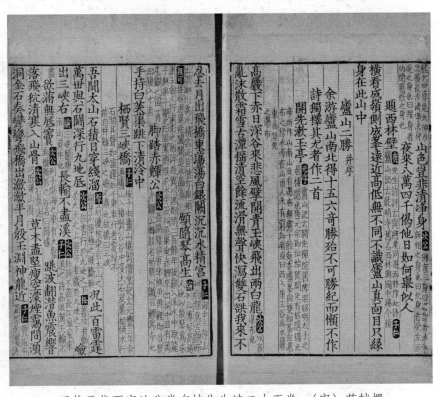

王状元集百家注分类东坡先生诗二十五卷　（宋）苏轼撰
题　（宋）王十朋纂集　东坡纪年录一卷　（宋）傅藻撰
宋建安黄善夫家塾刻本　国家图书馆藏

人縱健頭應白何醉更一醉此歡難覓不用阿
佳人訴離恨淚珠先已凝雙睫但莫遣新燕
來時音書絕

念奴嬌　赤壁懷古

大江東去浪淘盡千古風流人物故壘西邊人
道是三國〔當日一作〕周郎赤壁亂石崩雲驚濤裂岸
捲起千堆雪江山如畫一時多少豪傑遶想
公瑾當年小喬初嫁了雄姿英發羽扇綸巾談
笑間強虜灰飛煙滅故國神遊多情應笑我早
生華髮人間如夢一樽還酹江月

千秋歲　重陽作徐州
淺霜侵綠鬢少仍新沐冠直縫巾橫幅美人憐
我老玉手簪金蕊秋露重真珠蒲袖沾餘馥
座上人如玉花映肉峰蝶亂飛相逐明年
人縱健此會應難復須細看睽來明月和銀燭
歸朝歡　和蘇堅伯固
我夢扁舟浮震澤雪浪搖空千頃白覺來滿眼
是廬山倚天無數開青壁此生長接浙與君同
是江南客夢中遊覺來清賞同作飛梭擲明
日西風還掛席唱我新詞淚沾臆靈均去後楚

东坡乐府二卷　（宋）苏轼撰
元延祐七年（1320）叶辰南阜书堂刻本　国家图书馆藏

目　录

诗

词

导　读

一、苏轼的生平与政事

苏轼（1037—1101），字子瞻，一字和仲，眉州眉山（今属四川）人。宋代著名文学家。世称苏眉山。因自号东坡居士，又称东坡、坡仙、坡老、老坡。因身为苏洵长子，故世称苏长公。官至翰林学士、端明殿学士，故世称苏内翰、苏端明。晚年提举成都玉局观，故世称玉局翁。

苏轼自少年时起，就"奋厉有当世志"[①]，以兼济天下为己任，储备能施之于政治的各种知识，"学通经史"，考察"前世盛衰之迹与其一时风俗之变"[②]。他受到儒家优秀政治品格的熏陶，如东汉义烈之士范滂、孔融等，给他很大影响。在强权的威胁下决不屈服，保持独立的人格，成为指导苏轼一生进退出处的基本原则。他除了熟读儒家经书，还博览诸子百家三教九流的著作，因而视野开阔，思维活跃，具有包容会通各家思想的博大精神。

　　仁宗嘉祐二年（1057），苏轼参加了礼部进士考试。他的《省试刑赏忠厚之至论》，受到文坛领袖知贡举欧阳修的高度赞赏，也引起了元老重臣的重视。母亲程夫人去世，苏轼随父与弟回蜀奔丧，丁母忧三年。终丧回朝，嘉祐六年（1061），欧阳修举荐苏轼对制策，应仁宗直言极谏策问，入三等，授大理评事，签书凤翔府节度判官厅公事。英宗治平二年（1065），苏轼由凤翔签判任还朝，差判登闻鼓院。英宗爱其才，想直接将他召入翰林，为宰相所劝止，于是依近例召试学士院，给予直史馆的荣耀馆职。但妻子王弗病故，次年父亲苏洵病故，苏轼再次回蜀丁父忧。

　　苏轼终丧还朝已是神宗熙宁二年（1069）。神宗皇帝力图改革弊政，起用王安石为参知政事，依其议创设"制置三司条例司"的新机构，作为变法的主持机关。新法主要内容为理财与整军，目的是富国强兵，抑制"兼并"，堵塞"利孔"，将商品经济的利润收归朝廷。苏轼改革弊政的思路与王安石有重大的分歧。王安石深刻认识到社会经济结构的变化，国家政治经济的危机非得通过变法理财来根治不可。苏轼却认为"天下之所以不大治者，失在于任人，而非法制之罪也"③，因而主张在不变法度的基础上，实行"课百官""安万民""厚财货""训兵旅"等措施。简言之，王坚持激进的改革祖宗法度的剧变，苏则主张温和的遵循祖宗法度的渐变。王安石把议论异于己的苏轼抑置判官告院，又让他权充开封府推官，"意以多事困之"，不料苏轼"决断精敏，声问益远"④，而且推出好几篇反对新法的重头文章。苏轼逐渐卷入新旧党争，并以其卓越的才华成为旧党的代言人。

　　熙宁四年（1071），苏轼外出为杭州通判，之后又在密州、徐州、湖州三地任知州，担任地方官达八年之久。他具有处理实际事务的才能，既是关心民瘼的良吏，也是果决任事的能吏。在杭州，他协助知州修复钱塘六井，巡行各县，赈济灾荒。在密州，他监督捕蝗，上奏朝廷蠲免秋税，招人抚育弃婴，所活达千人。在徐州，他率领军民抗洪救灾，筑堤护城，开发石炭。在各地，他都以一个亲民的父母官形象出现于普通百姓面前。在地方政事的闲暇，苏轼的文艺活动也得到极大开展。在此期间，黄庭坚、秦观、晁补之、张耒等青年人先后拜于门下，后来成为著名的"苏门四学士"。

元丰二年（1079），苏轼在湖州任上因被指控作诗文诽谤朝廷而被捕入御史台狱，史称"乌台诗案"，是历史上著名的文字狱。经旧党元老的营救，甚至新党重臣的说情，苏轼终免死罪，责授黄州团练副使本州安置，不得签书公事，成为被监管的逐臣。元丰三年春，苏轼以戴罪之身抵达黄州，这时他已四十五岁，作为政治家的苏轼似乎已永无出头之日，经济上也极为困窘，团练副使有虚名而无俸禄，仅靠过去的积蓄为生。后友人替他向官府申请到黄州城东一块坡地，他带领家人亲自耕种，由此自号"东坡居士"。黄州时期是苏轼在学术和文学创作上的丰收期。《易传》九卷、《论语说》五卷的撰写与《书传》的动笔，标志着他自成一家的学术思想的形成。其前、后《赤壁赋》和《念奴娇·赤壁怀古》，使得黄州赤壁名满天下，成为名副其实的"东坡赤壁"。元丰七年，苏轼量移汝州团练副使本州安置。在离黄赴汝途中，他于金陵钟山会见罢相八年的王安石。此次会面，使得他与王安石在政治和人生态度上有所谅解和默契。

元丰八年春，哲宗继位，神宗母高氏垂帘听政，任司马光为相，旧党人士纷纷得到重用。苏轼先被任命知登州，到任五天又奉调入京，随即升任起居舍人。元祐元年（1086）三月，除中书舍人，掌外制。九月升为翰林学士，掌内制，成了参与决策的政府要员和朝廷的喉舌。司马光上台后立即着手废除全部新法，恢复仁宗时代的法度，史称"元祐更化"。苏轼从任地方官的实践中，已意识到新法中有部分合理的内容，不能一概否定。司马光罢废"免役法"、恢复"差役法"，苏轼与之进行激烈的争论。但他这种独立不倚的立场，遭到部分旧党人士的强烈不满。司马光去世后，旧党迅速分化为几个党派，出现了"洛蜀党争""朔蜀党争"一类朋党之间由学术宗派、政见歧异转化而来的政治倾轧。此外，以苏轼为代表的蜀党与程颐所代表的洛党，还体现了宋代文苑传统和道学传统的冲突。

元祐年间，苏轼的门下士黄庭坚、张耒、晁补之等人并擢馆职，秦观、孔平仲等一大群文学之士也汇聚京城，形成以苏轼为中心的元祐文人集团。元祐三年（1088）春，苏轼知贡举，辟黄庭坚等人为助手，成为新一代文坛盟主。这个文人集团在政事之余，作画吟诗，听琴对弈，焚香煮茗，玩碑弄帖，谈禅论道，醉心于文学艺术精神产品的创造。苏轼等十六人集会驸马王诜的西园，李公麟为画《西园雅集图》。与会者皆为杰出文学家、艺术家，其玩赏兴味，文采风流，成为盛宋高雅的精神文明的象征。

苏轼受到政敌的造谣中伤，元祐四年（1089）出任杭州知州。他施展其行政能力，为民造福，请求免去租税，开仓赈灾，缓解民困。采用"以工代赈"的方法，发动疏浚盐桥、茅山两河工程，雇佣灾民，使其存活。治理西湖，开掘葑滩，疏浚湖底，修筑长堤。不仅兴修水利于一时，而且留人文景观于千古。苏轼任满后回京担任翰林学士，几个月后又避嫌外任，元祐六年出知颍州。颍州冬日大雪，他开粮仓以赈饥，调炭薪以救寒；又开发沟渠，治理颍州西湖。元祐七年春，改知扬州，他到任后呼吁朝廷放免"积欠"。九月，苏轼被召回京，参与了郊祀大典，官进端明殿学士、翰林侍读学士、礼部尚书。因受御史弹劾，他在元祐八年六月出知定州，在任上整顿军队，亲自检阅操练；恢复"弓箭社"，计划整编民兵武装，加强边防。

哲宗亲政后，苏轼受到重新上台的新党人士的攻击，绍圣元年（1094）四月罢知定州，贬为宁远军节度副使、惠州安置。在几个月内，他骤然由一个北国的封疆大吏沦为岭南的僻州罪臣。其精神依托、思想倾向和情感认同，逐渐由庙堂走向民间，由"臣"变为"人"。在惠州，他年老多病，物质困乏，但却能安然对待逆境，种菜植药，参禅学道。他写了大量"和陶诗"，以安贫乐道的陶渊明为榜样，始终保持诗意地栖居的乐观人生态度。

　　绍圣四年（1097）闰二月，苏轼责授琼州别驾、昌化军安置。六月渡琼州海峡至海南岛，七月抵达贬所。苏轼在海南"食无肉，病无药，居无室，出无友，冬无炭，夏无寒泉"⑤，生活异常艰苦，但他在黎族人民中间找到朋友，找到安身立命之所。他在贬谪生活中，同样保持着"兼济天下"的情怀。在惠州，他不顾自己罪臣的身份"勇于为义"，通过地方官朋友做了大量便民之事，造桥引水，利用水力作碓磨，推广新式农具"秧马"，筹建病院。在海南，他致力于改进当地落后习俗，鼓励黎人从事农耕，告谕乡人重惜耕牛，批评"坐男使女"的陋习。他自觉担负起促进海南文化建设的责任，指导学生、秀才，营造读书的文化气氛，使他们感觉到海南与祖国文化"地脉"相连，鼓励他们在科举考试方面"破天荒"⑥。元符三年（1100）正月，哲宗去世，徽宗继位，元祐旧臣重获起用。苏轼六月渡琼州海峡北返，八月奉告命，迁舒州团练副使、永州居住。建中靖国元年（1101）正月越大庾岭。在常州酷热的七月，苏轼一病不起，平静安详地告别人世。

　　苏轼死讯传出后，举国悲痛，各地出现自发性的群众吊唁活动。苏轼仕途的升沉进退，始终与北宋后期的新旧党争紧密相连。而他在文化史上的形象，却远远超越了政治派别，不仅成为北宋文化巨人的典范之一，也成为中国历史上最具人格魅力的文人的象征。

二、苏轼的主要思想

　　作为一个文化巨人，苏轼的贡献是多方面的，举凡哲学、政治学、历史学、伦理学、文学、艺术学等人文领域，他都具有独特而深刻的见解，提出了一系列在文化史上富有开创性的命题和结论。

在哲学方面，苏轼是北宋学术史上"蜀学"的代表人物。经解著作有《易传》《书传》《论语说》三部，另有《广成子解》一部，较集中地反映了他对儒家、道家哲学的理解和演绎。此外，收在文集里的以基本哲学命题、基本典籍或重要历史人物为题的论文，如《正统论》《易论》《扬雄论》之类，以及其他记序、书信、题跋甚至诗赋里，也表现出他对政治历史、宇宙人生的哲学见解。苏轼天道观的基本精神，是把"道"视为无所不包的"大全"，自然全体的总名，包含了万物之理，因而他的哲学精华，不在于形而上的本体论，而在于实践性较强的认识论。他强调"观万物之变""尽自然之理"⑦，在认识活动中打破事物之间的界限，发现其共同规律。在人性论上，就是顺应自然的人性，圣人之"仁"，应是"使天下之事各当其处而不相乱，天下之人各安其分而不相躐"⑧；君子之"道"，便是要达到"性命自得"的自由精神境界。苏轼的"道"侧重于真与美的结合，"道"常常是"美"的渊薮，是审美活动和艺术创造的依据，"是造物者之无尽藏也"⑨，"造物"就是"道"的形象化表述，它提供给人们无穷无尽的美。苏轼提倡一种"寓意于物"而不"留意于物"的人生态度⑩，即以非功利的审美态度去观赏客观对象，从而在精神自由的状态下获得审美愉悦。

苏轼善于从各种学说中吸取合理的成分。"读释氏书"，"参之孔老"⑪，培养出他"大全"的天道观与"会通"的认识论，并使他在儒、释、道思想中发现不少共同的精神。苏轼将道家"清净无为""虚明应物""慈俭不争"的宗旨，等同于《周易》"何思何虑"、《论语》"仁者静寿"的学说⑫。他用佛教的"本觉必明，无明明觉"来解释儒家的"思无邪"⑬，还把"思无邪"当作道教炼内丹的方法⑭。他主张各派学说的调和融通，不赞成"孔老异门，儒释分宫，又于其间，禅律相攻"那种形同水火的现象，认为宇宙人生的真理如同大海，各家学说如同"江河虽殊，其至则同"⑮。正因如此，苏轼的哲学从整体上存在着为多元化辩护、反对用唯一之理统治思想的倾向，在后世被奉为反对思想学术专制的旗帜。

在政治学方面，苏轼撰写了大量的策论和奏议等政论文章。早年写下一组系统阐述治国之策的政论文《进策》《策略》《策别》《策断》等，都是针对当时社会弊病而发，涉及吏治、民生、财政、军制等各种问题，提出一系列治理国家的主张。他信奉孟子"民为贵，社稷次之，君为轻"的思想，将"安万民"视为治国的重要内容，注意民生先于财政、军制。苏轼也有很好的政治主张，如主张专任官员，校正宋代政治制度"内重外轻"的倾向；主张移民于腹地，体现了宏远的战略眼光；主张以土兵渐代禁军，解决困扰国家的冗兵问题。他的政治纲领基于合乎"人情"的想法，"法相因则事易成，事有渐则民不惊"⑯，是他改革的根本思路。在熙宁初年宋神宗任用王安石主持变法之时，苏轼写下体大思精的《上神宗皇帝书》，指出君主之安危系于人心，国家之兴衰在于风俗，朝廷之治乱赖于纪纲，皇帝和政府的行为应该是"结人心、厚风俗、存纪纲"。他对"新法"的内容、宗旨和实施手段进行了系统的彻底的否定。在地方官任上，苏轼写了《论河北京东盗贼状》等三篇奏议，其中包括"新法"造成的流民问题、科举制度的改革与否以及请求开放盐禁、要求专掌医疗病囚等举措。元祐年间在朝廷、方镇时，他更写下大量重要奏议，其中既有边备外交、科举取士、冗官冗费及黄河治理等朝廷大事，又有若干要求放免积欠、请求赈济灾伤、兴修便民工程等为民请命的内容，涉及国计民生，针对社会弊病，提出治理方法。与王安石励精图治的改革思路相比，苏轼的政治态度倾向于保守，但其"结人心、厚风俗、存纪纲"的基本思想，对于国家立足于制定长治久安的政策，而非追求短期的经济效应，颇具启示意义。苏轼主张考核官员的标准应将廉洁放在首位，他作《六事廉为本赋》，阐述《周礼》廉善、廉能、廉敬、廉正、廉法、廉辨的内涵。他自身则以春秋宋相国子罕为榜样，以"不贪为我宝"(《无题》)作为自己的人生准则。而苏轼"临大节而不可夺，则与天地相终始"⑰的政治人格，对自然与人类的终极关怀，更为立志于治国安邦的士大夫树立了崇高的榜样。

在史学方面，苏轼留下了大量的史论、史评，早年作历史人物论二十余篇，晚年作《志林》，也颇多史评，表现出卓越的史识。他治《春秋》学，推崇《左传》"依经以比事，即事以显义"⑱的实录精神，与王安石为代表的"新学"鄙视《春秋》为"断烂朝报"⑲，尊崇《公羊》《榖梁》的微言大义的取向大相径庭。他读《春秋》不拘泥于"凡例"，而主张本人情、审辞气、观大体，坚持尊重史实的基本态度。他提出一个颇有争议的史论观点——"武王非圣人"，认为周武王夺取商纣王的政权，丧失了为臣之道；孟子称武王为圣人，违背了孔子的家法⑳。这一观点展示了苏轼不囿于成说、大胆独立思考的勇气，同时也体现了他对历代政治野心家借武王之名、行篡夺之实的历史事实的透彻理解。苏轼写了《正统论三首》，参加关于何为"正统"的史学讨论。他认为"正统"是指曾拥有过华夏中央政权之"名"，并不一定有既"正"且"统"之"实"㉑。他指出历史批评（褒贬）与历史记录（实录）各有独立价值，两不相妨，从而解构了本具浓厚道德批评色彩的"正统论"，对于澄清宋代史学中褒贬与实录的纠葛作出了贡献。苏轼评价历史人物，主张道德与智术兼备，重视道德理想的智慧实践，推崇伊尹、诸葛亮、荀彧、孔融、陆贽等人；他评价历史事件注意"风俗"与历史盛衰的关系，关心社会历史发展的运行规律，重视社会各种因素综合体的"形势"得失问题。他的史学思想尊重历史实践，主张寓道德于事功，评价历史强调道德的伦理效果。这种思想直接影响到南宋浙东学派的史学。

在社会伦理学方面，苏轼继承了孟子"乐其道而忘人之势"㉒的思想，提倡一种在遵行"大道"基础之上的君臣关系，即平等的"师友"关系。

他接受《春秋》家法"尊王"精神的前提是互相尊重的"君臣之道"，士大夫臣服于天下为公的"大道"，而非屈服于君王个人的政治权威。苏轼提出了"大道之行，士贵其身。维人求我，匪我求人"的立身处世原则；批评了"秦汉以来，士贱君肆"的"道"与"势"失衡的政治现象，指出这种现象的根源在于"区区仆臣，以得为喜；功利之趋，谤毁是逃"，即士大夫整体人格萎缩的原因㉓。苏轼高度评价汉代疏广、疏受的行为，肯定二疏在"凛然君臣，师友道丧"的帝王专制下，能将功名弃如敝屣，使帝王知道区区官职，"不足骄士"㉔。他推崇孔融的"英伟冠世之资"，鄙视曹操的"鬼蜮之雄"㉕，鼓吹士大夫以道义力量与政治权势相对抗。他一方面欣赏杜甫"流落饥寒，终身不用，而一饭未尝忘君"㉖的忠义精神，无论穷达，始终坚持忠君报国的信念。另一方面称道陶渊明"不肯为五斗米一束带见乡里小人"㉗的潇洒态度，感叹其不愿牺牲自我个性而向政治权势低头。

此外，苏轼在军事学方面也提出了一些引人深思的观点。如《代张方平谏用兵书》，在战略上反对穷兵黩武，劳民伤财；《代滕甫论西夏书》，在战术上主张谨慎从事，反对轻举妄动，都颇切合当时的军事形势。至于医药学方面，苏轼亲自实践并记载下多种行之有效的养生方法和治疗药方，包括各种炼丹养息以及药物疗效之说，以至于后人将他的医药杂说与沈括的《沈存中良方》合编为《苏沈良方》。

三、苏轼在文学艺术上的成就

北宋其他学派，如王安石的"新学"、程颐的"洛学"都具有鄙薄文艺的倾向，裂"文"与"道"为二途，只有以苏轼为代表的"蜀学"，继承欧阳修的观点，坚持把"道"与"文"融为一体，延续着诗文革新运动的精神传统。苏轼不仅一再为诗赋取士辩护㉘，接纳招揽大批文学之士，而且提出不少具有创作指导意义的文艺美学观点，奉献出诗词、散文、书画的经典作品，从而成为北宋后期当之无愧的文坛盟主以及整个宋代名副其实的文学保护神。

苏轼一生创作欲望非常旺盛，在他四十多年的创作生涯中，留下了四千八百多篇文，二千七百多首诗，三百多首词，数量之巨为北宋作家之冠，质量之优为宋代文学最高成就的代表。他被后世列为唐宋八大家之一，他的文与唐韩愈之文并称"韩潮苏海"；他的诗与黄庭坚之诗并称"苏黄"，被后世视为宋诗的典型；他的词开创豪放一派，与辛弃疾词并称"苏辛"。除此之外，苏轼的书法也独树一帜，与黄庭坚、米芾、蔡襄并称宋四家，打破"蜀人不善书"的魔咒；而他的绘画则传自文同"湖州派"，为宋代水墨写意的文人画的中坚。

苏轼之文众体兼擅。他继承欧阳修"变峭厉为平畅"的文风，把平易流畅的新古文推上艺术顶峰。其古文作品包括论、策、序、说、记、传、墓志、行状、碑、奏议、书、尺牍、杂著、史评、题跋、杂记等多种文体，富有文学价值的主要有三大类：一是以论、策为代表的政论和史论。这类作品是最郑重的古文体制，颇能代表苏轼的艺术功力。其文大抵语言明晰准确，生动贴切，善用比喻对照，说理透彻；结构曲折条畅，洋洋洒洒，层层深入，首尾照应。尤其是《进策》中的文章，文采斐然，思理周密，雄辩滔滔，有一泻千里之势。二是以记、传、书序为代表的叙事文，更体现其艺术匠心。他的亭台堂阁记，打破先叙事、再描写、后议论的传统写作模式，将三种表现手法按主题展开的需要而错综使用，变化多端。如《凌虚台记》通篇以议带叙；《超然台记》先议后叙；《放鹤亭记》先叙事写景，中段以主客对话方式发议论，后以歌词作结。他的传记作品如《方山子传》，略去传主履历，抓住几个细节来描写人物狂放的性格，迥异于史传详于履历、略于细节的写法。他的书序如《范文正公集叙》《六一居士集叙》《王定国诗集叙》等，都是传世的名篇，不仅立意高远，而且在写作手法上不拘格套。三是以杂记、题跋、尺牍为代表的小品文，抛开"文以载道"的古文传统，自由表达对自然人生、文学艺术的种种体验和感受。杂记如《记承天夜游》《记游松风亭》，融自然景物的赏会与人生哲理的领悟为一体。书简如《答秦太虚》《答谢民师推官书》《与侄孙元老》，叙身边琐事，抒人生感慨，谈艺术见解，娓娓道来，亲切有味。题跋如《书蒲永升画后》《书黄子思诗集后》《书陈怀立传神》等，评诗论画，见识卓越，是艺术札记的精品。其小品文诙谐戏谑，最能体现在日常生活中诗意地栖居的人生智慧。

　　苏轼的赋、骈文（四六文）和韵文也颇有特点。他继承欧阳修自然清旷的文赋创作传统，《赤壁赋》和《后赤壁赋》，"潇洒神奇，出尘绝俗"㉙，被公认为"一洗万古"㉚，代表宋赋创作的最高成就。他的骈体四六文属于应用性文体，包括朝廷应用文制敕、内制敕文、敕书、口宣、批答、表本、国书、朱表等，还包括个人或官府的应用性文体表状、谢启、青词、疏文、斋文等。其文学性主要体现在立意谋篇和属辞比事上，不仅"叙述委曲精尽，不减古文"㉛，而且"属辞比事"做到"警策精切"㉜，令人称道。他在朝时所拟的制诰，典赡高华、浑厚雄放，如《王安石赠太傅制》《吕惠卿责授建宁军节度副使本州安置不得签书公事制》，皆传诵一时。他在野时所写的谢表，畅达如行云流水，而工稳如联璧并誉，如《谢量移汝州表》《到昌化军谢表》，抒怀既工，遣词尤切，文情相称，沉痛感人。苏轼的铭、箴、赞、偈、颂、祝文、祭文之类的韵文，一方面遵守传统四言韵语的文体形式，如《二疏图赞》《十八大阿罗汉颂》《祭柳子玉文》等，名言警句迭出，文辞精练而意脉流畅；另一方面，又常运用古文的句法，在保持押韵的前提下句式自由放纵，如《徐州莲花漏铭》《文与可飞白赞》《祭欧阳文忠公文》等，长短高下，随意挥洒，做到辞情并茂。无论是古文、骈文还是韵文，苏轼都强调"常行于所当行，常止于所不可止"的写作态度，追求"文理自然，姿态横生"㉝的写作境界，提倡艺术风格的多样化和生动性。

苏轼之诗内容题材极为广泛。旧题王十朋编《集注分类东坡先生诗》所分苏诗类别共七十八类，其中杂赋九十五首，所属题材分散，难以归类，因此实际涉及的题材将近一百类。可以说，正是苏诗百科全书似的内容，引起宋人"集注分类"的兴趣。将传统分类重新归类合并，苏诗大致包括以下主要内容：社会政治诗、山水田园诗、风土民情诗、咏物寓志诗、抒情述怀诗、咏史怀古诗、评书题画诗、谈禅说理诗、赠答酬唱诗。

对社会政治的深切关怀，贯穿苏轼一生的诗歌写作。青年时的他就以诗反映社会问题，写了《荆州十首》《和子由蚕市》等作品。熙宁以后，他用诗来讽刺"新法"实施过程中的弊病，如《山村五绝》《吴中田妇叹》《赠孙莘老七绝》等，抨击盐法、青苗法、农田水利法给人民带来的祸害。在黄州贬所，他写下《五禽言五首》《陈季常所蓄朱陈村嫁娶图》《鱼蛮子》等，讽刺谴责横征暴敛的"县吏催租"；还写下《闻洮西捷报》这样反映宋军与西夏战争的诗篇。晚年贬谪惠州、昌化军，他仍然不忘用诗来干预政治，批评时弊，如《荔支叹》《庚辰岁人日作，时闻黄河已复北流，老臣旧数论此，今斯言乃验》等，批判劳民伤财的贡物与黄河治理的失策。苏轼一生足迹遍及天下，西起峨嵋之麓，东到钱塘之滨，北至宋辽边境，南抵海南黎村；他曾在徐州乡村劝农，在黄州东坡躬耕，在惠州栽菜种茶，在儋州扶杖携藜。所以他的诗集中留下许多名山大川、田园风物的画卷，如写杭州西湖"欲把西湖比西子，淡妆浓抹总相宜"，写庐山"横看成岭侧成峰，远近高低各不同"，写黄州"长江绕郭知鱼美，好竹连山觉笋香"，给山川风物打下自己鲜明的印记。普通农村景物，在苏轼笔下也变得格外富有诗意，无论是"野桃含笑竹篱短，溪柳自摇沙水清"[34]的新城道中，还是"但寻牛矢觅归路，家在牛栏西复西"[35]的黎村路上，都蕴藏着乡土和家园的气息。他的风土民情诗，如记载蜀中每年除夕"馈岁""别岁""守岁"风俗的《岁晚三首》，描写杭州农村妇女古老服饰与淳朴民风的《於潜女》，歌咏江南农具的《无锡道中赋水车》《秧马歌》，记载徐州开采煤矿的《石炭》，等等，都具有了解宋代社会生活的价值。苏轼的咏物诗多是托物以咏志，如咏海棠不为黄州土人所贵，感叹"也知造物有深意，故遣佳人在空谷"㊱；咏红梅因为"寒心未肯随春态"，所以"故作小红桃杏色，尚余孤瘦雪霜姿"㊲；咏鹤"三尺长胫阁瘦躯，俯啄少许便有余"，而感叹"难进易退我不如"㊳。苏轼一生大起大落，有极丰富的人生感受和复杂的精神面貌，所以其诗抒情述怀之作尤多。早在青年时期，他便有"人生到处知何似？应似飞鸿踏雪泥"㊴的喟叹；随着政治的失意，他更增添了"江山如此不归山，江神见怪惊我顽"㊵的自责。他的诗中常出现"吾生如寄耳"的命运主旋律，不断地倾诉着人生的苦难和无奈；但他又不断超越苦难和无奈，"九死南荒吾不恨，兹游奇绝冠平生"㊶。苏轼的咏史怀古诗可看作用诗写成的史评，往往借古鉴今或借古讽今。他的评书题画诗也颇多佳作，论书法的如《孙莘老求墨妙亭诗》"句句警拔"，生动勾勒出一部书法简史；《石苍舒醉墨堂》则描写了书法艺术给人带来的乐趣以及"我书意造本无法"的艺术个性。他的题画诗往往不拘泥于画面形象引起的联想，而是借助题画表达自己的艺术观念或是对其他事物的看法，如《虢国夫人夜游图》之抒发历史感慨，《书王定国所藏烟江叠嶂图》之表现归隐思想，《书鄢陵王主簿所画折枝》之探讨艺术规律，多有妙处。他的谈禅说理诗，也有不少充满了人生的智慧，如《泗州僧伽塔》通过考察"耕田欲雨刈欲晴，去得顺风来者怨"的现象，得出祈祷不可信的结论；《百步洪》通过描写急流之迅疾，衬托人生之短暂，阐发了"但应此心无所住"的应对人生无常的禅宗之旨；《泛颍》通过描写水中倒影"散为百东坡，顷刻复在兹"的情景，表达了一即万、万即一的华严思想，悟出"玩水之好，贤于声色臭味之好"㊷的人生哲理。苏轼诗集中将近一半为赠答酬唱诗，有的不免出于敷衍应景，但更多是出于真情实感，抒发亲人之情和朋友之情。苏诗还有不少戏谑之作，争新斗巧，富有谐趣，表现了诗人优裕的智力和广博的才学，体现了"以文字为诗，以才学为诗"的特点。

苏轼之诗在艺术上颇富创造性，善于从各种社会现象、自然景物和日常生活中发现问题，做出形象的、精辟的回答，启示人们做多方面的思考，不少作品"直涉理路而有挥洒自如之妙，遂不以理路病之"[43]。苏诗长于比喻，新颖贴切。在比喻形式上也颇有特点：一是博喻，如《百步洪》以八种飞动的形象比喻长洪飞落，《读孟郊诗二首》以三种空无所得的情景比喻读孟郊诗的感受；二是曲喻，如《守岁》以无法把捉的"赴壑蛇"比喻无法挽留的旧年，《和子由渑池怀旧》以"雪泥鸿爪"比喻无常的人生，比喻的两端建立在性质的相似上而非形象的相似上。苏诗善于体物，"随物赋形"，生动传神，如《韩干马十四匹》铺叙各马之神态，栩栩如生；《舟中夜起》描写"微风萧萧吹菰蒲，开门看雨月满湖"的夜景，绘声绘色；《聚星堂雪》摹写"映空先集疑有无，作态斜飞正愁绝"的小雪，体物神妙。苏诗为人称道的还有用典的博洽和精深，这在赠答酬唱诗中用得极为普遍。如作诗送李膺下第，"平生谩说古战场，过眼终迷日五色"[44]，用典非常贴切，传达出惋惜自责的心情。丰富多样的艺术手法，使得苏诗在表达各种内容题材时都能做到游刃有余。苏诗尽管从总体上沿着韩愈"以文为诗"的道路发展，但能避免北宋学韩诗人过分散文化、议论化的弊病。

苏词的数量虽远远少于苏文、苏诗，但在两宋词坛也名列前茅，蔚为大家。他率先冲破"词为艳科"的藩篱，有意识地"以诗为词"，开创了词的豪放一体，对词的"雅化"做出重要贡献。因而，就艺术开创性而言，苏词的贡献绝不亚于苏文、苏诗。苏轼不少词作打破诗词界限，扩大词的内容题材，记游、怀古、赠答、送别、咏物、说理、谈禅，"无意不可入，无事不可言"[45]，"一洗绮罗香泽之态，摆脱绸缪宛转之度"[46]，表现出全新的面貌。晚唐五代词风整体上境界狭小，风格纤弱，苏轼则另辟蹊径，创造出高远清雄的意境和豪迈奔放的风格，代表作如《江城子·密州出猎》《水调歌头（明月几时有）》《念奴娇·赤壁怀古》等，以"关西大汉，铜琵琶，铁绰板，唱'大江东去'"的恢宏气象，取代了"十七八女孩儿，执红牙拍板，唱'杨柳岸晓风残月'"的辞情蕴藉[47]。苏轼还有意识地突破形式、音律的限制，让音律服从抒情的需要，所以他的词"非不能歌，但豪放不喜裁翦以就声律耳"[48]，使词不再是音乐的附庸，而成为独立发展的新诗体。除了豪放之词外，苏轼另有不少旷达超逸以及婉约含蓄的作品。苏词写景物，既有"有情风万里卷潮来"[49]这样气势磅礴的江涛海浪，"千古龙蟠并虎踞"[50]这样兴亡悲慨的名胜古迹，也有"松间沙路净无泥"[51]这样清新恬静的雨中美景，"牛衣古柳卖黄瓜"[52]这样和谐古朴的田园风光。写人物，既有"酒酣胸胆尚开张"[53]的太守，"羽扇纶巾，谈笑间、樯橹灰飞烟灭"[54]的英雄，也有"冰肌玉骨，自清凉无汗"[55]的佳人，甚至"相排踏破蒨罗裙"[56]的村姑。写情感，既有"致君尧舜，此事何难"[57]的报国壮志，"归去来兮，吾归何处，万里家在岷峨"[58]的思乡情绪，也有"古今如梦，何曾梦觉，但有旧欢新怨"[59]的沉重喟叹，"谁道人生无再少，门前流水尚能西"[60]的乐观放达。总之，苏词的出现，极大地提高了词的质量，"指出向上一路，新天下耳目，弄笔者始知自振"[61]，他在词史上的贡献是不容低估的。

苏轼在文学艺术各领域表现出来的创造性，与其文艺创作理论指导是分不开的。他关于文艺创作原理的论述可概括为以下几方面：其一，主张"道"与"艺"的统一，即对世界的审美感知把握与传达这种感知把握的艺术技巧的统一。他一方面认为"技进而道不进，则不可"[62]，艺术家必须做到"与造物者游"[63]，透彻领悟自然之美；另一方面又意识到"有道而不艺，则物虽形于心，不形于手"[64]，在领悟自然之美的基础上，还应有艺术能力来表现这种美。艺术家不仅能做到"胸有成竹"，而且能将胸中之竹转化为手中、笔下、纸上之竹。他重新诠释了"辞达"说，其内涵是"了然于心"与"了然于口与手"的统一^{⑥⑤}，达到创作主体和文艺本体之间的高度融合。其二，强调各种不同媒体或不同文体之间有共同的艺术规律，可以相互融通并相互越界，不仅从事创作时应如此，进行欣赏时也应如此。苏轼有这样三句名言，一是"诗画本一律，天工与清新"^{⑥⑥}，主张不同艺术形式之间有共同艺术趣味；二是"味摩诘之诗，诗中有画，观摩诘之画，画中有诗"^{⑥⑦}，主张用看画的眼光评诗，用评诗的眼光看画，即站在甲媒体的立场去理解乙媒体的表现性；三是"少陵翰墨无形画，韩幹丹青不语诗"^{⑥⑧}，从超越媒体界限的角度给诗画艺术重新定义。他批评谨守门户界限的做法，认为真正的艺术家应懂得"物一理也"的道理，只要"通其意，则无适而不可"^{⑥⑨}。其三，提倡艺术风格的多样化，或是多种美感因素的相互渗透融合，反对由整齐划一而造成的单调乏味。他论书法作品，认为"短长肥瘠各有态，玉环飞燕谁敢憎"^{⑦⑩}，不同意以唯一的艺术趣味去衡量作品。论书法风格主张"端庄杂流丽，刚健含婀娜"^{⑦①}，论诗歌风格主张"发纤秾于简古，寄至味于澹泊"^{⑦②}，提倡庄与丽、刚与柔、纤秾与简古等对立因素的和谐统一。他批评王安石作文章"未必不善也，而患在于好使人同己"，"惟荒瘠斥卤之地，弥望皆黄茅白苇，此则王氏之同也"^{⑦③}，指出文化专制必然造成文学的贫困。其四，重视文艺创作中的主体性和审美特性。他反对绘画拘泥于"形似"，而追求"得之于象外"^{⑦④}，反对诗歌拘泥于"着题"，而主张"以奇趣为宗"^{⑦⑤}。他论书法，标举"意造无法"^{⑦⑥}；论绘画，标举"士人画"的"取其意气所到"^{⑦⑦}；论诗，标举"咸酸杂众好，中有至味永"^{⑦⑧}；论文，在肯定"词理精确"的同时，更赞赏"体气高妙"^{⑦⑨}。

苏轼的创作实践和理论观点标志着宋代文艺各领域审美风尚的全面转折，即以表现士大夫人格趣味为各艺术门类核心的"文人化"风尚的兴起。新古文范式的确立，小品文的流行，文人画的出现，豪放词的发展，书法笔墨趣味的追求，诗画相通的论述，"士人画"概念的提出，以禅喻诗的发端，都显示出这种转折，影响深远。

四、苏轼文诗词集的版本流传及本书选注说明

早在苏轼生前，就有诗文词作品被编辑成集，刊刻印行。除了他自编或参编的《南行集》（三苏父子合著）、《岐梁唱和诗集》（苏轼、苏辙兄弟合著）、《东坡集》、《和陶诗》之外，还有他人如王诜、陈师仲所编两种《钱塘集》，陈师仲所编《超然集》《黄楼集》，熙宁末年行世的《眉山集》，元祐间编辑的《汝阴唱和集》，陈恺所编《苏尚书诗集》，刘沔所编《东坡后集》，张宾老所编并载于蜀本的《东坡词》，契丹范阳书肆所印《大苏小集》等。这些作品当时流传极广，不仅在宋王朝辖境拥有广泛的读者，而且流入邻邦契丹、高丽的书肆。

苏轼的著述情况，据苏辙《亡兄子瞻端明墓志铭》记载："有《东坡集》四十卷、《后集》二十卷、《奏议》十五卷、《内制》十卷、《外制》三卷。公诗本似李、杜，晚喜陶渊明，追和之者几遍，凡四卷。"若加上《易传》《论语说》《书传》《志林》《艾子杂说》等专著和杂著，总数在一百卷以上。

苏轼生前编定"东坡六集"，即《东坡集》四十卷、《后集》二十卷、《奏议》十五卷、《内制》十卷、《外制》三卷、《和陶诗》四卷。而据晁公武《郡斋读书志》，在南宋初就有人在"东坡六集"的基础上补入《应诏集》十卷，变成"东坡七集"。诗文合编的苏轼全集在宋代有多种版本，据陈振孙《直斋书录解题》著录《东坡别集》，便提及杭本、蜀本、建安本、麻沙书坊本、吉州本等。此外还有居世英刊《东坡全集》本，所传前、后集六十卷，编次有伦且少舛谬，为时人所推重。南宋前期传世的《东坡外集》也属分类编纂系统，专收《东坡集》《后集》遗漏的诗文。在南宋时期，流行的各种苏集至少有二十多种。据明刻本《重编东坡先

生外集》卷首原序说："《南行集》《坡（岐）梁集》《钱塘集》《超然集》《黄楼集》《眉山集》《武功集》《雪堂集》《黄冈小集》《仇池集》《毗陵集》《兰台集》《真一集》《岷精集》《掞庭集》《百斛明珠集》《玉局集》《海上老人集》《东坡前集》《后集》《东坡备成集》《类聚东坡集》《东坡大全集》《东坡遗编》。右文忠苏先生文集之传世者盖如此。"⑧

　　元人对苏集的主要贡献在于收藏了宋本"东坡七集"，而明人则不仅收藏宋本，更于成化四年（1468）由吉安知府程宗刊刻了新版的"东坡七集"，"旧本无而新本有者，则为《续集》"⑧，以《续集》取代了宋本"东坡七集"中的《和陶集》，另收录了包括南行诗、东坡书简在内的《前集》和《后集》未收的诗文。成化本是今人所见刊刻最早、保存最完整的"东坡七集"。万历年间，康丕扬得到两种《外集》抄本，交毛九苞校订，今存明万历三十六年（1608）康丕扬刻本《重编东坡先生外集》八十六卷。另有明刻《苏文忠公集》一百一十四卷，前两卷为赋，卷三至卷三十一为诗，其余皆为文。

　　清代诗文合集本主要有两种，一是康熙中蔡士英刊《东坡全集》一百十五卷，乃据万历改编本旧刻重订，为类编全集本，《四库全书》即据该本著录。二是光绪三十四年（1908）宝华盦影刊成化本，经缪荃孙校跋，改正了原刊本许多疏漏。中华书局据缪校本"东坡七集"排印，收入《四部备要》。

　　苏轼之文，自南宋起，就成为士人学习模仿尤其是科场考试的典范，以至于有"苏文熟，吃羊肉；苏文生，吃菜羹"的俗谚流传⑧。南宋有《经进东坡文集事略》《三苏先生文粹》两种苏文选本存世，作为科举考试的范本。《经进东坡文集事略》为郎晔所作苏文选注，书成于孝宗之世，光宗绍熙二年（1191）以表进呈。今存宋刊本均为残本。民国年间《四部丛刊》用乌程张氏、南海潘氏所藏宋刊残本拼合影印。《三苏先生文粹》是南宋坊间刻本，编者不详。其中东坡文三十二卷。明万历年间，茅维刊刻《苏文忠公全集》问世，这是宋、元以来第一次汇集全部苏文并单独刊行的文集。此书总共七十五卷（最后两卷为苏词）。此书搜罗苏文甚为齐备，明、清两代曾多次刊印。

苏诗的注释刊刻本远比苏文多。据宋人所说："今人之文，今人乃随而注之，则自苏、黄之诗始也。"⑧苏诗有"四注""五注""八注""十注""百家注"各种名目，注释者近百家，刊行的注本至少有赵夔《注东坡诗集》、吴兴沈氏注、漳州黄学皋补注、宋刊五家注、宋刊五注与十注合拼本、旧题王十朋注、施顾注、廖群玉莹中注，凡八种。今存宋人注苏诗仅三种，其形式分别为集注、类注和编年注，代表了诗集的三种编纂方式。

集注本为五注、十注合拼本《集注东坡诗前集》宋刻残帙，今存四卷，不知纂辑人，刊行于高宗朝。

类注本为《王状元集百家注分类东坡先生诗》，旧题王十朋纂集，今存二十五卷，附《东坡纪年录》一卷。此书以分类编次，汇集了此前的苏诗旧注，使诸如"八注""十注"等赖以局部保存至今。今存宋刻本以建安黄善夫家塾本为最古，凡二十五卷，分五十类。宋末元初，《增刊校正王状元集注分类东坡先生诗》问世，二十五卷，分七十八类。此书借王十朋、吕祖谦、刘辰翁的大名，在元、明两代广为流传，朝鲜、日本也有翻刻。存世的版本很多，有宋刻刘辰翁批点本、元建安熊氏本、元庐陵某氏书堂本。

编年注本为施元之、顾禧、施宿《注东坡先生诗》，凡四十二卷，前三十九卷为编年诗，第四十卷收翰林帖子及遗诗，不编年，最后两卷为《和陶诗》。施顾注苏诗成书于孝宗淳熙年间，刊行于宁宗嘉定六年（1213），即淮东仓司刊本。陈振孙《直斋书录解题》卷二十著录此书。其后又有景定补刊本。其编排体例比类注合理，有利于知人论世。嘉定、景定两种宋刊本今已收入《中华再造善本》。清初宋荦购得毛晋原藏本，请邵长蘅、李必恒作补注，又撷拾施顾注未收遗诗四百余首，让冯景作注，康熙三十八年（1699）重刊，题为《施注苏诗》，凡四十二卷，俗称"清施本"，有宋氏宛委堂刊本等几种刻本。查慎行不满宋荦新刻本，自著《苏东坡先生编年诗补注》五十卷，俗称"查注苏诗"。此书是南宋以来最重要的苏诗注本，开清人苏诗编年注之风。有康熙四十一年（1702）、乾隆二十六年（1761）香雨斋刻本，收入《四库全书》。翁方纲不满"查注苏诗"，作《苏诗补注》八卷，凡补原注二百七十五条，皆收拾施注之残坠，新补九十三条，乾隆四十七年（1782）刊入《苏斋丛书》。沈钦韩撰《苏诗查注补正》四卷，订正查注纰缪，补其阙遗，有光绪八年（1882）《心矩斋丛书》本、《广雅书局丛书》本。鉴于查氏、翁氏之缺失，冯应榴广采宋刊五家注残本、元刊王氏类注本、宋刊施顾注本、查氏苏诗补注本，融诸本之优长，"合而订之，删其复，正其误"㉟，著成《苏文忠公诗合注》五十卷，此书以其材料翔实、考证精密、体例严谨、编次审慎而备受好评，有乾隆六十年（1795）冯氏踵息斋刻本。因不满冯氏《合注》，王文诰撰成《苏文忠公诗编注集成》四十六卷，《集成总案》四十五卷，于嘉庆二十四年（1819）刊行。《编注集成》主要依据《合注》而剪裁移易，删其繁文约十之二，而增补纪昀评语；调整查注、《合注》中某些篇目次第；删去《合注》卷四十七、卷四十八他集互见诗及卷四十九、卷五十补编诗中的大部。《集成总案》是东坡年谱的扩编。王氏《集成》和冯氏《合注》各有所长，代表了清人苏诗注的最高成就。

苏词的编纂始于两宋之际，北宋末有"张宾老所编并载于蜀本"的《东坡词》。南宋以来苏词有多种单刻本流传。《直斋书录解题》《文献通考·经籍考》均著录《东坡词》二卷，《宋史·艺文志》著录《苏轼词》一卷，均属集外单行。苏词最早的辑本为曾慥所辑《东坡先生长短句》二卷、《拾遗》一卷，刊于绍兴二十一年（1151），而今存最早的是明人吴讷辑《唐宋名贤百家词》钞本。苏词另一单刻本是元延祐七年（1320）

叶曾的云间南阜草堂刊刻本《东坡乐府》二卷，世称元延祐本或云间本，为今存苏轼词集的最早刻本。全书按词调编次，收词一百六十六首，比曾慥辑《东坡长短句》多十首。

明人所刻苏词，多附于苏轼文集或其他总集、丛书中。如茅维编《苏文忠公全集》，收文不收诗，但却收词两卷（卷七十四、卷七十五）。茅本苏词系改编曾慥辑本而成，共三百一十六首。此本较通行，是明代收集苏文、苏词最全的本子。明天启元年（1621）徐氏曼山馆刊行《苏长公二妙集》，收《东坡先生尺牍》二十卷，《东坡先生诗余》二卷，题为焦竑批点，许自昌等校订，徐象橒梓。其《诗余》系增补茅本而成，来源于曾本。明崇祯三年（1630），毛晋汲古阁家塾刊《宋六十名家词》中收《东坡词》一卷，凡三百二十八首词，按词调编排，体例严密，编排合理，并多种版本互参校正，质量可信，因此在清代流传最广、影响最大，并收入《四库全书》。

今存最早苏词注本为南宋傅幹《注坡词》十二卷，绍兴初镂版于杭州，收苏词凡六十七调，二百七十二首。傅幹对世上流传的东坡词进行全面整理，材料翔实，颇有参考价值。此书《直斋书录解题》已著录，误为二卷。杭本《注坡词》在元、明两代未见翻刻，唯仗钞本得以流传。

金人孙镇有《东坡乐府注》，元好问有《东坡乐府集选》，二书皆失传。元、明、清三代无人注苏词，直到清宣统二年（1910）才有朱祖谋编年笺注的《东坡乐府》三卷问世。此书底本为毛晋编《宋六十名家词》所收《东坡词》和王鹏运四印斋刻本《东坡乐府》。其重点在编年，不在笺注，是苏词最早的编年本。

20世纪以来，苏轼著述的整理有了更大进展。除了上述宋、元、明、清各种旧本的大量重新刊印以外，也出现了不少新的整理成果。苏诗方面有1982年中华书局出版的孔凡礼校点的《苏轼诗集》，此书以王文诰注为底本，在校勘和辑佚方面颇有成就，参考了国内外所藏珍贵的苏诗刻本、苏诗真迹的金石碑帖以及清人、近人的校订成果，整理出四千余条校勘记。除了恢复被王文诰删去的补编古今体诗、他集互见诗四卷外，还新收了辑佚诗二十九首。苏文方面，1986 年中华书局出版了孔凡礼校点的《苏轼文集》，以明茅维刊本《苏文忠公全集》为底本，其主要成就仍在校勘、辑佚方面。此书辑得苏轼佚文四百余篇，编成《苏轼佚文汇编》附于全书之后，颇有参考价值。1990 年内蒙古教育出版社出版了吴雪涛著《苏文系年考略》，以清光绪、宣统年间覆刻明成化七集本为准，对苏文作了全面系统的编年。此书实为苏文的首次编年，有开创之功。苏词方面整理成果最丰，1999 年中华书局出版简体字横排增补本《全宋词》，由孔凡礼补辑，收《苏轼词》三百六十余首。整理旧注以刘尚荣校点《傅幹注坡词》成就最高，该书以国家图书馆藏清钞本为底本，以北京大学、中华书局藏傅注钞本及有代表性的六种苏词及其他版本为校本，书后有《注坡词补佚》《历代题跋选录》《苏词版本综述》等附录三种。新注本有龙榆生的《东坡乐府笺》，1936 年商务印书馆出版，1958 年重印，是流传最广的苏词注本。1968 年香港万有图书公司出版了曹树铭校注的《苏东坡词》，1980 年曹氏对全书作了修订，1983 年、1996 年台湾商务印书馆两次印行。1977 年台北学艺出版社出版了郑向恒的《东坡乐府校订笺注》。1990 年华东师范大学出版社出版了石声淮、唐玲玲的《东坡乐府编年笺注》。1998 年三秦出版社出版了薛瑞生的《东坡词编年笺证》。2002 年中华书局出版了邹同庆、王宗堂的《苏轼词编年校注》。诸书各有胜处，大抵后出转精。

　　2010 年河北人民出版社出版了由四川大学张志烈、马德富、周裕锴主编的《苏轼全集校注》，共 20 册，800 余万字，是迄今为止苏轼集最全、最新的集成性著作，对苏诗、苏词、苏文作了通收、通校、通注、通编、通评等"五通"，在编年、校勘、注释、辨伪、辑佚、集评等方面均有创获。其中苏诗、苏词在旧注基础上另作新注，订讹匡谬，补罅删芜，对于前人注释，既有继承，又有创新。苏文大多为自作新注，不少作品属首次编年，其注出入经史，旁及百家，参证佛书道藏，征典释义，探究本事，颇有学术价值。

早在北宋，苏轼的作品就已流传到高丽，其后影响高丽、朝鲜直至现代韩国的文坛。高丽高宗二十三年（1236），崔址将苏轼著作重新刊刻为《东坡文集》，但此高丽刻本今已失传。近世朝鲜出现几种《东坡源流》，是苏轼学术渊源和作品选录的汇编本。在南宋，苏轼著述传播到日本。镰仓、室町时代的五山禅僧，开始钞录、注释、讲述苏轼的诗作，日本天文三年（1534），出现苏诗讲义录集《四河入海》。全书二十五卷，由五山禅僧笑云清三钞集北禅和尚《脞说》、慧林和尚《翰苑遗芳》、一韩《听书》、万里居士《天下白》等四部讲义组合而成，其底本是传到日本的元刊本《增刊校正王状元集注分类东坡先生诗》。在《翰苑遗芳》中，收集有《施注苏诗》的注释，可作为宋刊施注本的辑佚。苏轼的著述传到欧美，引起西方汉学界的兴趣。除了研究著作外，也出现了一些苏轼作品的英、德、法和其他欧美语言的译本、选本，内容包括苏轼的诗、赋、古文等。总而言之，苏轼在文学上的影响远远超出国界，他的作品不只是中国文学史上的经典，且已成为国际性的比较文学研究的范本。

本书苏文部分以明万历间茅维《苏文忠公全集》为底本，参校南宋郎晔《经进东坡文集事略》（简称郎本）等书。苏诗部分以清人王文诰《苏文忠公诗编注集成》为底本，参校《王状元集百家注分类东坡先生诗》（简称王注本），施元之、顾禧《注东坡先生诗》（简称施注本），查慎行《苏东坡先生编年诗补注》（简称查注本），冯应榴《苏文忠公诗合注》（简称冯注本）。苏词部分以元延祐本《东坡乐府》为底本，参校傅幹《注坡词》（简称傅注本）、毛晋《宋六十名家词·东坡词》（简称毛晋本）等。在苏轼文、诗、词的编年、注释、评点方面，参考不少前人的研究成果，也提出一些自己的新见，此处不再一一说明。

① （宋）苏辙：《亡兄子瞻端明墓志铭》，《栾城集·后集》卷二十二，上海古籍出版社 1987 年。

② （宋）苏轼：《上韩太尉书》，《苏轼文集》卷四十八，中华书局 1986 年。

③ （宋）苏轼：《策略三》，同上卷八。

④ （宋）苏辙：《亡兄子瞻端明墓志铭》，《栾城集·后集》卷二十二。

⑤ （宋）苏轼：《与程秀才三首》其一，《苏轼文集》卷五十五。

⑥ （宋）苏辙：《补子瞻赠姜唐佐秀才》，《栾城集·后集》卷三。

⑦ （宋）苏轼：《上曾丞相书》，《苏轼文集》卷四十八。

⑧ （宋）苏轼：《策略三》，同上卷八。

⑨ （宋）苏轼：《赤壁赋》，同上卷一。

⑩ （宋）苏轼：《宝绘堂记》，同上卷十一。

⑪ （宋）苏辙：《亡兄子瞻端明墓志铭》，《栾城集·后集》卷二十二。

⑫ （宋）苏轼：《上清储祥宫碑》，《苏轼文集》卷十七。

⑬ （宋）苏轼：《思无邪斋铭叙》，同上卷十九。

⑭ （宋）苏轼：《思无邪丹赞》，同上卷二十一。

⑮ （宋）苏轼：《祭龙井辩才文》，同上卷六十三。

⑯ （宋）苏轼：《辩试馆职策问札子二首》其二，同上卷二十七。

⑰ （宋）黄庭坚：《东坡先生真赞三首》其二，《豫章黄先生文集》卷十四，《四部丛刊》本。

⑱ （宋）张大亨：《春秋通训后叙》引苏轼语，《春秋通训》卷末，文渊阁《四库全书》本。

⑲ （宋）苏辙：《春秋集解引》，《春秋集解》卷首，同上。

⑳ （宋）苏轼：《论武王》，《苏轼文集》卷五。

㉑ （宋）苏轼：《正统论三首》，同上卷四。

㉒ 《孟子·尽心上》，《十三经注疏》本，中华书局 1980 年。

㉓ （宋）苏轼：《张文定公墓志铭》，《苏轼文集》卷十四。

㉔ （宋）苏轼：《二疏图赞》，同上卷二十一。

㉕ （宋）苏轼：《孔北海赞》，同上。

㉖ （宋）苏轼：《王定国诗集叙》，同上卷十。

㉗ （宋）苏辙：《子瞻和陶渊明诗集引》，《栾城集·后集》卷二十一。

㉘ （宋）苏轼：《议学校贡举状》，《苏轼文集》卷二十五；《乞诗赋经义各以分数取人将来只许诗赋兼经状》，同上卷二十九。

㉙（宋）谢枋得：《文章轨范》卷七评语，清道光间刻本。

㉚（宋）强幼安：《唐子西文录》，《历代诗话》，中华书局 1981 年排印本。

㉛（宋）欧阳修：《试笔·苏氏四六》，《欧阳文忠公集》卷一百三十，民国八年上海商务印书馆《四部丛刊》景宋元本。

㉜（宋）洪迈：《容斋随笔·三笔》卷八《四六名对》，上海古籍出版社 1978 年。

㉝（宋）苏轼：《答谢民师推官书》，《苏轼文集》卷四十九。

㉞（宋）苏轼：《新城道中二首》其一，《苏轼诗集》卷九，中华书局 1982 年。

㉟（宋）苏轼：《被酒独行，遍至子云、威、徽、先觉四黎之舍三首》其一，同上卷四十二。

㊱（宋）苏轼：《寓居定惠院之东，杂花满山，有海棠一株，土人不知贵也》，同上卷二十。

㊲（宋）苏轼：《红梅三首》其一，同上卷二十一。

㊳（宋）苏轼：《鹤叹》，同上卷三十七。

㊴（宋）苏轼：《和子由渑池怀旧》，同上卷三。

㊵（宋）苏轼：《游金山寺》，同上卷七。

㊶（宋）苏轼：《六月二十日夜渡海》，同上卷四十三。

㊷（宋）苏轼：《泛颍》王注引赵次公语，同上卷三十四。

㊸（清）纪昀：《送参寥师》评语，纪评《苏文忠公诗集》卷十七，清同治八年（1869）韫玉山房刻本。

㊹（宋）苏轼：《余与李廌方叔相知久矣，领贡举事，而李不得第，愧甚，作诗送之》，《苏轼诗集》卷三十。

㊺（清）刘熙载：《艺概》卷四《词曲概》，上海古籍出版社 1978 年排印本。

㊻（宋）胡寅：《向芗林〈酒边集〉后序》，《斐然集》卷十九，中华书局 1993 年排印本。

㊼（宋）俞文豹：《吹剑续录》，《吹剑录全编》，古典文学出版社 1958 年排印本。

㊽（宋）陆游：《老学庵笔记》卷五，中华书局 1979 年排印本。

㊾（宋）苏轼：《八声甘州·寄参寥子》，《东坡乐府》卷上，上海古籍出版社 1979 年排印本。

㊿（宋）苏轼：《渔家傲（千古龙蟠并虎踞）》，同上卷上。

51（宋）苏轼：《浣溪沙（山下兰芽短浸溪）》，同上卷下。

52（宋）苏轼：《浣溪沙（簌簌衣巾落枣花）》，同上。

53（宋）苏轼：《江城子·密州出猎》，同上。

54（宋）苏轼：《念奴娇·赤壁怀古》，同上卷上。

55（宋）苏轼：《洞仙歌（冰肌玉骨）》，同上。

㊈ （宋）苏轼：《浣溪沙（旋抹红妆看使君）》，同上卷下。

㊉ （宋）苏轼：《沁园春（孤馆灯青）》，同上卷上。

㊊ （宋）苏轼：《满庭芳（归去来兮）》，同上。

㊋ （宋）苏轼：《永遇乐（明月如霜）》，同上。

㊌ （宋）苏轼：《浣溪沙（山下兰芽短浸溪）》，同上卷下。

㊍ （宋）王灼：《碧鸡漫志》卷二，《知不足斋丛书》本。

㊎ （宋）苏轼：《跋秦少游书》，《苏轼文集》卷六十九。

㊏ （宋）苏轼：《答黄鲁直五首》其一，同上卷五十二。

㊐ （宋）苏轼：《书李伯时〈山庄图〉后》，同上卷七十。

㊑ （宋）苏轼：《答谢民师推官书》，同上卷四十九。

㊒ （宋）苏轼：《书鄢陵王主簿所画折枝二首》其一，《苏轼诗集》卷二十九。

㊓ （宋）苏轼：《书摩诘蓝田烟雨图》，《苏轼文集》卷七十。

㊔ （宋）苏轼：《韩幹马十四匹》，《苏轼诗集》卷四十八。

㊕ （宋）苏轼：《跋君谟飞白》，《苏轼文集》卷六十九。

㊖ （宋）苏轼：《孙莘老求墨妙亭诗》，《苏轼诗集》卷八。

㊗ （宋）苏轼：《次韵子由论书》，同上卷五。

㊘ （宋）苏轼：《书黄子思诗集后》，《苏轼文集》卷六十七。

㊙ （宋）苏轼：《答张文潜县丞书》，同上卷四十九。

㊚ （宋）苏轼：《凤翔八观·王维吴道子画》，《苏轼诗集》卷三。

㊛ （宋）释惠洪：《冷斋夜话》卷五《柳诗有奇趣》引苏轼语，《稀见本宋人诗话四种》，江苏古籍出版社 2002 年。

㊜ （宋）苏轼：《石苍舒醉墨堂》，《苏轼诗集》卷六。

㊝ （宋）苏轼：《跋汉杰画山二首》其二，《苏轼文集》卷七十。

㊞ （宋）苏轼：《送参寥师》，《苏轼诗集》卷十七。

㊟ （宋）苏轼：《书子由〈超然台赋〉后》，《苏轼文集》卷六十六。

㊠ 佚名：《东坡先生外集序》，《重编东坡先生外集》卷首，明刊本。

㊡ （明）李绍：《成化重刊苏文忠公全集序》，《苏轼文集》附录。

㊢ （宋）陆游：《老学庵笔记》卷八。

㊣ （宋）钱文子《山谷外集诗注序》，史容《山谷外集诗注》卷首，《四部丛刊续编》本。

㊤ （清）冯应榴：《苏文忠公诗合注凡例》，《苏文忠公诗合注》卷首，清乾隆六十年冯氏踵息斋刻本。

苏轼集

文

省试刑赏忠厚之至论[1]

尧、舜、禹、汤、文、武、成、康之际[2]，何其爱民之深，忧民之切，而待天下之以君子长者之道也！有一善，从而赏之，又从而咏歌嗟叹之，所以乐其始而勉其终。有一不善，从而罚之，又从而哀矜惩创之[3]，所以弃其旧而开其新。故其吁俞之声[4]，欢休惨戚[5]，见于虞夏商周之书[6]。成、康既没[7]，穆王立，而周道始衰，然犹命其臣吕侯[8]，而告之以祥刑。其言忧而不伤，威而不怒，慈爱而能断，恻然有哀怜无辜之心，故孔子犹有取焉。

《传》曰[9]："赏疑从与，所以广恩也；罚疑罗大经："《庄子》之文以无为有，《战国策》之文以曲为直。东坡平生熟此二书，故其为文横说竖说，惟意所到。……其论刑赏也，曰'……杀之，三'……读者皆如其所欲出，推者莫知其所自来，古今议论之杰也。"（《鹤林玉露》卷九《东坡文》）

储欣："以想当然语对经典明文，钩连顿挫，妙绝。"（《唐宋十大家全集录·东坡集录》卷一）

沈德潜："以'罪疑惟轻，功疑惟重'二语作主，文势如川云岭月，其出不穷。"（《唐宋八家文读本》卷二十）

从去，所以慎刑也。"当尧之时[10]，皋陶为士，将杀人，皋陶曰"杀之"三，尧曰"宥之"三。故天下畏皋陶执法之坚，而乐尧用刑之宽。四岳曰[11]："鲧可用。"尧曰："不可。鲧方命圮族。"既而曰："试之。"何尧之不听皋陶之杀人，而从四岳之用鲧也？然则圣人之意，盖亦可见矣。

《书》曰："罪疑惟轻[12]，功疑惟重。与其杀不辜，宁失不经。"呜呼！尽之矣！可以赏，可以无赏，赏之过乎仁；可以罚，可以无罚，罚之过乎义。过乎仁，不失为君子；过乎义，则流而入于忍人[13]。故仁可过也，义不可过也。古者赏不以爵禄，刑不以刀锯。赏以爵禄，是赏之道行于爵禄之所加，而不行于爵禄之所不加也。刑以刀锯，是刑之威施于刀锯之所及，而不施于刀锯之所不及也。先王知天下之善不胜赏，而爵禄不足以劝也；知天下之恶不胜刑，而刀锯不足以裁也。是故疑则举而归之于仁。以君子长者之道待天下，使天下相率而归于君子长者之道，故曰：忠厚之至也！

《诗》曰："君子如祉[14]，乱庶遄已；君子如怒，乱庶遄沮。"夫君子之已乱，岂有异术哉[15]？时其喜怒[16]，而不失乎仁而已矣。《春秋》之义，立法贵严，而责人贵宽。因其褒贬之义以制赏罚，亦忠厚之至也。

［注释］

[1]省试刑赏忠厚之至论：嘉祐二年（1057）二月作于开封。这是苏轼应进士考试所作之文。郎本题下注："孔安国注'罪疑惟轻，功疑惟重'云：'刑疑付轻，赏疑从重，忠厚之至。'"谓省试试题出自《尚书·大禹谟》孔安国传。省试，唐宋时进士及诸科考试在尚书省属下的礼部举行，谓之"省试"或"礼部试"，通常行于春二月。　[2]"尧、舜"句：即唐尧、虞舜、夏禹、商汤、周文王、武王、成王、康王这些所谓"明君"的时代。　[3]哀矜：哀怜，怜悯。《尚书·吕刑》："皇帝哀矜庶戮之不辜。"惩创：警戒。　[4]吁：惊叹之声。俞：应允之声。　[5]欢休：欢乐。一作"欢忻"。惨戚：悲伤凄切。　[6]虞夏商周之书：此指《尚书》，因《尚书》有《虞书》《夏书》《商书》《周书》四部分，故称。　[7]"成、康既没"三句：《史记·周本纪》："成、康之际，天下安宁，刑错四十余年不用。……康王卒，子昭王瑕立。昭王之时，王道微缺。昭王南巡狩不返，卒于江上。……立昭王子满，是为穆王。穆王即位，春秋已五十矣。王道衰微。"　[8]"然犹"二句：《尚书·吕刑》："吕命穆王训夏赎刑，作《吕刑》。"孔颖达疏："（穆王）用吕侯之言，训畅夏禹赎刑之法。吕侯称王之命而布告天下，史录其事作《吕刑》。"吕侯，亦作甫侯，周穆王时司寇，主管刑狱。祥刑，善用刑罚。《尚书·吕刑》："王曰：'吁！来，有邦有土，告尔祥刑。'"　[9]"《传》曰"五句：语本《汉

张伯行："东坡自谓文如行云流水，即应试论可见。学者读之，用笔自然圆畅。中间'赏不以爵禄，刑不以刀锯'一段，议论极有至理。"（《唐宋八大家文钞》卷八）

归有光："题意止此，而于结末，复因类以及其余，谓之推广文法。如苏子瞻《刑赏忠厚之至论》，谓《春秋》'因褒贬以制赏罚，亦忠厚之至'是也。"（《文章指南》）

书·冯野王传》："《传》曰：'赏疑从予，所以广恩劝功也；罚疑从去，所以慎刑，阙难知也。'" [10]"当尧之时"五句：杨万里《诚斋诗话》："欧阳（欧阳修）问坡（苏轼）所作《刑赏忠厚之至论》有'皋陶曰"杀之"三，尧曰"宥之"三'，此见何书？坡曰：'事在《三国志·孔融传》注。'欧退而阅之，无有。他日再问坡，坡云：'曹操灭袁绍，以袁熙妻赐其子丕。孔融曰："昔武王伐纣，以妲己赐周公。"操惊问："何经见？"融曰："以今日之事观之，意其如此。"尧、皋陶之事，某亦意其如此。'欧退而大惊曰：'此人可谓善读书，善用书，他日文章必独步天下。'然予尝思之，《礼记》云：'狱成，有司告于王。王曰：宥之。有司曰：在辟。王又曰：宥之。有司又曰：在辟。三宥，不对，走出，致刑于甸人。'坡虽用孔融意，然亦用《礼记》故事，其称王、谓王三皆然，安知此典故不出于尧。"叶梦得《石林燕语》卷八、陆游《老学庵笔记》卷八等皆载欧阳修、梅尧臣问苏轼此四句出处之事，详略不同。当尧之时，《尚书·舜典》："帝曰：'皋陶，……汝作士，五刑有服。'"苏轼误作尧之时。皋陶，亦作"咎繇"，舜时为司刑之官。 [11]"四岳曰"七句：《尚书·尧典》："帝曰：'咨四岳，汤汤洪水方割，荡荡怀山襄陵，浩浩滔天，下民其咨，有能俾乂？'佥曰：'於！鲧哉。'帝曰：'吁！咈哉，方命圮族。'岳曰：'异哉，试可乃已。'帝曰：'往，钦哉。'九载，绩用弗成。"此略叙其义，谓四岳推举鲧治理洪水，帝尧认为鲧有违命毁绝族类之罪，然而同意姑且让其试试。后来鲧治水未成，被舜杀死于羽山。《尚书·舜典》载舜"殛鲧于羽山"。四岳，分掌四方的诸侯。鲧，大禹之父。 [12]"罪疑惟轻"四句：见《尚书·大禹谟》。孔颖达疏："与其杀不辜非罪之人，宁失不经不常之罪。" [13]忍人：残忍之人。 [14]"君子如祉"四句：出自《诗经·小雅·巧言》："君子如怒，乱庶遄沮；君子如祉，乱庶遄已。"孔颖达疏："君子在位之人，见谗人之言，如怒责之，则此乱庶几可疾止；君子在位之人，见有德贤者，如福禄之，则此乱亦庶几可疾止。"此处引用次序前后不同。祉，福祉。庶，庶几。遄，急速。已，停止。沮，阻止。　[15]异术：不同的方法。　[16]时其喜怒：谓适当掌握时机表达其喜怒。"时"，郎本作"制"。

[点评]

苏轼写此文时，虚岁二十二，实岁刚过二十。而此文又是应试之文，作于考场，其见识之高超，思维之敏捷，文笔之畅达，令人称叹。诚如杨慎所说："此东坡所作时论也，天才灿然，自不可及。"（《三苏文范》卷五）或如张伯行所说："东坡自谓文如行云流水，即应试论可见。"（《唐宋八大家文钞》卷八）

前人对此文感兴趣的话题主要有三点：一是关于省试的结果以及欧阳修的赞赏。苏辙《亡兄子瞻端明墓志铭》："嘉祐二年，欧阳文忠公考试礼部进士，疾时文之诡异，思有以救之。梅圣俞时与其事，得公（苏轼）《论刑赏》以示文忠。文忠惊喜，以为异人，欲以冠多士，疑曾子固（曾巩）所为。子固，文忠门下士也。乃置公第二。复以《春秋》对义居第一。殿试中乙科。以书谢诸公，文忠见之，以书语圣俞曰：'老夫当避此人放出一头地。'士闻者始哗不厌，久乃信服。"苏轼《太息送秦少章》提及此事："昔吾举进士，试于礼部，欧阳文忠公见吾文，曰：'此我辈人也，吾当避之。'"这是文坛佳话，如沈德潜所说，这是苏、欧的"闱中遇合之文"，北宋两位最伟大的文坛领袖，就因这篇文章完成了文脉的接续传承。

二是关于"皋陶曰'杀之'三，尧曰'宥之'三"的出处问题。一种说法是：欧阳修问这个典故的出处，苏轼回答说："想当然耳，何必须要有出处。"(《石林燕语》卷八）或更简洁地回答："何须出处。"(《老学庵笔记》卷八）。另一种说法见《诚斋诗话》，欧阳修问见于何书，苏轼回答说："事在《三国志·孔融传》注。"并解释自己所言皋陶与尧的事，乃"意其如此"，想象应该是这样，正如孔融以"昔武王伐纣，以妲己赐周公"来回答曹操一样。也就是说，苏轼这种合理想象的思维方式是古已有之。还有一种说法，也见《诚斋诗话》，杨万里认为苏轼虽用孔融意，然而也用了《礼记》"王三宥"的故事。明敖英进一步坐实："愚按东坡斯言，非无稽臆断也，在《文王世子》(《礼记》篇名），曰：'公族有罪，有司谳于公。其死罪，则曰："某之罪在大辟。"公曰："宥之。"有司又曰："在辟。"公又曰："宥之。"有司又曰："在辟。"三宥不对，走出，致刑于甸人。'即此而观东坡之意，得非触类于此乎？"(《绿雪亭杂言》）无论如何，前人对苏轼的"想当然耳""何须出处""触类旁通"的合理推断、大胆想象，都给予了相当的宽容和推崇，因为这里面包含着一种"善读书""善用书"的创造性思维，足以开拓心胸。

其三，关于这篇应试文的写作技巧，评论大多将其推为考试写作的范本。王世贞说："此篇只就本旨'从疑'上全写其忠厚之至，一意翻作三段，非长公笔力不能如此敷畅。"(《三苏文范》卷五引）唐顺之看法类似："此文一意翻作数段。"(《宋大家苏文忠公文抄》卷十七）茅坤指出："东坡试论文字，悠扬宛宕，于今场屋中极利者也。"(同上）具体说来，所谓"一意翻作三段"，是指"刑赏忠厚之至"之意，通过"《传》曰"《书》曰"《诗》曰"三段议论展现出来。

文章题目来自《尚书》孔安国传，所以一开头就讲先王爱民之深，忧民之切，而特别赞美其"待天下之以君子长者之道"。接着从赏善与罚不善两方面说明，其所为归于"忠厚"。即使到了周道衰落的穆王之世，君王还叮嘱吕侯以"祥刑"，要求谨慎使用刑罚，所以孔子对此做法给予了肯定。这样就以先王、圣人之"道"的经典性，为论题打下坚实的基础。以下三段，波澜起伏，层层展开。

"《传》曰"一段，主要举例说明先生"赏疑从与（予）""罚疑从去"的君子长者之道。以尧不听皋陶之杀人的故事，说明"所以慎刑"；以尧从四岳之言试用鲧的故事，说明"所以广恩"。两相对比，可见出"圣人之意"，也就是"忠厚之至"。

"《书》曰"一段，围绕"罪疑惟轻""功疑惟重"来论述，提出"仁可过，义不可过"的观点，即在功与罪尚有疑惑时，宁可赏功过分，不可罚罪过分。因为"过乎仁，不失为君子；过乎义，则流而入于忍人"。接下来讨论关于功罪的赏罚方式，提出"赏不以爵禄，刑不以刀锯"的主张，认为古代赏赐有功者不一定用爵禄，而惩罚有罪者不一定用刀锯。最后拈出"疑"字，强调"是故疑则举而归之于仁"，回到"忠厚之至"的主题上来。

"《诗》曰"一段，用《诗经》君子"时其喜怒"而止息祸乱、《春秋》"立法贵严，而责人贵宽"之义，进一步补充论述"不失乎仁"的道理，重申"忠厚之至"的论题，呼应题目，可以看作此文的余论，使论证更加充实。

有人认为苏轼此文的立论不过是儒家施仁政、行王道的滥调，本身并不高明，只是他能紧扣题目谋篇布局，引用经传与论据紧密结合的写作技巧很高超，文笔酣畅，说理透辟。但实际上，苏轼此文包含的法治思想是很深刻的，具有现代文明性质，"罪疑惟轻"从伦理学方面来看，与现代法律中"疑罪从无"有相通之处，不以杀戮惩戒为刑罚的目的，而"忠厚之至"中包含着一种人道主义精神。还值得注意的是，苏轼所论的仁政忠厚思想，并非只是为应付考试题目，而是融入他一生的行为准则之中，此后他对新法的抵触，皆是以是否"仁厚""爱民"的标准去衡量的结果。

汪武曹：（第一段"人情"句）"'忍'字是一篇骨子。"（《唐宋文举要》甲编卷八引）

高步瀛：（第一段）"以上总括通篇大意，前人谓之'总冒'，宋人作论多喜用之。"（《唐宋文举要》甲编卷八）

高步瀛：（"其意不在书"）"此意已可成一篇妙文，而子瞻数语掀过，以下更开妙境，其才力高人数倍。"（同上）

吕祖谦：（"其意不在书"）"立一句斡旋。"（《古文关键》卷下）

金圣叹："至此别作深笔发议，此一句乃一篇之头也。"又曰："此文得意在'且其意不在书'一句起，掀翻尽变，如广陵秋涛之排空而起也。"（《天下才子必读书》卷十四）

留侯论 [1]

古之所谓豪杰之士者，必有过人之节 [2]，人情有所不能忍者。匹夫见辱，拔剑而起，挺身而斗，此不足为勇也。天下有大勇者，卒然临之而不惊 [3]，无故加之而不怒，此其所挟持者甚大，而其志甚远也。

夫子房受书于圯上之老人也 [4]，其事甚怪 [5]，然亦安知其非秦之世有隐君子者出而试之？观其所以微见其意者，皆圣贤相与警戒之义，而世不察，以为鬼物[6]，亦已过矣。且其意不在书。当韩之亡，秦之方盛也，以刀锯鼎镬待天下之士[7]，其平居无罪夷灭者[8]，不可胜数。虽有贲、育[9]，无所复施。夫持法太急者，其锋不可犯，而其末可乘[10]。子房不忍忿忿之心[11]，以匹夫之力，而逞于一击之间。当此之时，子房之不死者，其间不能容发，盖亦已危矣。千金之子[12]，不死于盗贼。何者？其身之可爱，而盗贼之不足以死也。子房以盖世之才，不为伊尹、太公之谋[13]，而特出于荆轲、聂政之计[14]，以侥幸于不死。此固坧上之老人所为深惜者也[15]。是故倨傲鲜腆而深折之[16]。彼其能有所忍也，然后可以就大事。故曰孺子可教也。

　　楚庄王伐郑[17]，郑伯肉袒牵羊以逆。庄王曰："其君能下人，必能信用其民矣。"遂舍之。勾践之困于会稽[18]，而归臣妾于吴者，三年而不倦。且夫有报人之志，而不能下人者，是匹夫之刚也。夫老人者，以为子房才有余，而忧其度量之不足，故深折其少年刚锐之气，使其忍小忿而就大谋。何则？非有平生之素[19]，卒然相

　　沈德潜："'其意不在书'一语，空际掀翻，如海上潮来，银山蹴起。"（《唐宋八家文读本》卷二十一）

　　汪武曹："撇开授书一句，即起警戒意，翻尽旧案。若不撇开授书，则前授书句便无着落。"（《唐宋文举要》甲编卷八引）

　　汪武曹：（"子房以盖世之才"以下几句）"着此譬喻，是急脉缓受法。"（同上）

　　汪武曹：（"彼其能有所忍也"以下几句）"警戒虚说。"（同上）

　　高步瀛：（第二段末）"以上老人教子房以能忍。"（《唐宋文举要》甲编卷八）

　　汪武曹："从郑、越之能忍，说到老人忧子房不能忍，须得此三句脱卸。"（《唐宋文举要》甲编卷八引）

遇于草野之间，而命以仆妾之役，油然而不怪者[20]，此固秦皇之所不能惊，而项籍之所不能怒也[21]。

观夫高祖之所以胜，而项籍之所以败者，在能忍与不能忍之间而已矣。项籍惟不能忍，是以百战百胜而轻用其锋。高祖忍之，养其全锋而待其弊[22]。此子房教之也。当淮阴破齐而欲自王[23]，高祖发怒，见于词色。由此观之，犹有刚强不忍之气，非子房其谁全之？

太史公疑子房以为魁梧奇伟[24]，而其状貌乃如妇人女子，不称其志气。呜呼[25]！此其所以为子房欤？

［注释］

[1] 此论为嘉祐五年（1060）苏轼应制科前所写《进论》之一。留侯：即张良，字子房。其祖父、父亲为韩国五世相国。秦灭韩，张良求客刺秦王为韩报仇未果。后辅佐汉高祖灭秦，破项羽，建立汉朝。因功封于留（今江苏沛县），称留侯。事见《史记·留侯世家》。　[2] 节：节操。　[3] 卒（cù）然：猝然，出乎意料。卒，通"猝"。　[4] "夫子房"句：《史记·留侯世家》："良尝闲，从容步游下邳圯上。有一老父，衣褐，至良所，直堕其履圯下，顾谓良曰：'孺子，下取履！'良鄂（愕）然，欲殴之，为其老，强忍，下取履。父曰：'履我！'良业为取履，因长跪履之。父以足受，

浦起龙：（第三段末）"撇然拉合'能忍'大作用，空中放辣手。"（《古文眉诠》卷六十六）

高步瀛："应上不惊不怒，却作结语，非庸笔所能。""以上申言能忍乃能成功，足上警戒之义。"（《唐宋文举要》甲编卷八）

唐顺之：（"能忍与不能忍之间"）"万派飞流，注在一壑。"（《宋大家苏文忠公文抄》卷十四引）

沈德潜：（第四段）"老人教子房以能忍，是正义；子房又教高祖能忍，是余意。作文必如此推论。"（《唐宋八家文读本》卷二十一）

高步瀛：（末段）"以上又出一意作结，而与'忍'字能相关。"（《唐宋文举要》甲编卷八）

笑而去。良殊大惊，随目之。父去里所，复还，曰：'孺子可教矣。后五日平明，与我会此。'良因怪之，跪曰：'诺。'五日平明，良往，父已先在，怒曰：'与老人期，后，何也？'去，曰：'后五日早会。'五日鸡鸣，良往，父又先在，复怒曰：'后，何也？'去，曰：'后五日复早来。'五日，良夜未半往。有顷，父亦来，喜曰：'当如是。'出一编书，曰：'读此则为王者师矣。'"圯（yí），桥。　[5]其事甚怪：《史记·留侯世家》谓圯上老人即黄石化身。老人对张良云："（后）十三年孺子见我济北，谷城山下黄石即我矣。""太史公曰：'学者多言无鬼神，然言有物。至如留侯所见老父予书，亦可怪矣。'"　[6]以为鬼物：王充《论衡·自然》："张良游泗水之上，遇黄石公，授太公书。盖天佐汉诛秦，故命令神石为鬼书授人。……黄石授书，亦汉且兴之象也。妖气为鬼，鬼象人形，自然之道，非或为之也。"鬼物，鬼神。　[7]刀锯鼎镬（huò）：皆古代的刑具。鼎和镬，本为两种烹饪器，此指酷刑，以鼎镬烹人。　[8]夷灭：消灭，杀尽。　[9]贲（bēn）、育：古代勇士孟贲、夏育的并称，指极勇敢的猛士。　[10]而其末可乘：底本作"而其势未可乘"，此处从郎本卷七。　[11]"子房不忍"七句：《史记·留侯世家》："悉以家财求客刺秦王，为韩报仇，以大父、父五世相韩故。良尝学礼淮阳。东见仓海君。得力士，为铁椎重百二十斤。秦皇帝东游，良与客狙击秦皇帝博浪沙中，误中副车。秦皇帝大怒，大索天下，求贼甚急，为张良故也。良乃更名姓，亡匿下邳。"其间不能容发，两者之间容不下一根头发，比喻情势危急到了极点。语本枚乘《上书谏吴王》："系绝于天，不可复结，队入深渊，难以复出，其出不出，间不容发。"　[12]"千金之子"二句：《史记·越王句践世家》："吾闻千金之子，不死于市。"此化用其语。　[13]伊尹：即伊挚，商朝开国功臣。尹，官名。太公：吕尚，周朝开国功臣。文王尊称为"太公望"；武王即位，尊为"师尚父"。　[14]荆轲、聂政：荆轲为燕太子丹谋刺秦王，聂政为严仲子刺杀韩相侠累。事见《史记·刺客列传》。 [15]固：底本无，据郎本补。 [16]倨（jù）傲：傲慢。鲜腆（xiǎn tiǎn）：无礼。折：摧折，侮辱。 [17]"楚庄王"六句：《左传》宣公十二年，楚庄王伐郑，三月克之。"郑伯（郑襄公）肉袒牵羊以逆，曰：'孤不天，不能事君，使君怀怒，以及敝邑，孤之罪也，敢不唯命是听。……'王曰：'其君能下人，必能信用其民矣，庸可几（冀，冀得其地）乎？'退三十里，而许之平（和）。"郑伯，郑襄公。肉袒，脱去上衣，袒露肢体，以示恭敬、降服。逆：迎接。 [18]"勾践"三句：《史记·越王句践世家》："越王乃以余兵五千人保栖于会稽。吴王追而围之。……（句践）乃令大夫种行成于吴，膝行顿首曰：'君王亡臣句践使陪臣种敢告下执事：句践请为臣，妻为妾。'"《国语·越语下》记吴王许越降，"（句践）与范蠡入宦（臣隶）于吴，三年而吴人遣（释）之"。 [19]非有平生之素：犹言素昧平生，向来不认识。"平生"，底本作"生平"，此从郎本。 [20]油然：悠然，安然。 [21]项籍：即项羽。项氏，名籍，字羽。 [22]弊：底本作"毙"，此从郎本。 [23]"当淮阴"六句：淮阴即韩信，汉初曾封楚王，后贬为淮阴侯。《史记·淮阴侯列传》记韩信平定齐国后，向刘邦请封齐"假王"。"当是时，楚方急围汉王于荥阳，韩信使者至，发书，汉王大怒，骂曰：'吾困于此，旦暮望若来佐我，乃欲自立为王！'张良、陈平蹑汉王足，因附耳语曰：'汉方不利，宁能禁信之王乎？不如因而立，善遇之，使自为守。不然，变生。'汉王亦悟，因复骂曰：'大丈夫定诸侯，即为真王耳，何以假为！'乃遣张良往立信为齐王，征其兵击楚。" [24]"太史公"三句：《史记·留侯世家》："太史公曰：……余以为其人计魁梧奇伟，至见其图，状貌如妇人好女。盖孔子曰：'以貌取人，失之子羽。'留侯亦云。"称（chèn），相称，符合。 [25]呜呼：郎本作"而愚以为"。

[点评]

宋仁宗嘉祐五年（1060），苏轼被授为福昌县主簿，未赴任。欧阳修、杨畋推荐他应制科举，于是便寓居开封府怀远驿，精心准备制科考试，共作《进策》二十五篇，《进论》二十五篇。《留侯论》便是《进论》之一。

西汉留侯张良一生事迹功业甚多，而此论却只抓住三件事加以论说，即博浪沙狙击秦王，圯上进履受书，劝说高祖封韩信为齐王，用一"忍"字将三事贯串起来，由此充分论证了"能忍"才能成就大事业的中心观点。按层层论述的内容来看，全文共分五段。

开端一段，首先讨论什么是真正豪杰之士的"过人之节"。苏轼分辨两种不同内涵的"勇"的根本区别：一种是匹夫之勇，见辱而不能忍，因而"不足为勇"；另一种是豪杰之勇，能忍"人情有所不能忍者"，是"天下之大勇"。匹夫只是逞一时之激情，拔剑而起，挺身而斗，不知"勇"之目的和意义。而豪杰之士之所以能忍，"卒然临之而不惊，无故加之而不怒"，是因为他抱负甚大，志向甚远，想要成就一番大事业，而不为一时受辱所困。在这里，苏轼论述了"勇"和"忍"之关系，"能忍"与"不能忍"是判断豪杰之大勇与匹夫之不足为勇的根本标准。这也是本文的中心论点，以下留侯张良的故事都是具体的论据。

第二段开始，先将张良受书于圯上老人之事一句托出，指出"其事甚怪"。苏轼批驳了世人将老人视为"鬼物"的传闻，认为这或许是秦世隐君子有意出来考验张良，仔细体察故事所透露出来的微意，就可发现这其实都是"圣贤相与警戒之义"。历代学者将关注点放在所受"一编书"

的内容上，即所谓《太公兵法》如何神奇，"读此则为王者师矣"。而苏轼则提出"且其意不在书"的全新论点，对此作出穿透性、颠覆性的解释。"意不在书"而在什么呢？在于以"能忍"为警戒。以下分别从两方面展开论述。先从张良角度看，其所处环境为韩已亡而秦方盛，对天下之士的刑罚极为严酷，而张良意欲报仇，"不忍忿忿之心"，求力士狙击秦王于博浪沙。其事不成而反为秦王追捕，大索天下，能逃脱不死，已属侥幸。再从老人角度看，像张良这样价值千金的人物，具有伊尹、太公一样作帝王师的才能，如果因为逞一时之忿，而像荆轲、聂政之流的刺客一样白白送死，实在是太可惜。所以老人故作傲慢无礼之状，三番五次地折辱张良，狠狠打击他的忿忿之心，是为了使他受到无故的侮辱而能忍受，最终可以成就大事。这才是圯上老人的"深意"，而不在于所授书的内容本身。《史记·留侯世家》描写圯上老人折辱张良的细节非常生动传神，参见本文注释 [4]，兹不赘述。前人评论苏轼此文，特别欣赏"且其意不在书"一句，称这句翻案语"如广陵秋涛之排空而起也"（金圣叹语），"空际掀翻，如海上潮来，银山蹴起"（沈德潜语）。这句议论精辟透彻，从人人熟知的圯上老人故事中，抉出全新的意义，一举扫荡传统看法，振聋发聩。

第三段先是引史为证，举两个例子进一步申说"能忍"在成大事方面的重要性：郑伯能忍而退楚王之兵，越王能忍而终复吴国之仇。呼应前文，再次针砭"不能下人"（即不能忍）的匹夫之刚勇。接着写圯上老人认为张良才有余而度量不足，所以故意"深折其少年刚锐之气",目的在于"出而试之",去其匹夫之刚,使他能"忍小忿而就大谋",这就是孔子所说:"小不忍则乱大谋。"(《论语·卫灵公》)苏轼认为老人的用意即"圣贤相与警戒之义"。老人与张良素不相识,于草野间突然相遇,而让张良做取履穿履这类仆妾之事,他竟坦然不见怪,这已达到前文所言"卒然临之而不惊,无故加之而不怒"的境界。张良有此度量,自然能做到"秦皇之所不能惊,而项籍之所不能怒",谋就汉高祖刘邦的帝业。

第四段以刘、项相争为例来论证"能忍""不能忍"与"胜""败"之间的关系问题。项羽之败在于不能忍,轻用其锋,近乎匹夫之勇;刘邦之胜在于能忍,养其全锋,近乎"大勇"。又举一个实例,即刘邦封韩信为齐王之事,指出此乃张良教他忍让的结果,因为刘邦听说韩信"欲自王",即想自立为齐王,非常生气,"犹有刚强不忍之气",全靠张良的劝说,才得以拉拢韩信,为汉朝的大业奠定坚实的基础。前文老人教张良"能忍",是文章的"正义";此处张良教刘邦"能忍",是文章的"余意"。

第五段结尾,司马迁论张良,认为他应该长得魁梧奇伟,而见其图像,却"状貌如妇人好女",形貌与志气不相称。苏轼则翻案说,张良的相貌正是其外柔内刚的表现,正是其貌似柔弱的"能忍"大节的表现。

历代古文家对苏轼此文评价甚高,但各自欣赏的角度不同。吕祖谦将其视为科举文章的典范:"格制好。先说忍与不忍之规模,方说子房受书之事。其意在不忍,此老人所以深惜,命以仆妾之役,使之忍小耻,就大谋。故其后辅佐高祖,亦使忍之有成。一篇纲目在'忍'字。"(《古文关键》卷下）刘大櫆则赞叹其文法的变幻莫测："此文忽出忽入，忽主忽宾，忽浅忽深，忽断忽接。而纳履一事，止随文势带出，更不正讲，尤为神妙。"（吴评本《古文辞类纂》卷四引）总之，此文立论超卓，见解非同凡响，行文既纵笔挥洒，曲折变化，又脉络牵连，前后照应。滚滚议论都围绕中心论点展开，所以能放能收，能开能合，不愧为千古议论文名篇。而作此文时，苏轼年仅二十五岁。

喜雨亭记 [1]

浦起龙："志不忘，是名亭主意，即是通篇命意，作者分明点出。"（《古文眉诠》卷六十九）

过珙："'吾亭适成'一语，为安顿得体，方雨而亭成，则未雨而始经营此亭，于民为不堪，于时为不宜。于太守为不忍。今却紧接'忧者以乐，病者以愈'，极苦事翻作极喜事，最为奇笔。"（清李扶九原选《古文笔法百篇》卷二引）

亭以雨名，志喜也。古者有喜则以名物，示不忘也。周公得禾 [2]，以名其书；汉武得鼎 [3]，以名其年；叔孙胜狄 [4]，以名其子。其喜之大小不齐，其示不忘一也。

余至扶风之明年 [5]，始治官舍，为亭于堂之北，而凿池其南，引流种树，以为休息之所。是岁之春，雨麦于岐山之阳 [6]，其占为有年 [7]。既而弥月不雨 [8]，民方以为忧。越三月乙卯乃雨 [9]，甲子又雨 [10]，民以为未足。丁卯大雨 [11]，三日乃止。官吏相与庆于庭，商贾相与歌于市 [12]，农夫相与忭于野 [13]。忧者以乐，病者以愈，而吾亭适成。

于是举酒于亭上以属客[14]，而告之曰："五日不雨可乎？"曰："五日不雨则无麦。""十日不雨可乎？"曰："十日不雨则无禾。"无麦无禾，岁且荐饥[15]，狱讼繁兴，而盗贼滋炽。则吾与二三子，虽欲优游以乐于此亭[16]，其可得耶？今天不遗斯民，始旱而赐之以雨，使吾与二三子，得相与优游而乐于此亭者[17]，皆雨之赐也，其又可忘耶？既以名亭，又从而歌之，曰[18]：

使天而雨珠，寒者不得以为襦[19]。使天而雨玉，饥者不得以为粟。一雨三日，繄谁之力[20]？民曰太守[21]，太守不有。归之天子，天子曰不然[22]。归之造物[23]，造物不自以为功。归之太空，太空冥冥[24]。不可得而名，吾以名吾亭。

[注释]

[1] 喜雨亭记：嘉祐七年（1062）三月作于凤翔府。苏轼于嘉祐六年（1061）十二月到凤翔府签判任，此文云："余至扶风（凤翔府）之明年。"是为嘉祐七年。喜雨亭，在凤翔府城东北。　[2]"周公得禾"二句：《尚书·微子之命》："唐叔得禾，异亩同颖，献诸天子。王命唐叔，归周公于东，作《归禾》。周公既得命禾，旅天子之命，作《嘉禾》。"　[3]"汉武得鼎"二句：《史记·孝武本纪》

金圣叹："亭与雨何与，而得以为名？然太守、天子、造物既俱不与，则即以名亭固宜。此是特特算出以雨名亭妙理，非姑涉笔为戏论也。"（《天下才子必读书》卷十五）

林云铭："末忽撰出歌来，而以雨力不可忘处层层推原，皆有至理。不但舍雨之外无可名此亭，亦舍亭之外无可名此雨，把一个太守私亭，毋论官吏、商贾、农夫，即天子、造物、太空，无不一齐挽入。岂非异样大观？"（《古文析义》卷十五）

载：汉武帝元狩七年（前116）夏六月，汾阴巫锦得宝鼎，奏闻，迎鼎至甘泉宫，改年号为元鼎。　[4]"叔孙胜狄"二句：《左传》文公十一年载：狄人入侵，鲁文公使叔孙得臣抗击狄军。"冬十月甲午，败狄于咸，获长狄侨如。……以命宣伯（叔孙得臣之子）。"杜预注："因名宣伯曰侨如，以旌其功。"　[5]扶风：旧郡名。三国魏改汉右扶风郡而置，即宋之凤翔府，故治在今陕西宝鸡凤翔区。　[6]雨（yù）麦：麦子像雨一样降落。雨，动词，降落。后文"雨珠""雨玉"的"雨"字，读音和词义同此。岐山：在岐山县东北，属凤翔府。阳：山的南面。　[7]占：占卜。有年：丰收之年。《穀梁传》桓公三年："五谷皆熟，为有年也。"　[8]弥月：满月。　[9]越：及至。三月乙卯：即三月八日。　[10]甲子：三月十七日。　[11]丁卯：三月二十日。　[12]商贾：商人。古称行商坐贾。　[13]抃（biàn）：鼓掌，表示欢欣。　[14]属（zhǔ）客：为客斟酒，劝客进酒。　[15]荐饥：连年灾荒。《左传》僖公十三年："晋荐饥。"孔颖达疏引李巡曰："谷不成熟曰饥，连岁不熟曰荐。"　[16]优游：即悠游，悠闲自得。　[17]此亭：郎本无"此"字。　[18]曰：郎本作"歌曰"。　[19]襦：短袄。　[20]繄（yī）：语助词，近"是"字义。　[21]太守：凤翔府知府。郎本注云："时陈希亮公弼守凤翔。"王文诰《苏诗总案》卷四谓嘉祐八年正月"宋选罢凤翔任，陈希亮自京东转运使来代"，其说甚是。则此时太守指宋选。选字子才，郑州荥阳人。　[22]天子曰不然：郎本罗考云："此歌每二三句一易韵，'珠'与'襦'协，'玉'与'粟'协，'日'与'力'协，'守'与'有'协，'功'与'空'协，'冥'与'名'协，独'子''然''物'三字无韵，似有讹误。窃疑'天子曰不然'句'然'字当是衍文，'不'字如读'否'，则与'有'协；读入声，则与'物'字协。"其说甚有理。　[23]造物：即造物者，创造万物的神力。　[24]冥冥：高远渺茫。

[点评]

苏轼一生写过不少楼台亭阁的记文，而此文颇为古文家所推崇，是其记文名篇之一。此亭在官舍之中，为官员休息之所，本来与民无关，然而苏轼却小题大做，将游息之亭与喜雨之志联系起来，如虞集所云："此篇题小而语大，议论干涉国政民生大体，无一点尘俗气。"（《三苏文范》卷十四引）

文章第一段开头两句即破题："亭以雨名，志喜也。"不仅将题中"喜""雨""亭"三字皆点出，而且以"名"与"志"二字引出下文的议论。"古者有喜则以名物"二句，指出"志喜"（记住喜事）与"名物"（为物命名）的关系，接着举三个历史故事，"周公得禾，以名其书"，"汉武得鼎，以名其年"，"叔孙胜狄，以名其子"，说明遇喜而名物，乃是古已有之的文化传统，以"雨"名"亭"，所来有自，顺理成章，所不同者只有"其喜之大小不齐"，而在表示"不忘"方面是一致的。其实，苏轼所喜之雨，也非小物，而是与民生密切相关的大事；得雨之喜，也非小喜，而是地方官与民同乐的大喜。

接下来第二段就"亭""雨""喜"三字娓娓道来。先写"亭"，包括建亭的时间，亭所在方位，亭的配套工程（凿池种树），建亭的目的。其次重点写"雨"，可分为四个层次：第一层，春日发生"雨麦"的自然奇观，占卜预示是丰收年。第二层反转，然而"弥月不雨，民方以为忧"，正当春耕季节，需要雨水，却遇上大旱，农民自然忧心如焚。第三层写盼的结果，等来两场雨，但雨未下透，"民以为未足"。第四层大雨下了三日才停，终于彻底缓解旱情。从"雨麦"到"弥月不雨",从"乃雨""又雨"到"大雨三日",处处离不开"雨"字。这四个层次,用钱文登的话来说:"一正一反,说尽喜雨之情。"(《苏长公合作》卷一引)最后是写雨后万民之"喜",描写不同人物之"喜",用词极精当,切合身份和场景,官员是"相与庆于庭",商人是"相与歌于市",农夫则是"相与抃于野",城市乡村、官廨商肆,一片欢天喜地。"忧者以乐,病者以愈",将"喜"推向高潮。最后一句"而吾亭适成",紧接"雨"和"喜"的铺叙之后,将亭建成的时间与"喜雨"的时间相对接,十分得体。寥寥五字,既点出"亭"与"雨"的关系,又带出下文亭上举酒属客的话题。

身为凤翔府签判的苏轼与同僚,因喜雨而相庆于亭上。在此,作者设置了酒席间的主客问答,讨论雨与收成的关系。先极言无雨之种种恶果,灾荒、狱讼、盗贼滋生,那么民忧官亦忧。如果官员们都疲于应付各种灾变,哪里还有余暇来此亭上悠闲自在地饮酒作乐呢。因此,这得感谢上天赐雨,有了"斯民"之乐,才有官员个人的"优游而乐"。苏轼认为,官员闲适的亭上之喜与上天赐雨相关,"其又可忘耶"一句回应篇首"志喜"和"不忘",进一步暗中申说了以"喜雨"名亭的理由。

最后一段歌词,写得洒脱而飘逸。歌词的前面部分,认为上天哪怕是"雨珠""雨玉",都不如寒者有襦、饥者有粟来得实惠,大雨三日纾解旱情,使人民得以丰衣足食,这是最令人高兴的事。这隐隐体现出苏轼重农轻商的思想。后面部分以戏谑的口吻来讨论大雨的恩惠究竟归功于谁,既不归之于"太守""天子"这样的具体人物，也不归之于"造物"这样抽象的自然神。层层递进而至"太空"，然而"太空冥冥"，渺不可寻。这三日之"雨"既然没有归属，则不妨用它来给亭子命名。在此，苏轼敢于超越太守、天子、造物和太空，用"吾以名吾亭"结束全文，体现出不迷信世间权威和超世间神力的真知灼见，这就是前人称道的"蝉蜕污浊之中，浮游尘埃之外"（《三苏文范》卷十四引楼昉语），"胸次洒落真是半点尘埃不到"（《苏长公合作》卷一引王世贞语）。

　　这篇文章融叙述、议论、抒情于一体，笔法灵活多变，全无安排布置的痕迹，而首尾贯穿，新见迭出。吴楚材等评论道："只就喜雨亭三字，分写、合写、倒写、顺写、虚写、实写，即小见大，以无化有，意思愈出而不穷，笔态轻举而荡漾，可谓极才人之雅致矣。"（《古文观止》卷十一）这是评其写作技巧，言简意赅。王世贞则从内容上高度评价："凡人作文字，须是笔头上挽得数百钧起。此篇与范文正公《岳阳楼记》看来笔力有千钧重。"（《苏长公合作》卷一引）的确如此，苏轼此文中体现出来的与民同忧乐的情怀，正是范仲淹"先天下之忧而忧，后天下之乐而乐"的回响，笔力千钧，乃在于"议论干涉国政民生大体"。

稼说 [1]

　　曷尝观于富人之稼乎？其田美而多，其食足

而有余。其田美而多，则可以更休，而地力得完[2]；其食足而有余，则种之常不后时，而敛之常及其熟。故富人之稼常美，少秕而多实，久藏而不腐。今吾十口之家，而共百亩之田，寸寸而取之，日夜以望之，锄耰铚艾[3]，相寻于其上者如鱼鳞[4]，而地力竭矣。种之常不及时，而敛之常不待其熟。此岂能复有美稼哉？

古之人，其才非有以大过今之人也，其平居所以自养而不敢轻用以待其成者，闵闵焉如婴儿之望长也[5]。弱者养之以至于刚，虚者养之以至于充。三十而后仕[6]，五十而后爵[7]。信于久屈之中[8]，而用于至足之后；流于既溢之余，而发于持满之末[9]。此古之人所以大过人，而今之君子所以不及也。

吾少也有志于学，不幸而早得与吾子同年[10]，吾子之得亦不可谓不早也。吾今虽欲自以为不足，而众且妄推之矣。呜呼！吾子其去此而务学也哉！博观而约取，厚积而薄发，吾告子止于此矣。子归过京师而问焉，有曰辙子由者[11]，吾弟也。其亦以是语之。

林纾："入手说稼，即痛言'早'字之弊。病不及时，早也；不待其熟，亦早也。"（《古文辞类纂选本》卷六）

林纾："如'信（伸）久屈''用至足''流既溢''发持满'四语，皆悟道后语也。"（同上）

黄枢："吾观眉山苏长公送张同年《稼说》，谓'博学而约取，厚积而薄发'，深有感于斯言。"（《后圃黄先生存集》卷四《稼隐轩记》）

［注释］

[1] 稼说：嘉祐八年（1063）十一月作于凤翔。郎本卷五十七此文题下自注"送张琥"。张琥，后改名璪，字邃明，一字叔毅，滁州全椒（今属安徽）人。与苏轼同年登进士第。历凤翔法曹、缙云令。神宗时附王安石、吕惠卿。乌台诗案起，与李定等治狱，谋傅致苏轼于死。元丰四年（1081）拜参知政事，改中书侍郎。哲宗立，谏官、御史合攻之，谓"天下共知其为大奸"，乃出知郑州，卒于知扬州任上。《宋史》有传。　[2] 地力：土地的生产能力，即土地的肥沃程度。王充《论衡·效力》："地力盛者。草木畅茂，一亩之收，当中田五亩之分。"　[3] 锄耰（yōu）铚艾（zhì yì）：以锄覆种，以镰收割，泛指耕种收获。耰，《论语·微子》："耰而不辍。"郑氏注："耰，覆种也。"即播种后以土覆盖种子。铚艾，《诗经·周颂·臣工》："奄观铚艾。"铚，《说文·金部》："铚，获禾短镰也。"艾，通"刈"，收割。　[4] 相寻：接连不断。　[5] "闵闵焉"句：《左传》昭公三十二年："闵闵焉如农夫之望岁。"杜预注："闵闵，忧貌。"此句仿其句法。　[6] 三十而后仕：杜佑《通典》卷十四："（宋）文帝元嘉中，限年三十而仕。"　[7] 五十而后爵：《礼记·王制》："五十而爵。"　[8] 信：通"伸"，舒展，伸张。《周易·系辞下》："尺蠖之诎，以求信也。"　[9] 持满：指拉满弓弦。《汉书·周亚夫传》："彀弓弩持满。"颜师古注："彀，张也。"　[10] 与吾子同年：郎晔注："公与琥俱登嘉祐二年第。"同榜登第之人彼此称"同年"。苏轼登第时二十二岁，《宋史·张璪传》称其"未冠登第"，其年龄约小苏轼三岁。　[11] 有曰辙子由者：苏辙字子由，时其父苏洵被命于京师编修礼书，苏辙侍奉父侧。

［点评］

此文苏轼自称是"杂说"，底本归于"说"类，郎本归于"杂说"类，然而其性质更像一篇"赠序"，即亲朋好友临别赠言之作。苏轼与张琥为同榜进士，又同在凤翔府为官，其关系既是同年，又是同僚。苏轼年长张琥约三岁，作此文送张琥，既是朋友相切磋之意，又带了几分老大哥相劝勉的味道。从科举角度来看，苏轼和张琥都属于少年得志。作此文之时，苏轼二十八岁未满，而张琥仅二十五岁左右，仕途一帆风顺。但从另一个角度看，学养尚未充足，而功名收获太早，对士大夫君子而言，未必是件好事。所以苏轼特地作此，力图以"自养而不敢轻用"告诫友人，同时也警示自己。

古文家林纾指出："此篇着眼在一'早'字，归重在一'足'字。"（《古文辞类纂选本》卷三）全文共分三段：第一段以稼为喻，论"不足"和"早"的危害；第二段比较古之人与今之人的不同，主张学待其"足"，不必取"早"；第三段论为了克服"早"而"不足"的危害，必须"务学"。

首先以种庄稼为喻，分析富人和穷人收获的差异。富人的田多而肥沃，食物充足有余，这样土地就可以"更休"，能始终保持地力的完美。种的时候能及时播种，收的时候能等待其成熟，所以庄稼长得很好，即所谓"稼之常美"。反过来说，田少的穷人为了活口，每一寸土地都想有所取，日夜盼望庄稼成熟，不断地耕种收割，地力被完全耗尽，土地贫瘠。耕种的时候常不及时，收割的时候迫不及待，等不到庄稼成熟，这显然不可能收获"美稼"。穷人不能得"美稼"的根本原因在于"不足"而求"早"。这里"说稼"的道理都是为了喻学。

　　次段是本文论述的重点，承接"不待其熟"、难得"美稼"而来。古之人和今之人在求学上的差别，犹如富人与穷人种庄稼的差别。诚如林纾所言："不及时者，学不充也；不待熟者，学不实也。所云'不敢轻用，以待其成'八字，此公悟道之言。天下之学，惟大成后，用始不穷。若不待成而用，即轻用耳。"人才培养之事如同种庄稼，所谓"闵闵焉如婴儿之望长也"一句，有意模仿《左传》"闵闵焉如农夫之望岁"的句式，也源于二者之间的相似关系。婴儿如同苗稼，更如同人才，需要将"弱者养之以至于刚，虚者养之以至于充"。过于年轻，难免有"弱""虚"之处，因此苏轼举古代"三十而仕，五十而爵"的说法，正是为了说明人才培养达到"至于刚""至于充"之后，然后再用于政事。接下来"信（伸）于久屈之中"四句排比，进一步申说这一道理，即在久屈之后的伸展，至足之后的使用，蓄水充溢之后的流动，弓弦拉满之后的发射，这就是"古之人"长养待其成后的致用，所以能"大过人"。"今之君子"不及古人之处正在此。

　　最后一段承接上文"今之君子"，反思自己和张琥功名所得之"早"。古之人是"三十而仕"，而自己和张琥都是二十出头而仕，这并不值得骄傲，相反是件很"不幸"的事。林纾分析道："一路说来，着意皆在于早成之无用。且不指明，直待到叙及同年，彼此争以早达为恨。'自以为不足'，是占身份语；'众且妄推'，是为不虞之誉。实则公心中已自信其足，其仍以为不足者，勖张琥也。"苏轼对自己成名过早感到担忧，因此特别希望能通过"务学"来减少"早"可能带来的危害。由此他以"博观而约取，厚积而薄发"告诫友人，而且以之自勉。结尾处让张琥将此文所讲转告苏辙，意味着苏轼是将张琥当作兄弟辈来看待的，尤其显得亲切。张琥后来改名张璪，功名心切，在乌台诗案中迫害苏轼，欲致其死，正可见其自养未足而敢于轻用，并未听从同年的告诫。

此文最著名的警句"博观而约取，厚积而薄发"，针对不待其成而过早轻用而提出来，是作者劝学的核心。黄震指出："《稼说》论厚积薄发，自谕论道之难见，盖为不务学者戒也。"（《黄氏日抄》卷六十二）楼昉对此更为赞叹："观坡公此说，岂以一世之盛名自居者哉？其朋友兄弟之相切磋者如此，此所以名益盛而学益进也。"（《崇古文诀》卷二十五）博观约取、厚积薄发的观点，在后世影响深远，颇为论述求学致用的学者所引用。

苏轼在给年轻学子的书信中，也反复申说《稼说》中的观点。如《与张嘉父书》说道："但志于存养，孟子所谓'心勿忘，勿助长'者，此当铭之坐右。世人学道，非助长也，则忘而已矣。仆少时曾作《杂说》一首送叔毅，其首云'曷尝观于富人之稼者'是也，愿一阅之。"告诫养志之事不能拔苗助长。又说："当且博观而约取，如富人之筑大第，储其材用，既足而后成之，然后为得也。"主张学者广泛阅读，精炼提取，如富人修房子，先储备各种建筑材料，储备充足后，自然可大功告成。苏轼的观点，与韩愈"无望其速成，无诱于势利，养其根而俟其实，加其膏而希其光"（《答李翊书》）的看法如出一辙，对于当今所谓"不要输在起跑线上"的教育理念仍具有警示意义。

林希逸注《庄子·则阳》曰："封人因耕而喻政，庄子又以喻学，东坡《稼说》实仿此也。"（《庄子鬳斋口义》卷八）认为苏轼以稼喻学，思路出自《庄子》，其说可参考。

超然台记[1]

凡物皆有可观。苟有可观，皆有可乐，非必怪奇伟丽者也。铺糟啜漓[2]，皆可以醉；果蔬草木，皆可以饱。推此类也，吾安往而不乐？

夫所为求福而辞祸者[3]，以福可喜而祸可悲也。人之所欲无穷，而物之可以足吾欲者有尽。美恶之辨战乎中，而去取之择交乎前，则可乐者常少，而可悲者常多，是谓求祸而辞福。夫求祸而辞福，岂人之情也哉！物有以盖之矣[4]。彼游于物之内[5]，而不游于物之外，物非有大小也，自其内而观之，未有不高且大者也。彼其高大以临我，则我常眩乱反复，如隙中之观斗，又焉知胜负之所在？是以美恶横生，而忧乐出焉，可不大哀乎！

金圣叹："台名超然，看他下笔便直取'凡物'二字，只是此二字已中题之要害。便以下横说竖说，说自说他，无不纵心如意也。须知此文手法超妙，全从《庄子·达生》《至乐》等篇取气来。"（《天下才子必读书》卷十五）

林西仲："'乐'字一篇之纲。"（《纂评唐宋八大家文读本》卷七引）

余自钱塘移守胶西[6]，释舟楫之安[7]，而服车马之劳；去雕墙之美，而蔽采椽之居；背湖山之观，而适桑麻之野。始至之日，岁比不登[8]，盗贼满野，狱讼充斥；而斋厨索然，日食杞菊[9]。人固疑余之不乐也。处之期年[10]，而貌加丰，发之白者，日以反黑。余既乐其风俗之淳，而其吏民亦安予之拙也。于是治其园圃，洁其庭宇，伐安丘、高密之木[11]，以修补破败，为苟完之计[12]。而园之北，因城以为台者旧矣，稍葺而新之，时相与登览，放意肆志焉。南望马耳、常山[13]，出没隐见，若近若远，庶几有隐君子乎？而其东则卢山[14]，秦人卢敖之所从遁也。西望穆陵[15]，隐然如城郭，师尚父、齐桓公之遗烈，犹有存者。北俯潍水[16]，慨然太息，思淮阴之功，而吊其不终。台高而安，深而明，夏凉而冬温。雨雪之朝，风月之夕，余未尝不在，客未尝不从。撷园蔬，取池鱼，酿秫酒[17]，瀹脱粟而食之[18]。曰：乐哉游乎！

方是时，余弟子由适在济南[19]，闻而赋之[20]，且名其台曰"超然"。以见余之无所往而

黄宗一："四望辽廓，胸次豁然，所谓达人大观者。""此等格调，是学太史公八《书》法。"（《苏长公合作》卷二引）

赖山阳："登楼所眺，乃见超然意，铺叙宏丽，有韵有调，读之万遍不厌，节奏全在'乎''而''其'三字上。"（《纂评唐宋八大家文读本》卷七引）

唐顺之："叙山川景象甚长，叙四时景象甚短，盖东坡才气豪迈，故操纵伸缩无不如意。"（《三苏文范》卷十四引）

不乐者，盖游于物之外也。

［注释］

[1] 超然台记：熙宁八年（1075）十一月作于密州。苏轼以熙宁七年（1074）九月由杭州通判移知密州，十一月三日到密州任。本文云"处之期年，……因城以为台者旧矣，稍葺而新之"。可见新葺超然台在到任一年之际。超然台的得名，见后注[20]。　　[2] 铺（bū）糟啜漓（chuò lí）：食酒糟，饮薄酒。屈原《渔父》："众人皆醉，何不铺其糟而歠其醨？"铺，食。糟，酒糟。啜，通"歠"，饮。漓，"醨"的俗字，薄酒。　　[3] 所为：即所谓。　　[4] 盖：蒙蔽，遮蔽。　　[5] 游：指游心。　　[6] 钱塘：即杭州。胶西：西汉置胶西国，都高密，宋属密州辖境。此代指密州。　　[7]"释舟"六句：谓从杭州到密州，交通、居处、环境三者皆变恶劣。采椽，谓取栎木为椽，不加削斫，言居处俭朴简陋。语本《韩非子·五蠹》："尧之王天下也，茅茨不翦，采椽不斫。"　　[8] 岁比不登：连年收成不好。　　[9] 日食杞菊：苏轼《后杞菊赋叙》："及移守胶西，意且一饱。而斋厨索然，不堪其忧。日与通守刘君廷式，循古城废圃，求杞菊食之，扪腹而笑。"　　[10] 期（jī）年：一年。　　[11] 安丘：县名，宋属密州，在今山东诸城西北。高密：县名，宋属密州，在今山东诸城东北。　　[12] 苟完：郎本作"苟全"。　　[13] 马耳：山名。《水经注·潍水》："马耳山，山高百丈，上有二石并举，望齐马耳，故世取名焉。"《大清一统志》卷一百七十《青州府》："马耳山，在诸城县西南五十里。"常山：苏轼《雩泉记》："常山在东武郡（密州）治之南二十里。"以祷雨常应，故名。　　[14]"而其东"二句：苏轼《卢山五咏·卢敖洞》诗自注："《图经》云：敖，秦博士。避难此山，遂得道。"《大清一统志·青州府》："卢山，在诸城县东南三十里，

沈德潜："通篇含超然意，末路点题，亦是一法。"（《唐宋八家文读本》卷二十三）

本名故山。"[15]"西望"四句：因穆陵与师尚父、齐桓公的功业颇有关系，故西望而怀想。《史记·齐太公世家》："（周成王）使召康公命太公曰：'东至海，西至河，南至穆陵，北至无棣，五侯九伯，实得征之。'"《左传》僖公四年：齐桓公伐楚，管仲曰："赐我先君履，……南至于穆陵。"郎本注："太公封于齐，威（桓）公霸于齐，故遗烈尚存。"穆陵，关名。《大清一统志·青州府》："穆陵关巡司，在临朐县南一百里大岘山上。"师尚父，即姜太公吕尚，辅佐周武王有功，被尊为师尚父。封于齐。齐桓公，名小白，春秋五霸之一。[16]"北俯"四句：《史记·淮阴侯列传》载，韩信伐齐，楚使龙且率军二十万救齐。韩信与龙且夹潍水为阵，用决囊壅水之计击杀龙且。韩信功虽大，然竟以谋反罪，被吕后斩于长乐宫，不得善终。潍水，源出今山东五莲县西南之箕屋山，流经诸城市，至昌邑市入莱州湾。[17]秫酒：用秫酿成的酒。秫，即黏高粱。[18]瀹（yuè）：煮。脱粟：糙米。[19]余弟子由适在济南：苏辙字子由，时任齐州掌书记。齐州即济南郡，治历城县，即今山东济南。北宋熙宁七年（1074）分京东路为东西两路，齐州属京东西路，密州属京东东路，故苏轼不得至齐州见苏辙。[20]"闻而赋之"二句：苏辙作《超然台赋》，其叙略云："《老子》曰：'虽有荣观，燕处超然。'尝试以'超然'命之，可乎？因为之赋。"

[点评]

"超然台"之名，是苏辙所取，并在其《超然台赋叙》中申说了取名的理由。大致意思是：山居者、林居者、耕者、渔者都只是"安于其所而已"，其乐各不相及，而"台"则能尽其所乐；天下士人沉溺于是非、荣辱之地，"嚣然尽力而忘反"，也不自知，"而达者哀之"。可以说

"台"和"达者"都能"超然不累于物"。换言之,"台"就像"达者"一样,超越山林耕渔之乐,超越是非荣辱之境,所以台可命名为"超然"。

苏轼这篇《超然台记》,正是循着其弟苏辙的思路,讨论"乐"与"超然"的关系。此文以"超然不累于物"立论,一开篇便发议论,讨论"物"与"乐"的关系,因此由"凡物"入题,便已抓住论题要害。既然所有的物皆可观而皆可乐,那就不必介意怪奇伟丽与平淡简朴的区别,因此薄酒蔬食,皆可醉饱。四个"皆"字使文意前后串接,语势畅达条贯。其实后面两句还暗藏一"皆"字,即"吾往而皆乐",只是用反问的句式表达而已。正如有学者所说,"铺糟啜漓"四句,化用《论语·雍也》"一箪食,一瓢饮,在陋巷,人不堪其忧,回也不改其乐"之意。当然,《论语》中孔子只是称赞颜回的态度,而苏轼却"推此类",论证"凡物皆可乐",进一步说明为何"吾安往而不乐"的道理。

接下来从反面论证人们"不乐"的原因。从人之常情出发,应该都是"求福而辞祸",但其结果却是"求祸而辞福",所求所辞刚好相反。这是因为人的欲望无穷,而能满足人欲望的物有限,于是,人面对物之时,就会计较于物的美恶,纠结于物的去取,烦恼焦虑,因此乐少悲多,求福得祸。这种状况的出现乃在于人们把"物"与"我"的关系弄颠倒了,"物"遮盖住"我"的主体意识,"我"成为"物"的奴隶,或者说"我"被"物"所异化。当人们"游于物内"之时,看到的物就变得"高且大","物"以其高大的假象蒙蔽了"我"的判断,头晕目眩,

"物"的美恶决定"我"的乐忧,这是人们最大的悲哀。以上两段一正一反的议论,有力地说明人之"乐"与"不乐"的原因所在,"游于物之内",以物君临我,必然悲哀;"游于物之外",才能以我观物,摆脱物的遮蔽,真正获得"燕处超然"的快乐心境。

　　从"记"的角度看,第三段才步入正题,即正面记叙自己来密州的处境、超然台的修葺、登台所见景观以及游而得乐的情景,用具体事例说明"台"的来历以及"超然"的内涵。这段又分为三层来写:第一层写"移守胶西"后的种种不适。先用三个对偶句组成排比句式,概括且准确地突出了从杭州到密州交通、环境、居处的变化,由美变恶。在"始至之日"以下,用三个短句描写灾荒、盗贼、狱讼等令人烦恼的公事,又从斋厨饮食方面写私事的不堪。这一切足以让人怀疑苏轼的"不乐"。第二层写"处之期年"后的种种变化,一是自己的身体貌加丰,发反黑;二是感受到密州的风俗之淳,吏民的宽容;三是整治园圃庭宇,修补破败,有安家苟全之所。这就是苏轼在密州体会到的"吾安往而不乐"。以上两层是超然台修葺的背景,皆紧紧围绕"乐"与"不乐"的主题。第三层正面描写超然台,是楼台亭阁记不可或缺的内容。首先写台的位置,在城北;台的来历,"因城以为台",葺旧翻新,不浪费民财。接着写登览时的"放意肆志",东南西北四望时的所见所想,其感情极为复杂。既有对隐君子、仙人卢敖的想象,又有对师尚父、齐桓公功业的怀想,更有对韩信不得善终的感慨。这里不作价值判断,而是让读者去思考,这些古人何为"游于物之外"，何为"游于物之内"？谁"超然"，谁不"超然"？最后写台的四时之景与登台人的箪食瓢饮之乐。而登台之人，正如"台"一样，高而安，深而广，超然于物之外，故能如苏辙所说"尽其所乐"。

最后一段交代苏辙为台命名并作赋之事，文章至此才点明"超然"二字。结句"以见余之无所往而不乐者，盖游于物之外也"，既照应文章开头"吾安往而不乐"，又与第二段"游于物之内"的乐少悲多之人形成鲜明对照。

前人对此文题旨有所论述。黄震曰："《超然台记》，谓物皆可乐。人之所欲无穷，而物之可以足吾欲者有尽，无往而不乐者，盖游于物之外也。"（《黄氏日抄》卷六十二）姜宝曰："此记有即其所居之位、乐其日用之常、脱出尘寰之外之意，故名之曰'超然'，此东坡之所以为东坡也。"（《三苏文范》卷十四引）黄道周曰："此篇不惟文思温润有余，而说安遇顺性之理，极为透彻。此坡翁生平实际也。故其临老谪居海外，穷愁颠倒，无不自得，真能超然物外者矣。"（《唐宋文醇》卷四十四引）

此文的写法如唐顺之所言："前发超然之意，后段叙事解意，兼叙事格。"（《宋大家苏文忠公文抄》卷二十五）首先横空发论，进而由理入事，再由事及景，最后以理作结。说理处占全文篇幅的一半，这与以往的亭台楼阁记的写法不同。关于登台四望一段描写，胡仔认为是仿效晋人习凿齿之书，并引其《与弟秘书》曰："西望隆中，想卧龙之吟；东眺白沙，思凤雏之声；北临樊墟，存邓老之高；南眷城邑，怀羊公之风。"（《苕溪渔隐丛语·后集》卷三十）前人对此写法褒贬不一，如车若水曰："东坡《超然台记》中数语，本是习凿齿旧文，东坡蹈袭之。一入东坡手，精神百倍，不是吃烟火食人说话。"（《脚气集》）方苞则批评："子瞻记二台（另一指《凌虚台记》），皆以东西南北点缀，颇觉肤套。"（《评校音注古文辞类纂》卷五十六引）吴汝纶的看法相对公允："前辈议东南西北等为习俗常语。吾谓此但字句小疵，其精神意态实有寄于笔墨之外者，故自与前幅议论相称。"（同上引）仁者见仁，智者见智，仅供参考。

宝绘堂记 [1]

俞琰："先儒作文，皆有所本。何谓本？六经是也。试略举东坡之文言之。……如《乐记》云：'夫物之感人无穷，而人之好恶无节，则是物至而人化物也。'东坡《王君宝绘堂记》乃云：'君子可以寓意于物，而不可留意于物。'其说盖本《乐记》。"（《书斋夜话》卷四）

　　君子可以寓意于物，而不可以留意于物。寓意于物，虽微物足以为乐，虽尤物不足以为病 [2]；留意于物，虽微物足以为病，虽尤物不足以为乐。

　　老子曰："五色令人目盲 [3]，五音令人耳聋，五味令人口爽，驰骋田猎令人心发狂。"然圣人未尝废此四者，亦聊以寓意耳。刘备之雄才也 [4]，而好结髦。嵇康之达也 [5]，而好锻炼。阮孚之放也 [6]，而好蜡屐。此岂有声色臭味也哉？而乐之终身不厌。

凡物之可喜，足以悦人而不足以移人者，莫若书与画。然至其留意而不释，则其祸有不可胜言者。钟繇至以此呕血发冢[7]，宋孝武、王僧虔至以此相忌[8]。桓玄之走舸[9]，王涯之复壁[10]，皆以儿戏害其国，凶其身。此留意之祸也。

始吾少时，尝好此二者。家之所有，惟恐其失之；人之所有，惟恐其不吾予也。既而自笑曰："吾薄富贵而厚于书，轻死生而重于画[11]，岂不颠倒错缪失其本心也哉？"自是不复好。见可喜者，虽时复蓄之，然为人取去，亦不复惜也。譬之烟云之过眼，百鸟之感耳，岂不欣然接之，然去而不复念也[12]。于是乎二物者常为吾乐，而不能为吾病。

驸马都尉王君晋卿虽在戚里[13]，而其被服礼义，学问诗书，常与寒士角[14]。平居攘去膏粱[15]，屏远声色，而从事于书画。作宝绘堂于私第之东，以蓄其所有，而求文以为记。恐其不幸而类吾少时之所好，故以是告之，庶几全其乐而远其病也。熙宁十年七月二十二日记[16]。

张照："欧阳修好金石文字，为《集古录》，朱子议之。轼谓书画当如'烟云之过眼，百鸟之感耳，去而不复念，乃能常为吾乐，而不为吾病'。所见加于修一等矣，然犹未足为言之至也。唯曰'留意于物，虽微物足以为病，虽尤物不足以为乐'，斯实千古至言焉。"（《唐宋文醇》卷四十四）

[注释]

[1] 宝绘堂记: 熙宁十年（1077）七月二十二日作于徐州。郎本卷五十三作《王君宝绘堂记》，题下原注:"王君名诜，字晋卿。" [2] 尤物: 指能迷惑人心的美物。《左传》昭公二十八年: "夫有尤物，足以移人，苟非德义，则必有祸。" [3] "五色令人目盲"四句: 见《老子》第十二章，王弼注: "爽，差失也。失口之用，故谓之爽。夫耳、目、口、心皆顺其性也，不以顺性命，反以伤自然，故曰聋、盲、爽、狂也。"田猎，《老子》原作"畋猎"，即打猎。 [4] "刘备之雄才"二句:《三国志・蜀书・诸葛亮传》裴松之注引《魏略》:"备性好结毦，时适有人以髦牛尾与备者，备因手自结之。亮乃进曰:'明将军当复有远志，但结毦而已邪?'备知亮非常人也，乃投毦而答曰:'是何言与? 我聊以忘忧耳。'"髦，毛中之长毫，引申为兽毛。郎本作"眊"。 [5] "嵇康之达也"二句: 三国魏嵇康，字叔夜，竹林七贤之一。《世说新语・简傲》刘孝标注引《文士传》:"康性绝巧，能锻铁。家有盛柳树，乃激水以圜之，夏天甚清凉，恒居其下傲戏，乃身自锻。家虽贫，有人说锻者，康不受直，唯亲旧以鸡酒往，与共饮啖，清言而已。" [6] "阮孚之放也"二句: 晋阮孚，字遥集。《世说新语・雅量》:"阮遥集好屐。……或有诣阮，见自吹火蜡屐，因叹曰:'未知一生当著几量屐?'神色闲畅。" [7] "钟繇"句: 唐韦续《墨薮》:"繇见蔡伯喈笔法于韦诞坐上，自捶胸三日，胸尽青，因呕血。太祖以五灵丹救之，得活。繇苦求之，不得。及诞死，繇令人盗掘其墓，遂得之。故知多力丰筋者胜，无力无筋者病。——从其消息而用之，由是便妙。"钟繇，字元常，三国魏书法家。 [8] "宋孝武"句:《南齐书・王僧虔传》:"孝武欲擅书名，僧虔不敢显迹。大明（孝武帝年号）世，常用掘笔书，以此见容。"南朝宋孝武帝刘骏，好书法。王僧虔，南朝书法名家，

宋时官至尚书令，入齐转侍中。　[9]桓玄之走舸：《晋书·桓玄传》："（玄）初欲饰装，无他处分，先使作轻舸，载服玩及书画等物。或谏之，玄曰：'书画服玩既宜恒在左右，且兵凶战危，脱有不意，当使轻而易运。'众咸笑之。"桓玄，一名灵宝，字敬道。晋安帝元兴二年（403）代晋自立，次年为刘裕所灭。　[10]王涯之复壁：《旧唐书·王涯传》："家书数万卷，侔于秘府。前代法书名画，人所保惜者，以厚货致之；不受货者，即以官爵致之。厚为垣，窍而藏之复壁。"及甘露之祸，"人破其垣取之，或剔取函奁金宝之饰与其玉轴而弃之"。王涯，字广津，唐文宗时宰相。大和九年（835）甘露之变，为宦官所杀。　[11]于：底本无，据郎本补。　[12]然：底本无，据郎本补。　[13]驸马都尉：官名。汉武帝时始置，掌副车之马，为陪奉皇帝乘车的近臣。魏、晋以后，皇帝的女婿照例授以驸马都尉，于是成为称号，而非实官，简称驸马。王君晋卿：王诜，字晋卿，尚英宗女魏国大长公主。能诗善书画，工弈棋。戚里：帝王外戚聚居之处。　[14]角：比较。　[15]攘：郎本作"摆"。膏粱：肥肉和精粮，代指精美食物。　[16]二十二日：郎本作"二十日"。

[点评]

　　驸马都尉王诜爱好高雅，能书善画，而且喜欢收藏，甚至修了一间专门珍藏书画的宝绘堂，请苏轼作记。照常规说，撰写楼台亭阁营造之事的记文，往往要记其经营始末、结构规模、建筑物内外的陈设景物等，但这篇记几乎没有关于"堂"本身的描写。而且，照常理说，为请托者的"宝绘堂"作记，理应围绕"宝绘"的定义展开，述说以书画为宝的必要性，以满足此堂主人的要求。然而，苏轼这篇记文却完全不顾常规、常理，不仅大部分篇幅在发议论，而且议论的内容大部分在说"宝绘"的危害。也就是说，苏轼不仅把一篇记叙文写成议论文，而且写成与主人愿望相反的议论文，几乎是一篇"反宝绘堂记"。

这篇记文大致可分为五段。

第一段提出全文中心论点："君子可以寓意于物，而不可以留意于物。""寓意于物"就是寄情于物，"留意于物"就是沉溺于物，这是两种不同的对待物质的态度。苏轼主张儒家君子可以把精神寄托于外物中，但是不要过分地把心思全留滞在外物上。接下来他进一步论证这两种态度与"微物"和"尤物"的关系。采用"寓意于物"的态度，即使是最微不足道的东西，人们都可以从中得到快乐；即使是最动人心的美物，也不足以使人们沉溺其中而患得患失。如果反过来"留意于物"，那么即使是不起眼的微物，都足以成为忧患；即使最动人心的尤物，都不会令人感到快乐。"寓意于物"，则无论是"微物"还是"尤物"，人都是物的主人；而"留意于物"，则人成了物的奴隶，物成了人的心病甚至祸患。

第二段主要论证"寓意于物"的态度。老子说："五色令人目盲，五音令人耳聋，五味令人口爽，驰骋田猎令人心发狂。"这是一种纯粹反对审美的观点，拒绝一切美好的东西，只追求心灵的安宁。但苏轼认为这不足取，因为即使是儒家圣人也不排斥五色、五音和五味以及驰骋田猎，"未尝废此四者"。这四者本身没有问题，主要取决于人们对待这四者的态度，如果是"聊以寓意耳"，就不会对目、耳、口、心有任何危害。苏轼列举了几个历史人物的爱好来作印证，刘备喜欢结髦，嵇康喜欢打铁，阮孚喜欢蜡屐。其所爱之物看来很无聊，连"声色臭味"都没有，属于地道的"微物"，但他们却从中得到了快乐，刘备"聊以忘忧"，嵇康以之"傲戏"，阮孚"神情闲畅"，这都是"寓意于物"的结果。

第三段主要论证"留意于物"的态度。"凡物之可喜，足以悦人而不足以移人者，莫若书与画"三句，终于进入"宝绘堂"的主题。苏轼指出，书画就是最好的物品，既能使人感到愉悦，又不至于像"尤物"那样迷惑人心。然而，如果爱书画到了"留意而不释"的地步，也会造成很大的祸害。比如钟繇呕血发冢，宋孝武帝嫉妒王僧虔，桓玄轻舟载画，王涯夹墙藏画，嗜书画如命，最终"皆以儿戏害其国，凶其身"，这都是"留意于物"的结果。

第四段苏轼以自己为例，用亲身经历来论证主要观点。他自称青少年时也有留意于书画的毛病，"家之所有，惟恐其失之；人之所有，惟恐其不吾予也"，两个"惟恐"，足见"留意"之深，爱好之切，患得患失。后来总算觉悟，发现自己"薄富贵而厚于书，轻死生而重于画"的行为何等可笑，真是"颠倒错缪失其本心"，完全弄反了人与物之间的关系。于是不再留意于此，见到喜欢的书画，时时收藏，别人拿去也不可惜。"譬之烟云之过眼，百鸟之感耳"，尽情欣赏而已，不再视为己有。这就是苏轼在《超然台记》中所讨论的："以见余之无所往而不乐者，盖游于物之外也。"

最后一段，先赞美王诜的人品学问，作为皇家的贵戚，能抛去奢华的物质享受，常跟贫寒的士人相比较，爱好无"声色臭味"的书画，值得称道。然而专建宝绘堂收藏书画的王诜，其实已有"桓玄之走舸，王涯之复壁"的倾向，所以苏轼担心他犯自己青少年时的错误，希望他能"全其乐而远其病"，用"寓意于物"来取代"留意于物"，不要成为书画的奴隶。换言之，最好把"宝绘"的想法变成"寓绘"的想法，即一种超功利的审美态度，避免书画收藏家和占有者常有的"留意于物"之病。

这篇记文用的几个典故，如钟繇、宋孝武、王僧虔、桓玄、王涯的故事，宝绘堂的主人王诜看了很不舒服。据吴子良记载："王嫌所引用非美事，请改之。坡答云：'不使则已，即不当改。'盖人情喜谀而多避忌。"（《林下偶谈》卷二《前辈不肯妄改已成文字》）这足以看出苏轼坚持自我观点、不迎合讨好他人的独立精神。

唐顺之评论说："《墨宝堂》与此二篇，皆小题从大处起议论，有箴规之意焉。"（《宋大家苏文忠公文抄》卷二十四）此文提出的"寓意于物"的态度，影响深远，足可视为古代一条重要审美待物的原则。它以格言的形式为后世文人所奉行，转述称赏甚多，不胜枚举。

邵博："佛书：'日月高悬，盲者不见。'《日喻》：'眇者不识日。'眇能视，非盲也，岂不识日？亦误也。"（《邵氏闻见后录》卷十六）

日喻 [1]

生而眇者不识日 [2]，问之有目者。或告之曰："日之状如铜盘。"扣盘而得其声，他日闻钟，以为日也。或告之曰："日之光如烛。"扪烛而得其形，他日揣籥[3]，以为日也。日之与钟、籥亦远矣，而眇者不知其异，以其未尝见而求之人也。

道之难见也甚于日，而人之未达也，无以异于眇。达者告之，虽有巧譬善导[4]，亦无以过于盘与烛也。自盘而之钟，自烛而之籥，转而相之[5]，岂有既乎！故世之言道者，或即其所见而名之，或莫之见而意之，皆求道之过也。然则道卒不可求欤？苏子曰："道可致而不可求。"何谓致？孙武曰："善战者致人[6]，不致于人。"子夏曰[7]："百工居肆以成其事，君子学以致其道。"莫之求而自至，斯以为致也欤？

南方多没人[8]，日与水居也，七岁而能涉，十岁而能浮，十五而能没矣。夫没者，岂苟然哉[9]，必将有得于水之道者。日与水居，则十五而得其道。生不识水，则虽壮，见舟而畏之。故北方之勇者，问于没人，而求其所以没，以其言试之河，未有不溺者也。故凡不学而务求道，皆北方之学没者也。

昔者以声律取士[10]，士杂学而不志于道；

林纾："所谓'莫之求而自致'，盖言道不能用空言以求，须从实学以求。所谓'莫之求'即指空言，所谓'致'者，至也，能学则自至矣。"（《古文辞类纂选本》卷六）

林纾："于是由'学'字生出'没人'之喻。'没人'一学，即得水之道；学者一学，即得圣人之道。不学而求没尚且不可，岂不学而求道其可哉？"（同上）

今者以经术取士^[11]，士求道而不务学。渤海吴君彦律^[12]，有志于学者也，方求举于礼部，作《日喻》以告之。

[注释]

[1]日喻：据宋人傅藻《东坡纪年录》，此文乃元丰元年（1078）十月十二日作于徐州。而据朋九万《乌台诗案》谓作于元丰元年十月十三日。　[2]眇：本指盲一目，此泛指目盲。　[3]揣：摸索。籥（yuè）：形状似笛的管乐器。　[4]导：底本作"道"，据郎本改。　[5]"转而"二句：一物接一物地相互譬喻形容下去，没有尽头。相，交相形容。既，尽。　[6]"善战者致人"二句：《孙子·虚实篇》："凡先处战地而待敌者佚，后处战地而趋战者劳。故善战者致人，而不致于人。"《十一家注孙子》引杜牧云："致令敌来就我，我当蓄力待之，不就敌人，恐我劳也。"又引王晳曰："致人者，以佚乘其劳；致于人者，以劳乘其佚。"致人，使人自至。　[7]"子夏曰"三句：见《论语·子张》。邢昺疏："肆，谓官府造作之处也。致，至也。言百工处其肆，则能成其事；犹君子勤于学，则能至于道也。""子夏"，底本作"孔子"，今据郎本、《论语》改。　[8]没人：能潜水之人。　[9]哉：底本原缺，今据郎本补。　[10]"昔者"二句：据《宋史·选举志》，神宗熙宁四年（1071）以前，科举承袭隋、唐旧制，以诗赋试进士，故应试者须杂学旁搜，而不志于道。　[11]"今者"二句：据《宋史·神宗本纪》，熙宁四年"二月丁巳朔，罢诗赋及明经诸科，以经义、论、策试进士"。　[12]"渤海"四句：《乌台诗案》载苏轼的供状："元丰元年，轼知徐州。十月十三日，在本州监酒、正字吴琯锁厅得解，赴省试，轼作文一篇，名为《日喻》，

以讥讽近日科场之士，但务求进，不务积学，故皆空言而无所得，以讥讽朝廷更改科场新法不便也。"渤海吴君彦律，吴琚（1054—1114），字彦律，参政吴奎之子，时任徐州监酒。按：吴琚祖籍为京东东路潍州北海县，非河北路滨州渤海县，此"渤海"当作"北海"。求举于礼部，此指礼部试，即省试，唐、宋时进士及诸科考试在尚书省属下的礼部举行，故称。

[点评]

此文是一篇杂说，收入文集"杂著"类。正因不是专门的论说文，所以议论尤为生动活泼，设喻成文，理趣盎然。

文章讲的是"求道"与"务学"的关系问题，黄震概括说："论道之难见，盖为不务学者戒也。"全文有两层意思，用了两个譬喻：一是"日喻"，即眇者问日之喻，说明"未尝见而求之人"，会偏离"道"越来越远。二是"水喻"，或曰"没喻"，即北方学没者之喻，说明"道"是在日常实践学习中获得的，"凡不学而务求道"，皆不可"得道"。那么，为何文章有两喻而题目只标《日喻》呢？古文家林纾有很好的解释："此篇凡两喻：一喻日，一喻水，似不能但举'喻日'为标目。其仍标为《日喻》者，盖'喻水'为'喻日'之补义，且从学边说，非喻道体也。'日'喻道体，'没'喻学力，两不相蒙，故标以《日喻》为正。"（《古文辞类纂选本》卷六）

第一层以日比喻道体，以"识日"比喻"求道"。何为"道体"？《周易·系辞上》曰："形而上者谓之道，形而下者谓之器。""道"是无形相的抽象的本体，最难认识把握。生而眇者不识日，因他人比喻日状如盘，扣盘而得其声；比喻日光如烛，扪烛而得其形。"状"转为"声"，"光"转为"形"，自然会"自盘而之钟，自烛而之籥"，离日的真相越来越远。"状""声""光""形"四字皆是形而下的东西。形而上的"道"超越状、声、光、形，其难见程度，更甚于眇者之于"日"，因而未能达道的人，正如生而眇者一般，无论怎样巧妙的比喻以及循循善诱，都不能使其真正理解。由此，苏轼批评了世上"言道"的人，或者是就其所见而为之命名，或者是并没见过而加以臆测，一隅之见，道听途说，这些都是"求道之过"。

于是，作者提出"道可致而不可求"的中心论点。先引《孙子》"致人"之言，以例示"致"的含义，再引子夏"君子学以致其道"的名言，以说明"道莫之求而自至"的道理。其主要观点是：不要有专门去"求道"的心思，而是要在"学"的过程中使"道"自然到来，即循序渐进地自然得"道"。

由"致道"顺接而下，文章的第二层以"没"比喻"学"，以"没水"比喻"得道"，重在论述"务学"对于"求道"的重要性。南方之所以多"没人"，乃因为日与水居，渐习水性，是因为长期学习实践而"有得于水之道"。北方的勇者，生不识水性，即使向"没人"讨教，得到如何潜水的道理，但去试着潜水，没有不溺死的。因为他只求得"没水"之道，而没有学习潜水的经验和技能。这就是"不学而务求道"的恶果。换言之，如果只是空谈道德性命，而不进行学习实践，那么谈再多道理也不可能真正"得道"。

最后，苏轼比较了熙宁前后的两种科举方法，虽然也批评了"士杂学而不志于道"的旧弊，但重点表达了对"士求道而不务学"的新法考试制度的不满。此文后来在"乌台诗案"中成为苏轼反对新法的罪证之一，正与其对经术取士的讥讽相关。《唐宋文醇》卷三十八评此文的创作意图："宋自王安石始以经术取士，一时求仕者皆改其妃青媲白，而谈道德仁义。及致之于用，则茫然失据，亦与妃青媲白无二焉，此苏轼《日喻》所以作也。"这段评论有洞见，然而也有知识性错误，"妃青媲白"指骈体而言，但北宋科举程文早就以古文作策论了。

当然，《日喻》所针砭的不只是"经术取士"的科举制度，也包括北宋中叶以来日尚空谈的道学家。苏轼在其《苏氏易传》卷一中差不多使用了与《日喻》相似的设喻："世之论性命者多矣，因是，请试言其粗。曰：古之言性者，如告瞽者以其所不识也。瞽者未尝有见也，欲告之以是物，患其不识也，则又以一物状之。夫以一物状之，则又一物也，非是物矣。彼惟无见，故告之；以一物而不识，又可以多物眩之乎？"盲人不能见物，因而以再多的物去摹状形容，对他都是白费。道学家谈性命也是如此，人们并不能通过他的谈论而真正领悟。后世评论者如郑之惠曰："千古谈道者依附影响之习，被公一口打并尽。"（《苏长公合作》卷八）浦起龙亦曰："求道而不务学，针砭自来讲学家（道学家）膏肓不少。"（《古文眉诠》卷六十九）

评论家们最欣赏的是此文深入浅出的譬喻，能将道理说得很透彻。王文濡曰："文以道与学并重，而譬喻入妙，如白香山诗，能令老妪都解。"（《评校音注古文辞类纂》卷三十二）沈德潜云："前后两意，俱用设喻成文，妙悟全得《庄子》，愈浅近言道愈明，所云每下愈况者耶？"（《唐宋八家文读本》卷二十四）张之象曰："妙道不可以告人而可以告人，以其不可以告人者告之，是真告人。此篇引而不发，可谓方便济人者也。"（《三苏文范》卷十六）林纾也认为："文之简畅明了，最利于读者之目。"（《古文辞类纂选本》卷六）

文与可画篔筜谷偃竹记 [1]

竹之始生，一寸之萌耳，而节叶具焉。自蜩腹蛇蚹 [2]，以至于剑拔十寻者 [3]，生而有之也。今画者乃节节而为之 [4]，叶叶而累之，岂复有竹乎？故画竹必先得成竹于胸中，执笔熟视，乃见其所欲画者，急起从之，振笔直遂，以追其所见，如兔起鹘落 [5]，少纵则逝矣。与可之教予如此。予不能然也，而心识其所以然。夫既心识其所以然，而不能然者，内外不一，心手不相应，不学之过也。故凡有见于中而操之不熟者，平居

费衮："东坡作《文与可画篔筜谷偃竹记》云：'画竹必先得成竹于胸中。……与可之教予如此。'此固作画之法，然不惟竹也，画水亦然。坡尝记：'蜀人孙知微欲于大慈寺寿宁院壁作湖滩水石四堵，营度经岁，终不肯下笔。一日，仓皇入寺，索笔墨甚急，奋袂如风，须臾而成，作输泻跳蹙之势，汹汹欲崩屋也。'以此言之，则心手相应之际，间不容发，非若楼台人物可以款曲运笔，经日而成也。"（《梁溪漫志》卷七）

自视了然，而临事忽焉丧之，岂独竹乎？子由为《墨竹赋》以遗与可曰[6]："庖丁[7]，解牛者也，而养生者取之；轮扁[8]，斫轮者也，而读书者与之。今夫夫子之托于斯竹也，而予以为有道者则非耶？"子由未尝画也，故得其意而已。若予者，岂独得其意，并得其法。

与可画竹，初不自贵重，四方之人持缣素而请者[9]，足相蹑于其门[10]。与可厌之，投诸地而骂曰："吾将以为袜材[11]。"士大夫传之，以为口实[12]。及与可自洋州还[13]，而余为徐州。与可以书遗余曰："近语士大夫：'吾墨竹一派，近在彭城[14]，可往求之。'袜材当萃于子矣。"书尾复写一诗，其略曰："拟将一段鹅溪绢[15]，扫取寒梢万尺长。"予谓与可："竹长万尺，当用绢二百五十匹。知公倦于笔砚，愿得此绢而已。"与可无以答，则曰："吾言妄矣，世岂有万尺竹也哉？"余因而实之，答其诗曰："世间亦有千寻竹，月落庭空影许长。"与可笑曰："苏子辩则辩矣，然二百五十匹，吾将买田而归老焉。"因以所画筼筜谷偃竹遗予，曰："此竹数尺耳，而有万尺之势。"筼筜谷在洋州，与可尝令予作《洋州三十咏》[16]，筼筜谷其一也。予诗云："汉川修竹贱如蓬[17]，斤斧何曾赦箨龙[18]。料得清贫馋太守，渭滨千亩在胸中[19]。"与可是日与其妻游谷中，烧笋晚食，发函得诗，失笑喷饭满案。

元丰二年正月二十日，与可没于陈州[20]。是岁七月七日，予在湖州，曝书画，见此竹，废卷而哭失声。昔曹孟德祭桥公文[21]，有"车过""腹痛"之语。而予亦载与可畴昔戏笑之言者，以见与可于予亲厚无间如此也。

[注释]

[1]文与可画筼筜（yún dāng）谷偃竹记：元丰二年（1079）三月，苏轼罢徐州任，移知湖州，四月二十日到任。此文七月七日作于湖州任上。文与可，文同（1018—1079），字与可，梓州梓潼（今四川梓潼县）人。苏轼从表兄，号笑笑先生。汉文翁之后，人称石室先生。善诗文书画，尤长于墨竹，湖州竹派开创者，有《丹渊集》传世。筼筜谷，在洋州（今陕西洋县）西北五里，因产筼筜竹而得名。偃竹，偃卧而生之竹。　[2]蜩腹蛇蚹（fù）：蝉蜕落的外壳和蛇腹部的蜕皮，比喻竹生长时笋壳陆续脱落。《庄子·齐物论》："吾待蛇蚹蜩翼邪？"此化用其语。　[3]剑拔十寻：如剑一般挺立八十尺高。古谓八尺曰寻。　[4]"今画者"三句：米芾《画史》曰："子瞻作墨竹，从地一直起至顶。余问：'何不逐节分？'

曰：'竹生时何尝逐节生！'"苏轼所答即此意。　[5]兔起鹘（hú）落：兔子才起来，鹘已扑击下去，比喻动作敏捷。鹘，猛禽，即隼。　[6]子由为《墨竹赋》：苏辙《栾城集》卷十七有《墨竹赋》，即此。　[7]"庖丁"三句：《庄子·养生主》载庖丁为文惠君解牛，技艺纯熟，自云："今臣之刀十九年矣，所解数千牛矣，而刀刃若新发于硎，彼节者有间，而刀刃者无厚；以无厚入有间，恢恢乎其于游刃必有余地矣。"文惠君曰："善哉！吾闻庖丁之言，得养生焉。"　[8]"轮扁"三句：《庄子·天道》载齐桓公读书于堂上，轮扁斫轮于堂下，谓桓公所读者，乃"古人之糟魄"。桓公责问其由，轮扁答曰："臣也以臣之事观之：斫轮徐则甘而不固，疾则苦而不入。不徐不疾，得之于手而应于心，口不能言，有数存焉于其间。臣不能以喻臣之子，臣之子亦不能受之于臣，是以行年七十而老斫轮。古之人与其不可传也死矣，然则君之所读者，古人之糟魄已夫！"与之，指齐桓公同意其见解。　[9]缣素：缣为黄色细绢，素为白色细绢，可供书画用。　[10]足相蹑于其门：形容来人众多，以至于拥挤在门口，足相踩踏。　[11]袜材：称缣素为做袜子的材料。　[12]口实：话柄，谈笑的资料。　[13]"及与可"二句：文同于熙宁八年（1075）知洋州，十年冬回汴京。苏轼于熙宁十年（1077）二月由密州改知徐州，四月二十一日到任。　[14]彭城：即徐州。　[15]鹅溪绢：梓州盐亭县鹅溪出产的绢，细匀，宜作画，唐时为贡品。　[16]《洋州三十咏》：《苏轼诗集》卷十四有《和文与可洋州园池三十首》，"筼筜谷"为其中一题。　[17]汉川：即汉水，洋州在汉水上游。　[18]箨（tuò）龙：竹笋的别称。箨，笋壳。　[19]渭滨千亩：语出《史记·货殖列传》："渭川千亩竹，……此其人皆与千户侯等。"　[20]与可没于陈州：元丰元年（1078），文同除知湖州，由汴京赴任。二年（1079）正月，途经陈州宛丘驿病逝。文同去世后，苏轼继任湖州知州，元丰二年四月到湖州任所。　[21]"昔曹孟德"二句:《三国志·魏书·武帝纪》载,曹操少时为桥玄所称,声名益重。建安七年(202),曹操击败袁绍,驻军谯,便遣使以太牢祀桥玄,并作《祀故太尉桥玄文》。文见裴松之注引《褒赏令》。祭文追述当年"从容约誓之言:'殂逝之后,路有经由,不以斗酒只鸡过相沃酹,车过三步,腹痛勿怪。'虽临时戏笑之言,非至亲之笃好,胡肯为此辞乎?"

[点评]

《筼筜谷偃竹》是文同为苏轼画的一幅墨竹。文同去世后,苏轼在湖州晾曝书画,睹画思人而作此记。文章大致由谈艺与记事两部分内容组成。

谈艺部分围绕墨竹画法展开,可分为三个层次。第一层写自己对竹之"生"的理解,竹的萌芽就有节和叶,生而有之,有完整的生命。既然竹的节叶是生而有之,那么就不能像一般画家那样拆解其生命,"节节而为之,叶叶而累之"。苏轼自己画墨竹"从地一直起到顶",就是为了表现竹子鲜活完整的生命。

第二层写文同所教的画竹之法,先将眼中之竹化为胸中之竹,再将胸中之竹表现为笔下之竹。"执笔熟视"的"视",是一种对"胸中之竹"的内视,熟视的结果见到"所欲画者",即成熟的艺术形象。在见到"所欲画者"的一瞬间,尽快用画笔将其捕捉到,就像猛禽俯冲抓攫逃跑的兔子那样迅疾,一气呵成。这一创作经验虽然是文同"教予如此",然而也是苏轼自己一贯的主张,如《腊日游孤山访惠勤惠思二僧》"作诗火急追亡逋,清景一失后难摹"之句,《书蒲永升画后》中记蜀人孙知微画水石

"营度经岁，终不肯下笔。一日，仓皇入寺，索笔墨甚急，奋袂如风，须臾而成"，都是同样的意思。

第三层写绘画和其他技艺的"心手相应"问题。虽然心里知道如何将胸中之竹化为笔下之竹的道理，但是真正下笔却不能很好表达"所欲画者"，这就是"心手不相应"，其原因是"不学之过"。苏辙《墨竹赋》里提到庖丁和轮扁言论对养生者和读书者的启发，用来类比文同画竹所体现的"道"，即所谓"技进于道"的问题。苏轼则有意曲解苏辙的观点，把庖丁、轮扁看作"心手相应"的典型，并认为其弟未曾学画，因此只知道"意"，而不知"法"，即只知"道"，不知"技"。这里体现出苏轼的一个艺术观点，无论何种技艺，都须通过"操之熟"的"学"，才能表达了然于心的"道"（或"意"）。

记事部分由"得其意并得其法"串接而下，叙写自己与文同的诗书往来，皆与画竹尤其是筼筜谷偃竹相关。全文共写了八个"曰"字，七个出现在与文同的诗书往来中，目的是绘声绘色地描写二人之间的亲切对话，以表达相知之深与亲密无间。这段不厌其烦的描写，刻画出二人鲜明的性格。如文同的性格，投缣素于地而骂，可见其直率；"袜材当萃于子矣"，可见其幽默；以有万尺之势的筼筜墨竹赠苏轼，可见其认真；"吾言妄矣""苏子辩矣"，可见其憨厚。而作者回答文同的四句话、两句诗以及《筼筜谷》之咏，更表现出随机应变的聪明以及诙谐游戏的机智。

结尾一段交代写此记的缘由，戏笑文字一转而为沉痛哀情。当日文同读苏轼诗"失笑喷饭满案"，今日苏轼睹文同画"废卷而哭失声",正如郑之惠所言:"有此'失笑',那得不'哭失声'?"用曹操《祭桥公文》"车过腹痛"之语,说明记载与文同畴昔戏笑之言,是为了表现二人亲厚无间的感情,以乐写哀,倍增哀情。读此记可知苏轼不仅擅长议论与抒写旷达心胸,而且长于抒发人间之至情。

关于此记的风格,赵宽认为:"人言此记类《庄》,余谓有类司马子长体。"(《三苏文范》卷十四引)两种说法都有道理,谈艺部分的说理,如"心手相应""意法相兼"等观点,都与《庄子》关于"技"和"道"的论述相关;而记事部分的人物行为和对话,描写生动,以简洁的笔墨突出人物性格,具有《史记》的风格。丘濬评价说:"自画法说起,而叙事错列,见与可竹法之妙。而公与与可之情,尤最厚也。笔端出没,却是仙品。"(《三苏文范》卷十四引)较好地概括出此记的谋篇布局和写作技巧。

书蒲永升画后 [1]

古今画水,多作平远细皱,其善者不过能为波头起伏,使人至以手扪之 [2],谓有洼隆,以为至妙矣。然其品格,特与印板水纸争工拙于毫厘间耳 [3]。

唐广明中[4]，处士孙位始出新意[5]，画奔湍巨浪，与山石曲折，随物赋形，尽水之变，号称神逸。其后蜀人黄筌、孙知微皆得其笔法[6]。始知微欲于大慈寺寿宁院壁作湖滩水石四堵[7]，营度经岁，终不肯下笔。一日，仓皇入寺，索笔墨甚急，奋袂如风[8]，须臾而成，作输泻跳蹙之势[9]，汹汹欲崩屋也。知微既死，笔法中绝五十余年。

近岁成都人蒲永升，嗜酒放浪，性与画会，始作活水，得二孙本意。自黄居寀兄弟、李怀衮之流[10]，皆不及也。王公富人或以势力使之，永升辄嘻笑舍去。遇其欲画，不择贵贱，顷刻而成。尝与余临寿宁院水[11]，作二十四幅，每夏日，挂之高堂素壁，即阴风袭人，毛发为立。永升今老矣，画亦难得，而世之识真者亦少。如往时董羽、近日常州戚氏画水[12]，世或传宝之；如董、戚之流，可谓死水，未可与永升同年而语也。元丰三年十二月十八日夜，黄州临皋亭西斋戏书[13]。

焦袁熹："此所谓天机所至，倏然而遇，若兔起鹘落，稍纵即逝者也。不得此候，终不可下笔。然存存于心，固必有时而至也。其至于何时，则不可知耳，此所以为神物也。彼众工之画死水者，按图而为之，计日而成之，初无营度终岁之劳，亦必无奋袂如风之乐也。"（《此木轩杂著》卷五）

[注释]

[1] 书蒲永升画后：元丰三年（1080）十二月十八日作于黄州。底本题作《画水记》，今从郎本卷六十、《东坡七集·前集》

卷二十三题为《书蒲永升画后》。蒲永升，郭若虚《图画见闻志》
卷四："蒲永升，成都人，性嗜酒放浪，善画水。人或以势力使
之，则嘻笑舍去；遇其欲画，不择贵贱。苏子瞻内翰尝得永升画
二十四幅，每观之，则阴风袭人，毛发为立。子瞻在黄州临皋亭，
乘兴书数百言，寄成都僧惟简，具述其妙，谓董、戚之流为死水
耳。（惟简住大慈寺胜相院，其书刻石在焉。）"　[2]"使人至"
三句：宋人鉴画有用手摸画以验其优劣的做法。沈括《梦溪笔谈》
卷十七《书画》："又有观画而以手摸之，相传以为色不隐指者为
佳画，此又在耳鉴之下，谓之揣骨听声。"范镇《东斋记事》卷四：
"人谓赵昌画染成，不布采色。验之者以手扪摸，不为采色所隐，
乃真赵昌画也。"洼隆，犹凹凸。　[3]特：但，仅。　[4]广明：
唐僖宗年号（880—881）。　[5]孙位：唐末画家，初名位，后
改名遇。黄休复《益州名画录》卷上，"孙位者，东越人也。僖
宗皇帝车驾在蜀，自京入蜀，号会稽山人。……其有龙拏水泂，
千状万态，势欲飞动。松石墨竹，笔精墨妙，雄壮气象，莫可记
述。非天纵其能，情高格逸，其孰能与于此邪？"郭若虚《图画
见闻志》卷二："孙遇，自称会稽山人。志行孤洁，情韵疏放。广
明中，避地入蜀，遂居成都。善画人物、龙水、松石、墨竹，兼
长天王鬼神。笔力狂怪，不以傅彩为功。"　[6]黄筌：字要叔，成
都人。以善画早知名。年十七事前蜀王衍为待诏，后蜀时为检校
少府监主画院事。少时曾学孙遇龙水，尤善画花鸟，谓之写生。
事见《益州名画录》《图画见闻志》。孙知微：字太古，眉阳人。《图
画见闻志》卷三谓知微"精黄老学，善佛道画，于成都寿宁院画
《炽盛光》《九曜》及诸墙壁，时辈称服"。　[7]大慈寺：成都著
名佛寺。《成都文类》卷四十载宋郭印《超悟院记》："成都大慈
寺，曰圣慈，唐至德初所建也。合九十六院，地居冲会，百工列
肆，市声如雷。"寿宁院：大慈寺九十六院之一。　[8]奋袂：挥

动衣袖，形容激情状态。　[9]输泻跳蹙：形容水流运转倾泻、汹涌奔腾。　[10]黄居寀（cǎi）兄弟：即黄筌之子居实、居宝、居寀，皆善画，居寀画名尤著。《图画见闻志》卷四："黄居寀，字伯鸾，筌之季子也。工画花竹翎毛，默契天真，冥周物理。……曾于彭州栖真观壁画水石一堵，自未至酉而毕，观者莫不叹其神速且妙也。"李怀衮：《东斋记事》卷四："又有李怀衮者，成都人，亦善山水，又能为水石翎毛。其常所居及寝处，皆置土笔，虽夜中酒醒睡觉得意时，急起，画于地或被上，迟明模写之，则优于平居所为也。"　[11]"尝与余临"六句：苏轼《与鞠持正》："两日薄有秋气，伏想起居佳胜。蜀人蒲永升临孙知微《水图》四面，颇为雄爽，杜子美所谓'白波吹素壁'者，愿挂公斋中，真可以一洗残暑也。"　[12]董羽：南唐画家，后归宋。《图画见闻志》卷四："董羽，毗陵人，有邓艾之疾，语不能出，俗号董哑子。善画龙水海鱼。"常州戚氏：宋常州戚氏善画水者有戚文秀、戚化元。《图画见闻志》卷四："戚文秀，工画水，笔力调畅。"李廌《德隅斋画品》："《归龙入海图》，毗陵戚化元所作。笔力峥嵘，善作风浪起伏之势，令人心目眩漾。"夏文彦《图绘宝鉴补遗》："戚化元，毗陵人，家世画水，化元兼工鱼龙。"毗陵，即常州。　[13]临皋亭：苏轼元丰三年（1080）二月初一到黄州，初寓居定惠院，入夏，迁居临皋亭。苏轼《迁居临皋亭》诗有"全家占江驿"之句，可知其本为水驿。《舆地纪胜》卷四十九《黄州》："临皋馆，在朝宗门外。……又有临皋亭，东坡曾寓居焉。"

[点评]

苏轼这篇在黄州临皋亭戏书的文章，后人编纂苏轼文集时，或题作《书蒲永升画后》，或题作《画水记》。因为文章的体裁更像题跋，而且题作《书蒲永升画后》

的版本更老，所以此处选此为题。据《图画见闻志》卷四记载，苏轼在黄州临皋亭，"乘兴书数百言，寄成都僧惟简"。惟简号宝月大师，俗姓苏，是苏轼的宗兄，住持大慈寺胜相院。此文不长，"乘兴"而作，没有特意地谋篇布局，然而在"戏笔"中却传达出苏轼几个重要的艺术观念。

其一，提出"与山石曲折，随物赋形"的艺术表达方法。这是对孙位画法的概括，谓其画水，乃根据水流在山石间的曲折变化，而随之表现其形态。水是一种无固定结构的流体，不可确定其方圆形状，也不可事先谋篇布局。而一般所谓能作"波头起伏"、画面有"洼隆"的善画者，只是一种与印板水纸争工拙的模式性表现而已，远不及孙位"尽水之变"的神逸。苏轼将此"与山石曲折，随物赋形"视为文学艺术创作应遵循的一般规律，由画水移植到作文。在《自评文》中，苏轼自喻其文如水，有"及其与山石曲折，随物赋形"之句，当受孙位绘画手法的启示。文章是随着对象特征而变化的，如同水流山石之中，随着山石的曲折形态而变化。后来苏轼在《答谢民师推官书》中提出的"如行云流水，初无定质""文理自然，姿态横生"，也与此处孙位的画风相通。"随物赋形"有可能脱胎于南朝谢赫《古画品录》绘画六法之"应物象形""随类赋彩"二法，但由于和"与山石曲折"结合起来，就更加突出了不拘一格、忠实而灵活地表达不断变化的客观对象的一面。

其二，叙述了画家艺术灵感勃发时进行创作的精彩场面。文中关于孙知微在大慈寺寿宁院作水石画过程的描写，非常生动，"一日，仓皇入寺，索笔墨甚急，奋袂如风，须臾而成"。正如南宋费衮所说，这与苏轼在《文与可画筼筜谷偃竹记》中关于画竹的过程相通："画竹必先得成竹于胸中，执笔熟视，乃见其所欲画者，急起从之，振笔直遂，以追其所见，如兔起鹘落，少纵则逝矣。"这是文与可教给苏轼的画竹之法。费衮认为："此固作画之法，然不惟竹也，画水亦然。"在比较孙知微的画水过程之后，他进一步指出："以此言之，则心手相应之际，间不容发，非若楼台人物可以款曲运笔，经日而成也。"（《梁溪漫志》卷七）意思是在胸中获得艺术形象的瞬间，或者说艺术灵感激发的瞬间，迅速用笔墨将其捕捉，心手相应，变为纸上之竹、壁上之水。其实，不光是绘画，作诗作文也如此，《腊日游孤山访惠勤惠思二僧》结尾"作诗火急追亡逋，清景一失后难摹"，描写的也近似这种创作状态。此文中孙知微和蒲永升的绘画，一个是"须臾而成"，一个是"顷刻而成"，都与苏轼推崇的画家王维"当其下手风雨快，笔所未到气已吞"（《王维吴道子画》）的作风如出一辙。

其三，用夸张的手法描写"死水""活水"两种绘画的不同艺术效果。王圣俞评论道："此评画水，其劣者曰'印板水''死水'，其妙者曰'尽水之变'，'汹汹欲崩屋'，如'阴风袭人，毛发为立'。两者妍媸相远，自非长公了然心口，未能摹写及此。"（《苏长公合作》补卷下）特别是关于"活水"的描述，极具审美震撼力，这也是苏轼所强调的艺术品必须有完整鲜活的生命的观念。艺术效果"死"与"活"概念的提出，比传统的"形似"与"神似"的区别更为生动形象，也更能区别艺术品的优劣。

其四，肯定了艺术家"性与画会"的必要素质，即把主观的性情完全融会到艺术作品中去。作为一个画家，蒲永升忠实于自己内在的创作冲动，当他不想画时，王公富人用权势也强迫不得；而"遇其欲画"之时，不论求画人身份的贵贱，他都顷刻画成。这时的绘画活动不再是为满足顾客的请求，而是作为画家自身情感奔涌而不得不宣泄的需要，也因此成为一种超功利的审美活动，而非世俗性的技术活动。

总之，苏轼从蒲永升的画中得到不少文学艺术创作的启迪。而他也借书蒲永升的画，不经意间道出不少艺术上的真知灼见。沈德潜指出："活水死水，可悟行文之法。中'仓皇入寺'一段，尤能状出神来之候。盖古今妙文，无有不成于神来者。天机忽动，得之自然，人力不与也。"（《唐宋八家文读本》卷二十四）对照苏轼其他论文论艺的观点，大抵如此。

方山子传 [1]

储欣："'隐'字，'侠'字，一篇骨子。"（《唐宋八大家类选》卷十三）

高塙："隐、侠二字，是通篇关键。"（《唐宋八家钞》卷七）

方山子，光、黄间隐人也 [2]。少时慕朱家、郭解为人 [3]，闾里之侠皆宗之 [4]。稍壮，折节读书 [5]，欲以此驰骋当世 [6]，然终不遇。晚乃遁于光、黄间 [7]，曰岐亭 [8]。庵居蔬食，不与世相闻。

弃车马，毁冠服，徒步往来山中，人莫识也。见其所着帽，方屋而高[9]，曰："此岂古方山冠之遗像乎[10]？"因谓之方山子。

余谪居于黄[11]，过岐亭，适见焉。曰："呜呼！此吾故人陈慥季常也[12]，何为而在此？"方山子亦矍然问余所以至此者[13]。余告之故，俯而不答，仰而笑，呼余宿其家。环堵萧然[14]，而妻子奴婢皆有自得之意。

余既耸然异之[15]，独念方山子少时，使酒好剑，用财如粪土。前十有九年[16]，余在岐下，见方山子从两骑，挟二矢，游西山。鹊起于前，使骑逐而射之，不获。方山子怒马独出[17]，一发得之。因与余马上论用兵及古今成败，自谓一世豪士。今几日耳，精悍之色，犹见于眉间，而岂山中之人哉？

然方山子世有勋阀[18]，当得官。使从事于其间，今已显闻。而其家在洛阳，园宅壮丽，与公侯等。河北有田，岁得帛千匹，亦足以富乐。皆弃不取，独来穷山中，此岂无得而然哉？

余闻光、黄间多异人[19]，往往阳狂垢污，

浦起龙："'独念'一段，倒追前去，叙少时豪侠气概。所称'吾故人'三字，亦从此醒出。文章取势异，能使隐人亦异。"（《古文眉诠》卷六十九）

不可得而见。方山子傥见之与？

[注释]

[1] 方山子传：元丰四年（1081）作于黄州。　[2] 光：光州，治定城县（今河南潢川县）。黄：黄州，治黄冈县（今湖北黄冈市）。隐人：隐士。　[3] 朱家、郭解：西汉时两位著名游侠，见《史记·游侠列传》。　[4] 闾里：乡里。　[5] 折节读书：改变旧习，发愤读书。语出《后汉书·段颎传》："颎少便习弓马，尚游侠，轻财贿，长乃折节好古学。"　[6] 驰骋当世：追逐当世仕途功名。　[7] 遁：隐避。　[8] 岐亭：镇名，在黄州麻城县西南。　[9] 方屋：方帽顶。　[10] 方山冠：汉时祭祀宗庙乐人所戴之冠。《后汉书·舆服志》："方山冠，似进贤（冠名），以五采縠为之。祠宗庙，《大予》《八佾》《四时》《五行》乐人服之，冠衣各如其行方之色而舞焉。"　[11] "余谪居于黄"三句：苏轼《岐亭五首叙》曰："元丰三年（1080）正月，余始谪黄州。至岐亭北二十五里山上，有白马青盖来迎者，则余故人陈慥季常也。为留五日，赋诗一篇而去。"　[12] 陈慥季常：陈慥，字季常，眉州青神（今四川青神县）人，陈希亮（字公弼）的幼子。　[13] 矍然：惊视貌。　[14] 环堵萧然：室中空无所有，形容极贫困。语本陶渊明《五柳先生传》："环堵萧然，不蔽风日。"　[15] 耸然：诧异貌。耸，通"悚"。　[16] "前十有九年"二句：嘉祐八年（1063），陈希亮为凤翔府知府，苏轼为其下属，任凤翔府签判，与陈慥订交在是时。本文作于元丰四年（1081），故曰"前十有九年"。岐下，代指凤翔府，境内有岐山。　[17] 怒马：催马怒奔。　[18] "然方山子"二句：按宋朝任子制度，陈慥本可凭父亲功勋而得官，然而陈希亮"当荫补子弟，辄先其族人，卒不及其子慥"（见苏轼《陈公弼传》）。　[19] "余闻"二句：苏轼《张先生》诗叙："先

生不知其名，黄州故县人，本姓卢，为张氏所养。阳狂垢污，寒暑不能侵，常独行市中，夜或不知其所止。往来者欲见之，多不能致。"又《书麋公诗后并叙》："滏水僧宝麋，宗祥谓余：此光黄间狂僧也。年百三十，死于熙宁十年。既死，人有见之者。宗祥言其异事甚多。"以上二人或即苏轼所闻光州、黄州间的"异人"。阳狂，亦作"佯狂"，装疯。

[点评]

此传是苏轼人物传记的代表作。方山子陈慥，是苏轼出仕凤翔府时上司陈希亮的儿子，早已相识。元丰三年（1080），陈慥得知苏轼被放逐黄州，特意前往途中迎接。据苏轼《岐亭五首》诗叙称："凡余在黄四年，三往见季常，季常七来见余，盖相从百余日也。"二人友谊深厚，而苏轼在黄州，已成放废之人，因而借为陈慥作传，寄托自己的情怀。

题目不作《陈季常传》，而称《方山子传》，自有一番考虑。一是因为"生前作传，故别于寻常传体"，所以不详述其姓名字号、世系与生平行事。二是因为传主是隐者，如此题目才能表达"写隐沦姓字俱沉"的艺术效果。三是因为传主最突出的外形特征是"见其所着帽，方屋而高"，所以称"方山子"能凸显传主高古的隐士形象。

苏轼文章长于议论，叙事之作不如韩愈、欧阳修，唯有此篇是例外，受到明清古文家的一致好评。综合各家评论，苏轼此文的妙处主要有三个方面：

其一，描写生动传神，刻画出方山子"始侠而今隐"的形象。储欣称其"侠处写得豪迈，须眉生动，则隐处益复感慨淋漓，传神手也"(《唐宋八大家类选》卷十三)。沈德潜称其"写游侠须眉欲动，写隐沦姓字俱沉，自是传神能事"(沈德潜《唐宋八家文读本》卷二十四)。具体说来，写隐沦的文字如"庵居蔬食，不与世相闻"，"徒步往来山中，人莫识也"；写豪侠的文字，从"见方山子从两骑"到"怒马独出，一发得之"，寥寥数语，两三处细节描写，便使人物栩栩如生。

其二，文章结构使用了追叙的"倒运格"，如浦起龙所言："大致就遁迹中，追表侠少气豪，作倒运格，便写得隐人非庸碌人。"(《古文眉诠》卷六十九)高嵋也认为："传神之笔，尤妙从隐中追表出侠来。作倒运格，便写得隐人非庸人，更自奇变非常。"(《唐宋八家钞》卷七)文章第一段写方山子"始侠而今隐"，隐而无人能识；第二段写其隐居生活困穷而自得其乐，埋下"吾故人"三字；第三段倒叙十九年前少年陈慥"使酒好剑"的豪侠气概。这种倒叙法就是古人所谓"倒运格"。

其三，文章不主故常，叙事、描写、议论、抒情几种表现手法交织变化，难于捉摸。茅坤称其"奇颇跌宕，似司马子长"(《宋大家苏文忠公文抄》卷二十三)。郑之惠说得更具体："效《伯夷》《屈原传》，亦叙事，亦描写，亦议论，若隐若现，若见其人于楮墨外。"(《苏长公合作》补卷下)这几种表现手法的综合运用，使得人物形象塑造非常成功，正如袁宗道所说："方山子小有侠气耳，因子瞻用笔，隐见出没形容，遂似大侠。"(《三苏文范》卷十六引)

除以上三点外，此传的问句使用也很有特色。文章共有五个问句，特别是后三段都以带感叹的问语结束：

"而岂山中之人哉？""此岂无得而然哉？""方山子傥见之与？"这三句问语使得这篇客观的人物传记饱含主观感情色彩，方山子的形象中，寄托了苏轼对自己人生命运的感慨。由朝廷命官谪居黄州，成为"山中之人"，不得已而隐，与方山子"始侠而今隐"的人生轨迹有相似之处，"而岂山中之人哉"，一声叹息将二人"欲以此驰骋当世，然终不遇"的命运暗接起来。

还值得注意的是，此传结尾所写"光、黄间多异人，往往阳狂垢污"的传闻，并非画蛇添足，而是大有深意。古代贤人不得志之时，常常以"阳狂"（佯狂）的行为来躲避世事。如《史记·宋微子世家》谓箕子"乃被发佯狂而为奴"；《吴越春秋》谓伍子胥到吴国，"乃被发佯狂，跣足涂面，行乞于市"。苏轼诗文中也有好几处写道士、僧人、隐者的"佯狂"，体现出对这些不用于当世的"异人"的欣赏。特别是当此放废之时，苏轼自身已"憔悴非人，章狂失志"（《谢量移汝州表》），因而对其"阳狂垢污"的行为不仅同情共鸣，甚至有几分仿效其隐遁避世的愿望。

赤壁赋 [1]

　　壬戌之秋 [2]，七月既望 [3]，苏子与客泛舟游于赤壁之下。清风徐来，水波不兴。举酒属客 [4]，诵明月之诗 [5]，歌窈窕之章。少焉，月出于东山之上，徘徊于斗牛之间[6]。白露横江，水光接天。纵一苇之所如[7]，凌万顷之茫然。浩浩乎如冯虚御风[8]，而不知其所止；飘飘乎如遗世独立，羽化而登仙[9]。

于是饮酒乐甚，扣舷而歌之。歌曰："桂棹兮兰桨[10]，击空明兮溯流光[11]。渺渺兮予怀[12]，望美人兮天一方[13]。"客有吹洞箫者[14]，倚歌而和之。其声呜呜然，如怨如慕，如泣如诉。余音袅袅，不绝如缕。舞幽壑之潜蛟[15]，泣孤舟之嫠妇。

苏子愀然[16]，正襟危坐[17]，而问客曰："何为其然也？"客曰："'月明星稀[18]，乌鹊南飞'，此非曹孟德之诗乎[19]？西望夏口[20]，东望武昌[21]，山川相缪[22]，郁乎苍苍，此非孟德之困于周郎者乎[23]？方其破荆州[24]，下江陵，顺流而东也，舳舻千里[25]，旌旗蔽空，酾酒临江[26]，横槊赋诗[27]，固一世之雄也。而今安在哉？况吾与子渔樵于江渚之上，侣鱼虾而友麋鹿，驾一叶之扁舟，举匏尊以相属[28]。寄蜉蝣于天地[29]，渺沧海之一粟[30]。哀吾生之须臾，羡长江之无穷。挟

俞文豹："碑记文字，铺叙易，形容难，犹之传神，面目易模写，容止气象难描模。……《赤壁赋》'清风徐来，水波不兴'，'白露横江，水光接天'，……此类如仲殊所谓'费尽丹青，只这些儿画不成'。"（《吹剑录外集》）

谢枋得："余尝中秋夜泛舟大江，月色水光与天宇合而为一，始知此赋之妙。"（《文章轨范》卷七）

谢枋得：（"客曰"以下）"此一段设为客之言。"（同上）

谢枋得："有感慨。"（同上）

飞仙以遨游，抱明月而长终。知不可乎骤得[31]，托遗响于悲风。"

苏子曰："客亦知夫水与月乎？逝者如斯[32]，而未尝往也；盈虚者如彼[33]，而卒莫消长也。盖将自其变者而观之[34]，则天地曾不能以一瞬；自其不变者而观之，则物与我皆无尽也，而又何羡乎！且夫天地之间，物各有主，苟非吾之所有，虽一毫而莫取。惟江上之清风，与山间之明月，耳得之而为声，目遇之而成色，取之无禁，用之不竭，是造物者之无尽藏也[35]，而吾与子之所共食[36]。"

客喜而笑，洗盏更酌。肴核既尽，杯盘狼籍[37]。相与枕藉乎舟中[38]，不知东方之既白。

[注释]

[1] 赤壁赋：元丰五年（1082）七月作于黄州。赤壁，三国时吴将周瑜大破曹操之处。朱彧《萍州可谈》卷二："黄州徙治黄冈，俯大江，与武昌县相对。州治之西距江，名赤鼻矶，俗呼鼻为弼，后人往往以此为赤壁。……东坡词有'人道是周郎赤壁'之句，指赤鼻矶也。坡非不知自有赤壁，故言'人道是'者，以明俗记耳。"　[2] 壬戌：元丰五年岁次壬戌。　[3] 七月既望：七月十七日。望，月满，与日相望之意。阴历小月指十五日，大月

谢枋得：（"苏子曰"一段）"此一段全学《庄子》。"（《文章轨范》卷七）

朱熹："东坡之说，便是肇法师'四不迁'之说也。"（《朱子语类》卷一百三十）

董其昌："东坡水月之喻，盖自《肇论》得之，所谓不迁义也。"（《画禅室随笔》卷三）

张照："六识以六入为养。其养也，胥谓之食。目以色为食，耳以声为食，鼻以香为食，口以味为食，身以触为食，意以法为食，具见释典。故曰：'江上清风，山间明月，耳得成声，目遇成色者，皆吾与子之所共食也。'易为'共适'，意味索然。"（《唐宋文醇》卷三十八）

史绳祖："《前赤壁赋》尾段一节，自'惟江上之清风，与山间之明月'，至'相与枕藉乎舟中，不知东方之既白'，却只是用李白'清风明月不用一钱买，玉山自倒非人推'一联，十六字演成七十九字，愈奇妙也。"（《学斋占毕》卷二）

指十六日。元丰五年七月为大月，既望为望后一日。　[4]属客：邀客，劝客。　[5]"诵明月"二句：指《诗经·陈风·月出》："月出皎兮，佼人僚兮，舒窈纠兮，劳心悄兮。"窈纠，即窈窕。或曰"明月之诗"指曹操《短歌行》，因诗中有"明明如月""月明星稀"等句，此说不确。后文有"月出于东山之上"，又有"望美人兮天一方"，与《陈风·月出》相应。　[6]斗牛：二星宿名，即斗宿、牛宿。　[7]"纵一苇"句：放任小舟所向。《诗经·卫风·河广》："谁谓河广？一苇杭（航）之。"苇，喻小船。　[8]冯虚御风：凭借虚空乘风飞行。《庄子·逍遥游》："列子御风而行，泠然善也。"冯，同"凭"。　[9]羽化：道教指飞升成仙。　[10]桂棹兮兰桨：划船工具的美称。《楚辞·九歌·湘君》："桂棹兮兰枻。"此化用其语。郑明选《郑侯升集》卷三十二《棹桨》："《赤壁赋》云：'桂棹兮兰桨。'按，行船者前推曰桨，后曳曰棹。"[11]"击空明"句：谢枋得《文章轨范》卷七："秋水清见底，月在水中，谓之空明；月光与波俱动，谓之流光；摇桨曰击；逆水而上曰溯。"[12]渺渺：悠远貌。　[13]"望美人"句：郎晔注："《楚辞》云：'出溆浦而遭回，望美人兮南浦。'"按《文选》卷十三谢庄《月赋》："美人迈兮音尘阙，隔千里兮共明月。"李善注引《楚辞》曰："望美人兮未来。"或化用其意。　[14]"客有"句：吴骞《拜经楼诗话》卷一："宋施德初父子及顾景蕃注东坡诗甚详，较王龟龄集百家注胜之远矣。如《赤壁赋》吹洞箫之客，为绵州武都山道士杨世昌，亦见施注（《次孔毅父诗》注），而王不及也。"[15]"舞幽壑"二句：极力形容洞箫声的感染力。《荀子·劝学》："昔者瓠巴鼓瑟而流鱼出听，伯牙鼓琴而六马仰秣。"《列子·汤问》："瓠巴鼓琴而鸟舞鱼跃。"李贺《李凭箜篌引》："江娥啼竹素女愁，……老鱼跳波瘦蛟舞。"此化用其手法。嫠（lí）妇，寡妇。　[16]愀然：神情严肃不乐貌。　[17]正襟危坐：整顿衣襟，严肃端坐。　　[18]"月明"二句：见于曹操《短歌行》。　　[19]曹孟德：曹操，字孟德，东汉政治家、军事家、文学家。死后其子曹丕代汉称帝，追尊其为魏武帝。　　[20]夏口：城名。《舆地纪胜》卷六十六鄂州："州城本夏口城，城据黄鹤矶，本孙权所筑。"故址在今湖北武汉黄鹤山上。　　[21]武昌：在黄州对岸，今湖北鄂州鄂城区。　　[22]缪（liáo）：同"缭"，缭绕。　　[23]"此非"句：汉献帝建安十三年（208），曹操率军南下征吴，在赤壁为周瑜所破。详见《资治通鉴》卷六十五。　　[24]"方其"三句：建安十三年，赤壁之战前，荆州牧刘表卒，子琮降于曹操。操得荆州，继而败刘备，进占江陵，然后沿江东进。　　[25]舳舻千里：语出《汉书·武帝纪》，颜师古注："李斐曰：舳，船后持柁处也；舻，船前头刺棹处也。言其船多，前后相衔，千里不绝也。"　　[26]酾（shī）酒：斟酒。　　[27]横槊赋诗：元稹《唐故检校工部员外郎杜君墓系铭并序》："曹氏父子鞍马间为文，往往横槊赋诗。"槊，长矛，便于横持。　　[28]匏尊：匏制的酒樽，泛指饮具。　　[29]蜉蝣：一种春夏之交生于水边的小昆虫，朝生暮死。　　[30]"渺沧海"句：《庄子·秋水》："计中国之在海内，不似稊米之在大仓乎？"白居易《和〈思归乐〉》："人生百岁内，天地暂寓形。太仓一稊米，大海一浮萍。"此兼用"海"与"稊米"之意。　　[31]"知不"句：《楚辞·九歌·湘夫人》："时不可兮骤得。"此化用其语。　　[32]逝者如斯：《论语·子罕》："子在川上曰：'逝者如斯夫！不舍昼夜。'"斯，指江水。　　[33]盈虚者如彼：《朱子语类》卷一百三十："'盈虚者如代'，'代'字今多误作'彼'字。"可备一说。彼，指明月，有盈虚圆缺。　　[34]"盖将"五句：吴子良《林下偶谈》卷二《坡赋祖庄子》："《庄子·内篇·德充符》云：'自其异者视之，肝胆楚越也；自其同者视之，万物皆一也。'东坡《赤壁赋》云：'盖将自其变者观之……而又何羡乎？'盖用庄子语意。"　　[35]无尽藏：佛教语，谓佛法无边，作用于万事万物，无穷尽。此指取用无尽的宝藏。 [36]共食：犹言共享。"食"，底本作"适"，今据宋孝宗时刊《东坡集》改。谢枋得《文章轨范》卷七："如食邑之食，言享也。"其说本《朱子语类》卷一百三十："顷年苏季真刻《东坡文集》，尝见问'食'字之义，答之云：'如食邑之食，犹言享也。'"陈锡路《黄妳余话》卷一《苏子赤壁赋》："按内典：'一切有情，皆依食住。'故有'眼以色为食，耳以声为食'等语。然则'耳得之而为声，目遇之而成色'，正是食义。" [37]杯盘狼籍：语出《史记·滑稽列传》："男女同席，履舄交错，杯盘狼藉。"狼籍，同"狼藉"，纵横散乱貌。 [38]枕藉：枕头和垫席，引申为纵横相枕而卧。

[点评]

此赋作于苏轼贬谪到黄州后第三年的初秋。月夜泛舟于赤壁之下，面对清风明月，长江流水，赤壁胜迹，苏轼又一次展开对人生、历史、宇宙的思考，将自我内心交集的两种矛盾的人生态度，化为主客问答的形式，最终完成对人生困境的超越。此赋从内容上看是记月夜赤壁泛舟之游，而从深层次看，是记录了一次大自然对自己灵魂洗涤和启迪的过程。

赋的第一段拉开与客泛舟夜游赤壁的序幕。"清风徐来，水波不兴"，这两句营造出初秋江上极适宜泛舟的环境，同时也引出此赋叙事、抒情、说理最重要的两个意象——清风和江水。劝客饮酒，随着"月出皎兮，佼人僚兮"的明月之诗的吟诵，赋中的另一个重要意象"明月"也随之登场。这《月出》诗中的主角，被苏轼视为"窈窕"的美女，也成为后文"望美人兮天一方"的审美对象和寄托对象。作者歌"窈窕之章"的时候，月如多情的美人"徘徊于斗牛之间"，这让人想起李白"我歌月徘徊"的诗意。月光下的江面水天一色，横江的"白露"，并非泛指白茫茫的水气，而是特指初秋浮空的水露，《礼记·月令》孟秋之月："凉风至，白露降，寒蝉鸣。"因此"白露"二字用词极准确，与前文"清风徐来"都刻画出季节性的环境特点，不只是文笔优美而已。一叶扁舟无目的地随意驶进浩渺无际的江上，茫然不辨身在何处。苏轼体会到一种乘风而行、飞升仙境的快感，从而"遗世独立"，进入一种彻底忘怀世间得失的超然境界。

超然境界就是"乐"的境界，所以第二段接着写"饮酒乐甚，扣舷而歌之"，近乎得意忘形。然而歌词却未用乐府《步虚词》之体，以表现"羽化登仙"的愉悦，而是采用了《楚辞》哀怨的格调，充满了"望美人"而不见的惆怅和失意的情绪。《诗经·秦风·蒹葭》"所谓伊人，在水一方"的失落感，就发生在"白露为霜"的季节，与"白露横江"的赤壁之游相同。同时，因为歌词采用的是"楚辞体"风格，而在《楚辞》的象喻系统中，"美人"喻指君王，王逸《离骚经章句序》曰："灵修美人，以媲于君。"所以《离骚》"恐美人之迟暮"句，王逸注："美人，谓怀王也。人君服饰美好，故言美人也。"苏轼此时贬谪到黄州已近三年，完全被朝廷抛弃，看不到政治出路。在《王定国诗集叙》中，他曾借评价杜甫"流落饥寒，终身不用，而一饭未尝忘君"来表达自己"老去君恩未报"的心迹。因而可以说"望美人兮天一方"之句，曲折地传达出苏轼盼望得到神宗起用而不得的惆怅，也与"歌窈窕之章"中的"舒窈纠兮，劳心悄兮"的情绪相呼应。从饮酒乐甚到扣舷悲歌，从羽化而登仙到望美人而不得，赋的情绪经历了由《庄》到《骚》的转折。受此楚歌情绪的感染，吹洞箫的客人倚歌而配乐。洞箫声"如怨如慕，如泣如诉"，极具感染力，竟引得深壑中的蛟龙为之起舞，孤舟中的寡妇为之哭泣。对洞箫声的刻画摹状，渲染出更为悲凉的气氛，作者的情绪也骤然为之变化，由乐转悲。

第三段开头的"愀然"，奠定主客双方的感情基调。箫声为何如此哀怨呢？客的回答紧扣当下泛舟的月夜和赤壁，从时空两个角度述说历史上的英雄。"月明星稀"三句，从时间角度扣合月夜场景，引出英雄曹操。"西望夏口"五句，从空间角度扣合赤壁遗迹，引出英雄周瑜。以下由"方其破荆州"八个短句组成一个意群，极力铺写曹操"固一世之雄也"的气势，其中也暗含赤壁之战中"羽扇纶巾，谈笑间、樯橹灰飞烟灭"之周郎的影子。然而"而今安在哉"的一句感叹，则将历史上的英雄业绩彻底消解，"一时多少豪杰"的意义究竟何在，无非是一切归于虚无。英雄尚且如此，何况我辈常人。作者借客之口，叙写"渔樵于江渚之上"的贬谪生活，"侣鱼虾而友麋鹿"，与鸟兽同群，如此渺小而短暂。首段"纵一苇之所如，凌万顷之茫然"的逍遥超然，在此变为"驾一叶之扁舟""渺沧海之一粟"的消极悲观。自然的无穷与人生的有限，形成巨大的反差，因而有

"哀"有"羡"。然而其"挟飞仙以遨游，抱明月而长终"的企盼，都是不可骤得的奢望，这正是在"飘飘乎如遗世独立，羽化而登仙"的想象世界里突然乐极生悲的原因，想象终非现实，故而只能将悲凉寄托于随风飘扬的洞箫声。

针对客的回答所表现出来的悲观情绪，旷达的苏轼以自己对生命的感悟来宽解对方。既然客"羡长江之无穷"，愿"抱明月而长终"，那么苏轼就以江水和明月为例，来探讨宇宙人生变与不变的哲理。"逝者如斯，而未尝往也"，江水日夜流逝，然而江水始终无穷，正说明逝者未尝流失。"盈虚者如彼，而卒莫消长也"，明月有圆有缺，然而缺后又圆，正说明盈虚者最终没有消亡增长。宇宙人生的变与不变，取决于我们看待事物的眼光，如果从变化的角度看，天地不过是转瞬间的存在；如果从不变的角度看，则客体之物与主体之我都是无穷尽的，那么又何必羡慕长江与明月？水、月与我皆因"自其不变者而观之"得以"无尽"。苏轼这种认识论，前人如朱熹、董其昌都认为是来自僧肇法师的《物不迁论》，该论有这样的观点："旋岚偃岳而常静，江河竞注而不流。野马飘鼓而不动，日月历天而不周。……不迁，故虽往而常静；不住，故虽静而常往。"宇宙人生的变与不变都是相对的，没有绝对的短暂与永恒。既然持有"而又何羡乎"的态度，那么自然也会明白"而又何哀乎"的道理。接下来写天地间万物各有其主，不能强求不属于自己的东西。这几句隐然暗示，不仅世间的功名利禄不属于自己，而且世外的挟飞仙、抱明月的奢望也不要去强取。

苏轼告诫客人，只有这江上的清风与山间的明月，耳得之，目遇之，便成有声之音乐，有色之图画，给人以美感的享受，这是大自然造物主的赐予，是取之不尽的艺术宝藏，你我二人可以共同分享。这段话化用了李白"清风明月不用一钱买"的语意，体现了苏轼对待自然美景的一贯态度，这就是超功利的非占有的审美态度。这与他在《宝绘堂记》里所说"譬之烟云之过眼，百鸟之感耳，岂不欣然接之，然去而不复念也"的态度一致，也与他在《超然台记》里所说"无所往而不乐者，盖游于物之外也"的态度相通。

最后客被主人说服，由悲转乐，"客喜而笑，洗盏更酌"，这是忘却得失、透悟人生之后的欢乐，更纵情恣意，开怀畅饮，直到"肴核既尽，杯盘狼籍"，倒头而睡，一觉直到天亮。

这篇赋摆脱了六朝唐以来骈赋、律赋在句式、声律、对偶方面的束缚，直接继承汉大赋主客问答的传统形式，在保留赋体基本句式和押韵特征的同时，吸取了散文的笔调和方法，做到韵散交叉，骈散错落，即张伯行所云："以文为赋，藏叶韵于不觉。"(《唐宋八大家文钞》卷八）。在赋的结构上，作者以时间顺序为主线，全赋按照一条"日暮——月升——夜半——破晓"的时间线索来组织结构。而从赋表现的情绪来看，也有一条"乐——悲——喜"的发展变化过程。无论是"以文为赋"的行文风格，还是"以时为线"的结构方式，此赋都可视为宋代文赋的典型，它或多或少将传统赋体的空间铺排改变为时间叙述，诚如浦起龙所言："二赋（包括《后赤壁赋》）皆志游也。记序之体，出以韵语，故曰赋焉。"（《古文眉诠》卷六十九）因而从某种意义上说，它更像一篇抒情性和议论性都很强的《游赤壁记》。这是苏轼在文章"破体"方面作出的有益尝试。此外，此赋还改变了传统赋文"雕虫篆刻"的特点，语言明白流畅，摒弃华丽的辞藻雕琢，能用浅近而典雅的文言写眼前景、心中事，一扫传统大赋常有的生僻字。

此赋的写景、抒情、议论都始终围绕着江水、明月、清风展开，第一段写景，以水、月、风为主角。第二段抒情，歌词和音乐都围绕水、月展开。第三段叙史中有感怀，以长江、明月、悲风作为感慨的对象。第四段议论，直接用水与月的变与不变讨论宇宙人生的哲理，又用明月、清风代表造物者给予人的无尽宝藏。这三个意象反复出现，将全赋融合为一个有机的整体，前后照应，脉络谨严。

历代评论者对此赋评价极高，谢枋得曰："此赋学《庄》《骚》文法，无一句与《庄》《骚》相似。非超然之才、绝伦之识，不能为也。"（《文章轨范》卷七）高嵣曰："有摹景处，有寄情处，有感慨处，有洒脱处。此赋仙也。"（《唐宋八家钞》卷七）吴汝纶曰："此所谓文章天成，偶然得之者。是知奇妙之作，通于造化，非人力也。胸襟既高，识解亦复绝非常。"（《评校音注古文辞类纂》卷七十一）此赋在中国文学史上有很高的地位，对后世的赋、文、诗、词、曲都有很大影响，并成为戏剧、绘画、雕塑等艺术表现的题材之一，其流风远播海外。

后赤壁赋[1]

是岁十月之望[2]，步自雪堂[3]，将归于临皋[4]。二客从予，过黄泥之坂[5]。霜露既降，木叶尽脱。人影在地，仰见明月。顾而乐之，行歌相答。

已而叹曰："有客无酒[6]，有酒无肴，月白风清，如此良夜何？"客曰："今者薄暮，举网得鱼，巨口细鳞，状似松江之鲈[7]。顾安所得酒乎？"归而谋诸妇。妇曰："我有斗酒，藏之久矣。以待子不时之须[8]。"

于是携酒与鱼，复游于赤壁之下。江流有声，断岸千尺[9]。山高月小，水落石出[10]。曾日月之几何，而江山不可复识矣。予乃摄衣而上，履巉岩，披蒙茸[11]，踞虎豹[12]，登虬龙[13]。攀栖鹘之危巢[14]，俯冯夷之幽宫[15]。盖二客不能从焉。划然长啸，草木震动，山鸣谷应，风起水涌。予亦悄然而悲，肃然而恐，凛乎其不可留也。反而登舟，放乎中流，听其所止而休焉。时夜将半，四顾寂寥。适有孤鹤[16]，横江东来。翅如车轮，

郑之惠："《外纪》曰：杜诗'关山月一点'，坡爱之，作歌云'一点明月窥人'，用其语也；此云'山高月小'，用其意也。"（《苏长公合作》卷一）

虞集："陆士衡云：'赋体物而浏亮。'坡公《前赤壁赋》已曲尽其妙，《后赋》尤精于体物，如'山高月小，水落石出'，皆天然句法。"（《三苏文范》卷十六引）

吴讷："篇中如'人影在地，仰见明月'及'江流有声，断岸千尺，山高月小，水落石出'等句，是赋景物妙处。"（《文章辨体》卷五）

玄裳缟衣。戛然长鸣，掠予舟而西也。

　　须臾客去，予亦就睡。梦一道士[17]，羽衣翩跹[18]，过临皋之下，揖予而言曰："赤壁之游乐乎？"问其姓名，俯而不答。"呜呼噫嘻！我知之矣。畴昔之夜[19]，飞鸣而过我者，非子也耶？"道士顾笑[20]，予亦惊悟。开户视之，不见其处。

[注释]

　　[1]后赤壁赋：元丰五年（1082）十月作于黄州。　[2]是岁：指元丰五年壬戌，承《赤壁赋》而言。十月之望：是岁十月为大月，十六日为望日。　[3]雪堂：苏轼在黄州东坡上修建的住所。据其《雪堂记》所载，堂于大雪中筑成，四壁绘雪景，故名。　[4]临皋：即临皋亭，在黄冈南长江边。时苏轼寓居此。　[5]黄泥之坂：雪堂与临皋间往来必经的山坡。苏轼有《黄泥坂词》。　[6]"有客无酒"四句：李商隐《春日寄怀》："纵使有花兼有月，可堪无酒又无人。"此似化用其意。　[7]松江之鲈：《后汉书·左慈传》："今日高会，珍羞略备，所少吴松江鲈鱼耳。"李贤注引《神仙传》："松江出好鲈鱼，味异它处。"　[8]不时之须：临时之需。须，同"需"。　[9]断岸：陡峭的崖岸。苏轼《与范子丰》："黄州少西，山麓斗入江中。"[10]水落石出：欧阳修《醉翁亭记》："风霜高洁，水落而石出者。"此借用其语。　[11]披蒙茸：拨开杂乱的灌木野草。蒙茸，杂乱貌。　[12]踞虎豹：蹲坐在状如虎豹的山石上。　[13]登虬龙：攀登形似虬龙弯曲的古木。　[14]"攀栖鹘"

虞集："末用道士化鹤之事，尤出人意表。"茅坤："借鹤与道士之梦，以发胸中旷达今古之思。"（《宋大家苏文忠公文抄》卷二十八）

李九我："末设梦与道士数句，尤见无中生有。"（《苏长公合作》卷一引）

句：苏轼《记赤壁》："断崖壁立，江水深碧，二鹘巢其上。"吴曾《能改斋漫录》卷六《赤壁栖鹘》："东坡谪居于黄五年，赤壁有巨鹘栖于乔木之上。《后赋》所谓'攀栖鹘之危巢，俯冯夷之幽宫'是也。" [15]冯夷：水神名，即河伯。《文选》卷十五张衡《思玄赋》"号冯夷俾清津兮"李善注引《青令传》："河伯，华阴潼乡人也。姓冯氏，名夷。浴于河中而溺死，是为河伯。"此借以指江神。 [16]"适有孤鹤"六句：《施注苏诗》卷二十《次韵孔毅父久旱已而甚雨三首》题下注引苏轼为杨道士书又一帖云："十月十五日夜，与杨道士泛舟赤壁，饮醉。夜半，有一鹤自江南来，翅如车轮，嘎然长鸣，掠余舟而西，不知其为何祥也。"玄裳缟衣，黑色下裙，白色上衣。因鹤全身纯白，而翅与尾羽黑色，故云。戛然，犹"嘎然"，形容鸟叫声清脆嘹亮。 [17]一道士：底本作"二道士"，今据郎本改。胡仔曰："前后皆言孤鹤，则道士不应言二矣。"（《苕溪渔隐丛话·后集》卷二十八） [18]羽衣：道士之服。翩跹：形容轻快跳舞。郎本作"翩仙"，《文章轨范》作"蹁跹"，意同。 [19]畴昔之夜：昨夜。语本《礼记·檀弓上》。 [20]"道士顾笑"四句：郎晔注："此赋结处用韩文《石鼎叙》弥明意，指鹤为道士，亦暗使《高道传》青城山道士徐佐卿化鹤事。"按，韩愈《石鼎联句诗序》："二子亦困，遂坐睡。及觉，日已上，顾觅道士不见，即问童奴。奴曰：'天且明，道士起出门，若将便旋然。奴怪久不返，即出到门觅，无有也。'二子惊愧自责，若有失者，间遂诣余言。余不能识其何道士也。"

[点评]

《后赤壁赋》写于《赤壁赋》之后三个月，季节从初秋七月变为初冬十月，景色与情调也随季节的转移而发生较大变化，主题有别于前赋探讨宇宙人生的哲理，而是更为纯粹的写景纪游，其整体风格与前赋颇不相同。

后赋仍然有主客问答的成分，但没有任何辩难的色彩，只是日常生活的对话。此外，后赋一开始并非直接写与客泛舟重游赤壁，其时间、地点、人物、事件，都发生在陆地，而非水上。换言之，第一、二段写的是月白风清的初冬夜晚，从雪堂到临皋的行路，主客踏月行歌互答的快乐，主人良夜无酒无肴的感叹，以及客言有鱼、妇言有酒的满意回答。笔调平和随意，只是信笔写去，并无刻意安排。这段虽没有提及赤壁之游，但已具备良辰、美景、好友、佳肴、美酒诸多引发游兴的条件，"如此良夜何"，若不月夜乘游，岂非可惜。首段可看作《后赤壁赋》的序言，其写景叙事，都是为再游赤壁作铺垫，当引子。

第三段承接上文，"携酒与鱼"，开始正式描写赤壁重游。孟冬的黄州，已进入枯水季节，浩瀚的长江由"水光接天"一变而为"水落石出"；与此相应，"水波不兴"的万顷茫然，也一变而为"江流有声"的滚滚滔滔；"郁乎苍苍"的山梁，因水位降低而变为"断岸千尺"；空明流光的明月也因水枯而远离船舷，看上去显得"山高月小"。这里虽然仍有月和水的意象，但更具视觉冲击力的是"岸""石""山"。与三个月前相比，景物大变，"曾日月之几何，而江山不可复识矣"。因为水落月远，泛舟江上的游兴竟有几分索然。所以作者舍舟登岸，而赋文描写的重点也由江面转向山头。接下来的四句三言韵语和两句六言韵语，节奏促迫，极力渲染攀崖游山的惊险刺激，巉岩、蒙茸、虎豹、虬龙等词汇，摹状出山石草木的奇形怪状。而仰攀"栖鹘之危巢",俯瞰"冯夷之幽宫",更有几分惊心动魄。这种大胆举动甚至使得"二客不能从"。为何苏轼会作出如此举动呢?只是游兴使之然吗?从登上绝顶后"划然"的长啸声中,可看出他此刻的心情,这使得"草木震动,山鸣谷应,风起水涌"的一啸,如排山倒海一般,似乎要吐出胸中郁积已久的怨气。由此可知,月夜登山,攀崖历险,无非也是要在幽寂无人之处,宣泄一腔孤愤。然而,由长啸引发的自然景物非同寻常的回应,不仅未缓解他的郁闷,反倒使他莫名生出"悄然""肃然""凛乎"的悲凉和恐惧。这次苏轼的赤壁之游,有几分像柳宗元"永州八记"所写:"寂寥无人,凄神寒骨,悄怆幽邃。以其境过清,不可久居,乃记之而去。"(《小石潭记》)而他此时在黄州的身份和心情,也与柳宗元一样"为僇人,居是州,恒惴栗"(《始得西山宴游记》)。从首段的"顾而乐之",到此时的"悄然而悲,肃然而恐",苏轼再次经历了情感的乐极生悲。重新登舟,放任船游,然而此时"听其所止而休焉"的态度,已非昔日"纵一苇之所如"的逍遥旷达,而是屈从命运的无可奈何。赤壁重游行将结束时,赋文记录了一个真实的戏剧性场景,在这夜半"四顾寂寥"的时分,一只白鹤横江东来,翅膀形状怪异,"戛然长鸣"后,如幽灵般掠过小船向西飞去。这虽然是写实,却颇有奇幻的象征色彩,"戛然长鸣"的孤鹤,仿佛是"划然长啸"孤独幽人的投影和回声,显得如此缥缈而虚无。

赋的最后一段,赤壁之游结束后,苏轼做了个梦。这似是羽衣道士的托梦,然而,"揖予而言""问其姓名""俯而不答""顾笑"的问答过程，皆似真似幻，神秘莫测。孤鹤化作道士，羽衣翩跹，让人联想起前赋中"飘飘乎如遗世独立，羽化而登仙"的苏轼。就像庄周梦蝶一般，"不知周之梦为胡蝶与？胡蝶之梦为周与？"孤鹤、道士与苏轼形象三位一体，令人浑然莫辨。所以道士所问"赤壁之游乐乎"，其实正是苏轼的自问；而不置可否地转移话题，乐或不乐不言自明。"开户视之，不见其处"，梦醒之后只留下空无迷茫和无限惆怅。

　　与前赋相比，后赋完全放弃议论，不作哲理探讨，只注重写景与营造气氛。张伯行曰："此文字字是冬景，体物之工，其妙难言。"（《唐宋八大家文钞》卷八）郑之惠曰："《后赤壁赋》直平叙去，有无限光景。"（《苏长公合作》卷一）首段"霜露既降，木叶尽脱，人影在地，仰见明月"，写冬景的月白风清，充满诗情画意。第三段的"江流有声"四句以及"山鸣谷应，风起水涌"二句，精于体物，更为前人称道。孤鹤横江的场景，灵奇空幻，笔笔欲仙。末段的梦，充满奇思妙想，前人称其"无中生有"，而结尾二句可谓"有归于无"。值得注意的是写摄衣登山一节，渲染出一种凄清孤寂乃至阴森恐怖的场景；"反而登舟"一节，则突出一种寂寥而神秘的意境。如果说在月白风清之夜，前赋重在写天光水色，那么后赋则重在写山石草木。换言之，后赋之游大半不在舟中，而在岸上。

　　后赋也是韵散夹杂的文赋，但更爱用短句，四字句、三字句的比例都高于前赋，这是因为短句更长于写景体物，长句更便于抒情议论。此外，后赋的韵语比例更少，如首段"是岁十月之望"五句，次段"已而叹曰"五句，第三段"时夜将半"四句,皆是散语。特别是末段,除了最后"道士顾笑"四句是韵语外,其余句子全是不押韵的散文。与前赋相比,后赋"以文为赋""以时为线"的特征更为突出。

记承天夜游^[1]

元丰六年十月十二日,夜,解衣欲睡。月色入户,欣然起行,念无与为乐者^[2]。遂至承天寺,寻张怀民^[3]。怀民亦未寝,相与步于中庭。

庭下如积水空明,水中藻荇交横^[4],盖竹柏影也。

何夜无月,何处无竹柏,但少闲人如吾两人者耳。

[注释]

[1] 记承天夜游:元丰六年(1083)十月十二日作于黄州。承天,寺名,故址在今湖北黄冈南。 [2]"念无与"句:想到没有可以与己同乐的人。 [3] 张怀民:王文诰《苏诗总案》卷二十二谓即张梦得,字怀民,清河人,元丰六年谪居黄州。孔凡礼《苏轼年谱》卷二十二考证张梦得即张偓佺,非怀民,谓《苏诗总案》所言无据。按,苏轼词《南歌子·黄州腊八日饮怀民小阁》:"卫霍元勋后,韦平外族贤。"可知怀民有外戚身份。考北宋

后妃姓张者唯有仁宗时张贵妃，追谥温成皇后，其父张尧封追封
清河郡王，怀民或为其族后人。清河为张氏郡望。　[4]藻荇：水
草名。

[点评]

这篇记夜游的随笔，是苏轼小品文中的精品。随手记
录，似不经意，然而在叙事、写景、抒情、议论方面都很
有特色。第一层是叙事，写游承天寺的起因和过程。夜深
本欲就寝，却受到入户月色的感召，便生出赏月的雅兴。
想到无人与己同乐，于是就前往承天寺去找张怀民。恰好
怀民也未睡觉，二人便一起在承天寺中庭散步赏月。

第二层写景，是此文最精彩的部分，寥寥三句，刻画
出中庭月色的皎洁澄明。这里作者使用了巧妙的比喻，先
直接写月色的喻体——"庭下如积水空明"；接着进一步
坐实此喻体——"水中藻荇交横"；最后再拈出本体——
"盖竹柏影也"。从另一个角度，第一句表现出月光给人如
积水般空明清澈的幻觉，第二句用藻荇纵横的描写去加强
这种幻觉，第三句则打破幻觉，水中藻荇不过是月光洒在
竹柏枝叶上留下的影子。储欣评论道："仙笔也。读之觉
玉宇琼楼，高寒澄澈。"（《唐宋十大家全集录·东坡集录》
卷九）类似的比喻手法，苏轼在《月夜与客饮杏花下》也
曾用过："杏花飞帘散余春，明月入户寻幽人。褰衣步月
踏花影，炯如流水涵青苹。"同样是月色入户，唤人欣然
起行，月色如流水，花影如水中青苹。然而，此文的语言
却比诗天然纯净，更能表现月色的神韵。

第三层议论中有抒情。"何夜无月"三句，可以说论

述了审美所需的必要条件，月色之明无时不有，竹柏之影无处不在，但世人忙于奔走利海名场，无暇识其美，只有苏轼和张怀民这样的"闲人"才能有幸领略，这便是二人可"与为乐者"。陈天定指出："公（苏轼）又有云：'江山风月本无常主，闲者便是主人。'皆静者之言。"（《古今小品》卷八）也就是说，对于江山风月的审美价值，只有闲者、静者才能真正领会。

"何夜无月"三句，虽谈的是美学的哲理，但其中也透露出作者无奈的感叹。其时苏轼虽挂名为黄州团练副使，却"不得签书公事"，是一个以罪人身份被闲置的官员。怀民身份与苏轼相近，由于初谪到此地，因此寓居承天寺。这是一种不得意的闲居生活，二人可谓惺惺相惜，同病相怜，不能实现士大夫"兼济天下"的理想，只能在无所事事的状态下玩弄风月，这不能不令人感到苦闷。"少闲人如吾两人者耳"一句，在审美的庆幸中包含着政治的失意，此"闲"到底可乐还是可悲，其间复杂的感情只有靠读者去细细体味。

此文的语言极为简练，惜墨如金，轻松随意的笔调中，包含着悠远的韵味。其营造的月夜意境，尤广为后人称道。

谢量移汝州表 [1]

臣轼言：伏奉正月二十五日诰命 [2]，特授臣汝州团练副使本州安置不得金书公事者[3]。稍从内迁，示不终弃。罪已甘于万死，恩实出于再生。祗服训词[4]，惟知感涕。臣轼诚惶诚恐[5]，顿首顿首。

伏念臣向者名过其实[6]，食浮于人[7]。兄弟并窃于贤科[8]，衣冠或以为盛事。旋从册府[9]，出领郡符。既无片善可纪于丝毫，而以重罪当膏于斧钺[10]。虽蒙恩贷[11]，有愧平生。只影自怜[12]，命寄江湖之上；惊魂未定[13]，梦游缧绁之中。憔悴非人[14]，章狂失志[15]。妻孥之所窃笑[16]，亲友至于绝交。疾病连年[17]，人皆相传为已死；饥寒并日，臣亦自厌其余生。

岂谓草芥之贱微[18]，尚烦朝廷之纪录。开其恫悔[19]，许以甄收[20]。此盖伏遇皇帝陛下，汤德日新[21]，尧仁天覆[22]。建原庙以安祖考[23]，正六官而修典刑[24]。百废俱兴，多士爰集[25]。弹冠结绶[26]，共欣千载之逢；掩面向隅[27]，不忍一夫之泣。故推涓滴，以及焦枯。顾惟效死之无门[28]，杀身何益；更欲呼天而自列[29]，尚口乃穷[30]。徒有此心，期于异日[31]。

杨万里："四六有截断古人语五字，而补以一字如天成者；有用古人语，不易其字之形而易其意者。……子牟'身居江湖之上'，公冶长'虽在缧绁之中'。而东坡《谢罪表》云：'身居江湖之上，梦游缧绁之中。'"（《诚斋诗话》）

臣无任[32]。

[注释]

[1]谢量移汝州表：元丰七年（1084）三月作于黄州。量移汝州的诰命下于是年正月二十五日，然三月三日所作《记游定惠院》仍言"已五醉其下"，谓谪黄州已五年，未提及离黄事。三月九日作《赠别王文甫》云"近忽量移临汝"，可知闻量移之命当在三月上旬。量移，指贬谪远地的官员遇恩赦，酌情迁至距京城较近之处。汝州，治临汝县，宋属京西北路，邻近京师开封府。所以表文中有"稍从内迁"语。表，奏章的一种，多用于臣对君的陈请贺谢。此为谢表。　[2]诰命：皇帝任命官员的证书。苏辙《栾城后集》卷二十二《亡兄子瞻端明墓志铭》："上（神宗）手札徙汝州，略曰：'苏轼黜居思咎，阅岁滋深，人材实难，不忍终弃。'"　[3]团练副使：团练使副职，无职掌，宋朝常用以安置贬降官员。佥（qiān）：同"签"。　[4]祗（zhī）服：敬谨奉行。训词：此指皇帝教训的言辞，即诰命的文词。　[5]"臣轼"二句：郎本卷二十五作"中谢"二字夹注。　[6]名过其实：名声超过其实际。《韩诗外传》卷一："故禄过其功者削，名过其实者损。"　[7]食浮于人：所享食禄超过其能力。《礼记·坊记》："故君子与其使食浮于人也，宁使人浮于食。"　[8]"兄弟"二句：嘉祐六年（1061），苏轼、苏辙举制科中之贤良方正能直言极谏科，仁宗御试所举策问，对策分别入三等四等。王辟之《渑水燕谈录》卷六："嘉祐末，苏轼子瞻、弟辙子由同年制策入等，衣冠以为盛事。……子瞻《汝州谢表》曰：'兄弟并窃于贤科，衣冠或以为盛事。'而子瞻入等尤高，故其谢启曰：'误玷久虚之等。'"　[9]"旋从册府"二句：治平二年（1065），英宗召试秘阁，苏轼试策，复入三等，得直史馆。熙宁、元丰年间，苏轼

先后知密州、徐州、湖州。册府，帝王藏书处，此指秘阁、史馆。郡符，郡守的符玺，此指任职知州。　[10]膏于斧钺（yuè）：将身体膏肉涂在斧钺上，指接受斩刑。与前"罪已甘于万死"同义。《南齐书·徐孝嗣传》："皆身膏斧钺，族同烟烬。"斧钺，《国语·鲁语》："大刑用甲兵，其次用斧钺。"韦昭注："斧钺，军戮。"即斩刑。　[11]恩贷：指帝王施恩宽宥。　[12]"只影自怜"二句：指元丰三年（1080）至七年贬谪黄州。　[13]"惊魂未定"二句：指元丰二年（1079）八月至十一月二十八日在御史台受审及其后收禁狱中之事。缧绁（léi xiè），本为捆绑犯人的黑绳索，借指牢狱、囚禁。　[14]憔悴非人：《楚辞·渔父》："屈原既放，游于江潭，行吟泽畔，颜色憔悴，形容枯槁。"此化用其意。　[15]章狂：仓皇，慌张。　[16]妻孥：统称妻子儿女。　[17]"疾病连年"四句：邵博《邵氏闻见后录》卷十六："东坡既迁黄岗，京师盛传白日仙去。神庙闻之，对左丞蒲宗孟叹惜久之。故东坡谢表有云'疾病连年，人皆相传为已死；饥寒并日，臣亦自厌其余生'也。"郎本注同。　[18]草芥之贱微：比喻性命的微小低贱，此为自喻。　[19]恫（tōng）悔：痛悔。　[20]甄收：审核录用。　[21]汤德日新：《吕氏春秋·异用》："汤之德及禽兽矣。"《礼记·大学》："汤之盘铭曰：'苟日新，日日新，又日新。'"此喻神宗的恩德日进。　[22]尧仁天覆：《论语·泰伯》："子曰：'大哉！尧之为君也。巍巍乎！唯天为大，唯尧则之。'"此喻神宗的仁德广被万物。　[23]"建原庙"句：神宗以为祖宗神御殿分建于诸寺观，不足以称严奉之义，于是参考"原庙之制"，即景灵宫建十一殿，每岁孟月朝享，以尽时王之礼。元丰五年（1082），宫成，奉安礼毕。其事见《续资治通鉴长编》卷三百三十一。原庙，指在正庙之外另立的宗庙。《史记·高祖本纪》："及孝惠五年，思高祖之悲乐沛，以沛宫为高祖原庙。"裴骃《集解》:"谓'原'者,再也。先既已立庙,今又再立,故谓之原庙。" [24]"正六官"句:郎本注:"元丰间,神宗用《唐六典》,一新官制。"六官,统称吏、户、礼、兵、刑、工六部尚书。典刑,旧法。《诗经·大雅·荡》:"虽无老成人,尚有典刑。"郑笺:"虽无此臣,犹有常事故法可案用也。" [25]多士:众多贤士。《诗经·大雅·文王》:"济济多士,文王以宁。"爰(yuán):于是。 [26]弹冠结绶:指朋友之间相互援引出仕,此指天下同庆。《汉书·王吉传》:"王吉字子阳。……吉与贡禹为友,世称:'王阳在位,贡公弹冠。'言其取舍同也。"师古曰:"弹冠者,且入仕也。"《汉书·萧育传》:"少与陈咸、朱博为友,著闻当世。往者有王阳、贡公,故长安语曰:'萧、朱结绶,王、贡弹冠。'言其相荐达也。" [27]"掩面向隅"二句:刘向《说苑·贵德》:"圣人之于天下也,譬犹一堂之上也。今有满堂饮酒者,有一人独索然向隅而泣,则一堂之人皆不乐矣。圣人之于天下也,譬犹一堂之上也,有一人不得其所者,则孝子不敢以其物荐进。" [28]效死:舍命报效。 [29]呼天:《史记·屈原贾生列传》:"人穷则反本,故劳苦倦极,未尝不呼天也。"自列:自陈,自白。 [30]尚口乃穷:《周易·困》:"有言不信,尚口乃穷也。"孔颖达疏:"处困求通,在于修德,非用言以免困。徒尚口说,更致困穷。" [31]异日:日后,将来。 [32]无任:不胜任,表状常用的敬辞。

[点评]

这是一篇典型的用四六文写成的"陈情表"。除了表达对皇帝恩贷的感谢之外,重在写自己的可怜处境,希望进一步得到皇帝的垂顾,重新得到起用。写到动情处,可谓声泪俱下。明陈天定评此表文："归诚君父，如对家人，如语素交，恳恻乃尔。"（《古今小品》卷二）苏轼从黄州团练副使量移汝州团练副使，虽然仍不能签书公事，但"稍从内迁"，所迁地点距离京城更近，表明皇帝对他还有眷顾之心，"示不终弃"，仕途或有转机。在宋代，官员的"内迁"具有某种象征意义，距离京城愈近，沾溉皇恩就愈多。

表文分三段。第一段先交代皇帝诰命的内容，颁布时间、内迁职务、安置地点，从中体会到皇帝"示不终弃"的用心。然后以"罪已甘于万死，恩实出于再生"的偶句，夸张地表达了对皇帝的感谢，其恩惠饶恕使自己得到新生。接着再次用"祗服训词，惟知感涕"的偶句，用恭敬谦卑的态度表示聆听圣上训诫，只知道感激涕零。两组偶句，都是感谢皇恩浩荡的意思。

第二段是表文的重心，主要写自身遭际。首先自谦"名过其实，食浮于人"，名气过大，而无实际能力，俸禄也超过自己应有的水平。接下来具体写前半生经历，以坐实以上八字评语。"兄弟并窃于贤科"，用一"窃"字，自谦制科入等为名不副实，"衣冠或以为盛事"，兄弟同时举贤良方正能直言极谏科，特别是苏轼入制科三等，被士林视为开设制科取士以来的盛事。"旋从册府，出领郡符"，试秘阁而得直史馆，随后又知密州、徐州、湖州。举制科、直史馆，皆是"名过其实"，而外任知州，则是"食浮于人"。以上写仕途荣光，皆实写；而下文的自责，皆虚写。"既无片善可纪于丝毫"，不仅为官乏善可陈；"而以重罪当膏于斧钺"，而且已犯下杀身之罪。

幸得皇帝不杀之恩，自己也觉得非常惭愧，这是向皇帝表示悔悟。但到底是何"重罪"，因何而"愧"，语焉不详。以下转入"陈情"的内容，极言自乌台诗案以来受监禁、遭流放的惨状。"只影自怜"二句，极言贬谪黄州之痛苦，命运已寄托于江湖之上。然而，《庄子·让王》载中山公子牟谓瞻子曰："身在江海之上，心居乎魏阙之下，奈何？"因而此处化用其语，便暗藏着"居乎魏阙之下"的期待。"惊魂未定"二句，回忆在乌台狱中受到的种种折磨，即其诗中所写"魂飞汤火命如鸡"的精神遭遇。"憔悴非人"，隐含几分屈原行吟泽畔的形象；"章狂失志"，又暗含几分伍子胥被发佯狂的行迹。虽然说的是自己外在形象和内在精神的凄惨，却依然有以贤人自喻的傲岸。又以妻孥窃笑、亲友绝交二句，陈述自己为人所不齿的孤单可怜。这段最后"疾病连年"一组偶句，铺写自己疾病缠身、饥寒交迫的生活，不仅京师传闻自己已死，而且自己也觉得活着没有意义。这几句最为感人，特别是神宗皇帝曾听闻苏轼白日仙去的传言，嗟叹惋惜不已，此处提及此事，想必最能打动神宗，起到"陈情"的目的。

第三段以"岂谓草芥之贱微"承接上段陈情，以"尚烦朝廷之纪录"开启下段颂圣。"开其恫悔"二句，以自己的亲身经历，颂扬朝廷的宽宏大量，给罪人改过自新的机会。"汤德日新"，指成汤"网开三面"的盛德，"尧仁天覆"，指唐尧"宥之三"的仁慈，以比喻神宗皇帝对自己的恩赦。又举"建原庙""正六官"二事为例，歌颂元丰年间政治措施的英明。进一步由"百废俱兴"转向

"多士爰集"，赞颂朝廷众多贤士济济一堂。于是接着"弹冠结绶"二句，羡慕各位贤士都互相推荐援引，纷纷出仕，又由"掩面向隅"二句，重新回到"陈情"的主题，相信皇帝不忍心把自己排除在"多士爰集"之外，会如圣主一样爱惜人才。皇帝"稍从内迁，示不终弃"的诰命，如同雨露的涓滴，足以滋润焦枯的禾苗。"顾惟效死之无门"二句，表示愿以生命报效朝廷，可惜没有门路。"更欲呼天而自列"二句，则表明即使呼天而自陈拳拳之心，奈何口说无用。最后用"徒有此心"二句，希望将来有一天能重新得到皇帝任用，回到朝廷。

这篇谢表最终达到陈情的目的，据张嘉父说："公（苏轼）自黄移汝州，谢表既上，裕陵（神宗）览之，顾谓侍臣曰：'苏轼真奇才。'时有憾公者，复前奏曰：'观轼表中犹有怨望之语。'裕陵愕然曰：'何谓也？'对曰：'其言兄弟并列于贤科，与惊魂未定、梦游缧绁之中之语，盖言轼、辙皆前应直言极谏之诏，今乃以诗词被谴，诚非其罪也。'裕陵徐谓之曰：'朕已灼知苏轼衷心，实无他肠也。'于是语塞云。"（何薳《春渚纪闻》卷六）可见，即使苏轼政敌从中作梗，也不改神宗对苏轼的赞赏和同情。

这篇表文以四六骈语叙述，委曲精尽，不减古文。王志坚《四六法海》卷四对苏轼的谢表评价很高："苏公诸表，言迁谪处，泪与声下，然到底忠鲠，无一乞怜语，可谓百折不回者矣。"这篇谢表也是如此，自始至终并无一句实质性的认罪。

石钟山记[1]

《水经》云[2]："彭蠡之口，有石钟山焉。"郦元以为"下临深潭，微风鼓浪，水石相搏，声如洪钟"。是说也，人常疑之。今以钟磬置水中，虽大风浪不能鸣也，而况石乎？至唐李渤始访其遗踪[3]，得双石于潭上。扣而聆之[4]，南声函胡，北音清越，枹止响腾，余韵徐歇，自以为得之矣。然是说也，余尤疑之。石之铿然有声者，所在皆是也，而此独以"钟"名[5]，何哉？

元丰七年六月丁丑[6]，余自齐安舟行适临汝[7]。而长子迈将赴饶之德兴尉[8]，送之至湖口，因得观所谓"石钟"者。寺僧使小童持斧，于乱石间择其一二扣之，硿硿焉[9]，余固笑而不信也。至莫夜月明，独与迈乘小舟，至绝壁下。大石侧立千尺，如猛兽奇鬼，森然欲搏人。而山上栖鹘[10]，闻人声亦惊起，磔磔云霄间[11]。又有若老人咳且笑于山谷中者，或曰："此鹳鹤也[12]。"余方心动欲还，而大声发于水上，噌吰如钟鼓不绝[13]。舟人大恐，徐而察之，则山下皆石穴罅，

林西仲："惊起者，可以望见，则直言栖鹘；咳笑者之为鹳鹤，未必果确，故借'或曰'二字写出，何等活动。"（《纂评唐宋八大家文读本》卷七引）

钱谦益："中段欲言水石之声，先将三项（指大石、栖鹘、鹳鹤）描写起，此文情也。"（同上）

不知其浅深，微波入焉，涵澹澎湃而为此也。舟回至两山间，将入港口，有大石当中流，可坐百人，空中而多窍，与风水相吞吐，有窾坎镗鞳之声[14]，与向之噌吰者相应，如乐作焉。因笑谓迈曰："汝识之乎？噌吰者，周景王之无射也[15]；窾坎镗鞳者，魏庄子之歌钟也[16]。古之人不余欺也。"

　　事不目见耳闻而臆断其有无，可乎？郦元之所见闻，殆与余同，而言之不详。士大夫终不肯以小舟夜泊绝壁之下，故莫能知。而渔工水师，虽知而不能言，此世所以不传也。而陋者乃以斧斤考击而求之，自以为得其实。余是以记之，盖叹郦元之简，而笑李渤之陋也。

[注释]

[1] 石钟山记：元丰七年（1084）六月，苏轼由黄州团练副使量移汝州，途经江州湖口县，作此记。石钟山，在今江西湖口县，位于鄱阳湖入长江之口。　[2]"《水经》云"七句：按，所引《水经》两句与《水经注》四句，今本均无，仅见于唐李渤《辨石钟山记》引，李文见《全唐文》卷七百一十二。《水经》，是我国第一部记述河道水系之书。《隋书·经籍志》谓郭璞注，《旧唐书·经籍志》谓郭璞撰，《唐六典》注谓桑钦著，《新唐书·艺文志》则谓"（汉）桑钦《水经》三卷，一作（郭）璞撰"。彭蠡之口，即湖口。彭蠡，鄱阳湖的别称。郦元，即郦道元，字善长，

刘大櫆："以'心动欲还'，跌出'大声发于水上'，才有波折，而兴会更觉淋漓。钟声二处，必取古钟二事以实之，具此诙谐文章，妙趣洋溢行间，坡公第一首记文。"（《评校音注古文辞类纂》卷五十六引）

沈德潜："记山水，并悟读书观理之法。盖臆断有无，而或简或陋，均非可以求古人也。通体神行，末幅尤极得心应手之乐。"（《唐宋八家文读本》卷二十三）

北魏地理学家。著《水经注》四十卷。   [3]李渤：字浚之，号白鹿先生，洛阳人。唐宪宗元和年间曾任江州刺史，治湖筑堤。新旧《唐书》均有传。其《辨石钟山记》作于唐德宗贞元十四年（798）七月八日。   [4]"扣而聆之"五句：此为李渤《辨石钟山记》原文。南声函胡，谓南边石块其声模糊厚重。函胡，同"含糊"。北音清越，谓北边石块其声清脆悠远。枹（fú），同"桴"，木制鼓槌。   [5]名：底本作"鸣"，据郎本改。   [6]六月丁丑：即六月初九。   [7]齐安：古郡名，南齐置，即宋之黄州。临汝：古郡名，即宋之汝州。   [8]"长子迈"句：苏轼长子苏迈其时将赴任饶州德兴县尉。德兴，今属江西上饶。尉，县尉，县令的佐官，主管治安。   [9]硿（kōng）硿：象声词，击金石声。郎本作"空空"。   [10]鹘：即隼，一种猛禽。   [11]磔（zhé）磔：象声词，此状鸟鸣声。   [12]鹳鹤：鸟名，形似鹤，嘴长而直，顶不红。常活动于水旁，夜宿高树。   [13]噌吰（chēng hóng）：象声词，状响亮厚重的钟声。司马相如《长门赋》："挤玉户以撼金铺兮，声噌吰而似钟音。"   [14]窾（kuǎn）坎：状击物声。镗鞳（tāng tà）：钟鼓声。"镗"，郎本作"铛"。   [15]周景王之无射（yì）：《左传》昭公二十一年："春，天王将铸无射。"杜预注："周景王也。无射，钟名。律中无射。"孔颖达疏："其声于律应无射之管，故以律名名钟。"周景王，姓姬名贵，周灵王之子。无射，古十二音律之一。   [16]魏庄子之歌钟：《左传》襄公十一年载郑人赠晋悼公"歌钟二肆，及其镈磬，女乐二八。晋侯以乐之半赐魏绛"。魏庄子，魏绛，谥庄子。底本"庄"作"献"，据郎本改。按，献子乃魏绛之子魏舒。

[点评]

这篇记文以自己亲身考察石钟山的经过，说明凡事当目见耳闻、不能臆断其有无的道理。刘克庄评说："坡公此记，议论，天下之名言也；笔力，天下之至文也。"（《跋郑子善通宋诸帖·坡公石钟山记》）推崇备至。其实，此记的议论文字非常简略，仅区区二句："事不目见耳闻而臆断其有无，可乎？"但仅此二句，足以针砭世上各种不经调查研究而轻下判断结论的毛病。这二句议论，是有感于郦元之简，李渤、寺僧之陋而发的，例证充分，具有很强的概括力和普遍性，可推衍到其他认识事物的方法上，所以二句足可称"天下之名言"。

不过，此记最精彩之处在于描写月夜行舟石钟山下的奇遇。初九之夜，已过了上弦月，月更明亮。这次月夜泛舟，巉岩、栖鹘等景物略似于《后赤壁赋》的描写，却更生动形象。如猛兽奇鬼的大石，磔磔鸣叫的惊起的栖鹘，声如老人咳且笑的鹳鹤，三组意象的刻画，描状出阴森恐怖的环境。此境让作者"心动欲还"。接下来，水面无端发出的巨大声响，如洪亮的钟鼓之声，更令人毛发悚立，以至于有经验的舟人也"大恐"。诚如刘大櫆所言："以'心动欲还'，跌出'大声发于水上'，才有波折，而兴会更觉淋漓。"其后又写中流大石，空中多窍，风卷水击而发出窾坎镗鞳之声，与前文描写的噌吰之声相呼应，如交响乐一般。这段描写可谓惊心动魄，其中象声词的使用特别渲染出静夜的各种声响效果，如"磔磔""咳且笑""噌吰""窾坎镗鞳"等等，一个接一个，逐步引出山水的钟鼓之音。其写作目的在于，通过自己富有现场感和细节性的亲身感受，印证石钟山得名的缘由，证实郦道元《水经注》"微风鼓浪，水石相搏，声如洪钟"的准确性，同时也对其描写过"简"而感到遗憾。

至于苏轼对其儿子苏迈所说"周景王之无射""魏庄子之歌钟"，更把水石相搏的声音，坐实为古人具体的钟名，以体现石钟山钟声的音乐性来历不凡。这种"取古钟二事以实之"的写法，既有博学典雅的学术性，更有诙谐幽默的游戏性，读来妙趣横生。

此记所议论的道理，贯穿于叙事写景之中。杨慎评论说："通篇讨山水之幽胜，而中较李渤、寺僧、郦元之简陋，又辨出周景王、魏献子之钟音。其转折处，以人之疑起己之疑。至见中流大石，始释己之疑，故此记遂为绝调。"（《三苏文范》卷十四引）的确如此，此记分为三段，第一段即写"疑"，郦元之说"人常疑之"，而李渤之说"余尤疑之"。第二段写月夜考察石钟山的过程，亲自听到噌吰和窾坎镗鞳之钟音，由此释"疑"。第三段照应开头，提出读书观理之法，批评古人的或简或陋。吕留良评曰："此翻案也。李翻郦，苏又翻李，而以己之所独得，详前之所未备，则道元亦遭简点矣。"（《晚村精选八大家古文》）总之，古人大抵对此文评价极高，或称为"天下至文""古今绝调"，对文法较为挑剔的桐城派古文家也称赏此记，如方苞谓"潇洒自得，子瞻诸记中特出者"（《评校音注古文辞类纂》卷五十六引）；刘大櫆谓"坡公第一首记文"（同上引），可见此记在苏文中的地位。

关于石钟山的得名，晚清人对来自"水石相搏，声如洪钟"的说法表示质疑，曾国藩认为："（石钟山）上钟岩与下钟岩，其下皆有洞，可容数百人，深不可穷，形如覆钟。……乃知钟山以形言之，非以声言之。郦氏、苏氏所言皆非事实也。"（《求阙斋读书录》卷九）俞樾《春在堂随笔》卷七持同样的看法。然而无论如何，苏轼经实地考察得出的结论，至少可备一说，清人的质疑丝毫不减损此记在文学上的价值。

答张文潜县丞书 [1]

　　轼顿首文潜县丞张君足下 [2]。久别思仰。到京公私纷然 [3]，未暇奉书。忽辱手教，且审起居佳胜，至慰至慰！惠示文编，三复感叹 [4]。甚矣，君之似子由也 [5]。子由之文实胜仆，而世俗不知，乃以为不如。其为人深不愿人知之，其文如其为人，故汪洋澹泊，有一唱三叹之声 [6]，而其秀杰之气，终不可没。作《黄楼赋》乃稍自振厉 [7]，若欲以警发愦愦者 [8]。而或者便谓仆代作，此尤可笑，是殆见吾善者机也 [9]。

　　文字之衰，未有如今日者也，其源实出于王氏 [10]。王氏之文未必不善也，而患在于好使人同己。自孔子不能使人同 [11]，颜渊之仁 [12]，

茅坤："予与荆川尝力称子由之文自不易得，而子瞻亦云如此。"（《唐宋八大家文钞·宋苏文忠公》卷十）

张照："论王氏之学好人同己，此正君子、小人分歧处。好人同己，必为小人矣。何也？反是即舍己从人，之所以为大舜也。篇中虽止论文字，而政事即在其中。惟其好人同己，而人之强与己同者至矣。彼其不惜强与己同，岂真与己同哉？亦欲各得其所欲耳。既已各得其所欲，彼亦将欲人之同己夫，然后终亦不与己同矣。"（《唐宋文醇》卷三十九）

子路之勇[13]，不能以相移。而王氏欲以其学同天下。地之美者，同于生物，不同于所生。惟荒瘠斥卤之地[14]，弥望皆黄茅白苇，此则王氏之同也。

近见章子厚言[15]，先帝晚年甚患文字之陋[16]，欲稍变取士法，特未暇耳。议者欲稍复诗赋[17]，立《春秋》学官，甚美。仆老矣，使后生犹得见古人之大全者，正赖黄鲁直、秦少游、晁无咎、陈履常与君等数人耳[18]。如闻君作太学博士[19]，愿益勉之。"德辅如毛[20]，民鲜克举之。我仪图之，爱莫助之。"此外千万善爱。偶饮卯酒[21]，醉。来人求书，不能复觊缕[22]。

[注释]

[1] 答张文潜县丞书：元丰八年（1085）十二月作于开封府。张文潜，张耒（1054—1114），字文潜，号柯山，楚州淮阴（今属江苏）人。熙宁年间进士，徽宗朝官至太常少卿，以直龙图阁出知汝、颍二州，坐元祐党籍落职。从苏轼游，与晁补之、黄庭坚、秦观并称"苏门四学士"。著有《两汉决疑》《诗说》《宛丘集》等。《宋史·张耒传》："幼颖异，十三岁能为文，十七时作《函关赋》，已传人口。游学于陈，学官苏辙爱之，因得从轼游。

彭辂："介甫文非不善，病在喜人同己。故苏之与黄，大非臭味，而子瞻亟称山谷。"（《明文海》卷一百六十《与友人论诗》）

焦竑："孔子曰：'夫言岂一端而已。'言者，心之变，而文其精者也。文而一端，则鼓舞不足以尽神，而言将有时而穷。《易》有之：'物相杂曰文。'相杂则错之综之，而不穷之用出焉。宋王介甫守其一家之说，群天下而宗之。子瞻讥为'黄茅白苇，弥望如一'，斯亦不足贵已。"（《焦氏澹园续集》卷二《文坛列组序》）

姚莹："善乎，苏子之言文矣！岂惟文哉，古今学术亦犹是也。"（《康辅纪行》卷十四）

轼亦深知之。……弱冠第进士，历临淮主簿、寿安尉、咸平县
丞。"此题中"县丞"，当指咸平县丞。　　[2]顿首：以头叩地而拜，
常用于书信结尾或开头，以示敬意。足下：同辈之间相称的敬
辞。　　[3]"到京"句：元丰八年（1085）十一月，苏轼在知登
州任上，以礼部郎中被召入京，十二月上旬抵达开封。公私纷然：
谓公事私事多而杂乱。　　[4]三复：再三阅读。　　[5]君之似子
由：苏辙字子由，据《东都事略·张耒传》，张耒曾"从苏辙学"，
故其文似之。　　[6]一唱三叹之声：《礼记·乐记》："清庙之瑟，
朱弦而疏越，壹倡（同"唱"）而三叹，有遗音者矣。"本指音
乐有余音，后世借以形容诗文宛转而有情味。　　[7]"作《黄楼
赋》"句：此赋乃苏辙元丰元年为徐州黄楼而作。苏辙文本以冲
雅淡泊为特征，《黄楼赋》却竭尽铺张雕琢之能事。苏籀《栾城
遗言》记苏辙语："余《黄楼赋》，学《两都》也，晚年来不作此
工夫之文。"陆菜《历朝赋格》上集《文赋格》卷二评曰："余读
之，其摹烟写景，仰昔俯今，与《赤壁》二赋真堪伯仲。"振厉，
振作，凌厉。　　[8]愦愦：昏庸糊涂。　　[9]"是殆"句：语见《庄
子·应帝王》，神巫季咸为列子的老师壶子看相。在第二次见壶
子后，对列子说："幸矣，子之先生遇我也，有瘳矣，全然有生
矣。"列子告诉壶子。壶子曰："乡（同'向'）吾示之以天壤，
名实不入，而机发于踵，是殆见吾善者机也。"郭象注："机发而
善于彼，彼乃见之。"成玄英疏："示其善机，应此两仪，季咸见
此形容，所以谓之为善。全然有生，则是见善之谓也。"苏轼此
处借以比喻世人如季咸，只见其微动的"善者机"（一线生机），
而不知苏辙渊深的"衡气机"（内气平衡的生机）。　　[10]王氏：
指王安石。　　[11]"自孔子"句：《史记·仲尼弟子列传》："孔
子曰：'受业身通者七十有七人'，皆异能之士也。德行：颜渊、
闵子骞、冉伯牛、仲弓，政事：冉有、季路，言语：宰我、子贡，

文学：子游、子夏。师也辟，参也鲁，柴也愚，由也喭，回也屡空，赐不受命而货殖焉，亿则屡中。"孔子弟子各有特点，此即"不能使人同"之意。　[12]颜渊之仁：颜回，字子渊，春秋时期鲁国人，孔子弟子。好学，安贫乐道，在孔门中以德行著称。《论语·雍也》："子曰：'回也，其心三月不违仁，其余则日月至焉而已矣。'"　[13]子路之勇：仲由，字子路，一字季路，春秋时期鲁国人，孔子弟子。在孔门中以勇力著称。《史记·仲尼弟子列传》称"子路性鄙，好勇力，志伉直"。　[14]斥卤：盐碱地。　[15]章子厚：章惇（1035—1105），字子厚，建州浦城（今属福建）人。举进士，博学善文。王安石重其才能，擢为编修三司条例官。元丰三年（1080）任参知政事，元祐初黜知汝州。哲宗亲政，起为尚书左仆射兼门下侍郎，尽复熙宁新政，力排元祐党人。徽宗初，罢知越州。《宋史》入《奸臣传》。　[16]先帝：指宋神宗。神宗崩于元丰八年（1085）三月，此文作于同年十二月，故称神宗为先帝。　[17]"议者"二句：宋初，凡举进士，试诗、赋、论各一，策五道，帖《论语》十帖，对《春秋》或《礼记》墨义十条。神宗朝王安石执政，罢诗赋、帖经、墨义。哲宗即位后，改先朝之政，礼部请置《春秋》博士，尚书省请复诗赋。参见《宋史·选举志一》。　[18]黄鲁直：黄庭坚（1045—1105），字鲁直，江西分宁（今江西修水县）人，号山谷道人。曾贬涪州别驾，又号涪翁。治平四年（1067）进士。元祐时预修《神宗实录》，迁著作佐郎、起居舍人。徽宗时以文字罪除名编管宜州，卒于其地。诗学杜甫，能自辟门径，为江西诗派之祖。善书真行草，为宋四家之一。晚节名益高，与苏轼并称苏黄。《宋史》有传。秦少游：秦观（1049—1100），字少游，一字太虚，号淮海居士，扬州高邮人。举进士不中，元祐初以苏轼荐，除太学博士，校勘秘书省图籍。绍圣年间先后编管横、雷二州。徽宗即位，遇赦，北归至藤州卒。虽出苏轼之门，而诗词文皆自名家，词名尤著，有《淮海集》传世。《宋史》有传。晁无咎：晁补之（1053—1110），字无咎，巨野人。元丰二年（1079）进士，元祐初为大学正，后以礼部郎中出知河中府。葺归来园，自号归来子。绍圣中落职监处州酒，徽宗朝知泗州，卒于官。有《鸡肋集》《晁氏琴趣外编》等传世。《宋史》有传。陈履常：陈师道（1053—1101），字履常，一字无己，号后山居士，彭城人。曾任徐州学教授、秘书省正字。为人安贫不苟取，以诗著称当世。有《后山集》《后山诗话》《后山谈丛》传世。《宋史》有传。按，陈师道、李廌加上苏门四学士，并称"苏门六君子"。　[19]作太学博士：《宋史·张耒传》于"咸平县丞"后云"入为太学录"，《东都事略·张耒传》作"召为太学录"，均指此事。　[20]"德辎（yóu）如毛"四句：《诗经·大雅·烝民》："人亦有言，德辎如毛。民鲜克举之，我仪图之。维仲山甫举之，爱莫助之。"郑玄笺："辎，轻；仪，匹也。人之言云德甚轻，然而众人寡能独举之以行者，言政事易耳，而人不能行者，无其志也。我与伦匹图之，而未能为也。我，吉甫自我也。"又云："爱，惜也。仲山甫能独举此德而行之，惜乎莫能助之者，多仲山甫之德，归功言耳。"　[21]卯酒：卯时即早晨5—7点，指清晨所饮之酒。白居易《卯时酒》："未如卯时酒，神速功力倍。"　[22]觚（luó）缕：本意为委曲、原委，引申为委曲陈述，即详述。柳宗元《寄许京兆孟容书》："虽欲秉笔觚缕，神志荒耗，前后遗忘，终不能成章。"

[点评]

张耒游学于苏轼、苏辙之门，与黄庭坚、秦观、晁补之一道被时人称为"苏门四学士"。此书是苏轼回答张耒的一封信，其时张耒将由咸平县丞召入为太学博士，寄上自己的文编向苏轼求益请教，苏轼不敢以师长自居，待之如同朋友，回信大加奖掖鼓励，并与之讨论文学和学术问题。书信大致可分三段，主要表达了三方面内容：

第一段，首先谈论反复阅读张耒文编后的感受，称赞其文风太像苏辙；其次解释苏辙的文章实在胜过自己，而世人不知这一点；再次说明世人的误解，是苏辙低调不张扬的处世态度造成的；然后评价苏辙"其文如其为人"的文风。所谓"汪洋澹泊，有一唱三叹之声"，是指文风如汪洋之水，不见边际，恬静冲淡，无激烈的情绪和惊人的辞藻。就像清庙之瑟，旋律简单，非急管繁弦，却悠扬宛转，有令人回味的余音，包容着平和的气质和情韵。这是一种含蓄低调的文风，跟苏辙的为人相似，不显山露水，却平淡而山高水深。这里对苏辙文风的评价，其实就是对张耒文风的赞美，所以《宋史·张耒传》曰："游学于陈，学官苏辙爱之，因得从轼游。轼亦深知之，称其文汪洋冲澹，有一倡三叹之声。"最后苏轼特别指出，苏辙作《黄楼赋》，有意改变"澹泊"为"振厉"，给人振聋发聩的感觉，这是其为文的另一面。而世人竟因为它与自己的文风相近，误认为是自己代作，尤为可笑。苏轼借用《庄子》之语，说明世人见识的浅陋，不知苏辙胜过自己。这种说法并非全是自谦，《黄楼赋》开头"子瞻与客游于黄楼之上"，结尾"于是众客释然而笑，颓然就醉，河倾月堕，携扶而出"，以及其主客问答的形式，都可在《赤壁赋》中见到回响，而《黄楼赋》作于元丰元年，《赤壁赋》作于元丰五年，很难说后者没有受前者启发。苏轼这段话中有几点值得注意：一是提出"其文如其为人"的说法，将为人的恬淡与文风的澹泊相联系。二是推崇"汪洋澹泊，有一唱三叹之声"的文章风格，而这是苏辙和张耒共同具有的风格。三是认为应从为人为文"澹泊"的表象之下，看到"秀杰"的气质以及"振厉"的文风，说明个人风格并非一成不变，千篇一律。

第二段论述"文字之衰"与"王氏之同"的因果关系，强调在思想文化上"欲以其学同天下"的危害性，这是此书最有价值的部分。自熙宁变法以来，进士考试取消了诗赋等文学性内容，而以王氏等人的《三经新义》为法定教材，并以之取士。《宋史·王安石传》："初，安石训释《诗》《书》《周礼》，既成，颁之学官，天下号曰'新义'。……一时学者，无敢不传习，主司纯用以取士，士莫得自名一说。"王安石的文章成就很高，后世列为唐宋八大家之一。然而，王氏文章固然精妙，但最大的祸患就是"好使人同己"，统一教材，统一观点。虽然王安石本人不迷信先儒旧说，在解经方面勇于发挥"新义"，对学术发展有一定的贡献，但他借助政治权威统一经义，以之在思想领域"一道德"的做法，却对文化学术的发展造成更大的危害。苏轼认为，即使是圣人孔子也"不能使人同"，并举例说明孔子门下每个弟子都有自己的个性和长处，不能相互取代。但是王安石竟然违反圣人的教育原则，要以自己的学说去统一天下。苏轼做了一个精彩的比喻，一片肥沃的土地，可以生长各样的植物。它们生长在同一片土地上，种类形态却各不同。但只有一种土地上可长出相同的植物，那就是盐碱地，即"荒瘠斥卤之地，弥望皆黄茅白苇，此则王氏之同也"。王安石"一道德"造成的文化土壤，就如盐碱地一般，文化变得单一，思想受到禁锢。这种禁锢是非常悲哀的，对文化和政治的影响都非常恶劣。正如张照所言："好人同己，必为小人矣。"（《唐宋文醇》卷三十九）苏轼所论"文字"，含经学与文学，实可视为广义的文化学术。因而这段论述，颇为后代主张文化、文学、诗学多样性的评论家称道，"黄茅白苇"也成为文化单一贫瘠最著名的比喻，颇为后人所引用。

第三段，先借章惇之言，提到神宗皇帝对王氏之同造成的"文字之陋"的担忧。因此，继承先帝"欲稍变取士法"的遗愿，便是士大夫应承担的责任。此时，神宗驾崩不到一年，但朝廷已起用被贬斥的官员，司马光入为宰执，试图废止一切新法，含取士之法。章惇虽属新党之人，但在取士法方面大致与司马光意见相近。王安石当政时代，"黜《春秋》之书，不使列于学官，至戏目为'断烂朝报'"（《宋史·王安石传》）。而此时，"议者欲稍复诗赋，立《春秋》学官"，这颇符合苏轼的一贯主张，所以他深表赞同。苏轼可能已经推荐张耒作太学博士，所以在私信里将此信息透露给张耒，希望他能与其他志同道合的文学之士，即黄庭坚、秦观、晁补之、陈师道等人，发挥自己多方面的文学才能，一道来改变"文字之陋"的局面。苏轼表示自己年事已高，"使后生犹得见古人之大全"的事业全靠这批后进去完成。所谓"古人之大全"，即包容各种思想和观点的传统文化，而非狭隘的"王氏之同"的《三经新义》。对于即将作太学博士的张耒，他特别引用《诗经》的句子加以勉励，期待他能像仲山甫一样独自承担重任。

此书三段在语气表达上很有特点，首段委婉含蓄，次段直露指斥，末段谆谆劝诫，有称赞，有贬斥，有期待，体现了苏轼重振文坛的拳拳之心。

潮州韩文公庙碑 [1]

匹夫而为百世师 [2]，一言而为天下法。是皆有以参天地之化 [3]，关盛衰之运。其生也有自来，其逝也有所为 [4]。故申、吕自岳降 [5]，傅说为列星 [6]，古今所传，不可诬也。孟子曰 [7]："我善养吾浩然之气。"是气也 [8]，寓于寻常之中，而塞乎天地之间。卒然遇之 [9]，则王公失其贵，晋、楚失其富 [10]，良、平失其智 [11]，贲、育失其勇 [12]，仪、秦失其辩 [13]。是孰使之然哉？其必有不依形而立，不恃力而行，不待生而存，不随死而亡者矣！故在天为星辰，在地为河岳，幽则为鬼神 [14]，而明则复为人。此理之常，无足怪者。自东汉已来 [15]，道丧文弊，异端并起。历唐贞

陈善："'仕宦而至将相，富贵而归故乡'，此欧公《昼锦堂》第一句也。其后东坡作《韩文公庙碑》，其破题云：'匹夫而为百世师，一言而为天下法。'语句之工，便不减前作。"（《扪虱新话》下集卷一）

朱熹："向尝闻东坡作《韩文公庙碑》，一日思得颇久（饶录云'不能得一起头，起行百十遭'），忽得两句云：'匹夫而为百世师，一言而为天下法。'遂扫将去。"（《朱子语类》卷一百三十九）

钱文登："五个'失'字，如破竹之势，只一句锁住。"又："复用四个'不'字，笔力过人。"（《苏长公合作》卷七引）

归有光："句法连下，一句紧一句，是谓破竹势也。如苏子瞻《潮州韩文公庙碑》首段，连下五'失'字似之。"（《文章指南》）

储欣：“‘不能安其身于朝廷之上’，公所自道耳。……此碑终是借酒杯浇块磊，未为确论也。”（《唐宋十大家全集录·东坡集录》卷五）

沈德潜：“昌黎袁州后，未尝不安于朝，此苏公借以自言其遇。”（《唐宋八家文读本》卷二十四）

赖山阳：“‘可’‘不可’二层，‘能’‘不能’三层相配，与五‘失’字、四‘不’字为呼应势。然三层倒，‘能’‘不能’当言‘不能’‘能’，则顺矣。然句势不得不如此。”（石村贞一《纂评唐宋八大家文读本》卷七引）

李九我：“叠用‘能’‘不能’字，须得后面一顿，如长江大河，万派归海。”（《苏长公合作》卷七引）

观、开元之盛[16]，辅以房、杜、姚、宋，而不能救。独韩文公起布衣，谈笑而麾之，天下靡然从公，复归于正，盖三百年于此矣[17]。文起八代之衰[18]，道济天下之溺[19]，忠犯人主之怒[20]，而勇夺三军之帅[21]，此岂非参天地[22]，关盛衰，浩然而独存者乎！

盖尝论天人之辨：以谓人无所不至，惟天不容伪。智可以欺王公，不可以欺豚鱼[23]；力可以得天下，不可以得匹夫匹妇之心。故公之精诚[24]，能开衡山之云，而不能回宪宗之惑；能驯鳄鱼之暴[25]，而不能弭皇甫镈、李逢吉之谤[26]；能信于南海之民[27]，庙食百世[28]，而不能使其身一日安于朝廷之上。盖公之所能者，天也；其所不能者，人也。

始[29]，潮人未知学，公命进士赵德为之师。自是潮之士，皆笃于文行，延及齐民[30]，至于今，号称易治。信乎孔子之言：“君子学道则爱人[31]，小人学道则易使也。”潮人之事公也，饮食必祭，水旱疾疫，凡有求必祷焉。而庙在刺史公堂之后，民以出入为艰。前守欲请诸朝作新庙，不果。元祐五年，朝散郎王君涤来守是邦[32]，凡所以养士治民者，一以公为师，民既悦服，则出令曰："愿新公庙者，听。"民欢趋之，卜地于州城之南七里，期年而庙成。或曰："公去国万里而谪于潮，不能一岁而归[33]，没而有知，其不眷恋于潮也审矣[34]！"轼曰："不然。公之神在天下者，如水之在地中，无所往而不在也。而潮人独信之深，思之至，焄蒿凄怆[35]，若或见之。譬如凿井得泉，而曰水专在是，岂理也哉！"元丰七年[36]，诏封公昌黎伯，故榜曰："昌黎伯韩文公之庙。"潮人请书其事于石，因为作诗以遗之，使歌以祀公。其词曰：

公昔骑龙白云乡[37]，手抉云汉分天章[38]，天孙为织云锦裳[39]。飘然乘风来帝旁，下与浊世扫秕糠[40]。西游咸池略扶桑[41]，草木衣被昭回光[42]。追逐李杜参翱翔[43]，汗流籍湜走且僵，灭没倒景不可望。作书诋佛讥君王[44]，要观南海窥衡湘，历舜九疑吊英皇。祝融先驱海若藏[45]，约束蛟鳄如驱羊[46]。钧天无人帝悲伤[47]，讴吟下招遣巫阳。爟牲鸡卜羞我觞[48]，

吕祖谦："余意。"徐树屏按云："此非余意也。文为潮州建庙而作，潮人正恐公不眷恋潮，故说为此言，以解其惑，见得其神无所不至，故起手即以生有自来、逝有所为立论，已注意于此。前是泛论，此正解题处，不可看作余意。"（《丛书集成》本《古文关键》卷二）

冯景："开章三句，叠用'云'字，愈叠愈古。乃有无知小学，讥其率笔，妄加涂窜，何异蚍蜉撼大树也。"（《解春集文钞》卷九《淮南子洪保》二）

王应麟："张说为《广州宋璟颂》曰：'爟牛牲兮菌鸡卜，神降福兮公寿考。'东坡《韩文公碑》用此四字。"（《困学纪闻》卷十七）

於粲荔丹与蕉黄。公不少留我涕滂，翩然被发下大荒[49]。

[注释]

[1]潮州韩文公庙碑：元祐七年（1092）三月作于知扬州任上。潮州，即今广东潮州市。宋属广南东路，治海阳县。韩文公庙，《大清一统志》卷四百四十六《潮州府》："韩文公庙在海阳县东韩山上。宋咸平中，陈尧佐建。元祐五年，迁于城南。苏轼撰庙碑。淳熙中又迁于此。"　[2]"匹夫"二句：谓韩愈以布衣起家，而其言行足以为百代师法，天下准则。《孟子·尽心下》："圣人，百世之师也。"《礼记·中庸》："是故君子动而世为天下道，行而世为天下法，言而世为天下则。"此借用其语。　[3]参天地之化：指与天、地之化育万物，并立而三。《礼记·中庸》："可以赞天地之化育，则可以与天地参矣。"　[4]有所为：底本"为"字后原有"矣"字，今据郎本删。　[5]申、吕自岳降：谓周宣王时大臣申伯、周穆王时大臣吕侯（甫侯），其诞生时有嵩山降神之兆。《诗经·大雅·崧高》："崧高维岳，骏极于天。维岳降神，生甫及申。维申及甫，维周之翰。四国于蕃，四方于宣。"朱熹《诗集传》："言岳山高大，而降其神灵和气，以生甫侯、申伯，实能为周之桢干屏蔽，而宣其德泽于天下也。"　[6]傅说为列星：傅说为殷高宗武丁的大臣，死后化为列星。《庄子·大宗师》："（傅说）相武丁，奄有天下。乘东维，骑箕尾，而比于列星。"陆德明《经典释文》："傅说死，其精神乘东维，托龙尾，乃列宿。今尾上有傅说星。"　[7]"孟子曰"二句：语见《孟子·公孙丑上》。　[8]"是气也"三句：《孟子·公孙丑上》："其为气也，至大至刚，以直养而无害，则塞于天地之

间。" [9]卒然：同"猝然"，出乎意料的突然。　[10]晋、楚：春秋时两个富国。《孟子·公孙丑下》："曾子曰：'晋、楚之富，不可及也。'"　[11]良、平：指张良、陈平。他们辅佐汉高祖刘邦平定天下，均以足智多谋著称。　[12]贲、育：古代勇士孟贲、夏育的并称。已见前注。　[13]仪、秦：指张仪、苏秦，战国时游说列国、能言善辩的纵横家。　[14]幽则为鬼神：《礼记·乐记》："幽则有鬼神。"　[15]"自东汉"三句：指东汉以来儒家学说及思想没落，先秦西汉古文传统衰败，佛教、道教等异端兴盛。韩愈《原道》："周道衰，孔子没，火于秦，黄老于汉，佛于晋、魏、梁、隋之间。"　[16]"历唐"二句：房玄龄、杜如晦为唐太宗贞观年间的名相，姚崇、宋璟为唐玄宗开元年间的名相。贞观、开元时期，史称盛世。　[17]三百年：韩愈自唐德宗贞元年间倡导古文，距苏轼写此文，相去约三百年。　[18]"文起"句：《旧唐书·韩愈传》："常以为自魏晋已还，为文者多拘偶对，而经诰之指归，迁、雄之气格，不复振起矣。故愈所为文，务反近体，抒意立言，自成一家新语。后学之士，取为师法。"八代，指东汉、魏、晋、宋、齐、梁、陈、隋。　[19]"道济"句：《新唐书·韩愈传赞》："自晋讫隋，老佛显行，圣道不断如带。……愈独喟然引圣，争四海之惑，虽蒙讪笑，跲而复奋，始若未之信，卒大显于时。"道，儒家之道。济，拯救。溺，沉溺，沉迷于（佛老）。　[20]"忠犯"句：唐宪宗迎佛骨入宫，排场奢侈，韩愈上表劝谏，触怒宪宗，几遭杀身之祸。《新唐书·韩愈传》："帝曰：'愈言我奉佛太过，犹可容；至谓东汉奉佛以后，天子咸夭促，言何乖剌邪？愈，人臣，狂妄敢尔，固不可赦。'于是中外骇惧，虽戚里诸贵，亦为愈言，乃贬潮州刺史。"　[21]"勇夺"句：唐穆宗时，镇州兵乱，杀主帅田弘正而立王廷凑，且围深州。朝廷诏韩愈前往宣抚，廷凑严阵陈兵迎接。愈对廷凑责以大义，终使作乱将士折服归顺。事见《新唐书·韩愈传》。　[22]此：底本无，据郎本补。　[23]不可以欺豚鱼：《周易·中孚》："豚鱼吉，信及豚鱼也。"意谓信不及豚鱼则不吉，故豚鱼不可欺。　[24]"故公之"二句：韩愈《谒衡岳庙遂宿岳寺题门楼》诗："喷云泄雾藏半腹，虽有绝顶谁能穷？我来正逢秋雨节，阴气晦昧无清风。潜心默祷若有应，岂非正直能感通。须臾静扫众峰出，仰见突兀撑青空。"查慎行《初白庵诗评》卷上："'潜心'四句，所谓'公之精神（诚），能开衡山之云'也。"衡山，五岳中之南岳，山势雄伟，有七十二峰。　[25]"能驯"句：《新唐书·韩愈传》："初，愈至潮，问民疾苦，皆曰：'恶溪有鳄鱼，食民畜产且尽，民以是穷。'数日，愈自往视之，令其属秦济以一羊一豚投溪水，而祝之曰：……祝之夕，暴风震电起溪中。数日水尽涸，西徙六十里，自是潮无鳄鱼患。"韩愈文集中有《祭鳄鱼文》。　[26]"而不能弭"句：据《新唐书·韩愈传》载，韩愈至潮州后，上表谢罪。宪宗有悔意，欲复任用，然而宰相皇甫镈"素忌愈直，即奏言：'愈终狂疏，可且内移。'乃改袁州刺史"。同传又记唐穆宗时，宰相李逢吉恶李绅，以韩愈为京兆尹兼御史大夫，又除李绅御史中丞。挑起愈、绅二人争端，宰相以台府不协，罢愈为兵部侍郎，以绅外任江西观察使。　[27]南海：指潮州。　[28]庙食：受后代人立庙祭祀。　[29]"始"三句：韩愈《潮州请置乡校牒》："夫十室之邑，必有忠信。今此州户万有余，岂无庶几者耶？刺史、县令不躬为之师，里闬后生，无所从学尔。赵德秀才沉雅专静，颇通经，有文章，能知先王之道，论说且排异端而宗孔氏，可以为师矣。请摄海阳县尉，为衙推，专勾当州学以督生徒，兴恺悌之风。"　[30]齐民：平民。　[31]"君子学道"二句：语见《论语·阳货》。　[32]朝散郎：元丰改制后的寄禄官，文臣京朝官三十阶之第二十一阶，正七品。王君涤：王涤，潮州知州。据苏轼元祐七年（1092）作《与潮守王朝请涤二首》，其时王涤已转官为第二十阶之朝请郎，亦正七品。　　[33] 不能一岁而归：韩愈于元和十四年（819）正月贬潮州刺史，同年十月改移袁州刺史，在潮不满一年。　　[34] 不眷恋于潮：韩愈《潮州刺史谢上表》称潮州为"远恶"之州，言"居蛮夷之地，与魑魅为群"以及"瞻望宸极，魂神飞去"，表明无居潮之心，有恋阙之意。　　[35] 焄（xūn）蒿凄怆：《礼记·祭义》："焄蒿凄怆，此百物之精也，神之著也。"孔颖达疏："焄，谓香臭也，言百物之气或香或臭。蒿，谓烝出貌，言此香臭烝而上出，其气蒿然也。凄怆者，谓此等之气，人闻之，情有凄有怆。"此指潮州人民以凄怆真情来祭祀韩愈。　　[36]"元丰七年"二句：据《续资治通鉴长编》卷三百四十五，神宗元丰七年（1084）五月壬戌，诏韩愈从祀文宣王孔子，特封昌黎伯。　　[37]"公昔"句：谓韩愈本为天上骑龙的仙人。《庄子·天地》："乘彼白云，至于帝乡。"白云乡，犹言仙乡。　　[38]"手抉"句：谓韩愈手拨天上银河，如分天上文章。《诗经·大雅·棫朴》："倬彼云汉，为章于天。"　　[39]"天孙"句：谓韩愈穿着天孙织成的云霞之衣。天孙，即织女星。　　[40] 秕糠：犹言糟粕，指前文所言"道丧文弊，异端并起"的现象。　　[41]"西游"句：喻指韩愈道德文章如日行中天。《淮南子·天文》："日出于旸谷，浴于咸池，拂于扶桑。"《离骚》："饮余马于咸池兮，总余辔乎扶桑。"略，巡行。　　[42]"草木"句：谓草木沐浴着太阳的光辉，喻韩愈道与文泽被后学。昭回，《诗经·大雅·云汉》："倬彼云汉，昭回于天。"谓云汉星光随天而转，后世亦指日月。如沈佺期《巫山高》："巫山峰十二，环合隐昭回。"　　[43]"追逐"三句：谓韩愈文章可与李白、杜甫比肩媲美，如天马之疾，如倒景之高，令张籍、皇甫湜辈望尘莫及，不可仰视。韩愈《调张籍》：“李杜文章在，光焰万丈长。……我愿生两翅，捕逐出八荒。”《新唐书·韩愈传》：“至其徒李翱、李汉、皇甫湜从而效之，遽不及远甚。从愈游者，若孟郊、张籍，亦皆自名于时。”灭没，语本《列子·说符》：“天下之马者，若灭若没，若亡若失。”后以形容马跑得极快。如李白《天马歌》：“兰筋权奇走灭没。”倒景，指天上最高处。《汉书·司马相如传》：“贯列缺之倒景兮。”颜师古注引服虔曰：“人在天上，下向视日月，故景倒在下也。”《文选》卷二十一郭璞《游仙诗》李善注引曹丕《典论》曰：“其人浮游列缺，翱翔倒景。”按，“灭没”形容快，呼应“追逐李杜”；“倒景”形容高，呼应“参翱翔”。　[44]“作书”三句：谓韩愈谏迎佛骨，被贬潮州，因而得以观看南海、衡山、湘江，凭吊葬于九嶷的舜以及死湘渚的舜之二妃娥皇、女英。韩愈作有《谒衡岳庙遂宿岳寺题门楼》《祭湘君夫人文》《南海神庙碑》。　[45]“祝融”句：谓韩愈作《南海神庙碑》使海神远徙，南海再无暴风之灾。祝融，南海之神。《南海神庙碑》：“海于天地间，为物最巨。……而南海神次最贵，在北东西三神、河伯之上，号为祝融。”海若，海神。　[46]“约束”句：即前文“能驯鳄鱼之暴”。驱羊，比喻容易之事。杜牧《寄小阿侄宜诗》：“愿尔出门去，取官如驱羊。”　[47]“钧天”二句：谓天帝因韩愈不在其旁而悲伤，特遣巫阳到下界讴吟神曲以招愈之魂，重返天庭。钧天，天的中央。《吕氏春秋·有始》：“天有九野，……中央曰钧天。”巫阳，神巫名。《楚辞·招魂》：“帝告巫阳曰：‘有人在下，我欲辅之。魂魄离散，汝筮予之！’……（巫阳）乃下招曰：‘魂兮归来！’”　[48]“犦（bào）牲”二句：谓以各种岭南特产物品祭祀韩愈。犦牲，岭南用于祭祀的犎牛。《尔雅·释畜》“犦牛”郭璞注：“即犎牛也。领上肉犦胅起，高二尺许，状如橐驼，肉鞍一边，健行者日三百余里。今交州、合浦、徐闻县出此牛。”鸡卜，用鸡骨占卜。《史记·孝武本纪》：“乃令越巫立越祝祠，安台无坛，亦祠天神、上帝、百鬼，而以鸡卜。”张守节《正义》谓“今岭南犹此法也”。於（wū）粲，色彩鲜明。於，叹词。荔丹与蕉黄，语本韩愈《柳州罗池庙碑》：“荔子丹兮蕉黄，杂肴蔬兮进侯堂。”　[49]“翩然”句：谓韩愈灵魂离人世而去。韩愈《杂诗》：“翩然下大荒，被发骑骐骥。”被发，披发。

[点评]

　　这是苏轼遵友人嘱托而费心尽力为潮州韩文公庙书写的一篇大文章。如林希元所说：“此碑自始至末，无一懈怠，佳言格论，层见叠出，如太牢之悦口，夜明之夺目。苏文古今所推，此尤其最得意者。其关系世道甚大，又不当以文论矣。”（《古文渊鉴》卷五十引）此文是碑体文。刘勰论碑的文体特征：“标序盛德，必见清风之华；昭纪鸿懿，必见峻伟之烈。此碑之制也。”（《文心雕龙·诔碑》）韩愈的“盛德”“鸿懿”，前人多有称颂，而苏轼此碑一出，众说尽废。文章通篇不仅历叙韩愈一生在道德文章方面的功业，肯定其在中国文化史上“文起八代之衰，道济天下之溺”的崇高地位，而且称誉其在化育万物方面有“参天地”“关盛衰”的伟大作用，并将之归结为养浩然之气的结果。这就使得此碑超越对韩愈具体功业的赞颂，而是在更普遍的意义上将其视为士大夫人格精神力量的典型。碑文对“在天为星辰，在地为河岳”的浩然之气的礼赞，激发后来爱国志士文天祥创作出千古传诵的《正气歌》，歌中“天地有正气，杂然赋流形。下则为河岳，上则为日星。于人曰浩然，沛乎塞苍冥"数句，皆是从苏轼此碑化出。由此也可看出此碑在接续弘扬中华文化精神方面的意义和影响。

碑文大致可分为三段。根据沈德潜的说法："前一段见参天地，关盛衰，由于浩然之气。中一段见公（韩愈）之合于天而乖于人，是所以贬斥之故。后一段是潮人所以立庙之故，脉理极清。"（《唐宋八家文读本》卷二十四）。

第一段的名言警句自然是开篇的"匹夫而为百世师，一言而为天下法"，劈空而来，破题便精辟概括出韩愈平生的事迹和功业，暗示其言行足以匹配古代儒家圣人君子的作为。接着论述伟人的出现有"参天地之化，关盛衰之运"的作用，所以其生与死皆不同寻常，有其目的和意义。以申、吕自岳降，说明"其生也有自来"，生不苟生。以傅说为列星，说明"其逝也有所为"，死不苟逝。那么，伟人为何能做到这一点呢？这是善养浩然之气的缘故，这浩然之气与天地元气相通，与世道盛衰之气相关，充塞于天地之间。为了论证"是气"的强大和无所不在，苏轼接下来用了三组排比句：一是用五个"失"字句，指出在"是气"面前，人们失去其原有的贵、富、智、勇、辩，说明其威力。二是四个"不"字句，回答"是孰使之然哉"的提问，强调"是气"不依靠任何条件而存在于寻常之中、天地之间。三是用四个"为"字句，说明因为"是气"无条件地存在于宇宙之中，所以其存在形式多种多样，存在于天上就是日月星辰，存在于地上就是名山大川，存在于阴间就是鬼神，存在于阳间就是伟人。三组排比句层层推进，气势磅礴，最后以"此理之常，无足怪者"作结，显得文势流畅而开合有序。前人认为，这是"文亦以浩然之气行之"的缘故。

　　作为碑记，其主体内容须写碑主的事迹，所论浩然之气须得与碑主事迹结合起来，方不浮泛。因而碑文接着叙写东汉以来"道丧文弊"的现象，"道丧"表现为儒家学说的衰落，佛教道教的盛行；"文弊"表现为文章日益骈偶化，堆砌辞藻，讲究对偶声韵，形式压倒内容。以初盛唐房、杜、姚、宋贤相无力拯救的事实，来反衬韩愈使衰败的道与文"复归于正"的功劳。"起布衣"三字呼应"匹夫而为百世师"，而"谈笑""麾之""靡然"则又刻画出韩愈举重若轻的号召力和影响力。接下来"文起八代之衰"四句，用排比的方式从文、道、忠、勇四个方面说尽韩愈一生的道德文章和政治建树，概括力极强，非常富有气势，是此碑中最警策的一组名句。娄坚指出："言其'文起八代之衰'，自宋至今，有识者莫不服膺。"（《学古绪言》卷二十四）可谓千古定评。四句排比之后，用"此岂非参天地，关盛衰，浩然而独存者乎"一句，呼应文章开头，以韩愈的事迹印证浩然之气的无所不在以及强大的正义力量。

　　第二段从天人之辨的角度，论述韩愈一生合于天而乖于人的命运，为其贬谪潮州之事作铺垫。苏轼《东坡易传》卷六《中孚》，曾论及诚信的问题。他注释《周易》原文"豚鱼吉，信及豚鱼也"曰："信之及民，容有伪；其及豚鱼，不容有伪也。至于豚鱼皆吉，则其信也至矣。"又曰："天道不容伪。"这一段谈韩愈的遭遇，就是根据

《周易》的精神展开的。所谓"天人之辨"，就是分清天意和人为两方面的情况，人为可以造假说谎，而天意则是诚信无欺的。苏轼用两个"可以""不可以"组成的排比句，强调诚信是符合天意的美德。用智谋来欺骗王公，用暴力来夺取天下，并不能获得豚鱼的信任和匹夫匹妇的民心。所谓"惟天不容伪"，可理解为自然的正直的公理，不会被人事所掩盖。以这样的角度来看韩愈的命运，便很容易理解。以下又从天意和人为的角度，用"能""而不能"三个排比句两相对照，说明韩愈的作为赢得了天意，却输给了人为，因而得出结论："盖公之所能者，天也；其所不能者，人也。"合于天而乖于人，这既是对韩愈诚信正直的歌颂，也是对其在政治上屡遭打击迫害的同情和愤懑。"能开衡山之云"一组排比句，刘壎认为是用《史记·龟策列传》中描写神龟的文法："神至能见梦于元王，而不能自出渔者之笼；身能十言尽当，不能通使于河，还报于江；贤能令人战胜攻取，不能自解于刀锋，免剥刺之患；圣能先知亟见，而不能令卫平无言。"（《隐居通议》卷十八）这表明此碑文吸收了西汉古文的写作传统，与韩愈提倡的文风是一致的。此外，碑文中用了"之衰""之溺""之怒""之帅""之心""之云""之惑""之暴""之谤""之民""之上"等"之"字句式，杨慎指出："凡十一见，而蹁跹不叠，真圆熟中之奇巧。"（《三苏文范》卷十五）此亦是浩然文气使之然，句式不得不如此。

第三段描写韩愈在潮州的政绩以及潮州人民对他的崇敬怀念。韩愈在潮州最重要的贡献就是兴办教育事业，这也是其"参天地之化"的具体表现，所以本段重点提及。太守王涤治理潮州，一切以韩愈为榜样，受民拥戴，因而他倡议重建韩文公庙，得到潮人的响应，"民欢趋之"。针对一种认为韩愈在潮州时间短、并不眷恋于潮的说法，苏轼以"如水之在地中，无所往而不在"的比喻，论证韩愈的神灵遍及天下。苏轼的哲学中，一直存在着"水在地中，无处不在"的观念，如《自评文》曰："吾文如万斛泉源，不择地皆可出。"《琼州惠通泉记》："水行地中，出没数千里外，虽河海不能绝也。"所以他相信潮州人见到韩愈的神灵，是完全可信的、合理的。这也就呼应了首段浩然之气无条件地存在于天地之间的说法。

最后一段歌词，是碑文必要的赞颂部分，是献给韩愈神灵的。作者采用了句句押韵的柏梁体诗，化用韩愈的诗句，仿效韩愈的风格，充满浪漫的想象。这既是一首迎神曲，又是一首送神曲。歌词一开头把韩愈比作天帝旁的神仙下凡，来扫除凡间"道丧文弊"的污秽。称赞其媲美李白、杜甫的文学成就，敢于"诋佛讥君王"的正直勇敢，游览南海、衡山、湘江、九嶷的不凡经历，驱赶海神、约束鳄鱼的神奇力量。然后写天帝遣巫阳为之招魂，要其重返天庭。潮州人献上岭南特有的供品虔诚祭祀，祷告其稍稍停留人间。最后目送韩愈神灵远去，诗人也不由得热泪滂沱。前人认为这段歌词是苏轼碑文中最杰出的作品，足以与韩愈的诗歌媲美。值得一提的是，后世也有评论家不满歌词中"作书诋佛讥君王"一句，如史绳祖言："然'作书诋佛讥君王'一句，大有节病。君王岂可讥耶？"（《学斋占毕》卷一）俞德邻认为：
"（先辈）谓君王非可讥者……不如易以'规'字为善。"
（《佩韦斋辑闻》卷二）这些人认为君权神圣不可侵犯，
因而难以理解苏轼"从道不从君"的处世原则。

此碑的文学成就极高，感情澎湃，气势磅礴，不拘
束于联络照应之法，排比句式，纷至沓来，如金圣叹所
言："段段如有神助。"以大手笔写大人物，碑文歌词，
前后辉映，相得益彰。宋人黄震说："《韩文公庙碑》，非
东坡不能为此，非文公不足以当此，千古奇观也。"（《黄
氏日抄》卷六十二）明人钱东湖言："宋人集中无此文字，
直然凌越四百年，迫文公而上之。"（《苏长公合作》卷七
引）评价并不过分。

记游松风亭 [1]

余尝寓居惠州嘉祐寺 [2]，纵步松风亭下，足
力疲乏，思欲就床止息 [3]。仰望亭宇，尚在木
末 [4]。意谓如何得到 [5]。良久忽曰："此间有甚
么歇不得处？"由是心若挂钩之鱼 [6]，忽得解脱。
若人悟此，虽两阵相接，鼓声如雷霆，进则死敌，
退则死法 [7]，当恁么时 [8]，也不妨熟歇 [9]。

戴熙："予谓
世固有到亭下不肯
歇者，亦有既歇而
彷徨四顾，若未歇
者。'歇'之一字，
甚难讲也。"（《习
苦斋画絮》卷七）

[注释]

[1]记游松风亭：绍圣二年（1095）作于惠州。苏轼《迁居》诗引："吾绍圣元年十月二日至惠州，寓居合江楼。是月十八日，迁于嘉祐寺。二年三月十九日，复迁于合江楼。"据本文"余尝寓居惠州嘉祐寺"之句，可知作于迁出嘉祐寺之后，姑且系于此年。松风亭，《舆地纪胜》卷九十九《广南东路·惠州》："松风亭，在弥陀寺后山之巅。始名峻峰。植松二十余株，清风徐来，因谓松风亭。"　[2]"余尝"句：苏轼《题嘉祐寺壁》："绍圣元年十月二日，轼始至惠州，寓居嘉祐寺松风亭。"　[3]床：赵刻《东坡志林》作"林"。　[4]木末：树杪，树梢。杜甫《北征》："我行已水滨，我仆犹木末。"　[5]到：底本作"是"，今从《东坡志林》。　[6]心若挂钩之鱼：韩愈《赴江陵途中寄赠王二十补阙李十一拾遗李二十六员外三学士》："归舍不能食，有如鱼挂钩。"苏轼《夜梦》："起坐有如挂钩鱼。"　[7]退则死法：败退逃跑则死于军法。　[8]恁么：这样，如此。　[9]熟歇：义近熟睡，犹言好好休息一番。

[点评]

这是苏轼小品文的代表作之一，记叙了他在回松风亭路途中的小事和感想。

题目中有"游"字，未必妥当，文中并无记游程、胜迹与风景的文字，"游"字或为后人所加。因为苏轼当时寓居在嘉祐寺松风亭，亭在寺后的山巅，所以足力疲乏之时，想回松风亭床上休息，并非"游"亭。然而，这时"仰望亭宇，尚在木末"，对于一个六十岁的疲惫老人来说，这段山路过于艰难，"意谓如何得到"，想歇下，床不在；想行走，又走不动，一时陷入困境。过了"良久"，突然悟出"此间有甚么歇不得处"的道理。换个角度想，豁然开朗，一下从困境中解脱出来，心中行与歇的纠结全都放下，"若挂钩之鱼，忽得解脱"。悟出"此间有甚么歇不得处"的人生哲理之后，即使在两军对垒的战场，"也不妨熟歇"，放下死亡的恐惧，悠游自得。

这篇小品文从语言到思想都有禅宗的影子。苏轼悟出的道理，似乎出自《镇州临济慧照禅师语录》里的一段话："你一念心歇得处，唤作菩提树；你一念心不能歇得处，唤作无明树。"菩提是智慧，无明是烦恼。一念心有歇得处，就是菩提；一念心没有歇得处，就是无明。显然，苏轼从"意谓如何得到"的无明，悟出"此间有甚么歇不得处"的智慧，正是禅宗的思考方式。又如"心若挂钩之鱼，忽得解脱"，也是禅宗的比喻，如《宏智禅师广录》卷七《下火》："念尽脱钩鱼，情起投罗鸟。"人若有系念，便如鱼挂钩；若放下系念，便如鱼脱钩。此外，文中有几处禅籍常用的唐宋口语，如"如何得到"，《景德传灯录》卷二十四："人人尽有长安路，如何得到？"又如"当恁么时"，《景德传灯录》卷十一："当恁么时作么生？"

一件日常小事，苏轼能从中悟出一番大道理，而这道理又能用真率亲切的口语表达出来，天真坦诚，达观有趣。正如清人平步青所说："昔人谓东坡身上事事爽，庸谓文忠（苏轼谥文忠）安心顺运，其文亦字字爽也。"（《霞外攟屑》卷三）

答谢民师推官书 [1]

近奉违 [2]，亟辱问讯 [3]，具审起居佳胜 [4]，感慰深矣。某受性刚简 [5]，学迂材下，坐废累年 [6]，不敢复齿缙绅 [7]。自还海北 [8]，见平生亲旧，惘然如隔世人，况与左右无一日之雅 [9]，而敢求交乎？数赐见临，倾盖如故 [10]，幸甚过望，不可言也。

所示书教及诗赋杂文 [11]，观之熟矣。大略如行云流水，初无定质，但常行于所当行，常止于所不可不止，文理自然，姿态横生。孔子曰 [12]："言之不文，行而不远。"又曰："辞达而已矣 [13]。"夫言止于达意，即疑若不文 [14]，是大不然。求物之妙 [15]，如系风捕影，能使是物了然于心者，盖千万人而不一遇也，而况能使了然于口与手者乎？是之为辞达。辞至于能达，则文不可胜用矣 [16]。

扬雄好为艰深之辞 [17]，以文浅易之说 [18]；若正言之 [19]，则人人知之矣。此正所谓"雕虫篆刻"者 [20]，其《太玄》《法言》皆是类也 [21]，

陈献章："此书大抵论文，曰'行云流水'数语，此长公文字本色。"（《三苏文范》卷十二引）

茅坤："此书所论文，然却是苏长公文章本色。"（《宋大家苏文忠公文抄》卷十）

高塘："前半'行云流水'数言，即东坡自道其行文之妙。"（《唐宋八家钞》卷七）

钱时："古人非泛滥于文也，所以明理耳，故曰'辞达而已矣'。虽然，敷畅其旨，了然无疑，方谓之达。辞至于能达，岂易得哉！"（《融堂四书管见》卷八《论语》）

阮葵生：（"雕虫篆刻"句）"此可为高谈古文者，下顶门一针也。"（《茶余客话》卷十）

而独悔于赋[22]，何哉？终身雕篆[23]，而独变其音节，便谓之"经"，可乎？屈原作《离骚经》[24]，盖《风》《雅》之再变者，虽与日月争光可也，可以其似赋而谓之"雕虫"乎？使贾谊见孔子[25]，升堂有余矣，而乃以赋鄙之，至与司马相如同科。雄之陋如此比者甚众。可与知者道[26]，难与俗人言也，因论文偶及之耳。欧阳文忠公言[27]："文章如精金美玉，市有定价，非人所能以口舌定贵贱也。"纷纷多言，岂能有益于左右，愧悚不已。

所须惠力法雨堂两字[28]，轼本不善作大字，强作终不佳，又舟中局迫难写[29]，未能如教。然轼方过临江[30]，当往游焉。或僧有所欲记录，当为作数句留院中，慰左右念亲之意[31]。今日至峡山寺[32]，少留即去，愈远。惟万万以时自爱。

［注释］

[1]答谢民师推官书：元符三年（1100）十一月作于广东清远县北归舟中。曾敏行《独醒杂志》卷一："谢民师，名举廉，新淦人。博学工词章，远近从之者尝数百人。……东坡自岭南归，民师袖书及旧作遮谒，东坡览之，大见称赏，谓民师曰：'子之文

陈献章："至贬扬雄之《太玄》《法言》为雕虫，却当。"冯梦祯："长公论文，多以其人重。指雄为雕虫，美原之《离骚》近《风》《雅》，盖以莽大夫与沉汨罗者，忠佞何啻霄壤也。"（《三苏文范》卷十二引）

高塘："贬扬以伸屈、贾，议论千古。"（《唐宋八家钞》卷七）

刘壎："先生此论，深中子云（扬雄）之病。"（《隐居通议》卷十五）

正如上等紫磨黄金，须还子十七贯五百。'遂留语终日。民师著作极多，今其族摘坡语名曰《上金集》者，盖其一也。"郎本题作《答谢民师书》。　[2]奉违：述告别的套语。奉，表敬之辞。违，离去。　[3]亟：屡次。　[4]具审：知悉。佳胜：很好。　[5]受性刚简：禀性刚直，待人简慢。　[6]坐废累年：因此被废多年。苏轼自哲宗绍圣元年（1094）至元符三年（1100），先后贬谪惠州、儋州，达七年之久，故云"累年"。废，指贬斥不用。　[7]齿缙绅：与士大夫并列。齿，同列。缙绅，士大夫。　[8]自还海北：指元符三年（1100）遇赦，六月自海南岛渡海北归。　[9]左右：书札敬称，指对方。对人不直称其名，只称其左右，以示尊敬。无一日之雅：谓素无交往。语出《汉书·谷永传》，颜师古注："雅，素也。"　[10]倾盖如故：一见如故。《史记·邹阳列传》："谚曰：'有白头如新，倾盖如故。'何则？知与不知也。"司马贞《索隐》引《志林》曰："倾盖者，道行相遇，轵车对语，两盖相切，小欹之，故曰倾也。"盖，车盖。　[11]书教：书启、谕告之类的官场应用文章。　[12]"孔子曰"三句：《左传》襄公二十五年："仲尼曰：'《志》有之：言以足志，文以足言。不言，谁知其志？言之无文，行而不远。'"文，文采。行，流传。"而"，底本作"之"，今据郎本改。　[13]辞达而已矣：语出《论语·卫灵公》。何晏《集解》："孔曰：'凡事莫过于实，辞达则足矣，不烦文艳之辞。'"　[14]即：底本缺，今据郎本补。　[15]"求物之妙"二句：把握事物的奥妙之处，其难如捕风捉影。《汉书·郊祀志下》："听其言，洋洋满耳，若将可遇。求之，荡荡如系风捕景（影），终不可得。"　[16]文不可胜用：谓文采用不过来，用之不尽。　[17]扬雄：字子云，蜀郡郫县（今属成都）人，西汉辞赋家、思想家。博通群书，多识古文奇字。《汉书》有传。　[18]文：作动词用，文饰，掩饰。　[19]若正言之：假如从正面直截了当说出。　[20] 雕虫篆刻：西汉学童习秦书八体，虫书、刻符为其中两种，纤巧难工。借指辞赋之雕章琢句，亦喻小技末道。　[21]《太玄》《法言》：扬雄的两种著作，分别仿《周易》《论语》而作。《汉书·扬雄传赞》曰："其意欲求文章成名于后世，以为经莫大于《易》，故作《太玄》；传莫大于《论语》，作《法言》。"　[22] 而独悔于赋：扬雄《法言·吾子》："或问：'吾子少而好赋？'曰：'然。童子雕虫篆刻。'俄而曰：'壮夫不为也。'"　[23]"终身雕篆"四句：意谓《太玄》《法言》也是雕虫篆刻之作，只是将其音节由韵文变为散文而已，岂能称为"经"？　[24]"屈原作"三句：《史记·屈原列传》："《国风》好色而不淫，《小雅》怨诽而不乱，若《离骚》者，可谓兼之矣。……推此志也，虽与日月争光可也。"东汉王逸作《楚辞章句》，称《离骚》为"经"，有《离骚经章句》。　[25]"使贾谊"四句：扬雄《法言·吾子》："如孔氏之门用赋也，则贾谊升堂，相如入室矣。如其不用何？"认为贾谊赋不如司马相如。苏轼反对扬雄的评价，谓贾谊的学识足以在孔门中超过升堂的水平，岂能以赋来鄙薄他，竟至于将他与司马相如视为同类。贾谊，西汉政论家、辞赋家，著有《吊屈原赋》《鵩鸟赋》。《史记》《汉书》有传。升堂，《论语·先进》："由也，升堂矣，未入于室也。"邢昺疏："言子路之学识深浅，譬如自外入内，得其门者。入室为深，颜渊是也；升堂次之，子路是也。"　[26]"可与知者道"二句：《汉书·司马迁传》载其《报任安书》："然此可为智者道，难为俗人言也。"知，同"智"。　[27]"欧阳文忠"四句：欧阳修《苏氏文集序》："斯文，金玉也，弃掷埋没粪土，不能销蚀，其见遗于一时，必有收而宝之于后世者。"此借其语而另作引申。　[28]"所须"句：谓谢民师求苏轼为惠力寺的法雨堂题字。须，同"需"。惠力，寺名。《舆地纪胜》卷三十四《临江军》："慧力寺，在军南。唐欧阳处士之宅也。"惠，通"慧"。　[29]局迫：狭隘，狭窄。　[30]方：将。临江：临江军，宋属江南西路，治清江县（今属江西）。按，苏轼北行将过此，谢民师家乡新淦县属临江军，故代惠力寺向苏轼求字。　[31]念亲：怀念家乡亲人。郎本作"亲念"。　[32]峡山寺：即广庆寺，在广东清远县清远峡中。《舆地纪胜》卷八十九《广州》："峡山，在清远县东三十里。崇山峻岭，如擘太华，中通江流。广庆寺居峡山之中，有殿，甚古，梁武帝时物也。"绍圣元年（1094）九月，苏轼贬谪惠州时曾游此寺，作《峡山寺》诗一首。北归再次过此。

[点评]

这篇写给谢民师的书信，历来被视为苏轼文论的名篇。除去首尾两段述说思念、问候、答谢、允诺等私人性事情之外，此书中间主体部分都围绕文章的写作和评价展开。

首先通过对谢民师文章的赞美，表达了自己心目中文章应有的理想境界。关于"大略如行云流水，初无定质"的比喻，在宋初田锡《贻宋小著书》中能找到原型："援毫之际，属思之时，以情合于性，以性合于道。……随其运用而得性，任其方圆而寓理，亦犹微风动水，了无定文；太虚浮云，莫有常态，则文章之有生气也，不亦宜哉！"他认为，在写作之时，首先应该是让情性合于道理，然后只是任情任理书写开去，没有事先的安排，没有固定的框框，没有规矩的束缚，没有惯常的形态，这样文章才有生气。田锡是四川洪雅人，是苏轼家乡的先贤。苏轼读过田锡的文集，写过《田表圣奏议叙》，因此"行云流水"之喻，很可能是从田锡之喻那里引申而来。行云随风而变化，流水随形而运动，其姿态是自由而不确定的，文章也当如此，应随着事物的变化而运用笔墨，该写就写，该停就停，这样随性随理而行文，才能做到"文理自然，姿态横生"。苏轼这里虽是在称赞谢民师的文章风格，但明眼人都能看出这其实是夫子自道。"但常行于所当行，常止于所不可不止"两句，在苏轼的《自评文》中曾出现："吾文如万斛泉源，不择地皆可出。在平地滔滔汩汩，虽一日千里无难。及其与山石曲折，随物赋形，而不可知也。所可知者，常行于所当行，常止于不可不止。如是而已矣。"这种创作态度，贯穿苏轼一生，晚年读到谢民师的文章，可谓遇到同道知音，所以有"倾盖如故"之感。

其次，承接上文"文理自然"而来，讨论了孔子"言文"和"辞达"两种说法的关系问题，从而论述了"文"这一概念的应有之义和内在本质。孔子有两个看似矛盾的说法，一方面说"言之不文，行而不远"，似乎强调语言要有文采；另一方面说"辞达而已矣"，似乎说言辞能达意即可，意味着不需要什么文采。如孔安国说："辞达则足矣，不烦文艳之辞。"（或如朱熹《论语集注》："辞取达意而止，不以富丽为工。"）在一般人看来，如果"言止于达意"，那就令人怀疑其言"不文"，即把"达意"之辞视为"不文"之言。苏轼反对这样的理解，他指出，"辞达"非但与"不文"无关，而且是"言之有文"的最高境界。因为真正的"辞达"，实际上必须要求作者达到两个"了然"：一是求物之妙，"能使是物了然于心"，即深刻认识事物微妙的现象和本质；二是写物之工，"能使了然于口与手"，即能在口中和笔下准确表现自己心中对事物的认识。然而要做到这两个"了然"，极其困难，"盖千万人而不一遇"，诚如西晋文学家陆机在《文赋序》里所言："恒患意不称物，文不逮意。"《文赋》专门谈"文"的问题，尚且有"意不称物，文不逮意"的感叹，可见若能做到意对物的"了然"，文对意的"了然"，那么就已达到《文赋》所追求的终极目标，结论自然是"则文不可胜用矣"。在此，苏轼依据自己的创作实践，对"言文"和"辞达"都作出全新的解释，而这种解释颇为符合一般文学创作的艺术规律。可以说，做到了"辞达"，也就能做到了"文理自然，姿态横生"。

再次，基于对"言文"与"辞达"的理解，苏轼对扬雄的文风作了毫不留情的批判。所谓"好为艰深之辞，以文浅易之说"，意思是扬雄在"求物之妙"方面是很浅陋的，但是为了故作深沉，就用"艰深"的语言来掩饰其思想的"浅易"。扬雄的"文"是一种修辞学上的"文饰"，根本未能理解"辞达"的意义。所以他无论是作赋，还是作《太玄》《法言》，把雕琢的韵文变为仿经的散文，都未摆脱他自己所鄙视的"雕虫篆刻"的作风。作为反证，苏轼举屈原《离骚》为例，指出扬雄所鄙薄的辞赋中，仍有可与日月争光的诗歌经典，不能一概称之为"雕虫"。又举贾谊为例，其思想境界在孔门足以升堂，而扬雄却以赋的标准把贾谊置于司马相如之下，与之相提并论。由此可见，扬雄骨子里仍未脱去"雕虫篆刻"的习气。值得注意的是，苏轼同时代诸公多推崇扬雄，如司马光有《乞印行荀子扬子法言状》，曾巩《新序目录序》称"天下学者知折衷于圣人而能纯于道德之美者，扬雄氏而止耳"，尤其是王安石对扬雄更是赞不容口，俨然将其看作复兴儒学的旗帜。葛立方指出："观《法言》之书，似未明乎大道之指也。王荆公乃深许之，何耶？诗云：'寥寥邹鲁后，于此独先觉。'又云：'儒者陵夷此道穷，千秋止有一扬雄。'又云：'道真沉溺九流浑，独溯颓波讨得源。'又云：'子云平生人莫知，知者乃独称其辞。'今尊子云者皆是，得子云心亦无几。是以圣人许雄也。东坡谓雄'以艰深之辞，文浅易之说'，与公矛盾矣。"（《韵语阳秋》卷八）王安石称许扬雄为圣人，在学术上也尽力仿效，其《三经新义》撰述颁行，与扬雄作《太玄》《法言》心迹相似；其废除诗赋取士，与扬雄视辞赋为"雕虫篆刻"看法相近。苏轼厌恶扬雄，与其对王安石新法科举制度的不满有很大关系。细细体味这段对扬雄文风的批评，可见出其所论超出"言文"和"辞达"的范围，已涉及"便谓之'经'"和"谓之'雕虫'"的两种文体评判倾向，而这正是王安石新法崇经义、轻诗赋的一贯做法。

最后，借用欧阳修的比喻，谈及文章的审美价值问题，勉励谢民师要相信，真正"言文""辞达"的文章定会得到世人的欣赏，不会埋没。正如屈原、贾谊的文学价值决不会因为扬雄之流"以口舌定贵贱"而有所贬低。将文章视为"精金美玉"，是苏轼一贯的观点，在与后学论文时他一再重申，如《与毛滂书》："文章如金玉，各有定价，先后进相汲引，因其言以信于世，则有之矣。至其品目高下，盖付之众口，决非一夫所能抑扬。"又《答刘沔都曹书》：“以此知文章如金玉珠贝，未易鄙弃也。”
这种对文章价值的高度推崇，在宋代文坛发挥了积极影
响，使得文学能始终保持其应有的独立性，不至于成为
经学、理学的附庸。

诗

和子由渑池怀旧 [1]

人生到处知何似 [2]？应似飞鸿踏雪泥。

泥上偶然留指爪，鸿飞那复计东西。

老僧已死成新塔 [3]，坏壁无由见旧题。

往日崎岖还记否 [4]，路长人困蹇驴嘶。

刘壎："此诗若绳以唐人律体，大概疏直欠工。然'鸿泥'之谕，真是造理，前人所未到也。且悠然感慨，令人动情。"（《隐居通议》卷十）

纪昀："前四句单行入律，唐人旧格；而意境恣逸，则东坡之本色。浑灏不及崔司勋《黄鹤楼》诗，而撒手游行之妙，则不减义山《杜司勋》一首。"（《纪评苏诗》卷三）

[注释]

[1] 和子由渑池怀旧：嘉祐六年（1061）十一月十九日，苏轼赴任签书凤翔府判官，其弟苏辙（字子由）送至郑州。别后苏辙作《怀渑池寄子瞻兄》，苏轼次韵作此诗。辙诗见《栾城集》卷一，诗云："相携话别郑原上，共道长途怕雪泥。归骑还寻大梁陌，行人已渡古崤西。曾为县吏民知否，旧宿僧房壁共题。遥想独游佳味少，无言骓马但鸣嘶。"渑池，县名，在今河南。　[2] "人生"四句：《天圣广灯录》卷二十二鼎州德山慧远禅师颂曰："雪霁长空，迥野飞鸿。段云片片，向西向东。"此喻或化用其意。　[3] "老僧"二句：苏辙诗自注："昔与子瞻应举，

过宿县中寺舍,题其老僧奉闲之壁。"苏轼重过渑池时,奉闲已死,其骨灰已葬入新建的佛塔。宿处寺壁已坏,无由重睹旧日所题文字。[4]"往日"二句:苏轼于末句下自注云:"往岁,马死于二陵,骑驴至渑池。"往岁指嘉祐元年（1056）。二陵指崤山南北两山,在渑池县内。蹇驴,跛驴。

[点评]

这首诗最精彩之处在于"雪泥鸿爪"的比喻。嘉祐元年,苏轼与弟苏辙曾宿于老僧奉闲的寺舍,与其弟共题诗壁上。五年多后,苏轼赴凤翔做官,重过渑池,老僧奉闲已死,墙壁残破,不见旧日所题。短短数年之间,人亡物迁。诗人抚今追昔,陡然产生强烈的人生空漠无常之感。

前四句一气直下,首联、颔联形成一个完整的意群。这本是一首七律,颔联却未用对仗,这就是纪昀所说"单行入律",如同唐人崔颢七律《黄鹤楼》前四句"昔人已乘黄鹤去,此地空余黄鹤楼。黄鹤一去不复返,白云千载空悠悠"的格调。但"雪泥鸿爪"的比喻却是前所未有的新颖,显示出苏轼对人生机遇的偶然性有深沉的了悟,禅意盎然。在他看来,人生不过是一次无目的的旅行,像飞鸿一样飘忽无定。所到之处,或许会如雪地上的孤鸿那样留下指爪痕,但一切转瞬即逝,不可久存,天地茫茫,孤鸿任意西东,难寻归宿。清人查慎行《苏诗补注》卷三注称其暗用《传灯录》天衣义怀禅师语:"雁过长空,影沉寒水。雁无遗踪之意,水无留影之心。若能如是,方解向异类中行。"冯应榴《苏诗合注》卷三驳其说:"此条见《五灯会元》,非《传灯录》也。"王文诰《苏文忠公诗编注集成》卷三则认为查氏之注"诬罔已极"，因为"凡此类诗，皆性灵所发，实以禅语，则诗为糟粕。句非语录，况公是时并未闻语录乎！"不过，据当今学者考证，苏轼早在进京应试之前，就已受家庭影响，接触过佛教。在佛经中，"空中鸟迹"是很常用的意象之一，比喻空无虚幻或缥缈难久。如《华严经·宝王如来性起品》："譬如鸟飞虚空，经百千年，所游行处不可度量，未游行处亦不可量。"又如《天圣广灯录》卷二十二鼎州德山慧远禅师颂："雪霁长空，迥野飞鸿。段云片片，向西向东。"都隐然可见"雪泥鸿爪"之喻的原型。查注、冯注并非"诬罔"，只是所引禅籍有误，引用禅语不确。

"老僧"二句写重过渑池所见，以人生所遇具体情事坐实"雪泥鸿爪"之喻，诸如新塔中的老僧，坏壁上的旧题，在诗人看来，都如同当年雪泥上留下的指爪，已经消失无影，不计东西。但结尾二句，却从虚幻的人生中找到些许安慰，当年兄弟二人骑着蹇驴行走在崎岖的山路上，路长人困的情景还历历在目，令人怀念。往事如斯，前尘已渺，而温暖的兄弟情谊却永难忘怀。

前人评论一般认为后半首较差，如袁宏道说"后四句伤韵"（明刻《东坡诗选》卷一），意思是为了次韵而凑数；吴汝纶说"起超隽，后半率"（《唐宋诗举要》卷六引），意思是太草率。然而，若无后四句对五年来人亡物迁的描写和感慨，那么前四句的比喻未免蹈空不实。所以刘壎提醒："世不可率尔读之，要须具眼。"（《隐居通议》卷十）

石鼓歌 [1]

冬十二月岁辛丑 [2]，我初从政见鲁叟 [3]。
旧闻石鼓今见之，文字郁律蛟蛇走 [4]。
细观初以指画肚 [5]，欲读嗟如箝在口 [6]。
韩公好古生已迟 [7]，我今况又百年后。
强寻偏傍推点画，时得一二遗八九。
我车既攻马亦同 [8]，其鱼维鲔贯之柳。
古器纵横犹识鼎 [9]，众星错落仅名斗。
模糊半已隐瘢胝 [10]，诘曲犹能辨跟肘。
娟娟缺月隐云雾 [11]，濯濯嘉禾秀稂莠。
漂流百战偶然存，独立千载谁与友？
上追轩颉相唯诺 [12]，下揖冰斯同鷇彀。
忆昔周宣歌《鸿雁》[13]，当时籀史变蝌蚪 [14]。
厌乱人方思圣贤 [15]，中兴天为生耆耇。
东征徐虏阚虓虎 [16]，北伏犬戎随指嗾 [17]。
象胥杂沓贡狼鹿 [18]，方召联翩赐圭卣 [19]。
遂因鼓鼙思将帅 [20]，岂为考击烦矇瞍。
何人作颂比嵩高 [21]，万古斯文齐岣嵝 [22]。
勋劳至大不矜伐 [23]，文武未远犹忠厚 [24]。
欲寻年岁无甲乙 [25]，岂有名字记谁某。

方东树："起三句叙，四句写。"（《昭昧詹言》卷十二）

纪昀："摹写入微。"（《纪评苏诗》卷四）

汪师韩："中间分三大段：第一段自'细观初以指画肚'至'下揖冰斯同鷇彀'，铺叙石鼓之文词字迹，实景实事，所与韩公不同者在此，故详述于前，且正是初见时情状也。'古器纵横'六句……详尽石鼓之奇古，固非'文字郁律蛟蛇走'一句所能尽。'缺月''嘉禾'视韩诗'鸾翔凤翥''珊瑚碧树'之词又出一奇也。'漂流百战'四句作转轴，起下二段意。"（《苏诗选评笺释》卷一）

自从周衰更七国[26]，竟使秦人有九有。

扫除诗书诵法律[27]，投弃俎豆陈鞭杻。

当年何人佐祖龙[28]，上蔡公子牵黄狗[29]。

登山刻石颂功烈[30]，后者无继前无偶。

皆云皇帝巡四国，烹灭强暴救黔首。

六经既已委灰尘[31]，此鼓亦当遭击掊[32]。

传闻九鼎沦泗上[33]，欲使万夫沉水取。

暴君纵欲穷人力，神物义不污秦垢。

是时石鼓何处避，无乃天工令鬼守[34]。

兴亡百变物自闲，富贵一朝名不朽。

细思物理坐叹息，人生安得如汝寿。

[注释]

[1] 石鼓歌：嘉祐六年（1061）十二月作于凤翔府。据王文诰《苏诗总案》卷三，嘉祐六年十二月十四日到凤翔府签判任，十六日谒文宣王庙，历观岐阳石鼓。石鼓，李吉甫《元和郡县志》卷二《凤翔府·天兴县》："石鼓文，在县南二十里许。石形如鼓，其数有十，盖纪周宣王田猎之事，其文即史籀之迹也。"欧阳修《集古录跋尾》卷一："岐阳石鼓，初不见称于前世，至唐人始盛称之。而韦应物以为周文王之鼓，宣王刻诗；韩退之直以为宣王之鼓。在今凤翔孔子庙中。鼓有十，先时散弃于野，郑余庆置于庙而亡其一。皇祐四年，向传师求于民间得之，十鼓乃足。"韩愈有同题《石鼓歌》。关于石鼓的年代，众说纷纭，唐人多主周

纪昀："歌《鸿雁》与石鼓无涉，只徒与蝌蚪作对句耳，未免凑泊。"（《纪评苏诗》卷四）

王文诰驳曰："所论非是。此句特出周宣，乃提笔也。使他人为之，必要将当时劳来还定、无不得所之意承明，此则得过便过，其捷如风。公此类大篇，大率用单行法，读者惟当以气胜求之。如或截出一句，求其一二字疵累，此非知诗者也。"（同上）

汪师韩："'忆昔周宣歌《鸿雁》'至'岂有名字记谁某'，推原溯委，铺述典重。"（《苏诗选评笺释》卷一）

纪昀："（'自从'以下数句）看似顺次写下，却是随手生出波澜，展开境界，文情如风水之相遭。"（《纪评苏诗》卷四）

宣王说，苏轼此诗亦从其说。　[2]岁辛丑：嘉祐六年（1061）为辛丑年。　[3]鲁叟：指孔子，因其为鲁人，故称。赵次公注："鲁叟，指言孔子。李白《赠裴十七》诗云：'鲁叟悲匏瓜。'"苏轼初至凤翔，谒孔子庙，故云。　[4]郁律：屈曲貌。《文选》卷二张平子《西京赋》："隐辚郁律。"吕延济注："皆险曲貌。"蛟蛇：形容文字盘曲险劲。　[5]指画肚：以指在肚皮上画其字形，推测为何字。张怀瓘《书断》卷下记王绍宗语："闻虞（世南）眠布被中，恒手画肚，与余正同也。"　[6]箝（qián）在口：言读之难。韩愈《苦寒》："口角如衔箝。"欧阳修《紫石屏歌》："有口欲说嗟如钳。"箝，通"钳"。　[7]"韩公"句：韩愈《石鼓歌》："嗟余好古生苦晚，对此涕泪双滂沱。"　[8]"我车"二句：苏轼自注："其词云：'我车既攻，我马亦同。'又云：'其鱼维何？维鲂维鲤。何以贯之？维杨与柳。'惟此六句可读，余多不可通。"按："我车既攻"二句，《诗经·小雅·车攻》作"我车既攻，我马既同"。"其鱼维何"二句，《诗经·小雅·采绿》作"其钓维何？维鲂及鱮"。鱮（xù），古指鲢鱼。　[9]"古器"二句：赵次公注："以言众字不可识，而独识六句，若古器中之鼎，众星中之斗耳。"　[10]"模糊"二句：赵次公注："言字中之漫灭缺损者，如疮痏之瘢痕，手间之胼胝，与夫形体不全，但余足跟臂肘者耳。"胝（zhī），手脚掌上厚皮，茧巴。　[11]"娟娟"二句：赵次公注："又以言字之见存者，如云雾中之缺月，稂莠间之嘉禾也。"　[12]"上追"二句：谓石鼓文上可与黄帝、仓颉的文字相应答，下则哺育了李斯、李阳冰的篆字。轩，轩辕，即黄帝。颉（jié），仓颉，亦作苍颉，黄帝的史臣。许慎《说文解字》卷十五："黄帝之史仓颉，见鸟兽蹄远之迹，知分理之可相别异也，初造书契。"冰，李阳冰，唐书法家，擅长篆书。斯，李斯，秦丞相，相传变籀文为小篆。鷇（kòu）：音寇，待哺食的雏鸟。彀（gòu）：音构，哺乳，代指吃奶

纪昀："（'登山'以下四句）妙以刻石与石鼓相关照，不是强生事端，泛作感慨。"（《纪评苏诗》卷四）

纪昀："'传闻'数语，又起一波，更为满足深厚。前路犀利之极，真有千尺建瓴之势，非如此层层起伏潆洄，则收束不住矣。"（同上）

汪师韩："'自从周衰更七国'至'无乃天公令鬼守'，凭吊古今，却以六经九鼎作陪，澜翻无竭。笔力驰骤中，章法乃极严谨，真足嗣响少陵。"（《苏诗选评笺释》卷一）

汪师韩："细玩通篇，以'冬十二月'四句起，以'兴亡百变'四句结。起仿《北征》，诗体庄重有法，结亦悠然不尽。"（同上）

的婴孩。　　[13]"忆昔"句:《诗经·小雅·鸿雁》毛诗序曰:"《鸿雁》,美宣王也。万民离散,不安其居,而能劳来还定安集之,至于矜寡,无不得其所焉。"　　[14]"当时"句:程缜注:"周宣王时,史籀(zhòu)著《大篆》十五篇,与古稍异,谓之籀书。秦相李斯取籀文,或颇省改,谓之小篆。焚先典而古文绝矣。汉鲁共王坏孔子宅,得《尚书》《春秋》《论语》《孝经》,时以不复知古文,故谓之科斗书。"　　[15]"厌乱"二句:赵次公注:"厌乱,则夷王、厉王之乱也;中兴,则宣王中兴也。生耉耉,则指史籀及方、召、申甫、尹吉甫之属。"耉耉(gǒu),年高望重的老人。　　[16]"东征"句:谓宣王东征淮夷、徐夷事。《诗经·大雅·常武》:"左右陈行,戒我师旅。率彼淮浦,省此徐土。"又云:"王奋厥武,如震如怒。进厥虎臣,阚如虓虎。"阚(hǎn),虎怒声。虓(xiāo)虎,咆哮的老虎,喻猛士。　　[17]"北伏"句:谓宣王北伐降伏猃狁而使之听从指使。《诗经·小雅·六月》毛诗序:"《六月》,宣王北伐也。"诗云:"薄伐猃狁,至于大原。"犬戎,古戎族之一支,居周西北,亦名猃狁。嗾(sǒu),使犬之声,以口作声指挥狗。因降伏犬戎,故云。"伏",王注本作"伐"。　　[18]象胥:外交翻译之官。《周礼·秋官司寇》:"象胥,掌蛮夷闽貉戎狄之国使,掌传王之言而谕说焉,以和亲之。"杂沓:纷杂。贡狼鹿:《国语·周语上》载周穆王征犬戎,"得四白狼、四白鹿以归"。韦昭注:"白狼、白鹿,犬戎所贡。"此非宣王事。　　[19]方召(shào):方叔、召虎,宣王之功臣。方叔南征荆,召虎东征淮,均建殊勋。联翩:连续不断貌。赐圭卣(yǒu):《诗经·大雅·江汉》记宣王重赏召虎之功:"厘尔圭瓒,秬鬯一卣。"圭,玉制礼器,上尖下方。卣,中型酒樽,亦礼器。　　[20]"遂因"二句:谓宣王制作石鼓乃为崇尚武功,并非为了作乐。《礼记·乐记》:"君子听鼓鼙之声,则思将帅之臣。"考击,《诗经·唐风·山有枢》:"子有钟鼓,弗鼓弗考。"毛传："考，击也。"矇瞍（sǒu），乐师，古以盲者充任。
《诗经·大雅·灵台》："鼍鼓逢逢，矇瞍奏公。"毛传："有眸子而
无见曰矇，无眸子曰瞍。"　[21]"何人"句：《诗经·大雅·崧高》
毛诗序曰："《崧高》，尹吉甫美宣王也。"诗曰："吉甫作诵，其诗
孔硕。"崧，又作"嵩"，山高而大。诵，通"颂"。　[22]齐峋
嵝：谓与峋嵝碑齐名。峋嵝碑又称禹碑，相传为夏禹治水的纪功
碑。韩愈《峋嵝山》："峋嵝山尖神禹碑，字青石赤形摹奇。"峋嵝，
南岳衡山的别称。　[23]矜伐：恃功自夸。　[24]文武未远：谓
距离周文王、周武王时代不太远。　[25]"欲寻"二句：谓石鼓
上无年月、姓名可考。赵次公注："宣王在位四十六年，而史册无
载石鼓之事。宣王之诗，其见于经所作者，有曰仍叔，有曰尹吉
甫，今石鼓之上又无名氏，故云尔也。"甲乙，天干名，古人用
以纪年。谁某，犹某某。　[26]"自从"二句：赵次公注："七国，
秦、楚、韩、赵、燕、魏、齐也。其后秦并六国，遂有天下。"《诗
经·商颂·玄鸟》："方命厥后，奄有九有。"毛传："九有，九州
也。"　[27]"扫除"二句：谓秦焚毁诗书，废弃礼器，而以刑法
治国。《史记·秦始皇本纪》：三十四年，丞相李斯曰："臣请史官
非秦记皆烧之，非博士官所职，天下敢有藏《诗》《书》百家语
者，悉诣守尉杂烧之。有敢偶语《诗》《书》者弃市，以古非今
者族。吏见知不举者，与同罪。令下三十日不烧，黥为城旦。所
不去者，医药卜筮种树之书，若欲有学法令，以吏为师。"制曰：
"可！"杻（chǒu），刑具名，手械，手铐。　[28]祖龙：指秦始
皇。《史记·秦始皇本纪》："有人持璧遮使者曰：'为吾遗滈池君。'
因言曰：'今年祖龙死。'"裴骃《集解》引苏林语："祖，始也；龙，
人君象。谓始皇也。"　[29]"上蔡"句：李斯，上蔡人。《史记·李
斯列传》："二世二年七月，具斯五刑，论腰斩咸阳市。斯出狱，
与其中子俱执，顾谓其中子曰：'吾欲与若复牵黄犬，俱出上蔡东

门，逐狡兔，岂可得乎？'遂父子相哭，而夷三族。" [30]"登山"四句：据《史记·秦始皇本纪》载：二十八年，东行郡县，上邹峄山，刻石颂秦德。又南登琅邪，立石，刻颂秦德。二十九年，登之罘刻石。三十二年，刻碣石门。三十七年，上会稽，祭大禹，刻石颂秦德。之罘刻石其辞曰："烹灭强暴，振救黔首。" [31]六经：指儒家经典《易》《诗》《书》《礼》《乐》《春秋》，皆在秦始皇"焚书"之列。 [32]击捂（pǒu）：击打，击破。"捂"，底本作"剖"，今从施注、查注、冯注本。 [33]"传闻"四句：《史记·封禅书》："秦灭周，周之九鼎入于秦。或曰：'宋太丘社亡，而鼎没于泗水彭城下。'"《史记·秦始皇本纪》："始皇还，过彭城，斋戒祷祠，欲出周鼎泗水，使千人没水求之，弗得。" [34]"无乃"句：韩愈《石鼓歌》："雨淋日炙野火燎，鬼物守护烦挥呵。"天工，天的职任。《尚书·皋陶谟》："无旷庶官，天工人其代之。""工"，一本作"公"。

[点评]

嘉祐六年（1061）十二月苏轼到凤翔府签判任，此后相继作诗记凤翔可观者八处遗迹，集为组诗《凤翔八观》，组诗叙中称司马迁、李白"悲世悼俗，自伤不见古人，而欲一观其遗迹"，可见苏轼作诗的动机。《石鼓歌》是《凤翔八观》的第一首。这是一首七言古诗，一韵到底，全诗三十韵中有二十韵为对偶律句，如吴汝纶所说："此苏诗之极整练者，句句排偶，而俊逸之气自不可掩，所以为难。"（高步瀛《唐宋诗举要》卷三引）

按照汪师韩的评论，此诗可分为五段。第一段"冬十二月岁辛丑"四句，仿效杜甫《北征》开头"皇帝二载秋，闰八月初吉"的写法，交代时间、地点以及拜孔庙、见石鼓的事件，写出初从政即想先睹为快的迫切心情。第四句"文字郁律蛟蛇走"，跟前三句叙述手法不同，描写石鼓文字给人的第一印象，线条险曲而气势飞动。

第二段为"细观初以指画肚"以下十八句，具体描写所见石鼓的情状。"指画肚""箍在口"，传神地表达出石鼓文字的古奥，让人难认难读。既而叹息自己比"好古生苦晚"的韩愈又晚生几百年，对此文字无可奈何。然而终不肯放弃，乃至做出"强寻偏傍推点画"的举动，"推""寻"二字，可见他"好古"的苦心孤诣。其结果是辨认出石鼓文的十分之一二，居然有"我车既攻"等完整的六句。这结果既令人聊以自慰，好比在一堆古器玩中还能识得古鼎；同时又令人难以满足，好比在满天繁星中只能叫出北斗的名字。欧阳修《集古录跋尾》卷一《石鼓文》称："其文可见者四百六十五，磨灭不可识者过半。"所以接下来以"模糊"二句形容"磨灭不可识者"，"隐瘢胝"比喻磨掉的文字，"辨跟肘"比喻残缺的笔画；以"娟娟"二句形容"其文可见者"，如云雾中的缺月，如稂莠中的嘉禾，突出挺立。"漂流百战"四句转而叙述石鼓幸存的价值，其饱经百战，偶然留存，而独立千载，谁堪为友？由"友"字引出"上追""下揖"二句，指出石鼓文的籀文上承黄帝、仓颉的书契，下开李斯、李阳冰的小篆，在中国文字史上有重要意义。

第三段为"忆昔周宣歌《鸿雁》"以下十六句，推溯石鼓制作的原委。近代学者考证，石鼓为记载秦国国君游猎的刻石，然而唐宋人因"我车既攻"等句与《小雅·车攻》起句相同，多附会为周宣王时器物，苏轼也如此。纪昀认为"歌《鸿雁》与石鼓无涉，只徒与蝌蚪作对"（《纪评苏诗》卷四），这个评判有失公允。苏轼这里拈出"鸿雁"，绝非仅为了与"蝌蚪"对仗，因为《鸿雁》是《诗经·小雅》的篇名，《毛诗序》认为是赞美宣王安内治绩的作品，由此"安集众民"的《鸿雁》，引出歌颂宣王文治武功的石鼓文，而"籀史"变蝌蚪古文为大篆籀文，也含有文明修德的意思。以下几句历数宣王的"中兴"之功，人心厌夷王、厉王之乱而思治，天生申、甫、尹吉甫等老成贤臣来辅弼，东征徐虏，北伏犬戎，象胥官不断献上外国贡品，方叔、召虎接连受到隆重赏赐。宣王的"中兴"主要在于攘外，至此点明石鼓是为"思将帅"而作，具有推崇武功的象征意义，而非为了制礼作乐。苏轼断定石鼓文字是与《大雅·崧高（嵩高）》一样的纪功石刻，与衡山上的神禹治水碑同垂万古。然而，宣王虽然功劳至大，却不自夸炫耀，还存有文王、武王的忠厚遗风，这从石鼓文不纪年岁、作者上可以看出。

第四段为"自从周衰更七国"以下十八句，是全诗最精彩的部分。首先揭露秦始皇统一天下后施行的暴政，"竟使"二字毫不掩饰对暴秦的憎恶。"扫除"二句痛斥秦朝焚诗书、弃礼乐的野蛮行径，将文明教化一变而为刑罚严惩，尤其是"俎豆"与"鞭垯"对举，即礼器与刑具实物的对举，更具强烈的表现力。清人施山认为"诗中亦惟'牵黄狗'三字率凑"（《姜露庵杂记》卷五），却不知正是"上蔡公子牵黄狗"一句，以辅佐秦始皇的丞相李斯的遭遇，预示秦朝注定覆灭的下场，不可省略。其次"登山刻石颂功烈"四句，写秦始皇、李斯前无古人、后无来者的刻石纪功，自吹自擂，恬不知耻。"皆云"二句概括尽秦碑的内容，史载秦始皇先后于邹峄山、泰山、芝罘、琅玡、石门、会稽等处立石，内容无一不是"颂秦德"。置人民于水深火热之中的暴君，竟在之罘刻石词中自称"烹灭强暴，振救黔首"。与"勋劳至大不矜伐"的宣王石鼓相比，秦碑的表现真是具有莫大的讽刺性。接下来"六经既已委灰尘"四句，诗人为石鼓的命运担心，联想到另一铸于夏禹时代的九鼎，秦始皇也曾遣千夫潜水捞取。"暴君"以下四句，想象石鼓也像九鼎一样，"神物义不污秦垢"，绝不会满足暴君的欲望。石鼓不显于秦，应当是有鬼神暗中呵护吧。

第五段为最后四句，是说自周至宋，多少朝代兴亡，而石鼓却自安闲；人世间富贵一朝，而石鼓却名垂不朽。细推物理，感叹人生，余味无穷。

这首诗属七言歌行体，铺张扬厉，感慨淋漓，显示出诗人过人的才力和学识。前人多以此诗与韩愈《石鼓歌》相提并论，就艺术成就而言，二诗各有千秋；就立意见识而言，苏轼《石鼓歌》中以宣王石鼓和秦皇石刻作对比，寄托自己崇诗书礼乐、反刑法苛政的政治态度和理想，思想更为深刻。纪昀评曰："精悍之气，殆驾昌黎（韩愈）而上。"（《纪评苏诗》卷四）翁方纲评曰："苏诗此歌，魄力雄大，不让韩公。然至描写正面处，以古器、众星、缺月、嘉禾错列于后，以郁律、蛟蛇、指肚、箝口浑举于前，尤较韩为斟酌动宕矣。"（《石洲诗话》卷三）

此外，此诗善用比喻，"古器纵横"以下六句，用了六个比喻，皆生动贴切。字音方面，善用双声叠韵连绵词，如"郁律""模糊""诘曲""觳觫""杂沓""联翩"，以及重言"娟娟""濯濯"等，增强状物的表现力。字形方面，善用同偏旁部首的词汇，如"蝌蚪""耆耇""鼓鼙""矇瞍""岣嵝"等，具有视觉上连绵的美感。这都说明苏轼作此诗时精心结撰的态度与其文字功力。

真兴寺阁[1]

纪昀："奇恣纵横，不可控制。他手即有此摹写，亦必数句装头。"（《纪评苏诗》卷四）

汪师韩："苍苍莽莽，意到笔随。中间'侧身送落日，引手攀飞星'十字，奇警夺目，可与老杜'七星在北户，河汉声西流'相匹敌。"（《苏诗选评笺释》卷一）

纪昀："势须此奇论作收，否则不称。"（《纪评苏诗》卷四）

山川与城郭[2]，漠漠同一形。

市人与鸦鹊，浩浩同一声。

此阁几何高？何人之所营？

侧身送落日[3]，引手攀飞星。

当年王中令[4]，斫木南山赪[5]。

写真留阁下[6]，铁面眼有棱[7]。

身强八九尺，与阁两峥嵘[8]。

古人虽暴恣[9]，作事今世惊。

登者尚呀喘[10]，作者何以胜？

曷不观此阁[11]，其人勇且英[12]。

[注释]

[1] 真兴寺阁：嘉祐七年（1062）作于凤翔府，这是《凤翔八观》第六首。真兴寺阁，宋初凤翔节度使王彦超建，在凤翔城

中，高十余丈。　[2]"山川"四句：写登上高阁俯瞰下面的情景，山川与城郭形状分不清，人声与鸟声浑然听不真。　[3]"侧身"二句：极度夸张阁的高度，落日在身边，伸手可攀飞星。　[4]王中令：即王彦超（914—986），字德升，曾在后周和宋初两任凤翔节度使。宋初加兼中书令，故称"王中令"。《宋史》有传。　[5]斫木：伐木，砍树，为修建寺阁。南山赪（chēng）：终南山林木被伐尽，露出红色山石。赪，赤红色。　[6]写真：指王彦超的画像。　[7]铁面：形容面黑如铁色。眼有棱：目光炯炯有神。　[8]峥嵘：高峻貌，此兼形容彦超与寺阁的气势。　[9]暴恣：暴戾纵恣。《宋史》本传载彦超戒诸子曰："吾累为统帅，杀人多矣。"此即其暴恣之处。　[10]"登者"二句：谓登阁的人都累得喘气，不知建阁的人何以承受得起。呀（xiā）喘，张口喘气。胜，胜任，承受。　[11]曷不：怎么不，为何不。　[12]勇且英：李白《送张遥之寿阳幕府》："张子勇且英。"

[点评]

这首诗写真兴寺阁之高峻，很有气势。特别是首四句，写登阁俯瞰山川城郭，化用杜甫《同诸公登慈恩寺塔》诗"秦山忽破碎，泾渭不可求。俯视但一气，焉能辨皇州"之句，而另出新意，不仅状"形"，而且绘"声"，摹写所见所闻浑然莫辨，以衬阁之高，迥出世外。汪师韩和纪昀对此四句评价很高。吴汝纶也称"起四语奇创"（高步瀛《唐宋诗举要》卷一）。当然也有人认为苏轼写得太随意，诗句缺少锻炼。如张戒《岁寒堂诗话》卷上："意虽有佳处，而语不甚工，盖失之易也。"赵翼《瓯北诗话》卷五也以此为例说："坡诗放笔快意，一泻千里，不甚锻炼。"认为杜甫《同诸公登慈恩寺塔》"俯视但一气，焉能辨皇州"，"以十字写塔之高，而气象万千"，而苏轼《真兴寺阁》诗，"以二十字写阁之高，尚不如少陵之包举，此炼不炼之异也"。平心而论，杜诗胜在情韵之沉雄，苏诗则偏重气势之纵恣，各有千秋。

诗中另一处形容阁之高的句子可能也受杜诗构思的启发。苏诗与杜诗不同之处在于，杜诗写塔之高，列举七星与河汉的客观状态，是一种静态呈现式的描写。而苏诗状阁之高，则有诗人自身的动作体验，侧身并引手，送落日，攀飞星，是一种动态介入式的描写。当然，苏诗这两句也有出处，旧注引杨亿幼时作《登楼》诗云："危楼高百尺，手可摘星辰。"《侯鲭录》卷二、《西清诗话》卷中却认为是李白诗，首二句作"夜宿峰顶寺，举手扪星辰"。

诗的后面几句由阁下王彦超的画像，突出描写其人如何"勇且英"，从而表现了建阁人与寺阁"两峥嵘"的气派，英雄与高阁相得益彰。而"斫木南山赪"一句，又对"暴恣"的英雄耗用人力物材的行为暗含讽喻之情。

这是苏轼早期诗歌的代表作之一，陈衍称"此坡公五古之以健胜者"（《宋诗精华录》卷二）。

谭元春："'腹有诗书气自华'，使人不敢空慕清华之气。语亦大妙。"（明刻《东坡诗选》）

和董传留别 [1]

粗缯大布裹生涯 [2]，腹有诗书气自华 [3]。

厌伴老儒烹瓠叶 [4]，强随举子踏槐花 [5]。

囊空不办寻春马 [6]，眼乱行看择婿车 [7]。

得意犹堪夸世俗，诏黄新湿字如鸦 [8]。

赵克宜："涂鸦之典如此用，亦未确。"（《角山楼苏诗评注汇钞》卷二）

[注释]

[1] 和董传留别：治平元年（1064）十二月十七日，苏轼罢凤翔府签判任，在返汴京途中经过长安，与董传话别作此诗。董传，字至和，洛阳人。家居长安二曲，有诗名于时，曾在凤翔与苏轼论杜诗。韩琦曾荐举于朝，未果，贫困终身。熙宁二年（1069）病卒。　[2] 粗缯（zēng）：劣质丝织品。大布：粗布。　[3] "腹有"句：苏轼《上韩魏公书》称赞董传："其为人，不通晓世事，然酷嗜读书。其文字萧然有出尘之姿，至诗与楚词，则求之于世可与传比者，不过数人。"　[4] "厌伴"句：谓厌烦于从师学礼。《后汉书·儒林传》载刘昆"教授弟子恒五百余人。每春秋飨射，常备列典仪，以素木瓠叶为俎豆"。《诗经·小雅·瓠叶》："幡幡瓠叶，采之亨（烹）之。"　[5] 举子：参加科举考试的读书人。踏槐花：谓忙于科举考试。宋钱易《南部新书》："长安举子，自六月已后，落第者不出京，谓之'过夏'。多借静坊庙院及闲宅居住作新文章，谓之'夏课'。……七月后，投献新课，并于诸州府拔解。人为语曰：'槐花黄，举子忙。'"　[6] 囊空：袋里无钱。不办：无力置办。寻春马：孟郊《登科后》："春风得意马蹄疾，一日看尽长安花。"　[7] 眼乱：眼花。行看：将看。择婿车：五代王定保《唐摭言》卷三："曲江之宴，行市罗列，长安几于半空。公卿家率以其日拣选东床，车马阗塞，莫可殚述。"又云："其日，公卿家倾城纵观于此，有若中东床之选者十八九，钿车珠鞍，栉比而至。"　[8] 诏黄：指黄麻纸上写的中式或任官的诏书。新湿

字如鸦：唐卢仝《示添丁》："忽来案上翻墨汁，涂抹诗书如老鸦。"此借指新写诏书墨汁尚未干，很醒目。

[点评]

这是苏轼与一个富有才华的朋友话别的诗。其时苏轼只有二十八岁，董传将参加科举考试，年龄也大致相近。纪昀称此诗"句句老健"（《纪评苏诗》卷五），对于一个年轻诗人来说，此诗语句不仅显得成熟老练，而且富有劲健的张力。

首联上句粗缯大布，言其贫困；下句腹有诗书，言其才华。据苏轼《上韩魏公书》，董传见苏轼于长安，"道其饥寒穷苦之状，以为几死者数矣"。这样一个穷书生，其文章、诗歌与楚辞的写作水平，却当世少有。苏轼曾与董传论诗，认为杜甫诗"更觉良工心独苦"句是"凡语"，董传笑曰："此句殆为君发。凡人用意深处，人罕能识，此所以为独苦，岂独画哉！"（《记董传论诗》）苏轼作诗只图痛快，得此针砭，不由得佩服董传"善论诗"。这两句之所以为人传唱，乃在于把传统"被褐怀玉"、贤人不遇的感叹，改造为一种"君子固穷"的充满自信的称赞与鼓励。"诗书"二字，可以说是文化的代名词，内在文化内涵的富有，足以傲视外在物质的贫乏。腹有诗书，纵然是穿一身粗缯大布，仍然掩不住内在精神气质散发出的光彩。"腹有诗书气自华"，体现了何等的文化自信！这已超越对董传的赞美鼓励，而成为中国读书人普遍追求的人格完善。清赵翼《陔馀丛考》卷四十三把"腹有诗书气自华"列为"成语"，可见其影响之大。

　　颔联写董传对跟随迂腐的老儒去学古礼感到厌烦，同时不得不勉强与其他举子一样去忙于科举考试，博取功名。"厌"和"强"二字暗示董传的性格，他是一个"酷嗜读书"的纯粹书生，并不通晓世事，"烹瓠叶""踏槐花"之类世事都非其所好。

　　当然，作为一个朋友，苏轼还是希望董传能摆脱困境。颈联调侃朋友的生存现状与功名将至之间的尴尬情景。上句"囊空"写其无钱，下句"眼乱"写其无妻。恐怕临到登科后"春风得意"之时，连买马的钱也不够；临到及第后公卿家选择东床快婿时，连眼睛都要看花。这是朋友之间的戏谑，却能极为传神地刻画出穷书生参加科举考试的心态。

　　尾联希望董传考中进士，扬眉吐气，向世俗之人夸耀。关于"字如鸦"三字，赵克宜认为苏轼用典未确，即用卢仝写小儿子添丁"涂鸦"之事，来形容皇帝诏书上的墨迹，显得不伦不类。但这可能正是苏轼用典的灵活翻新之处，只取字黑如鸦的意思，"鸦"比"黑"更形象。以黑字与黄纸对举，加上湿漉漉字迹未干，更突出诏书给人的鲜明视觉效果。

泗州僧伽塔 [1]

我昔南行舟系汴 [2]，逆风三日沙吹面。

赵翼："坡诗不尚雄杰一派，其绝人处在乎议论英爽，笔锋精锐，举重若轻，读之似不甚用力，而力已透十分，此天才也。……七古如'……耕田欲雨刈欲晴……造物应须日千变……'。此皆坡诗中最上乘，读者可见其才分之高，不在功力之苦也。"（《瓯北诗话》卷五）

梁章钜："苏诗清空如话者，集中触处皆有。如'……耕田欲雨刈欲晴……造物应须日千变……'。此岂得以少风韵、填典故概之？"（《退庵随笔》）

纪昀："（'今我'句）又就自己伸一层，愈加满足。"（《纪评苏诗》卷十八）

舟人共劝祷灵塔[3]，香火未收旗脚转。

回头顷刻失长桥[4]，却到龟山未朝饭。

至人无心何厚薄[5]，我自怀私欣所便。

耕田欲雨刈欲晴[6]，去得顺风来者怨。

若使人人祷辄遂，造物应须日千变。

今我身世两悠悠，去无所逐来无恋。

得行固愿留不恶，每到有求神亦倦。

退之旧云三百尺[7]，澄观所营今已换。

不嫌俗士污丹梯，一看云山绕淮甸[8]。

[注释]

[1] 泗州僧伽塔：熙宁四年（1071）十月作于赴杭州途中。泗州，宋属淮南东路，治盱眙县。旧城在今江苏盱眙县东北。僧伽塔，也称泗州塔，供养僧伽大士之塔。《宋高僧传》卷十八《唐泗州普光王寺僧伽传》详载其事，大略曰：释僧伽，葱岭北何国人，自言俗姓何氏。唐龙朔初年游历中原，至泗州临淮县信义坊，掘地得金像，上有"普照王佛"字，于是建普照王寺，避武曌讳，称普光王。景龙年间，中宗皇帝遣使迎僧伽入内道场。四年三月端坐而终，中宗于长安荐福寺起塔，漆身供养。同年五月移送至临淮，起塔供养，即僧伽塔。刘攽《中山诗话》："泗州塔，人传下藏真身，后阁上碑道兴国中塑僧伽像事甚详。退之诗曰：'火烧水转扫地空。'则真身焚矣。塔本喻都料造，极工巧。" [2] "我昔"句：治平三年（1066），苏轼护送其父苏洵灵柩还蜀，自汴河入淮河，过泗州。 [3] "舟人"二句：梅尧

臣《龙女祠祈顺风》："龙母龙相依，风云随所变。舟人请予往，出庙旗脚转。"此化用其意。灵塔，《宋高僧传》卷十八载僧伽："多于塔顶现小僧状，倾州瞻望。然有吉凶表兆于时，乞风者分风，求子者得子。……天下凡造精庐，必立伽真相，榜曰'大圣僧伽和尚'。有所乞愿，多遂人心。"　[4]"回头"二句：言因顺风船行之速。梅尧臣《龙女祠祈顺风》："长芦江口发平明，白鹭洲前已朝膳。"此亦化用其意。龟山，在盱眙县北三十里，其西南上有绝壁，下有重渊。　[5] 至人：指思想、道德修养达到最高境界的人，此指僧伽。《庄子·逍遥游》："至人无己。"《荀子·天论》："故明于天人之分，则可谓至人矣。"　[6]"耕田"二句：史绳祖《学斋占毕》卷二称此二句："此乃檃括刘禹锡《何卜赋》中语，曰'同涉于川，其时在风。沿者之吉，溯者之凶。同蓺于野，其时在泽。伊穜之利，乃穋之厄'。坡以一联十四字，而包尽刘禹锡四对三十二字之义，盖夺胎换骨之妙也。"刈，割，收割。　[7]"退之"二句：韩愈《送僧澄观》："僧伽后出淮泗上，势到众佛尤恢奇。越商胡贾脱身罪，珪璧满船宁计资。清淮无波平如席，栏柱倾扶半天赤。火烧水转扫地空，突兀便高三百尺。影沉潭底龙惊遁，当昼无云跨虚碧。借问经营本何人？道人澄观名籍籍。"《释氏稽古略》卷四宋太宗雍熙元年："诏修泗州僧伽塔，加谥'大圣'二字，寺曰'普照'。"此即"今已换"。　[8] 淮甸：淮水流域的田野，此指泗州一带。鲍照《上浔阳还都道中作诗》："登舻眺淮甸，掩泣望荆流。"

査慎行："'耕田欲雨刈欲晴'八句，说透至理，觉昌黎'衡山'一章尚带腐气。"（《初白庵诗评》卷中）

纪昀："（'退之'句以下）层层波澜，一齐卷尽，只就塔作结，简便之至。"（《纪评苏诗》卷十八）

[点评]

这首诗可分为"我昔"和"今我"两部分。通过自身两次舟行过泗州僧伽塔的不同遭遇，即事说理，一方面以常识认定祈祷神灵之力的荒诞无稽，另一方面以舟行的滞留表达自己忘怀得失的人生态度。

第一部分为"我昔南行舟系汴"十二句。前六句首先回顾了五年前护父灵柩舟行由汴入淮的情景。先是遇到强劲的逆风，以至于一连三天系舟汴河岸，无法前行。后听船工劝告，向僧伽塔祈求顺风，果然灵验，祈祷的香火还来不及收拾，船上的旗尾已显示风向转变。顺风船行迅疾，顷刻间长桥失去踪影，抵达龟山还没到早餐时间。接下来六句，苏轼对僧伽的神灵是否能满足人们的各种需要表示怀疑。既然僧伽大师是"至人"，那么就不应该厚此薄彼，来满足"怀私欣所便"的祈愿。因为人们对天气状况总是有各种不同的愿望，耕田的希望下雨，收割的盼望天晴，离去的得到顺风，前来的就会埋怨逆风。假设人们的祈祷都能得到满足，那么造物者的风向就会一日千变，这在事实上当然是不可能的，因此僧伽塔"有所乞愿，多遂人心"的灵验神话根本不可信。"耕田欲雨刈欲晴"二句，化用刘禹锡《何卜赋》的意思，夺胎换骨，更精炼概括，明白易懂。苏轼并不因祷风得遂而赞美神灵之力，而是根据人世间的基本常识来判定神灵之力虚妄不实。他的这段议论，代表了宋代士大夫对宗教崇拜和民间信仰所持的理性批判态度。苏门文人张耒《有感三首》之一曰："人生多求复多怨，天公供尔良独难。"批评世人欲望多、埋怨多，天公也不能满足其需求。吴开《优古堂诗话》认为张诗是化用苏诗之意，但仔细体会，苏诗的思想境界显然更深刻。另一苏门文人黄庭坚《官亭湖》诗曰："左手作圆右手方，世人机敏便可尔。一风分送南北舟，斟酌鬼神宜有此。"认为世人中机敏者可以左手画圆，右手画方，想必鬼神应当有分风送船行、满足不同愿望的能力。这是对苏诗的翻案，见解却并不比苏诗高明。

第二部分为"今我身世两悠悠"八句。"今我"与"我昔"对举，写今日经过泗州僧伽塔之事，但苏轼避开是否祈祷或是否顺风的问题，只说自己"身世两悠悠"的处境以及"去无所逐来无恋"的态度。自身与世俗两不相干，所以来去无心，去留任便，并不急着去杭州赴任。王文诰评"去无所逐"句曰："公（苏轼）以攻新法被出，反去为奉行新法之官，是此官无可做也。此句是通篇主脑，却不道破。其在广陵与刘贡父诗，有'吾邦正喧哄'句，即'去无所逐'四字注脚也。即前之'我行日夜向江海'（《出颍口初见淮山是日至寿州》）句，后之'我生飘荡去何求'（《龟山》）句，一线穿下，皆同此意。"（《苏轼诗集》卷六）其说可供参考。顺风得行固然遂愿，而逆风滞留也不太坏（"不恶"），每次去祈祷僧伽塔，神灵也会感到疲倦。以上四句委婉地为塔神开脱，暗示"今我"过僧伽塔时求风不遂，但并非神灵的问题，我既对去留无所谓，神也就懒得满足"每到有求"。这四句一方面表明我的生活态度，另一方面呼应前面"若使人人祷辄遂，造物应须日千变"的常识。最后四句回到塔本身，点题。"退之旧云三百尺，澄观所营今已换"二句，将韩愈叙述澄观修塔的诗句一笔带过，由昔日唐朝澄观"旧"的营造回到今日宋朝太宗诏修"新"的改建。"俗士"指自己，与出家的僧人相对。结尾处苏轼表示愿登上塔的"丹梯"，一览淮河两岸原野山川的风光。暗示这次经过僧伽塔，主要不是为了祈祷神灵，而是瞻仰这壮丽建筑，并登塔眺远。

这首诗是苏轼说理诗的名篇，见识高超，襟怀旷达，观察入微，语言畅达。之所以让人读来趣味横生，不觉得议论可憎，乃在于他并不讲抽象的大道理，而是通过对眼前所见景物事件的描述，从中总结出自己获得的感悟，并将其说通说透。汪师韩评论说："至理奇文，只是眼前景物，口头语，透辟无碍，是广长舌。"（《苏诗选评笺释》卷二）纪昀也称道此诗："极力作摆脱语，纯涉理路，而仍清空如话。"（《纪评苏诗》卷十八）可称得上是说理诗的经典之作。

纪昀："入手即伏结意。"（《纪评苏诗》卷七）

陈衍："一起高屋建瓴，为蜀人独足夸口处。"（《宋诗精华录》卷二）

赵克宜："（首四句）起势雄健。"（《角山楼苏诗评注汇钞》卷三）

汪师韩："中间'望乡国'句故作羁望语，以环应首尾。"（《苏诗选评笺释》卷一）

赵克宜："'望乡'一联，篇中筋节，与起结贯注。"（《角山楼苏诗评注汇钞》卷三）

查慎行："（'羁愁'二句）二语作转捩。"（《初白庵诗评》卷中）

游金山寺 [1]

我家江水初发源 [2]，宦游直送江入海 [3]。
闻道潮头一丈高，天寒尚有沙痕在 [4]。
中泠南畔石盘陀 [5]，古来出没随涛波。
试登绝顶望乡国 [6]，江南江北青山多。
羁愁畏晚寻归楫 [7]，山僧苦留看落日。
微风万顷靴文细 [8]，断霞半空鱼尾赤 [9]。

是时江月初生魄[10]，二更月落天深黑。

江心似有炬火明[11]，飞焰照山栖鸟惊。

怅然归卧心莫识，非鬼非人竟何物。

江山如此不归山[12]，江神见怪惊我顽[13]。

我谢江神岂得已[14]，有田不归如江水。

[注释]

[1] 游金山寺：熙宁四年（1071）苏轼赴杭州通判任，十一月初途经镇江，游金山寺，访宝觉、圆通二僧，夜宿金山寺，作此诗。金山寺，在镇江金山上，本屹立长江中，后因泥沙淤积，与南岸相连。寺原名泽心寺，至宋改名龙游寺。　[2]"我家"句：古人认为长江源出四川岷山，即岷江。《尚书·禹贡》："岷山导江。"岷江流经苏轼家乡眉州。　[3]"宦游"句：苏轼因做官而远游，来到长江入海口附近的镇江。　[4]"天寒"句：谓冬天水落时，沙岸上尚有涨潮的痕迹。　[5] 中泠：泉名，在金山西北。盘陀：石堆垛不平貌。　[6]"试登"二句：谓尝试登高望乡，而大江南北重叠的青山遮住了视线。　[7] 羁愁：行旅漂泊之愁。归楫：归船，指返回镇江之船，因金山在江心。　[8]"微风"句：以细细的靴纹比喻微风吹皱的粼粼江波。　[9]"断霞"句：以赤红的鱼尾比喻红色鳞状的片断晚霞。《诗经·周南·汝坟》："鲂鱼赪尾。"毛传："赪，赤也，鱼劳则尾赤。"此借用其语。　[10] 江月初生魄：指月初出时的微光。《礼记·乡饮酒义》："月者三日则成魄。"孔颖达疏："谓月尽之后三日乃成魄。魄谓明生，傍有微光也。……若以前月大则月二日生魄，前月小则三日乃生魄。"王文诰《苏

汪师韩："'微风万顷'二句，写出空旷幽静之致。"（《苏诗选评笺释》卷一）

施补华："中间'微风万顷'二句，的是江心晚景。"（《岘佣说诗》）

汪师韩："忽接入'是时江月'一段，此不过记一时阴火潜燃景象耳。"（《苏诗选评笺释》卷一）

汪师韩："思及'江神见怪'，而终之以'归田'。"（同上）

纪昀："（'江山'四句）结处将无作有，两层搭为一片，归结完密之极，亦巧便之极。设非如此挽合，中一段如何消纳？"（《纪评苏诗》卷七）

施补华："收处'江山如此'四句两转，尤见跌宕。"（《岘佣说诗》）

文忠公诗编注集成总案》卷七谓此诗作于熙宁四年（1071）十一月三日。　[11]"江心"四句：苏轼自注："是夜所见如此。"炬火明，当是一种磷火，或是某种水生物发出的光。王十朋《东坡诗集注》卷五引汪革注："先生尝云：山林薮泽，晦冥之夜，野火生焉，散布如人秉烛，其色青，异乎人火。"《施注苏诗》卷四："《岭表异物志》：'海中遇阴晦，波如然火满海，以物击之，迸散如星火，有月即不复见。'木玄虚《海赋》云：'阴火潜然。'岂谓此乎？"非鬼非人，暗指江神。　[12]江山如此：谓江山如此美好。归山：指弃官归隐山林。　[13]江神见怪：指江神呈现出炬火飞焰的怪异形象。见，同"现"。惊：查慎行《苏诗补注》、冯应榴《苏诗合注》作"警"。顽：愚顽，愚蠢固执。　[14]"我谢"二句：向江神致歉，谓宦游乃不得已之事，并发誓，若有田可耕，一定辞官归隐。古人常指水为誓，如《左传》僖公二十四年载晋公子重耳（晋文公）谓其舅狐偃（子犯）曰："所不与舅氏同心者，有如白水。"《晋书·祖逖传》："渡江中流，击楫而誓曰：'祖逖不能清中原而复济者，有如大江！'"

［点评］

这首诗为历代评论家所称道，虽然见仁见智，说法各有不同，但归纳起来主要有以下几个突出优点。

首先，如汪师韩所说："一往作缥缈之音，觉自来赋金山寺者，极意着题，正无从得此远韵。"（《苏诗选评笺释》卷一）这句话包含两个意思：一是"着题"，即紧扣题目。自古以来题咏金山寺的诗人，都极意着题，比如唐张祜《金山寺》"树影中流见，钟声两岸闻"，写

江心金山寺的形胜，用语极其贴切。而苏轼这首诗在
"着题"方面，更胜前人。诗题为《游金山寺》，紧扣"游"
和"金山寺"展开，不仅有客体的登览之地，而且有主
体的登览之"我"，不仅描写客观之境，而且抒发主观
之情，身游更兼神游，其感受独特而不可移作他人，古
往今来不可有二，足见其比前人更为"着题"。正如施
补华评首二句所说："确是东坡游金山寺发端，他人抄
袭不得。盖东坡家眉州近岷江，故曰'江初发源'；金
山在镇江，下此即海，故曰'送江入海'。"（《岘佣说
诗》）二是"远韵"，即有悠远的韵味。其他题咏金山
寺的除了张祜诗外，《方舆胜览》里还罗列有诸如"天
多剩得月，地少不生尘"（孙鲂诗）、"已无船舫犹闻笛，
远有楼台只见灯"（王安石诗）等等，都着力夸写寺在
江心的独特景观，而苏轼诗却并非只落脚眼前景，而是
"作缥缈之音"，想落天外，从"江水发源"联想到"送
江入海"，将此时此地的金山寺，与万里之外的家乡联
系起来，更突出一个"游"字，不仅是"游金山寺"，
而且是一种不得已的"宦游"，这样立意便比前人高出
许多。

　　其次，全诗气势雄健，波澜起伏，而能做到主题
贯穿，首尾照应，环环相扣。苏轼此时三十六岁，此
前一个月他在《龟山》诗中称自己"身行万里半天下"，
所以汪师韩评说："起二句将万里程、半生事一笔道
尽，恰好由岷山导江，至此处海门归宿，为入题之语。"
（《苏诗选评笺释》卷一）三、四句承接"江水"，写听
闻的"潮头"和实见的"沙痕"，一虚一实，暗示此时

已是水落石出的冬天，点出自己游金山寺的季节。"中泠南畔"二句，写古往今来潮涨潮落，岸边石堆时出时没，或隐或现，暗示岁月变迁。由岸边盘陀之石堆，往上引到金山之"绝顶"，进而远引到江南江北的青山，从而生发出"望乡国"而视线被阻的感叹。正如方东树所说，石堆、涛波、绝顶、青山"非泛写景"，是为了表现"望乡不见"的主题。"羁愁"二句由"望乡国"而来，是一首诗的"转捩"，即转折的关键之处。因"羁愁"而"畏晚"，因"畏晚"而"寻归楫"。"归楫"本是指返回南岸镇江之船，但因为与"羁愁"相联系，便具有一种象征的意味，即苏轼一生中挥之不去的"归"的人生主旋律，与诗结尾处的"归山""归田"相呼应。又因"畏晚"而引出山僧的苦留，由此开拓出游金山寺的另一番新景象。后面落日的壮观以及江中的炬火，都是夜宿金山寺的意外收获。"是时江月"六句写江神见怪，引出"归田"的誓愿。特别是最后四句，纪昀、施补华等人都评价极高。指江水发誓，与起句"我家江水"相扣合，归结非常完密。总之，整首诗一气贯注，脉络分明，如纪昀所说："首尾谨严，笔笔矫健，节短而波澜甚阔。"

还有，诗的写景也很精彩。尤其是"微风万顷"一联，用细皱的靴纹比喻微风吹拂下的粼粼江波，用红色的鱼尾比喻落日映红的晚霞，都很新颖，很贴切，给人一种既空旷又幽静的感觉，显示出苏诗善用比喻的一贯特点。叶矫然认为这两句"语以幽胜而实奇"，与杜甫诗"白摧朽骨龙虎死，黑入太阴雷雨垂"那种

"语以奇胜而带幽"的风格相比，"不相袭而相当"，各有千秋（《龙性堂诗话初集》）。吴汝纶认为此诗的构思与《后赤壁赋》相同，"而意境胜彼"。大约是指诗的中段以下写令人惊恐的月黑夜景，神秘莫测的炬火飞焰，与《后赤壁赋》夜半景象以及横江一鹤的玄秘之境相似。吴汝纶更称赞此诗的"兴象超妙"（《唐宋诗举要》卷三引），这可从沙痕、石堆、涛波、青山、落日、微风、江波、断霞、江月、飞焰、炬火等兴象中细细体味。

赵克宜："（首四句）从未入山以至入山，写景逼真。"（《角山楼苏诗评注汇钞》卷三）

高步瀛："（'水清'二句）清景如绘。"（《唐宋诗举要》卷三）

腊日游孤山访惠勤惠思二僧[1]

天欲雪，云满湖，楼台明灭山有无[2]。
水清石出鱼可数[3]，林深无人鸟相呼[4]。
腊日不归对妻孥[5]，名寻道人实自娱[6]。
道人之居在何许[7]？宝云山前路盘纡[8]。
孤山孤绝谁肯庐，道人有道山不孤。
纸窗竹屋深自暖，拥褐坐睡依团蒲[9]。
天寒路远愁仆夫[10]，整驾催归及未晡[11]。
出山回望云木合[12]，但见野鹘盘浮图[13]。
兹游淡薄欢有余，到家悦如梦蘧蘧[14]。

赵克宜："（'孤山孤绝'二句）接法妙绝，二语自为开合，亦以字面错综，复出生姿。"（《角山楼苏诗评注汇钞》卷三）

赵克宜："（'出山'句）转到出山。"（同上）

纪昀："（'出山回望'二句）与'但见乌帽出复没'同一写法。"（《纪评苏诗》卷七）

作诗火急追亡逋[15]，清景一失后难摹。

[注释]

[1] 腊日游孤山访惠勤惠思二僧：熙宁四年（1071）十二月八日作于杭州。腊日，南朝梁宗懔《荆楚岁时记》："十二月八日为腊日。"孤山，在西湖中，《淳祐临安志》卷八谓：孤山"去钱塘旧治四里，湖中独立一峰"。惠勤惠思，皆钱塘诗僧，与欧阳修有交游。苏轼《六一泉铭叙》："予到官三日，访勤于孤山之下。"　[2] "楼台"句：谓楼台山峦隐约模糊，忽隐忽现。杜甫《雨》："明灭洲景微，隐见岩姿露。"王维《汉江临泛》："江流天地外，山色有无中。"　[3] "水清"句：杨彝《过睦州青溪渡》："潭清鱼可数，沙晚雁争飞。"　[4] 鸟相呼：杜甫《倦夜》："暗飞萤自照，水宿鸟相呼。"　[5] 妻孥（nú）：妻子和儿女。　[6] 道人：此指和尚，即惠勤、惠思二僧。《大智度论》卷三十六："如得道者，名为道人；余出家未得道者，亦名为道人。"　[7] 何许：何处。　[8] 宝云山：五代吴越王钱氏建宝云寺，在西湖之北，寺有宝云庵山。盘纡：曲折盘旋。　[9] 团蒲：即蒲团，僧人坐禅所用圆形坐垫，以蒲草编成。　[10] 仆夫：驾驭马车之人。《诗经·小雅·出车》："召彼仆夫，谓之载矣。"毛传："仆夫，御夫也。"　[11] 整驾：备好马车。晡（bū）：申时，黄昏时。　[12] "出山"句：王维《终南山》："白云回望合。"此化用其意。　[13] 鹘：猛禽名，隼类。浮图：佛塔。　[14] 怳：同"恍"，恍惚。梦蘧（qú）蘧：《庄子·齐物论》："昔者庄周梦为胡蝶，栩栩然胡蝶也。自喻适志与，不知周也。俄然觉，则蘧蘧然周也。"成玄英疏："蘧蘧，惊动之貌也。"　[15] 亡逋：逃亡者，此指将逝去的清景。

[点评]

宋僧惠洪《冷斋夜话》卷三引黄山谷语："天下清景，

赵克宜："（末二句）结醒'作诗'。"（《角山楼苏诗评注汇钞》卷三）

吴文溥："东坡所谓'清景一失难追逋'，盖眼前景，说得着便是佳句。"（《南野堂笔记》卷二）

初不择贤愚而与之遇，然吾特疑端为我辈设。"我辈，就是指具有高洁淡泊的审美情趣的诗人。苏轼这首诗之所以为后世文人高度评价，就在于写出了寻常好热闹之人难以领会的"清景"。正如汪师韩所说："结句'清景'二字，一篇之大旨。"（《苏诗选评笺释》卷一）

　　这是苏轼第一次到杭州，所以刚到官三日，便不顾天寒路远，迫不及待要去游览西湖。诗开头"天欲雪"三句，写远望之景。阴云低垂，笼罩湖面，一副要下雪的样子，楼台和山峦看上去依稀模糊，若隐若现。化用杜甫、王维诗中的词语，更具画面感；同时因使用三三七句式，而更具音乐感。接下来"水清"二句，写近看之景。因水清而见石，故游鱼可数；因林深而无人，故啼鸟相呼。上句让人想起柳宗元《小石潭记》"潭中鱼可百许头，皆若空游无所依，日光下澈，影布石上"的情景，下句则让人想起杜甫《倦夜》诗中"水宿鸟相呼"的动中之静。清静无人的湖山，只有自在的鱼鸟。由鱼鸟的自得之乐，引出诗人的"自娱"之情，因而以"寻道人"的借口，竟然在腊日离开妻孥，到湖上赏景。

　　"道人之居"以下六句，写惠勤、惠思的居处地点和居住环境，其路，为西湖北山宝云寺前盘纡的山路；其庐，为孤山孤绝之处的僧舍；其居，则是纸窗、竹屋与蒲团。正如汪师韩所说："未至其居，见盘纡之山路；既造其屋，有坐睡之蒲团。"（《苏诗选评笺释》卷一）其中"孤山"二句既呼应"道人之居在何许"之问，又写出二诗僧之"有道"，不愧"道人"之名。二句有三"孤"字，二"道"字。因二僧结庐于"孤绝"处，远离世俗，故知其"有道"；又因

"道人有道"而反推孤山实不孤独，这里化用了《论语·里仁》"德不孤，必有邻"的说法。这二句的妙处正如赵克宜所说："二语自为开合，亦以字面错综，复出生姿。"

"天寒路远"以下四句，写将近黄昏，马车夫催促返程，出山后回望孤山的情景。阴云四合，掩蔽林木，只见到野鹘在佛塔上盘旋。汪师韩概括这四句："仆夫整驾，回望云山，寒日将晡，宛焉入画。野鹘句于分明处写出迷离，正与起五句相对照。"（《苏诗选评笺释》卷一）云木合是迷离景，野鹘飞是分明处，明灭隐现，感觉宛然如画，其实难以摹绘。

最后四句，写这次访僧的经历给人的感受，虽天寒欲雪，淡薄清冷，但湖山的美景令人愉快，到家后仍沉浸在梦境之中。因担心这如梦的清景马上消失，消失之后再也难以准确描摹，所以要火急作诗，用语言将清景捕捉。苏轼这种写作状态，何文焕在《历代诗话考索》指出："齐诸暨令袁嘏，自诧'诗有生气，须捉著，不尔便飞去'。此语隽甚。坡仙云'作诗火急追亡逋'，似从此脱化。"袁嘏的话见于梁钟嵘《诗品》卷下，是说要把诗"捉着"，苏轼却是说，要用诗的语言把眼前清景抓住，不要使其逃亡，所言与袁嘏稍有差异。后世颇有诗人接受苏轼"以诗追景"的启发，"作诗火急""清景一失"成为作诗的口头禅之一。

这首诗的押韵也很有特点，有时句句押韵，有时隔句押韵，视诗意的需要而定，不拘一格。纪昀评论说："忽叠韵，忽隔句韵，音节之妙，动合天然，不容凑泊。其源出于古乐府。"（《纪评苏诗》卷七）是说其押韵自然，而无勉强凑泊的痕迹。

饮湖上初晴后雨二首（其二）[1]

水光潋滟晴方好[2]，山色空蒙雨亦奇[3]。
欲把西湖比西子[4]，淡妆浓抹总相宜。

查慎行：“多少西湖诗被二语扫尽，何处着一毫脂粉颜色？”（《初白庵诗评》卷中）

陈衍：“后二句遂成为西湖定评。”（《宋诗精华录》卷二）

[注释]

[1]饮湖上初晴后雨二首：熙宁六年（1073）正月作于杭州。此选其第二首。　[2]潋滟：水纹波动貌。　[3]空蒙：烟雨迷茫，若有若无貌。　[4]“欲把”二句：西子，即西施，春秋时越国美女。苏轼好以西施比西湖，如《次韵刘景文登介亭》：“西湖真西子，烟树点眉目。”《次韵答马中玉》：“只有西湖似西子，故应宛转为君容。”

[点评]

这首诗可称为古今第一西湖诗。王文诰说：“公（苏轼）凡西湖诗，皆加意出色，变尽方法，然皆在《钱塘集》中。其后帅杭，劳心灾赈，已无复此种杰构。”（《苏文忠公诗编注集成》卷九）《钱塘集》是熙宁四年至七年苏轼在杭州通判任上所作，其时，他除了到各州县巡视之外，有不少时候接待往来的文人士大夫，赋诗饮酒、游山玩水为其常态。此诗《东坡集》编在《有以官法酒见饷者因用前韵求述古为移厨饮湖上》之后，应作于同时。

湖上饮酒，初晴后雨，诗人见到西湖山水的两副面容。前二句描绘晴天雨天湖光山色的两种不同审美风格：晴时阳光照耀水面，波光潋滟，明丽如水彩设色；雨时青山烟雾空蒙，如梦如幻，清淡如水墨写意。同时，这

"晴方好""雨亦奇"的赞叹也表达了诗人审美趣味的多样性：明丽和清淡皆好皆奇，各有胜处。

诗的后二句最精彩，成为千古西湖的定评。宋人陈善说："东坡酷爱西湖，尝作诗云：'若把西湖比西子，淡妆浓抹总相宜。'识者谓此两句已道尽西湖好处。公又有诗曰：'云山已作歌眉浅，山下碧流清似眼。'予谓此诗又是为西子写生也。要识西子，但看西湖；要识西湖，但看此诗。"（《扪虱新话》卷八）以美女的某部位比喻风景，是中国古代写景诗的传统，诸如以眼波比水波，以眉黛比远山，以烟鬟比山峦，乃至以玉体横陈比山之形状，但这类比喻都基于外在形象的相似性。而苏轼把西湖比作西子，则是以湖山的整体风韵来类比的，"水光潋滟"对应"浓抹"，"山色空蒙"对应"淡妆"，西湖就像西子一样，无论是晴天的浓抹，还是雨天的淡妆，无一时不美，西湖和西子的相似性，正体现在天生丽质和迷人神韵的层面上。这种超越于形象性的比喻，是苏诗比喻的一大特点，正如"人生到处知何似？应似飞鸿踏雪泥"一样，喻体和本体之间在形象和事类上了无关系，其比喻建立在抽象性质的相似性上。即便是"淡妆浓抹"，也与"潋滟""空蒙"相去甚远，然而西湖和西子二者在抽象性质"绝美"这一点上是相通的，给欣赏者的审美感受是相似的。

新城道中二首（其一）[1]

东风知我欲山行，吹断檐间积雨声。

纪昀："起有神致。"（《纪评苏诗》卷九）

岭上晴云披絮帽[2]，树头初日挂铜钲[3]。

野桃含笑竹篱短，溪柳自摇沙水清。

西崦人家应最乐[4]，煮芹烧笋饷春耕[5]。

[注释]

[1]新城道中二首：熙宁六年（1073）二月作。此选其第一首。新城，杭州属县，在州西南。时苏轼任杭州通判，视察杭州属县，自富阳过此。新城县令是晁补之的父亲晁端友（字君成）。 [2]"岭上"句：韩愈《晚寄张十八助教周郎博士》："晴云如擘絮。"杜牧《长安杂题长句六首》其二："晴云似絮惹低空。"此化用其意，进而喻晴云为"絮帽"。 [3]铜钲：赵次公注："今所谓锣也。"铜锣，色橙而形圆，故用以喻初日。苏轼《日喻》："生而眇者不识日，问之有目者。或告之曰：'日之状如铜盘。'"其喻大体相似。 [4]西崦（yān）：泛指西山。 [5]煮芹：一作"煮葵"。

[点评]

苏轼诗歌写物的时候，常常是万物皆着我之色彩，充满生命的动感。这首诗写出行巡视农村的情况，首联不说雨后天晴，却说东风为我吹断屋檐下滴水的声音，因为知道我要出门。东风仿佛是诗人的知交，能预判诗人出行，事先吹散积雨。这十四字通过描写东风通情达理的灵性，展示了诗人雨后山行的大好心情。因此接下来中间两联便描写山行一路看到的各种有趣的自然景物。

颔联"絮帽"和"铜钲"的比喻，历代评论家都认为"颇拙"，"究非雅字"，"未免着相"，是此诗的败笔。然而，

方回："三四乃是早行诗也。"（《瀛奎律髓》卷十四）

汪师韩："絮帽、铜钲未免着相矣。"（《苏诗选评笺释》卷二）

纪昀："'絮帽''铜钲'究非雅字。"（《瀛奎律髓刊误》卷十四）

方回："起句十四字妙，五六亦佳，但三四颇拙耳。所谓武库森然，不无利钝，学者当自细参而默会。"（《瀛奎律髓》卷十四）

汪师韩："有野桃、溪柳一联，铸语神来，常人得之便足以名世。"（《苏诗选评笺释》卷二）

若从另一个角度看，把岭上的白云看作山顶戴的絮帽，把早上的太阳看作树上挂的铜锣，虽然稚拙，却正是天真活泼的儿童观察世界的眼光。苏轼想表现的这种儿童趣味，与首联东风为我吹断积雨声的想法出于同一思路，比喻生动活泼而新颖，只可惜正统的诗论家对此童趣毫无感觉。

被前人称为"铸语神来"的颈联，以拟人化的描写刻画野桃和溪柳，在短短的竹篱旁，桃花绽放，如同含笑迎人，在清清的沙溪畔，柳条摇曳，如同顾影自怜。这里不用色彩和光影描写景物，摒弃桃红柳绿、柳暗花明之类的词汇，而着重刻画野桃、溪柳动人的神态和优美的环境，由此春天之生动气息和诗人之愉快心情，尽皆跃然纸上。这联诗灵动自然，野桃、竹篱、溪柳、沙水四个景物的组合摇曳生姿，毫无堆砌之感。

尾联写到西山农家的田园乐，妇女煮芹菜、烧竹笋，送饭到田头，犒劳春耕的农夫，一幅乐融融的景象。

这首诗本是官员出行视察农事时所作，但其中表现出来的感情，却与雨后天晴忙于春耕的快乐农家相一致，这正如苏轼一首《浣溪沙》词中所言："使君元是此中人。"

有美堂暴雨 [1]

吴汝纶："奇景。"（《唐宋诗举要》卷六引）

游人脚底一声雷，满座顽云拨不开 [2]。

天外黑风吹海立 [3]，浙东飞雨过江来 [4]。

十分潋滟金樽凸 [5]，千杖敲铿羯鼓催 [6]。

唤起谪仙泉洒面 [7]，倒倾鲛室泻琼瑰 [8]。

[注释]

[1]有美堂暴雨：熙宁六年（1073）初秋作于杭州。有美堂，在杭州城内吴山最高处，下瞰西湖。宋陈岩肖《庚溪诗话》卷上："嘉祐初，龙图阁直学士、尚书吏部郎中梅挚公仪，出守杭州。上（宋仁宗）特制诗以宠赐之，其首章曰：'地有吴山美，东南第一州。'梅既到杭，欲侈上之赐，遂建堂山上，名曰'有美'。"　[2]顽云：密布不散的云。顽，冥顽不化的意思。　[3]黑风：暴风。《长阿含经》卷二十一："有大黑风暴起，吹大海水。"海立：海浪汹涌如壁立。杜甫《朝献太清宫赋》："九天之云下垂，四海之水皆立。"此化用其语。　[4]浙东飞雨过江来：唐殷尧藩《喜雨》诗："山上乱云随手变，浙东飞雨过江来。"此借用其成句。浙东，指钱塘江以东，钱塘江即浙江，杭州在浙西。　[5]潋滟：联绵词，水满盈溢的样子。　[6]敲铿：联绵词，敲击、撞击，或形容敲击声。羯鼓：古代羯族的乐器，状似小鼓，两面蒙皮，均可敲打。　[7]谪仙：指李白。《旧唐书·李白传》："初，贺知章见白，赏之曰：'此天上谪仙人也。'"　[8]鲛室：传说中鲛人所居之室。晋张华《博物志》："南海外有鲛人，水居如鱼，不废织绩，其眼能泣珠。"琼瑰：泛指美玉珍珠。

[点评]

苏轼在杭州任通判时，与同僚宴饮于有美堂，遇到暴雨，于是作诗纪其事。整首诗都是摹写宴会场景下的暴雨，想象奇特，气势豪壮，联想巧妙。

首联写雷声在脚底炸响，乌云在座上聚集，既暗示有美堂在吴山上，地势高，又烘托暴雨将至，因为宋代"俗说高雷无雨，故雷自地震即暴雨也"（王十朋《东坡

方回："老杜《朝献太清宫赋》'九天之云下垂，四海之水皆立'，本是奇语。摘'海立'二字用之，自东坡始。此联壮哉！"（《瀛奎律髓》卷十七）

《唐宋诗醇》卷三十四："写暴雨非此杰句不称，但以用杜赋中字为采藻鲜新，浅之乎论诗矣。且亦必有'浙东'句作对，情景乃合。"

李调元："公集中无论长篇短幅，任举一句，皆具大魄力。如《有美堂暴雨》起笔云（下引首四句），其声直震百里，谁能有此？"（《雨村诗话》卷下）

方东树："奇气。"（《昭昧詹言》卷二十）

诗集注》引师民瞻注）。这两句写实中含有夸张，以"满座"切合有美堂，以脚底雷和顽云喻示暴雨，紧扣题目。

　　颔联是从有美堂中远望，极力描写狂风大作、暴雨飞来的壮观情景。上句写天外的狂风足以将海水吹来直立，巨浪排空，大海翻覆，令人称奇。下句写浙东的暴雨越过钱塘江飞奔而来，仿佛能听到呼啸声音。这两句壮观的气势，主要体现在对风、雨、海、江等自然现象的动态描写，狂风夹着暴雨，倒海翻江，自然界蕴藏的狂暴力量似乎聚集在诗人的笔底，所以前人称其"具大魄力"。前人诗话笔记多认为"天外黑风吹海立"化用杜甫《三大礼赋》中的《朝献太清宫赋》"四海之水皆立"句。马永卿《懒真子》卷五不仅说此句出自杜赋，而且引何元章语："'立'字最为有力，乃水涌起之貌。"其实，苏诗中"海立"之前有"黑风吹"三字，因此比杜赋更加富有动感，也更加惊心动魄。《唐宋诗醇》认为"天外"句必有"浙东"句作对，情景乃合。因为"有美堂在郡城吴山，其地正与海门相望"。此外，杭州其地有海有江，唐人就有名句描写杭州"楼观沧海日，门对浙江潮"，因此"吹海""过江"皆非虚语，只是比首联的写实更为夸张。值得注意的是，上句化用杜赋，而下句则全用唐人殷尧藩《喜雨》诗中的成句。从创作上来说，并未做到"惟陈言之务去"，而是"取古人之陈言入于翰墨，如灵丹一粒，点铁成金"（黄庭坚语）。杜赋和殷诗在苏轼笔下都获得新的艺术生命，营造出全新的意境，由此而成为苏轼自己的"杰句"。以至于陈衍竟误认为："三句尚是用杜陵语，四句的是自家语。"（《宋诗精华录》卷二）

　　颈联从视觉和听觉两方面写暴雨，同时双关有美堂的宴会。上句"十分潋滟金樽凸"很像杜牧《羊栏浦夜陪宴会》所写"酒凸觥心泛滟光"之景，但"潋滟"二字又曾用于写西湖，因此这句可理解为比喻西湖因暴雨而水势猛涨，以致如酒盛得过满而溢出。下句羯鼓声比喻急骤的雨声。唐南卓《羯鼓录》谓打羯鼓以声音碎急为美。宋璟善羯鼓，对唐明皇说："头如青山峰，手如白雨点，此即羯鼓之能事。山峰取不动，雨点取碎急。"又王谠《唐语林》卷五载李龟年善打羯鼓，明皇问："卿打多少杖？"对曰："臣打五千杖讫。"因为打羯鼓须急骤如雨点，所以苏轼反过来以羯鼓比喻暴雨，"千杖"更摹状其急骤。

　　尾联从"羯鼓催"之"催"字，引发出雨催诗的联想。"唤起谪仙泉洒面"二句，意指暴雨洒面，唤醒诗人，以赋诗篇。《旧唐书·李白传》："玄宗度曲，欲造乐府新词，亟召白，白已卧于酒肆矣。召入，以水洒面，即令秉笔，顷之，成十余章。"此处以"谪仙"代指富有才华的诗人，因而尾联蕴含多重含义。鉴于苏轼在有美堂宴会上可能喝酒，前面"满座""金樽"已有暗示，那么被雨点唤醒的谪仙还有可能是苏轼自己。同时，"倒倾鲛室"泻出的琼瑰，既是谪仙（李白或苏轼）满腹美丽的琼瑰之词，也可能是天上泻下的珍珠一样的雨点。文本含义的多重性，也是这首诗的艺术魅力之一。

书焦山纶长老壁 [1]

法师住焦山 [2]，而实未尝住。

邓球："客有谈成住坏空。予曰成住坏空，只专说得个形了，若实际，原无坏，亦非空。故曰：'真空不空。'昔苏东坡《书焦山纶长老壁》云：'法师住焦山，而实未尝住。'味'实未尝'三字，即所谓处世为浮生，浮字义，此当与真空字相体贴。"（《闲适剧谈》卷一）

我来辄问法，法师了无语。

法师非无语，不知所答故。

君看头与足[3]，本自安冠屦。

譬如长鬣人[4]，不以长为苦。

一旦或人问，每睡安所措[5]？

归来被上下，一夜无着处。

展转遂达晨[6]，意欲尽镊去[7]。

此言虽鄙浅，故自有深趣。

持此问法师，法师一笑许。

纪昀："节拍天然。"（《纪评苏诗》卷十一）

[注释]

[1]书焦山纶长老壁：熙宁七年（1074）二月作于镇江。焦山，《舆地纪胜》卷七《两浙西路·镇江府》："焦山，在江中，金、焦二山相去十五里。唐《图经》云：后汉焦先尝隐此山，因以为名。"《方舆胜览》卷三《镇江府》："焦山寺，在江心，与金山相对。有海云堂、赞善阁、吸江亭。"纶长老，焦山寺住持，蜀僧。苏轼《自金山放船至焦山》中有"老僧下山惊客至，迎笑喜作巴人谈"之句，自注云："焦山长老，中江人也。"古巴蜀混称，中江属梓州路。　[2]"法师住焦山"二句："住"字双关，《大般若波罗蜜多经》卷三十六："皆无所住，亦非不住。"此化用佛经义。　[3]"君看"二句：《汉书·辕固传》："黄生曰：'冠虽敝必加于首，履虽新必贯于足。何者？上下之分也。'"屦（jù），鞋子，义同履。　[4]鬣（liè）：胡须。　[5]措：安放。　[6]展转：义同"辗转"，翻身貌，形容卧不安席。　[7]镊：用镊子夹。

[点评]

熙宁七年（1074）二月，苏轼途经镇江焦山寺，参谒住持纶长老。纶长老是西蜀梓州中江人，算是苏轼的半个老乡。焦山寺不属于禅宗，因此诗中称纶长老为"法师"，而非"禅师"。

诗的前六句，写参谒纶长老问法的情况。"法师住焦山，而实未尝住"，一开头就是禅家机锋，同样一个"住"字其实有二义：前一个是世俗义，指身之所在，即住持、居住的"住"；后一个是佛教义，指心有所执着滞留，即有住、无住的"住"。这两句是说纶长老虽然住持焦山寺，然而其心却无所黏滞，做到了《金刚经》所说"无所住而生其心"。进一步而言，这一"住"字也与佛教四劫之一"住劫"相关。佛教以成、住、坏、空四劫来认识宇宙的生成、持续、毁灭、空无的循环过程。明人邓球就是从这一角度来理解苏轼这两句诗（参见旁批）的。"实未尝住"便是浮于世上，如浮于水上，自然处于"无住"状态。所以这四字乃是此诗诗眼。

接下来六句"我来辄问法，法师了无语。法师非无语，不知所答故。君看头与足，本自安冠屦"。法师为什么不知所答呢？因为法师既然"实未尝住"，那么对一切事物都不执着，也包括佛法。《金刚经》说："不应住色生心，不应住声、香、味、触、法生心。"若是对"问法"作出回答，岂不是"住法生心"了？更关键的是，法师的行为本身就是"无住"的体现，他从未思虑过何为佛法的问题，就像一个人的头与脚，本来已经安适于帽子与鞋子，如此自然，浑然不觉，还有什么分别的必要呢？苏轼前来问法，难倒了法师；法师无语回答，苏轼又为之解困。这完全是一个聪明绝顶的天才的自问自答，在没有得到回答的这一刻，便已领悟到佛法的真谛。

这首诗最精彩的部分是关于长鬣人的比喻："譬如长鬣人，不以长为苦。一旦或人问，每睡安所措？归来被上下，一夜无着处。展转遂达晨，意欲尽镊去。"一个长着长胡须的人，本来丝毫不介意胡须之长带来的不便。但是一旦有人问他：睡觉时胡须放在什么地方？他晚上就会考虑这个问题，到底是放在被子上，还是放在被子下呢？这样搞得一夜睡不着觉，以至于早晨起来想把胡须全部剃光。这个比喻说明，一个本来"无所住心"于胡须上的人，一旦留意自己的胡须，"生有所住心"，于是烦恼便接踵而至。人生的烦恼从何而来？多半是自己找来的。《景德传灯录》卷三记载，沙弥道信礼拜僧璨大师，乞求得到解脱法门。大师曰："谁缚汝？"答曰："无人缚。"大师曰："何更求解脱乎？"道信一时于言下大悟。既然没有人束缚你，又哪里需要什么解脱法门呢？反过来说，如果你"有所住心"，纠结于烦恼与解脱的问题，只能是作茧自缚，越缠越紧。

关于长鬣人的故事，赵次公注认为："此篇譬喻，乃先生用小说一段事裁以为诗，而意最高妙。"（《集注分类东坡先生诗》卷五）所谓"小说"，黄彻坐实为"《笑林》语也"（《碧溪诗话》卷四），但其出处已不可考。稍后于苏轼的蔡絛讲了个故事："伯父君谟号美髯须。仁宗一日属清闲之燕，偶顾问曰：'卿髯甚美长，夜覆之于衾下乎？将置之于外乎？'君谟无以对。归舍，暮就寝，思圣语，以髯置之内外悉不安，遂一夕不能寝。盖无心与有意，相去适有间，凡事如此。"（《铁围山丛谈》卷三）

君谟就是宋仁宗朝大臣蔡襄，苏轼对这位前辈的轶事应该有所耳闻，诗中的比喻或许就是用蔡襄事。

结尾四句"此言虽鄙浅，故自有深趣。持此问法师，法师一笑许"。大约是因苏轼的言辞是如此雄辩，比喻是如此巧妙，纶长老也不得不点头一笑赞许。这哪里是苏轼"我来辄问法"，完全是他在对法师大谈佛理。林希逸指出："此说人皆知之，等闲拈出，作此偈语，多少奇特。此是坡仙游戏三昧，试为拈出。"（《鬳斋续集》卷三十）纪昀评价此诗："直作禅偈，而不以禅偈为病，语妙故也。不讨人厌处，在挥洒如意。"（《纪评苏诗》卷十一）可以说准确地揭示了此诗的艺术特点。

无锡道中赋水车[1]

翻翻联联衔尾鸦[2]，荦荦确确蜕骨蛇[3]。
分畦翠浪走云阵，刺水绿针抽稻芽[4]。
洞庭五月欲飞沙[5]，鼍鸣窟中如打衙[6]。
天公不见老翁泣[7]，唤取阿香推雷车[8]。

［注释］

[1]无锡道中赋水车：熙宁七年（1074）五月作于无锡。无锡，县名，宋属两浙路常州，今江苏无锡市。水车，此指龙骨水车，木制刮板式连续提水机械，脚踏使之转动。《三国志·魏书·杜夔传》裴松之注引傅玄序马钧先生曰："居京都，城内有地，可以为园，患无

宋佚名："古无此格。"（《北山诗话》）

钱泳："可谓形容尽致。"（《履园丛话》卷三）

纪昀："结句四平，未谐调。然义山《韩碑》已有此句法。"（《纪评苏诗》卷十一）

水以灌之，乃作翻车，令童儿转之，而灌水自覆，更入更出，其巧百倍于常。”据程大昌《演繁露》卷三《桔槔水车》考证，“翻车”即水车。　[2]翻翻联联：连续翻转貌。衔尾鸦：乌鸦衔尾而飞，比喻水车转动时刮板相续不断。　[3]荦荦确确：突露坚硬貌。蜕骨蛇：脱骨的蛇只剩骨架，比喻水车静止时的一节节木架。　[4]刺水绿针：新发秧苗细而尖，如绿针刺水。苏轼《东坡八首》其四：“毛空暗春泽，针水闻好语。分秧及初夏，渐喜风叶举。”自注：“稻初生时，农夫相语：‘稻针出矣。’”　[5]洞庭：指太湖的洞庭山，今属江苏苏州。　[6]鼍（tuó）：俗称猪婆龙，鳄鱼的别称。陆佃《埤雅》卷二引《晋安海物记》曰：“鼍宵鸣，如桴鼓。今江淮之间谓鼍鸣为鼍鼓。”打衙：击打衙门之鼓。苏辙《次韵毛君山房即事十首》其五：“请看早朝霜入屦，何如卧听打衙声。”晁补之《苕霅行和於潜令毛国华》：“山间古邑三百家，日出隔溪闻打衙。”　[7]老翁泣：赵次公注：“老翁，老农也。旱甚矣，用水车，故老翁泣也。”　[8]阿香推雷车：旧题陶潜《搜神后记》卷五记，晋永和中，周某夜托宿一女子家。“向至一更，闻外有小儿唤‘阿香’声，女应曰：‘诺。’寻云：‘官唤汝推雷车。’女乃辞行，云：‘今有官事，当去。’夜遂大雷雨。向晓女还。周既上马，自异其处，返寻，看昨所宿处，止见一新冢。”后世以阿香为雷车女神。

[点评]

这是一首咏物诗，王十朋《东坡诗集注》卷十三归为“器用”类。所咏之物为水车，是抗旱浇灌的重要工具，因此这首诗在咏物的同时，表达了对农事活动的关怀和对踏水车老农的同情。

诗的头两句描写水车的形象，修辞手法很奇特。一是自造叠字来加强文字的描摹功能。刘勰《文心雕龙·物色》曰：“故灼灼状桃花之鲜，依依尽杨柳之貌，杲杲为出日之容，濂濂拟雨雪之状，喈喈逐黄鸟之声，喓喓学草虫之韵。"又说："物貌难尽，故重沓舒状。"又说："模山范水，字必鱼贯。"都强调叠字的状物作用。而这里的"翻翻联联""荦荦确确"，两组叠字叠加，苏轼之前无人用过，类似的还有苏诗《西池放鱼》："濊濊发发须臾间，圉圉洋洋寻丈外。"诚如《北山诗话》所说："古无此格。"其状物效果不仅更强烈，也更新奇。二是出人意表的比喻，"衔尾鸦"喻水车之工作状态，"蜕骨蛇"喻水车的休息状态，一动一静，动者如衔尾连贯飞行的活鸦，静者如骨架贯串排列的死蛇，极为生动形象。特别是"蜕骨蛇"的比喻，准确呈现了"龙骨车"的造型。

"分畦"二句，则离开水车写田间景色，流水掀起翠浪，分开田畴，如行云的阵势一般；田中细细的秧苗如绿针刺水，抽出稻芽。想象水在田中流淌的情况，一片绿油油、水汪汪的景象，由此夸赞水车灌溉农田的有效功能。

五六句突然跳到无锡的旱情上面，盛夏五月的洞庭山，本在太湖边，但因干旱，田土竟然"欲飞沙"，可见旱情之严重。"鼍鸣窟中如打衙"，有学者解释，相传鼍天旱时则鸣，但未见出处。今按，唐人张籍《白鼍吟》："天欲雨，有东风，南溪白鼍鸣窟中。六月人家井无水，夜闻鼍声人尽起。"宋人陆佃《埤雅》也说："今狖将风则踊，鼍欲雨则鸣。故里俗以狖讖风，以鼍讖雨。"均言"鼍鸣"预兆下雨，可见这句暗示"欲飞沙"的旱况将获缓解。

最后二句，谓因旱甚而不得不用水车取水，老农为之愁极而泣，天公难道不见此惨景，快叫阿香去推雷车以促下雨吧。水车在天旱时才使用，若是风调雨顺，则可高高挂起，如王安石《元丰行》所云："倒持龙骨挂屋敖。"所以葛立方称此结尾二句："言水车之利，不及雷车所沾者广也。"（《韵语阳秋》卷二十）

这是一首七言古诗，在艺术上很有特点，历代评论家大致推崇两点：其一，咏物能做到"形容尽致"（钱泳语），将水车的形貌功用展现无遗，施补华不仅称赏此诗是"形容尽致之作"，而且认为"虽少陵不能也"（《岘佣说诗》）。其二，句法修辞和构思立意都出人意表，出奇制胜。林希逸称其笔法："东坡诗有甚奇者，如《无锡道中水车》，……此篇笔法岂可及，而前此未有人拈出者。"（《鬳斋续集》卷三十《学记》）《唐宋诗醇》评价其奇思："只是体物着题，触处灵通，别成奇光异彩。'想当施手时，巨刃摩天扬'，此之谓也。赋物得此，神力罕匹。"（卷三十四）纪昀欣赏其句势："节短势险，句句奇矫。"（《纪评苏诗》卷十一）赵克宜则大赞其章法安排："突然而起，戛然而止，笔力惊绝。此等诗不可逐句论工拙。"（《角山楼苏诗评注汇钞》卷四）后世咏水车的诗，不少受其影响。

王文诰："所谓'寒声'者，雪大而有声也，其根在'势转严'三字内。或恐混雨，特以'无风'二字为界。听去但若无风之雨，而所卧'衾裯如泼'，亦在'严'字生根，此禁体法也。读者往往不喜'堆盐'一联，纪晓岚尤诋讥之，殊不知四句必要暗落'雪'字。非合前后联观之，不知其白战之妙也。"（《苏轼诗集》卷十二）

赵克宜："凡雪堆积檐端树杪，积多则成块堕落，扑簌有声。第六句最是静中体验语，而昧者必谓化雪方有声，甚矣说诗之难也。"（《角山楼苏诗评注汇钞》卷五）

雪后书北台壁二首[1]

其　一

黄昏犹作雨纤纤[2]，夜静无风势转严。
但觉衾裯如泼水[3]，不知庭院已堆盐[4]。
五更晓色来书幌[5]，半夜寒声落画檐。

试扫北台看马耳 [6]，未随埋没有双尖。

其　二

城头初日始翻鸦 [7]，陌上晴泥已没车。
冻合玉楼寒起粟 [8]，光摇银海眩生花。
遗蝗入地应千尺 [9]，宿麦连云有几家 [10]。
老病自嗟诗力退，空吟《冰柱》忆刘叉 [11]。

[注释]

[1]雪后书北台壁二首：熙宁八年（1075）正月作于密州。北台，宋张淏《云谷杂记》卷三："北台在密州之北，因城为台。马耳与常山在其南。东坡为守日，葺而新之，子由因请名之曰超然台。"　[2]"黄昏"二句：写黄昏飞细雨，入夜后虽无风，却更加严寒。严，《正字通》："寒气凛冽曰严。"　[3]衾裯：泛指被盖。《诗经·召南·小星》："抱衾与裯。"泼水：谓被盖冷浸浸如泼了水一般。　[4]堆盐：此指堆雪。《世说新语·言语》："谢太傅寒雪日内集，与儿女讲论文义。俄而雪骤，公欣然曰：'白雪纷纷何所似？'兄子胡儿（谢朗）曰：'撒盐空中差可拟。'兄女（谢道韫）曰：'未若柳絮因风起。'"　[5]"五更"二句：上下句倒置，谓半夜听到落在屋檐上的寒冷声音，五更时见到雪光映书幌误以为晓色。王文诰《苏文忠公诗编注集成》卷十二："五更，乃迟明之时，未应遽晓，而我方疑之，复因半夜寒声渐悟为雪也。此乃以下句叫醒上句，其所以晓色之故，出落在下句也。"书幌，书房的帘帷，代指书房。画檐，屋檐的美称。　[6]"试扫"二句：谓登上北台扫雪，南望群山被雪封盖，只露马耳山的双尖。《水经注·潍水》："马耳山，山高百丈，上有二石并举，望齐马耳，故世取名

查慎行："（'冻合'二句）乃二篇之警策。"（《初白庵诗评》卷中）

王文濡："句句切定雪后，'玉楼'、'银海'一联，颇见烹炼之功。"（《宋元明诗评注读本》卷六）

焉。" [7]"城头"二句：写雪过天晴，太阳初升，乌鸦飞翻，路上雪泥淹没车辙。 [8]"冻合"二句：上句谓雪大而寒，冻得屋舍似玉楼，人体起鸡皮疙瘩；下句谓白雪茫茫如银色海洋，眩人眼目。 [9]"遗蝗"句：胡仔《苕溪渔隐丛话》前集卷二十九："蝗遗子于地，若雪深一尺，则入地一丈。麦得雪则资茂而成稔岁，此老农之语也。"谓蝗子深埋于地，不易出土为害。此为希望之辞。 [10]"宿麦"句：前四字谓来日麦田一片连云，后三字谓有几家能得丰收。此为忧虑之辞。 [11]"空吟"句：唐诗人刘叉，韩愈门人。《新唐书·韩愈传》："（刘叉）闻愈接天下士，步归之。作《冰柱》《雪车》二诗，出卢仝、孟郊右。"宋葛立方《韵语阳秋》卷三："刘叉诗酷似玉川子（卢仝），而传于世者二十七篇而已。《冰柱》《雪车》二诗，虽作语奇怪，然议论亦皆出于正也。《冰柱》诗云：'不为四时雨，徒于道路成泥租；不为九江浪，徒能汩没天之涯。'……如此等句，亦有补于时。"

[点评]

这两首诗，前篇写从夜到晨落雪的过程，后篇写雪后的景象与感慨。前人评论者甚多，至少涉及三个饶有兴味的诗学话题。

其一，险韵话题。两首诗尾句的韵脚分别为"尖"与"叉"二字，这是很难组合成辞而押韵的字眼，即所谓"险韵"，因此后人以"尖叉"为险韵诗的代表。对于两首诗用险韵的做法，后人有不同评价。陆游《跋吕成叔和东坡尖叉韵雪诗》："今苏文忠集中，有雪诗用'尖''叉'二字。王文公集中又有次苏韵诗。议者谓非二公莫能为也。通判澧州吕文之成叔乃顿和百篇，字字工妙，无牵强凑泊之病。"除了王安石和吕文之以外，苏辙也有次韵。方回称苏诗"偶然用韵甚险"，"亦冠绝古今矣"（《瀛奎律髓》卷二十一）。何日愈将其称为"押险韵要工稳而有味"的代表（《退庵诗话》卷四）。《唐宋诗醇》卷三十四更认为"尖叉韵诗，古今推为绝唱"。但是也有学者对此不以为然，如沈德潜就颇有微词："东坡尖叉韵诗，偶然游戏，学之恐入于魔。"（《说诗晬语》卷下）纪昀也指出："二诗徒以窄韵得名，实非佳作。"

其二，禁体话题。所谓"禁体"，是宋人对"禁体物语"诗的简称，特指咏雪诗的一种写法。此体起源于欧阳修在颍州聚星堂会客时为咏雪诗定的禁令："玉、月、梨、梅、练、絮、白、舞、鹤、鹅、银等字，皆请勿用。"其后苏轼有诗题为《江上值雪，效欧阳体，限不以盐、玉、鹤、鹭、絮、蝶、飞、舞之类为比，仍不使皓、白、洁、素等字，次子由韵》，又在颍州作《聚星堂雪》诗仿效欧阳修诗，其诗有"白战不许持寸铁"之句，因而"禁体"又称为"白战体"。但是，《雪后书北台壁》中有"堆盐""玉楼""银海"等字样，均未遵守禁令。叶梦得指出，"诗禁体物语，此学诗者类能言之"，然而苏轼的"冻合玉楼"一联，"超然飞动，何害其言玉楼、银海"（《石林诗话》卷下）。所以王文诰关于苏诗"此禁体法""白战之妙"的说法，并不符合"禁体"定义，也与叶梦得说法相左。

其三，伪注话题。前篇尾联本指马耳山的双尖，然而孙奕《履斋示儿编》卷十三却说："窃谓天下之山，至低不下数丈，而止于寻丈者少。雪虽深，埋没山阜，未之有也。……殊不知雪夜王晋之与霍辩对谈，雪盈尺，王曰:'雪太深乎?'霍曰:'看北台马耳莱何如?'左右曰:'有两尖在。'坡盖用此。"但此说颇遭后世学者讥评,卢文弨在《知不足斋丛书》本《履斋示儿编》案语中指出:"马耳莱不著所引书名。马耳自当作山名,千岩俱缟,即是埋没;马耳之双尖矗然露见,即是未随埋没。孙公说诗,何其固也!"王文诰也驳斥孙说:"如以菜论,是此菜种于台之上矣。远则漫无所别,何以独见此菜双尖乎?不图喑万马者乃亦有此寒虫声,可笑可笑。"更重要的是,孙说"王晋之与霍辩雪夜对谈"的故事,纯属无中生有的捏造,王晋之、霍辩史无其人。这种编造典故以解释苏诗的现象,实为一种常见的苏诗"伪注"。赵令畤《侯鲭录》引传闻,王安石赞叹苏轼"使事"(用典),认为"道家以两肩为玉楼,以目为银海",赵次公注也引王安石言"出自道书",但未得苏轼首肯。方回怀疑:"玉楼为肩,银海为目,用道家语,然竟不知出道家何书。"迄今为止,仍无学者找出苏轼之前的道书里有"玉楼为肩,银海为目"之说,可见这很可能也属"伪注"。相反,苏轼《次韵仲殊雪中游西湖》有"玉楼已峥嵘"句,《正月一日雪中过淮谒客回作》有"万顷穿银海"句,"玉楼""银海"都不能解作肩和眼。因此纪昀认为"其实只是地如银海,屋似玉楼耳"(《瀛奎律髓刊误》卷二十一),袁枚也认为"东坡雪诗用银海、玉楼,不过言雪色之白,以'银''玉'字样衬托之,亦诗家常事"(《随园诗话》卷一)。

其实最值得称道的是,后篇后四句体现出苏轼为政忧民的情怀。"遗蝗"两句,并非仅想象"雪宜麦而辟蝗"的瑞雪兆丰年之意,而且深忧年成到底能使几家百姓受益。因为据苏轼《论河北京东盗贼状》所述，"河北、京东比年以来，蝗旱相仍"；"自今岁秋旱，种麦不得，直至十月十三日，方得数寸雨雪，而地冷难种，虽种不生"；"今数千里无麦"。可见密州受灾之重，也足见苏轼作为知州忧虑之深。因而在雪后，他首先想到刘叉那首反映现实、补正时阙的《冰柱》之诗。

和孔密州五绝（其三）^[1]

东栏梨花

梨花淡白柳深青，柳絮飞时花满城。
惆怅东栏一株雪^[2]，人生看得几清明。

[注释]

[1] 和孔密州五绝：熙宁九年（1076）十二月，苏轼罢知密州任，孔宗翰继任。熙宁十年（1077）二月，苏轼改知徐州，四月二十一日到任。这组诗是唱和孔宗翰诗，原共五首，《东栏梨花》为第三首。孔密州，即孔宗翰，字周翰，是北宋名臣孔道辅之子，孔子四十六世孙。　[2] 一株雪：指一树梨花。唐温庭筠《太子池二首》其一："梨花雪压枝。"

[点评]

北方的寒食清明，正是梨花开放的季节。唐人韩愈《梨花下赠刘师命》："洛阳城外清明节，百花寥落梨花

郎瑛："予意既曰'梨花淡白'，又曰'一株雪'，恐重言相犯，且不见咏梨花之好。不若易'梨花淡白'为'桃花烂熳'更佳。"（《七修类稿》卷三十四）

俞樾批驳其说："首句'梨花淡白'即本题也，次句'花满城'正承'梨花淡白'而言，若易首句为'桃花烂漫'，则'花满城'当属桃花，与'惆怅东栏一株雪'了不相属，且是咏桃花非复咏梨花矣。此等议论，大是笑柄。"（《湖楼笔谈》卷六）

发。"宋人沈括《开元乐词》:"寒食轻烟薄雾,满城明月梨花。"都可证明。孔宗翰在清明时写下《东栏梨花》诗,正符季节景物。苏轼收到孔氏的五首绝句并唱和,已是四月下旬到徐州任上以后的事。四月下旬不是清明,也没有梨花。苏轼《东栏梨花》是据孔宗翰原诗题目唱和,指密州的东栏梨花。五首绝句中的《见邸家园留题》《春步西园见寄》《和流杯石上草书小诗》《堂后白牡丹》,都是密州的地名景物,东栏也不例外。所以苏轼唱和的《东栏梨花》,是记忆中密州官厅的东栏梨花,而不是在徐州亲眼所见。

苏轼曾经知密州,熙宁八年、九年两个清明节都在密州度过,有过观赏东栏梨花的经历,就像他的继任者孔宗翰那样。可见,诗中的"清明"是密州看梨花的清明。苏轼想象当年密州"梨花淡白柳深青,柳絮飞时花满城"的盛况,正如他在《望江南·超然台作》所描写的"半壕春水一城花。烟雨暗千家"的景象。然而此刻他在徐州,再也看不到密州东栏如雪的梨花,只留下无限惆怅,因为在他人生中,只有两个清明曾看得这"东栏一株雪"。由此生出感慨,无论何地的东栏,何处的梨花,这短暂的人生又有几个清明能看到呢。

这首诗充满人生咏叹的情绪,颇为同时和后世人所欣赏。苏门四学士中的张耒就很喜欢此诗,经常吟哦,"以为不可及"(陆游《老学庵笔记》卷十)。《唐宋诗醇》卷三十五评说:"浓至之情,偶于所见发露,绝句中几与刘梦得争衡。"说此诗和唐人刘禹锡的绝句一样充满浓厚纯至的感情。但陆游不以为然,他指出唐杜牧《初冬夜饮》诗有句云："砌下梨花一堆雪，明年谁此凭阑干？"苏轼此诗"竟是前人已道之句"，并非新颖独创，不明白为何张未会"爱之深"（《老学庵笔记》卷十）。但此说法遭到后人批驳，如明俞弁《逸老堂诗话》卷下："余爱坡老诗浑然天成，非模仿而为之者。放翁正所谓洗瘢索垢者矣。"清潘德舆《养一斋诗话》卷九："坡公此诗之妙，自在气韵，不谓句意无人道及也。且玩其句意，正是从小杜诗脱化而出，又拓开境地，各有妙处，不能相掩。放翁所见亦拘矣。"

诗的前两句是全景式的描写，写满城的柳絮和梨花，一片淡白和深青，色彩明丽而略带凄清。后两句点题，是东栏梨花的特写，"一株"与"满城"对照，更集中焦点，活画出站在东栏一树梨雪下的诗人形象，使得最后"人生看得几清明"更具有触景生情的真切感。明丽的景色和明快的诗风，使得惆怅的喟叹不至流于暗淡消沉。

读孟郊诗二首 [1]

其 一

夜读孟郊诗，细字如牛毛 [2]。

寒灯照昏花 [3]，佳处时一遭 [4]。

孤芳擢荒秽 [5]，苦语余《诗》《骚》 [6]。

水清石凿凿 [7]，湍激不受篙。

范晞文："亦可谓巧于形似。"（《对床夜语》卷四）

查慎行："（'孤芳'四句）评骘足令东野低头。"（《初白庵诗评》卷中）

初如食小鱼[8]，所得不偿劳；

又似煮彭蟍，竟日持空螯。

要当斗僧清[9]，未足当韩豪[10]。

人生如朝露[11]，日夜火消膏[12]。

何苦将两耳，听此寒虫号[13]。

不如且置之，饮我玉色醪[14]。

其 二

我憎孟郊诗，复作孟郊语。

饥肠自鸣唤，空壁转饥鼠。

诗从肺腑出，出辄愁肺腑。

有如黄河鱼[15]，出膏以自煮。

尚爱铜斗歌[16]，鄙俚颇近古[17]。

桃弓射鸭罢[18]，独速短蓑舞。

不忧踏船翻，踏浪不踏土。

吴姬霜雪白[19]，赤脚浣白纻。

嫁与踏浪儿[20]，不识离别苦。

歌君江湖曲[21]，感我长羁旅。

纪昀："（‘诗从’二句）十字神似东野。"（《纪评苏诗》卷十六）

查慎行评"诗从"二句："刻画颇肖。"（《初白庵诗评》卷中）

王文诰："（‘诗从’二句）十字绝倒，写尽郊寒之状。"（《苏轼诗集》卷十六）

[注释]

[1]读孟郊诗二首：这两首诗作于元丰元年（1078），其时苏轼在徐州知州任上。孟郊，字东野，中唐著名诗人，韩愈盛

赞其诗。　[2] 如牛毛：形容字小而细密。　[3] 昏花：视力模糊。　[4] 佳处时一遭：谓好诗很少，时不时会遇上一处。　[5] 孤芳擢荒秽：如芳香的花朵孤独地挺拔于荒草之中，比喻"佳处时一遭"。　[6] 苦语余《诗》《骚》：谓其诗酸苦的语句是《诗经》《离骚》的绪余。　[7] "水清"二句：水浅石露，不受篙竿，难以行船，喻其诗浅陋，难以让人欣赏。凿凿，鲜明的样子。《诗经·唐风·扬之水》："扬之水，白石凿凿。"　[8] "初如"四句：小鱼和小螃蟹，多刺空螯而少肉，食之无味，比喻读孟郊诗的感受，收获甚少。彭蚎，一种小蟹。　[9] 要当斗僧清：谓其诗大抵可与贾岛相匹敌，清寒幽峭。贾岛初为僧，名无本，后还俗。　[10] 未足当韩豪：谓其诗不足以当敌韩愈的豪壮。　[11] 人生如朝露：曹操《短歌行》："对酒当歌，人生几何。譬如朝露，去日苦多。"此化用其意。　[12] 日夜火消膏：谓油膏日日夜夜在火上煎熬，不断消失，比喻人生短暂而痛苦。《庄子·人间世》："膏火自煎也。"　[13] 寒虫号：喻孟郊诗如蛩、蝉之类秋虫的鸣叫。　[15] 玉色醪：米酒的美称，其色如玉。　[15] "有如"二句：黄河鲤鱼肥而多膏，其油膏正好用来煎煮其肉，比喻孟郊发自肺腑写愁诗，而其诗使自己肺腑更愁。　[16] 铜斗歌：代指孟郊《送淡公诗十二首》，因其三有"铜斗饮江酒，手拍铜斗歌"之句，此代指其组诗。　[17] 鄙俚颇近古：谓其诗鄙俚朴质，颇有古乐府风味。　[18] "桃弓"四句：《送淡公诗十二首》其三："侬是拍浪儿，饮则拜浪婆。脚踏小船头，独速舞短蓑。"其四："不如竹枝弓，射鸭无是非。"其五："射鸭复射鸭，鸭惊菰蒲头。……侬是清浪儿，每踏清浪游。笑伊乡贡郎，踏土称风流。"此化用孟郊诗句或诗意。　[19] "吴姬"二句：李白《和卢侍御通塘曲》："浦边清水明素足，别有浣沙吴女郎。"《浣纱石上女》："两足白如霜。"此化用其语意。按，白足浣白布更增其白。白纻，白色苎麻所织夏布。　[20] "嫁与"二句：唐李益《江南曲》："早知潮有信，嫁与弄潮儿。"此化用其意。　[21]江湖曲：也代指《送淡公诗十二首》，因其六有句："数年伊洛同，一旦江湖乖。江湖有故庄，小女啼喈喈。"其七有句："伊洛气味薄，江湖文章多。坐缘江湖岸，意织鲜明波。"

[点评]

　　用形象性的语言写读后感和诗评，是苏轼最擅长的，这两首诗可算得上是代表作。前一首贬抑，后一首褒扬，体现了苏轼对孟郊诗又憎又爱的矛盾态度。

　　前人评价"东坡性痛快，故不喜郊之词艰深"（曾季狸《艇斋诗话》）；或者说他"年少成名"，"未历饥寒之厄"，故不喜孟郊"诉穷叹屈之词太多，读其集，频闻呻吟之声，使人不欢"（贺裳《载酒园诗话》卷一），指出苏轼在辞、情两方面贬抑孟郊诗的原因。但另一方面，苏轼对孟郊诗的佳处也有深刻的理解，"尚爱铜斗歌，鄙俚颇近古"，"歌君江湖曲，感我长羁旅"，在艺术趣味和情感方面颇有共鸣。

　　前一首诗写泛览的感觉，阅读环境本来就很恶劣，而所读作品又是苦语连篇，如翁方纲所说："且如孟东野之诗，再以牛毛细字书之，再于寒夜昏灯看之，此何异所谓'醉来黑漆屏风上，草写卢仝《月蚀》诗'耶？"（《石洲诗话》卷三）辛苦阅读的结果是佳处少而苦语多，令人不快。诗中一连用荒草中挺拔的孤芳、石露不受篙的浅水、食小鱼的辛苦、食彭螖的无味、听寒虫号的不快等描写，从视觉、触觉、味觉、听觉等不同角度来比喻阅读感受。苏轼诗向来善于比喻，而这一连串比喻，既带有一种通感式的联想，同时又是一种典型的博喻，新颖贴切，给人很深的印象。

后一首诗写细读的体会。在深入阅读到《送淡公十二首》之时，即"时一遭"的"佳处"，苏轼对孟郊诗出自肺腑的悲愁有了新的同情理解。诗的关键句是"复作孟郊语"，从描写"饥肠自鸣唤，空壁转饥鼠"的阅读环境，到刻画"诗从肺腑出，出辄愁肺腑"的苦吟之状；从檃括《送淡公》诗"射鸭""踏浪"的句意，到演绎"吴姬"嫁与"踏浪儿"的故事，都仿效孟郊诗的语言风格，而且做到了"神似"。这首诗的比喻虽不如前一首密集丰富，但"有如黄河鱼，出膏以自煮"两句，却极其准确地描状出孟郊的苦吟态度，新奇生动，道前人所未道。汪师韩评价"作孟郊语"说，"读之宛然郊诗"；又说"诗从肺腑出"二句，"非郊不能道"（《苏诗选评笺释》卷二）。赵克宜评此诗："刻画东野诗境，千载如睹。于此见作家本领。"（《角山楼苏诗评注汇钞》卷七）

苏轼在诗中对孟郊诗的评价，引起后人不少争议，宋人葛立方认为苏轼对孟郊"贬之亦太甚矣"（《韵语阳秋》卷一），范晞文也觉得"东坡贬之若是"（《对床夜语》卷四），大概都未细读其后一首吧。

续丽人行并引 [1]

李仲谋家有周昉画背面欠伸内人 [2]，极精。戏作此诗。

深宫无人春日长，沉香亭北百花香[3]。

美人睡起薄梳洗[4]，燕舞莺啼空断肠。

画工欲画无穷意，背立东风初破睡[5]。

若教回首却嫣然[6]，阳城下蔡俱风靡。

杜陵饥客眼长寒[7]，蹇驴破帽随金鞍[8]。

隔花临水时一见[9]，只许腰肢背后看。

心醉归来茅屋底，方信人间有西子[10]。

君不见孟光举案与眉齐[11]，何曾背面伤春啼。

[注释]

[1] 续丽人行并引：元丰元年（1078）三月作于知徐州任上。杜甫有《丽人行》诗，此戏为续作。　[2] 李仲谋：不详。周昉：字景玄，一说字仲朗，京兆人。唐中期画家，工佛像、人物，尤擅长画仕女。欠伸：打呵欠伸懒腰。内人：此指皇宫中女子。《周礼·天官·寺人》："掌王之内人及女宫之戒令。"郑玄注："内人，女御也。"　[3] 沉香亭：在唐兴庆宫内。据宋乐史《太真外传》卷一记载，唐玄宗命移植牡丹于沉香亭前，与杨贵妃共赏。召李白，命作新词《清平乐》三章。其中有"解释春风无限恨，沉香亭北倚阑干"之句。　[4] 薄梳洗：随意淡淡梳洗，不着意妆扮。白居易《和梦游春诗一百韵》："风流薄梳洗。"　[5] 初破睡：刚破除睡意，即刚睡醒。　[6] "若教"二句：宋玉《登徒子好色赋》称其东邻女之美："嫣然一笑，惑阳城，迷下蔡。"此化

赵克宜："（'画工'句）细意熨贴，雅与题称。"（《角山楼苏诗评注汇钞》卷七）

汪师韩："题是背面欠伸，诗却以回首嫣然想见其情致，更不用'珠压腰衱'字面，尤工于避俗。"（《苏诗选评笺释》卷二）

赵克宜："杜陵有《丽人行》，故借以立说。"（《角山楼苏诗评注汇钞》卷七）

纪昀："（末二句）此则庄论而腐矣。"（《纪评苏诗》卷十六）

翁方纲："末句何以忽带腐气，不似坡公神理。"（《石洲诗话》卷三）

曾国藩："'心醉'二句拙，'孟光'二句腐。"（《曾文正公全集·读书录》卷九）

赵克宜："（末四句）此用掉结法，言茅屋中无此人也。纪（昀）误以为正论，故讥其腐。"（《角山楼苏诗评注汇钞》卷七）

用其意以写背面欠伸的丽人。嫣然，姣美貌。阳城下蔡，皆是楚国贵介公子的封地。　[7]杜陵饥客：指杜甫。杜甫《进雕赋表》："惟臣衣不盖体，尝寄食于人；奔走不暇，只恐转死沟壑。"又《投简咸华两县诸子》诗："饥卧动即向一旬。"故称其"饥客"。　[8]"蹇驴"句：杜甫《奉赠韦左丞丈二十二韵》："骑驴十三载，旅食京华春。朝扣富儿门，暮随肥马尘。"　[9]"隔花"二句：杜甫《丽人行》："三月三日天气新，长安水边多丽人。……背后何所见，珠压腰衱稳称身。"　[10]西子：西施。春秋时越国美女。　[11]孟光：字德耀，东汉高士梁鸿之妻，貌丑。《后汉书·梁鸿传》："（鸿）遂至吴，依大家皋伯通，居庑下，为人赁舂。每归，妻为具食，不敢于鸿前仰视，举案齐眉。"

[点评]

杜甫作《丽人行》，是就其所见所感而言。苏轼作《续丽人行》，则是就图画生出种种想象而言。从题材上来看，杜诗是写实，苏诗是题画。苏轼诗可分为前后两部分，前八句是题美人图，后八句是调侃杜甫，整体脉络是由观赏美人图而想起杜甫的《丽人行》，想象杜甫写《丽人行》时的处境和心态，最后表明对内人遭遇的同情。前后两部分之所以能建立联系，乃在于二者都有唐代长安宫廷贵族美人的共同背景。

诗的前四句描写内人生活的场景，深宫春日之晨，百花盛开，睡起的美人毫无心绪，懒于梳洗，燕舞莺啼徒增烦恼。沉香亭是唐玄宗和杨贵妃赏花享乐的地方，而这内人却得不到君王的眷顾，因为古语说"女为悦己者容"，所以可反过来推知内人为何"薄梳洗"。接下来四句，苏轼表明自己的艺术创作观点：一个画工如果要想通过画面表现无穷的意味，就需要选择最富于生发性的顷刻，不能挑选顶点或最后的景象。苏轼相信，周昉明白这个道理，所以选择画"背立东风初破睡"的美人，一个初睡醒的、背面而立的美人，并没有达到其美的顶点极致，但她更能调动观画者的想象，更富于生发性。背面欠伸的姿态已是如此动人，若是回首嫣然一笑，将更是倾城倾国，不可收拾。

"杜陵饥客"以下六句，由周昉美人图转向杜甫《丽人行》，由对画面的欣赏转向对杜甫的戏谑。根据杜甫诗句的自我描述，苏轼在此塑造了一个穷酸土气的"杜陵饥客"的形象。可怜的杜甫不仅肚子饥渴，而且眼睛也很寒饿，戴着破帽，骑着蹇驴，一副饥寒交迫的样子。"随金鞍"的行为既是为了求得残杯冷炙，也是为了大饱眼福。然而，长安水边的丽人，他却只能从背后偶尔一睹其身影。而且，即使只见到丽人背影，已足以让杜甫满足"眼寒"的欲望而"心醉"，赞叹不已。这六句苏轼故意把画中的"背面欠伸内人"设想为杜甫诗中"背后何所见，珠压腰衱稳称身"的丽人，语多调侃幽默。

最后两句引进孟光举案齐眉的故事，以与"背面伤春啼"的美人相对照，以普通人家夫妻相敬如宾的生活，反衬深宫中内人的孤独苦闷。"伤春啼"呼应前面"燕舞莺啼空断肠"。清代几位评论家称最后两句"腐"，意思是突然冒出说教的"庄论"，与全诗"戏作"的风格不合。但从另一方面来看，正是"君不见"这两句，将戏说杜甫转化为一个严肃生活选择题：举案齐眉的丑女孟光与背面伤春的美貌宫女，谁的生活更幸福？此外，最后两句的出现，使全诗的风格变化更多，亦谐亦庄，不至于一戏到底。

　　这首诗一共四处换韵，平仄交错，前面十二句，四句一转韵；后面四句，两句一转韵。节奏变化多端，笔力纵横。宋代胡仔称此诗"伟丽"（《苕溪渔隐丛话·后集》卷三十四）。明代胡应麟称《周昉美人》等篇，"俊逸豪丽，自是宋歌行第一手"（《诗薮》外编卷五）。其意见值得参考。

百步洪二首并序（其一）[1]

　　王定国访余于彭城[2]。一日棹小舟，与颜长道携盼、英、卿三子游泗水[3]，北上圣女山[4]，南下百步洪，吹笛饮酒，乘月而归。余时以事不往，夜着羽衣[5]，伫立于黄楼上[6]，相视而笑。以谓李太白死，世无此乐，三百余年矣。定国既去逾月，复与钱塘参寥师放舟洪下[7]。追怀曩游[8]，已为陈迹，喟然而叹，故作二诗，一以遗参寥，一以寄定国，且示颜长道、舒尧文[9]，请同赋云。

长洪斗落生跳波[10]，轻舟南下如投梭[11]。

水师绝叫凫雁起[12]，乱石一线争磋磨[13]。

赵克宜："（'水师'二句）此联写得有声势，方能振起下文。"（《角山楼苏诗评注汇钞》卷八）

查慎行："联用比拟，局阵开拓，古未有此法，自先生创之。"（《初白庵诗评》卷中）

纪昀："只用一'有如'贯下，便脱去连比之调，一句两比，尤为创格。"（《纪评苏诗》卷十七）

赵翼："六七层譬喻，一气喷出，而不觉其拉杂，岂非奇作？"（《宋金元三家诗选》批语）

陈衍："'兔走'四句，从六如来，从韩文'烛照''龟卜'来。此遗山所谓'百态妍'也。"（《宋诗精华录》卷二）

有如兔走鹰隼落[14]，骏马下注千丈坡[15]。

断弦离柱箭脱手，飞电过隙珠翻荷。

四山眩转风掠耳，但见流沫生千涡[16]。

险中得乐虽一快，何异水伯夸秋河[17]。

我生乘化日夜逝[18]，坐觉一念逾新罗[19]。

纷纷争夺醉梦里，岂信荆棘埋铜驼[20]。

觉来俯仰失千劫[21]，回视此水殊委蛇[22]。

君看岸边苍石上，古来篙眼如蜂窠[23]。

但应此心无所住[24]，造物虽驶如吾何[25]。

回船上马各归去，多言谤谗师所呵[26]。

[注释]

[1] 百步洪二首并序：元丰元年（1078）作于知徐州任上。百步洪，为泗水流经徐州城外的一段。查慎行《苏诗补注》卷十七引《名胜志》："百步洪，在徐州城东南二里。水中若有限石，悬下迅急，乱石激涛，凡数里。" [2] 王定国：名巩，大名莘县人，真宗朝宰相王旦之孙，从苏轼学文。彭城：即徐州。 [3] 颜长道：名复，鲁人，颜回四十八世孙。熙宁中为国子监直讲，因忤王安石而罢。盼、英、卿三子：皆为徐州歌妓。泗水：《太平寰宇记》卷十五徐州彭城县："泗水在县东十步。" [4] 圣女山：《苏诗补注》引《徐州志》："桓山下临泗水，旧名圣女山。" [5] 羽衣：指道士所穿的道袍。 [6] 黄楼：元丰元年，苏轼就徐州城东门建楼，涂以黄土，以为水受制于土，土色黄，故名黄楼。九月

赵克宜："（'但见'句）顿得有力量。"（《角山楼苏诗评注汇钞》卷八）

纪昀："语皆奇逸，亦有滩起涡旋之势。"（《纪评苏诗》卷十七）

吴汝纶："前半写景奇妙。"（《唐宋诗举要》卷三引）

赵克宜："（'回视'句）翻转前文。"（《角山楼苏诗评注汇钞》卷八）

陈衍："坡公喜以禅语作达，数见无味。此诗就眼前'篙眼'指点出，真非钝根人所及矣。"（《宋诗精华录》卷二）

赵翼："起处雄猛，结处欲与相称，必至极笨矣。诗以一笔扫之，戛然而止，省多少笔墨。"（《瓯北诗话》卷五）

吴汝纶："后半善谈名理。"（《唐宋诗举要》卷三引）

九日落成。　[7] 参寥师：诗僧道潜，号参寥子，於潜人。云门宗禅僧。有《参寥子诗集》传世。　[8] 曩（nǎng）游：往日之游，指一月前王定国、颜长道之游。曩，以往，从前。　[9] 舒尧文：名焕，时为徐州州学教授。　[10] 斗落：陡然下落。斗，通"陡"。跳波：水波飞溅。　[11] 投梭：投射织布机上的梭子，极为迅疾，比喻舟行的疾速。　[12] 水师：船工。绝叫：极力大叫。　[13]"乱石"句：谓水道极为狭窄，乱石犬牙交错，与水相磋磨。　[14] 兔走：兔子疾跑。隼：猛禽。　[15]"骏马"句：周必大《益公题跋》卷十二《书东坡宜兴事》："军中谓壮士驰骏马下峻坂为注坡。"　[16] 流沫：流动的水泡。《庄子·达生》："孔子观于吕梁，县（悬）水三十仞，流沫四十里。"按：据《水经注》卷二十五，泗水之上有吕梁，也在徐州，故用"流沫"二字。　[17] 水伯夸秋河：《庄子·秋水》："秋水时至，百川灌河，泾流之大，两涘渚崖之间，不辨牛马。于是焉河伯欣然自喜，以为天下之美为尽在己。顺流而东行，至于北海，东面而视，不见水端，于是焉河伯始旋其面目，望洋向若而叹曰：'野语有之曰：闻道百以为莫己若者，我之谓也。'"　[18] 乘化：顺应自然的运转变化。语本陶渊明《归去来兮辞》："聊乘化以归尽。"日夜逝：《论语·子罕》："子在川上曰：'逝者如斯夫，不舍昼夜。'"　[19] 坐：因。一念逾新罗：谓一念之间就逾越千万里。新罗，古新罗国，在今韩国。《景德传灯录》卷二十三："僧问：'如何是觌面事？'师（从盛禅师）曰：'新罗国去也。'"　[20] 荆棘埋铜驼：谓世事兴亡巨变。《晋书·索靖传》："靖有先识远量，知天下将乱，指洛阳宫门铜驼叹曰：'会见汝在荆棘中耳！'"　[21] 觉来：梦醒。俯仰：极言时间之短暂。千劫：极言时间之长久。佛教以天地生成毁灭到空无的一个周期为一劫。　[22] 委蛇（wēi yí）：雍容自得貌。《诗经·召南·羔羊》："退食自公，委蛇委蛇。"　[23] 篙眼：撑船篙竿在石上留下的小孔。蜂窠（kē）：蜂房，蜂巢。　[24]此心无所住：谓心无执着，无牵挂，不凝滞于物。《金刚经》："应无所住而生其心。"　[25]如吾何：意思是奈何我不得。　[26]"多言"句：王文诰《苏文忠公诗编注集成》卷十七："时与参寥同游，故结到参寥。"诮（náo）诮，争辩，论辩。《庄子·至乐》："彼唯人言之恶闻，奚以夫诮诮为乎！"师：禅师，指参寥。

[点评]

《百步洪》诗共二首，这是第一首。诗的前半部分写景，从"长洪斗落生跳波"到"何异水伯夸秋河"共十二句，描写轻舟下急流的迅疾，突出"险中得乐"的快感。后半部分说理，从"我生乘化日夜逝"到"多言诮诮师所呵"，也是十二句，以佛禅思想化解人生短暂的感慨。大体如汪师韩的评论："此篇摹写急浪轻舟，奇势迭出，笔力破余地，亦真是险中得乐也。后幅养其气以安舒，犹时见警策，收煞得住。"（《苏诗选评笺释》卷二）当然，用"养气"说来概括后幅的禅悟，并不太准确。

诗的头四句描状百步洪之险要，长洪陡落，水波飞溅，轻舟急下，船工大叫，凫雁惊飞，水道狭窄，乱石交错，绘声绘色，场面极有气势。写景最受人推崇之处是其使用的"博喻"，从"有如"以下，连用七个比喻摹状轻舟过洪之疾：如兔子奔跑，如鹰隼俯冲，如骏马注坡，如琴柱弦断，如射箭出手，如飞电过隙，如荷露翻落。如果再算上"如投梭"，就是八个比喻。这种以一连串事物作比喻的修辞手法，洪迈认为跟韩愈文章相似："韩、苏两公为文章，用譬喻处，重复联贯，至有七八转者。韩公《送石洪序》云：‘论人高下，事后当成败，若河决下流东注，若驷马驾轻车就熟路，而王良、造父为之先后也，若烛照数计而龟卜也。’”（《容斋三笔》卷六）陈衍赞同苏诗“兔走”四句，“从韩文‘烛照’‘龟卜’来”，并加上一句“从‘六如’来”（《宋诗精华录》卷二）。所谓“六如”，即《金刚经》偈语：“一切有为法，如梦幻泡影，如露亦如电，应作如是观。”但是很显然，苏诗的比喻比韩文丰富紧凑，比《金刚经》生动形象。从句法上说，“有如”二字领出后面七个比喻，不像韩文重复用三个“若”字，《金刚经》重复用三个“如”字，所以纪昀称赞他：“只用一‘有如’贯下，便脱去连比之调。”四句中有三句是“一句两比，尤为创格”，这也是他超越前人之处。“骏马”句是一句一比，跟其他三句不同，使得比喻更增加了节奏的变化。同时，这句比喻共有三层递进，修辞上更为夸张，马注坡是一层，马是骏马又一层，坡是千丈坡又一层，其注坡速度自不待言。古人用“白驹过隙”形容时间流逝之快，此诗的“飞电过隙”更增加其速度之疾。同时“飞电”二字又暗合《金刚经》“如电”之喻。

　　此诗的说理部分也很精彩。“我生乘化日夜逝”以下六句，大意是说，与人的生命流逝之迅疾相比，轻舟下急流的快速简直不值一提。用佛禅思想来看，一念之间就飞越万里外的新罗国，俯仰之间就经历世界生成毁灭的千次变化，“逾新罗”就空间而言，“失千劫”就时间而言。生活在醉梦中的人，不肯相信荆棘埋铜驼的历史宿命，何等可悲。既然如新罗、千劫般久远的空间时间，都在“一念”和“俯仰”的瞬间就已逾越或消失，那么人世间的纷纷争夺还有什么意义呢？思考人生而回视急流，才发现百步洪是如此"委蛇"，如此舒缓从容。接下来插入"君看"二句，以岸边苍石留下如蜂窠的斑斑篙眼，说明人事俯仰即为陈迹，当年乘船的古人，如在泗水吕梁观"流沫"的孔子等人，而今何在？可想我辈今日之游，也将转瞬而逝。有这二句写景，说禅也就不显得枯燥乏味。"但应此心无所住"，是苏轼从佛禅那里借来的解脱人生烦恼的良方，是其达观思想的重要来源之一，无所执着，无所留恋，无所黏滞，一切烦恼都不住于心上，因而即使造化日夜急驶，也奈何我不得。最后一句戏谑参寥，按禅宗"不立文字"的祖训，这样的禅理根本不用饶舌讲说，多言定会被禅师呵斥。

方东树评价此诗说："惜抱先生曰：'此诗之妙，诗人无及之者也，惟有《庄子》耳。'余谓此全从《华严》来。"（《昭昧詹言》卷十二）大约是指苏轼这首诗，说理畅达，圆融无碍，气势恢宏，妙喻纷呈，具有《华严经》的风格特点。

送参寥师 [1]

纪昀："直涉理路而有挥洒自如之妙，遂不以理路病之，言各有当，勿以王孟一派概尽天下古今之诗。"（《纪评苏诗》卷十七）

上人学苦空 [2]，百念已灰冷。
剑头惟一吷 [3]，焦谷无新颖。
胡为逐吾辈 [4]，文字争蔚炳？
新诗如玉屑 [5]，出语便清警。

退之论草书[6]，万事未尝屏。

忧愁不平气，一寓笔所骋。

颇怪浮屠人[7]，视身如丘井。

颓然寄淡泊，谁与发豪猛？

细思乃不然，真巧非幻影[8]。

欲令诗语妙，无厌空且静。

静故了群动[9]，空故纳万境[10]。

阅世走人间，观身卧云岭[11]。

咸酸杂众好[12]，中有至味永。

诗法不相妨[13]，此语当更请[14]。

查慎行："禅理也，可悟诗境。"（《初白庵诗评》卷中）

[注释]

[1]送参寥师：元丰元年（1078）十二月作于徐州。参寥，诗僧道潜，号参寥子。已见前注。　[2]上人：对僧人的敬称。苦空：佛教教义以人生为苦，又以万法皆空。　[3]"剑头"二句：比喻僧人百念已灰冷，不受外缘触动而生情。剑头惟一映，《庄子·则阳》："夫吹筦（管）也，犹有嗃（管声）也；吹剑首者，映而已矣。"剑头，即剑环头小孔。映（xuè），极细小的声音。焦谷无新颖，《维摩诘经·观众生品》："菩萨观众生为若此，如无色界色，如焦谷牙。"谓烧焦的谷子长不出新芽。　[4]"胡为"二句：谓参寥为何追随我辈文人，争作华丽的诗句呢？苏轼《参寥子真赞》称其"枯形灰心，而喜为感时玩物、不能忘情之语"，这是令人"不可晓者"之一。蔚炳，指文采华美鲜明。《周

易·革》："大人虎变，其文炳也。君子豹变，其文蔚也。"　[5]玉屑：玉的碎末，喻美好言辞。　[6]"退之"四句：韩愈字退之，其《送高闲上人序》曰："往时张旭善草书，不治他伎。喜怒窘穷，忧悲愉佚，怨恨思慕，酣醉无聊不平，有动于心，必于草书焉发之。"　[7]"颇怪"四句：《送高闲上人序》："今闲师浮屠氏，一死生，解外胶，是其为心，必泊然无所起，其于世，必淡然无所嗜。泊与淡相遭，颓堕委靡，溃败不可收拾。则其于书得无象之然乎？"浮屠人，指佛教徒、僧人。丘井，丘墟枯井，代指无情之物。《维摩诘经·方便品》："是身如丘井，为老所逼。"　[8]真巧非幻影：《送高闲上人序》："然吾闻浮屠人善幻多技能，闲如通其术，则吾不能知矣。"这句驳斥韩愈观点，认为高闲上人善草书，是真正的巧艺，而非来自善幻之术。　[9]静故了群动：心在静的状态下方能明了万物之动。僧肇《涅槃无名论》："即群动以静心，恬淡渊默，妙契自然。"苏轼《朝辞赴定州论事状》："处静而观动，则万物之情毕陈于前。"也申说此观点。　[10]空故纳万境：心在空的状态下方能容纳万象。《六祖大师法宝坛经》："心量广大，犹如虚空。……虚空能含日月星辰、山河大地一切草木、恶人善人、恶法善法、天堂地狱，尽在空中。"　[11]观身：观自身因果，或观如来身，佛教四种观法之两种。卧云岭：指僧人的山居生活。《参寥子集》卷一有《夏日山居》十首。　[12]"咸酸"二句：借司空图语以味论诗。苏轼《书黄子思诗集后》："韦应物、柳宗元发纤秾于简古，寄至味于澹泊，非余子所及也。唐末司空图，……其论诗曰：'梅止于酸，盐止于咸。饮食不可无盐梅，而其美常在咸酸之外。'"　[13]诗法不相妨：指诗艺和佛法互不妨碍，而有相通之处。　[14]此语当更请：谓这句话应当更向参寥请教。

[点评]

这是一首赠送僧人的论诗诗。众所周知，佛禅的修行，要做到忘情绝爱，而诗歌的写作，却要求吟咏情性。参寥是苏轼的诗友，作为一个出家人，理当是百念灰冷，心无波澜，但他的诗却如此文采蔚炳，如"玉屑"一般华美。这种现象令人困惑，诗和禅是如何统一起来的呢？"上人学苦空"以下八句，就不解参寥既然已枯形灰心，为何还好作诗歌，与文人竞技。

"退之论草书"以下八句，叙述韩愈的观点。韩愈在《送高闲上人序》中以张旭为例，认为草书是艺术家喜怒哀乐各种情感勃发的体现，在情感冲动下得以完成。而出家人心态淡泊，无所嗜好和感动，理当与草书无涉，因此高闲上人的草书，或许与浮屠人善幻之术有关。因为草书对情感的要求与佛教对情感的禁绝相冲突，颓然淡泊的僧人，没有"豪猛"的艺术冲动，草书如何能生成？这个观点与韩愈的一贯主张相合，文学艺术创作必须是"不平则鸣"的产物。

"细思乃不然"以下直至结尾，苏轼反驳韩愈的看法，并提出自己的诗歌创作主张。他认为僧人的艺术乃是真正的巧艺，而非能通幻术的结果，因为排除情感因素的"空且静"的观照，是文学艺术创作的另一条重要途径，这方面僧人正具有长处。在"静"的心态下，才能了解万物的运动；在"空"的心态下，才能容纳万物的多样性。没有"豪猛"冲动的"颓然淡泊"，仍然可以写作好诗，如韦应物、柳宗元诗那样"寄至味于澹泊"。作为诗人来说，既可以入世间，"阅世走人间"，了解社会；又可以出世间，"观身卧云岭"，反观自身。这意味着，创作心态既可以"豪猛"，也可以"淡泊"。汪师韩指出："取韩愈论高闲上人草书之旨，而反其意以论诗，然正得诗法三昧者。"（《苏诗选评笺释》卷二）总之，苏轼提倡艺术创作的多样性，"咸酸杂众好，中有至味永"，即多种风格元素相夹杂，不拘一格，最能产生美感。

最后，苏轼以半开玩笑的口吻，说应向参寥请教如何才能做到"诗法不相妨"，当然这也是整首诗提出的观点。正如纪昀所说："若专言诗，则不见僧；专言禅，则不见诗。故禅与诗并而为一，演成妙谛。结处'诗法不相妨'五字，乃一篇之主宰，非专拈'空静'也。"

这首论诗诗与《读孟郊诗二首》的写作特点不同，虽也有"剑头""焦谷"的比喻，但出处都与说理相关。并且整首诗都在翻案议论，直接阐发自己的诗学观念。然而正如纪昀所说："直涉理路而有挥洒自如之妙，遂不以理路病之。"（《纪评苏诗》卷十七）可视为苏诗善于说理议论的代表作之一。

纪昀："（'舟人'句）妙景中有妙悟。"（《纪评苏诗》卷十八）

纪昀："写鱼却不是写鱼。"（同上）

赵克宜："（首四句）人人意中所有之境，拈出便精。"（《角山楼苏诗评注汇钞》卷八）

舟中夜起 [1]

微风萧萧吹菰蒲 [2]，开门看雨月满湖。
舟人水鸟两同梦 [3]，大鱼惊窜如奔狐。
夜深人物不相管 [4]，我独形影相嬉娱。

暗潮生渚吊寒蚓^[5]，落月挂柳看悬蛛^[6]。

此生忽忽忧患里^[7]，清境过眼能须臾^[8]。

鸡鸣钟动百鸟散^[9]，船头击鼓还相呼^[10]。

赵克宜："（'暗潮'句）写出静境。"（《角山楼苏诗评注汇钞》卷八）

纪昀："（'鸡鸣'句）有日出事生之感，正反托一夜之清吟。"（《纪评苏诗》卷十八）

[注释]

[1] 舟中夜起：元丰二年（1079）赴湖州途中作。　[2] 菰蒲：菰与蒲，均水草名。　[3] "舟人"句：《集注分类东坡先生诗》卷九引尧卿注："人鸟相忘，同为一梦，若庄周之梦胡蝶也。"　[4] "夜深"二句：谓夜已深，人与物互不干扰，只有我的身形与月下的影子相娱嬉。　[5] "暗潮"句：谓渚边潮水暗涨，其声低咽，如闻蚯蚓寒吟。晋崔豹《古今注》卷中："蚯蚓，一名蜿蟺，一名曲蟺，善长吟于地中。"　[6] 悬蛛：王注本作"悬珠"。　[7] 忽忽：失意貌。　[8] 能须臾：谓只在须臾之间。能，意为"只"。　[9] 鸡鸣钟动：指拂晓。韩愈《谒衡岳庙遂宿岳寺题门楼》："猿鸣钟动不知曙。"此借用其语。　[10] 船头击鼓：唐宋时有击鼓发船的风俗。杜甫《十二月一日三首》其二："打鼓发船何郡郎。"

[点评]

元丰二年三月，苏轼罢知徐州改知湖州，这首诗作于赴湖州途中。诗中描写了舟中夜起所见所闻，即种种空灵奇幻的"清境"。

首二句写听风吹菰蒲引起的错觉。如纪昀所说："初听风声，疑其是雨；开门视之，月乃满湖。此从'听雨寒更尽，开门落叶深'化出。"（《纪评苏诗》卷十八）"听雨"二句出自唐诗僧无可《秋寄从兄岛》，宋僧惠洪《冷斋夜话》卷六将它称为"象外句",认为这种句法是"比物以意,而不指言某物",无可"听雨"一联,"是以落叶比雨声"。但是苏轼使用的这种"错觉法",也可能脱胎于白居易"风吹古木晴天雨,月照平沙夏夜霜"(《江楼夕望招客》)的诗句,因为同样写视听的错觉,苏诗和白诗都有风、雨、晴月的意象。相较而言,苏诗这两句比无可、白居易诗描写得更真切,更细致,更具亲历的现场感。

以下八句写开门后独立船头的所见所想。"舟人"二句写船工和水鸟都进入梦乡,一片宁静,"两同梦"是苏轼赋予船工、水鸟的哲理,"妙景中有妙悟"(《纪评苏诗》卷十八)。水中大鱼如奔狐一般惊窜,更显得格外静寂。在深夜,人与物互不干扰,诗人体会到月下形影相娱嬉的孤独快感。时间渐渐消逝,潮水暗涨,如寒蚓吟声相吊,这是极微细的声音,非静夜体会不出。满湖明月,也渐渐西落,月光仿佛挂在柳树上,以至于能看见柳条上悬吊着的蜘蛛,这是极微小的景物,非细看不能发现。"寒蚓"和"悬蛛"是平常极易被人们忽视的两个小虫,诗人以之入诗,是为了衬托夜之宁静与月之空明。陈衍称此诗写"水宿风景如画"(《宋诗精华录》卷二),诚非虚语。从暗潮生渚、落月挂柳的时间移动,苏轼突然生发出深沉的感慨,人生总是忧患缠身,而清境总是须臾过眼,风吹菰蒲,明月满湖,人鸟同梦,大鱼惊窜等种种静夜才能体会的情景,转瞬即将消失。

最后二句,鸡鸣钟动,船头击鼓,意味着忙碌的一天又将开始。在场景的客观叙述中表达了"有日出事生之感"，由此而"反托一夜之清吟"。"清境过眼能须臾"，拂晓的群动为其下了注脚。

　　此诗营造的意境，向来为评论家所称道。查慎行指出："极奇、极幻、极远、极近境界，但从静中写出。"(《初白庵诗评》卷中）汪师韩大赞："一片空明，通神入悟；情性所至，妙不自寻。"(《苏诗选评笺释》卷二）方东树评价："空旷奇逸，仙品也。"(《昭昧詹言》卷十二）王文诰大加推崇："予谓此诗全作非复人道，乃天地自有之文，公乃据所见钞下一纸耳。"(《苏海识余》卷一）可见此诗艺术性之高明。

陈衍："一起突兀，似有佛图澄在坐。"(《宋诗精华录》卷二）

赵克宜："(首二句）发端斗峭，死事活用，落想绝奇。"(《角山楼苏诗评注汇钞》卷八）

《唐宋诗醇》卷三十四："'明日颠风当断渡'七字，即铃语也。奇思得自天外。"

大风留金山两日 [1]

塔上一铃独自语 [2]，明日颠风当断渡 [3]。
朝来白浪打苍崖，倒射轩窗作飞雨。
龙骧万斛不敢过 [4]，渔舟一叶从掀舞 [5]。
细思城市有底忙 [6]，却笑蛟龙为谁怒。
无事久留童仆怪，此风聊得妻孥许。
潜山道人独何事 [7]，夜半不眠听粥鼓 [8]。

严元照："抱经先生曰：'颠风句，曼声读之，便肖铃声。'"(《蕙櫋杂记》）

《唐宋诗醇》卷三十四："轩窗飞雨，写风浪之景，真能状丹青所莫能状。"

[注释]

　　[1]大风留金山两日：元丰二年（1079）四月作于赴湖州途中。金山，即镇江金山寺，见前《游金山寺》注[1]。　[2]"塔

释惠洪："对句法，诗人穷尽其变，不过以事、以意、以出处具备谓之妙。如荆公曰：'平昔离愁宽带眼，迄今归思满琴心。'……乃不若东坡征意特奇，如曰：'见说骑鲸游汗漫，亦曾扪虱话辛酸。'……又曰：'龙骧万斛不敢过，渔舟一叶纵掀舞。'以鲸为虱对，以龙骧为渔舟对，大小气焰之不等，其意若玩世。谓之秀杰之气终不可没者，此类是也。"（《冷斋夜话》卷四）

纪昀："'无事'二句，金山阻风中有景有人在。"（《纪评苏诗》卷十八）

赵克宜："二语合写入情。"（《角山楼苏诗评注汇钞》卷八）

《唐宋诗醇》卷三十四："末忽念及潜山道人，不眠而听粥鼓。想其濡墨挥毫，真有御风蓬莱、泛彼无垠之妙。"

上"句：南朝梁释慧皎《高僧传·竺佛图澄传》："至建平四年四月，天静无风，而塔上一铃独鸣。澄谓众曰：'铃音云：国有大丧，不出今年矣。'是岁七月（石）勒死。"又见于《晋书·佛图澄传》。此句借用其语。　　[3]颠风当断渡：严元照《蕙櫋杂记》："竹汀先生曰：'颠、当、断、渡，皆双声字。颠、当同端母，断、渡同定母。'"谓四字声母相同或相近。颠风，暴风，狂风。　　[4]龙骧：晋龙骧将军王濬受命伐吴，造大船，一船可载二千余人。后因以龙骧代指大船。万斛：指容量很大，古十斗为一斛。杜甫《夔州歌》之七："万斛之舟行若风。"　　[5]渔舟：类本、七集本作"渔艇"。　　[6]有底忙：意谓有何忙。韩愈《同水部张员外籍曲江春游寄白二十二舍人》："曲江水满花千树，有底忙时不肯来？"底，何，唐宋俗语。　　[7]潜山道人：即诗僧参寥，法名道潜。苏轼《秦太虚题名记》："自徐州迁于湖，至高邮，见太虚、参寥，遂载与俱。"可见参寥也在泊金山的船上。　　[8]夜半：类本、七集本作"半夜"。粥鼓：亦称粥鱼，寺院于黎明时击鱼鼓召集众僧食粥，故称。

[点评]

这首诗按诗题可分为前后两部分，前六句写"大风"，后六句写"金山留两日"。前半写风景，后半写人事。

开头两句，借用佛图澄言铃语之事，预言大风将至。同样是"塔上一铃独自语"，佛图澄用来说吉凶，苏轼用来说风兆。这句的写法属于"虽取古人之陈言入于翰墨，如灵丹一粒，点铁成金也"（黄庭坚《答洪驹父书》），即用古人之语而不用其意。更妙的是，"明日颠风当断渡"，用了四个声母相同或相近的字，摹状铃声，使得铃

的叮当声与其预兆的内容"颠风当断渡"在语音上非常
协调，"曼声读之，便肖铃声"，仿佛铃声真在预告明日
大风不能渡江。翁方纲认为："苏诗：'塔上一铃独自语，
明日颠风当断渡。'下七字即塔铃之语也。乃少陵已先有
之。"并举例说："（杜甫）《羌村》第一首'归客千里至'
五字，乃鸟雀噪之语。"（《石洲诗话》卷一）假如真像翁
方纲所说，这句则属于"窥入其意而形容之，谓之夺胎
法"（释惠洪《冷斋夜话》卷一），即借用古人之意而另
作创造发挥，将鸟雀噪之语置换为塔铃之语，构思相近。
第三四句，以"朝来"二字呼应上句"明日"，暗示铃声
预报准确。以下极力铺写风势之大，颠风掀起滔天白浪，
白浪拍打苍崖，倒溅船的轩窗，如飞雨一般。风势无形，
借巨浪来表现其威力，"打""射""飞"三个动词，写白
浪化雨，绘声绘色，可触可感。"龙骧万斛不敢过"二句，
通过白浪中龙骧和渔舟的对比，写出一大一小两种船在
风浪中的表现。"万斛"极言其大，"一叶"极言其小，
这是数字对；"龙骧"之"龙"与"渔舟"之"渔（鱼）"，
则是动物对。这是苏轼自己特有的"对句法"，所谓"大
小气焰之不等"。然而，大者"不敢过"，小者却"从掀
舞"，这里流露出对渔舟的赞美之情，同时也暗含某种富
有启示意义的人生哲理，"龙骧"因其大而患得患失，"渔
舟"因其小而任性自由。苏轼后来在黄州为张偓佺快哉
亭写《水调歌头》一词，其中有"忽然浪起，掀舞一叶
白头翁"之句，正是重现这一场景。

　　以下进入"留金山两日"的主题。"细思城市"二句，
仔细想来赶到湖州城里也无什么要紧事，因此蛟龙掀起

怒涛欲阻我前行，实在是非常可笑，白怒一场。所以阻风留金山，不妨随缘自适。接下来叙写童仆和妻孥的不同态度，"无事久留"金山，"此风"受到童仆的责怪，却得到妻孥的嘉许，可以因风在金山暂住两天。最后写到参寥在风浪中的表现，似乎不喜亦不忧，不怪亦不许，在船上夜半不眠，只在专心聆听，等待金山寺中黎明时食粥的鱼鼓声。陈衍批评结尾"收无聊"（《宋诗精华录》卷二），其实未明白这二句是调侃参寥不管风浪、只想吃粥的戏谑之语，同时暗地赞誉僧人不以"颠风""白浪"为意的镇定态度。

　　这首诗前半部分想象奇特，笔力横恣，极力渲染风浪的威力。后半部分平易从容，轻松幽默，写我与童仆、妻孥、僧人在风浪中的不同心理和态度，可谓一张一弛，一动一静，显示出苏轼自由驾驭语言的能力。

赵克宜："（'嫣然'二句）二语写绝。"（《角山楼苏诗评注汇钞》卷九）

赵克宜："（'朱唇'二句）比例恰切海棠，余花移掇不去。"（同上）

谭元春："中郎（袁宏道）极赏'朱唇''翠袖'二语，以为海棠写真。"（明刻《东坡诗选》卷五）

寓居定惠院之东，杂花满山，有海棠一株，土人不知贵也 [1]

江城地瘴蕃草木 [2]，只有名花苦幽独 [3]。

嫣然一笑竹篱间 [4]，桃李漫山总粗俗。

也知造物有深意，故遣佳人在空谷 [5]。

自然富贵出天姿，不待金盘荐华屋 [6]。

朱唇得酒晕生脸 [7]，翠袖卷纱红映肉。

林深雾暗晓光迟，日暖风轻春睡足[8]。

雨中有泪亦凄怆[9]，月下无人更清淑[10]。

先生食饱无一事[11]，散步逍遥自扪腹[12]。

不问人家与僧舍[13]，拄杖敲门看修竹。

忽逢绝艳照衰朽[14]，叹息无言揩病目。

陋邦何处得此花[15]，无乃好事移西蜀[16]。

寸根千里不易致[17]，衔子飞来定鸿鹄。

天涯流落俱可念[18]，为饮一尊歌此曲。

明朝酒醒还独来，雪落纷纷那忍触[19]。

[注释]

[1]寓居定惠院之东，杂花满山，有海棠一株，土人不知贵也：元丰三年（1080）春作。定惠院，佛寺，在黄州府（治黄冈县）东南。元丰三年二月苏轼初到黄州后寓居于此。土人，土著，本地人。　[2]江城：指黄州。黄州在长江北岸，故云。地瘴：地多湿热的瘴气。蕃草木：草木茂盛。《周易·坤》："天地变化，草木蕃。"　[3]名花：指海棠。李白《清平调词》之三："名花倾国两相欢。"此借用。幽独：幽寂孤独。　[4]嫣然一笑：宋玉《登徒子好色赋》："嫣然一笑，惑阳城，迷下蔡。"嫣然，美好的样子。　[5]"故遣"句：杜甫《佳人》："绝代有佳人，幽居在空谷。"　[6]荐：进献。华屋：华美的屋宇。　[7]"朱唇"二句：以美女喻海棠，朱唇喻红花，翠袖喻绿叶。鲍照《代白纻曲》："朱唇动，素袖举，洛阳少童邯郸女。"杜甫《佳人》："天寒翠袖薄。"　[8]"日暖"句：以美女杨贵妃喻海棠。《冷斋夜

朱弁："东坡尝自咏《海棠》诗，至'雨中有泪亦凄怆，月下无人更清淑'之句，谓人曰：'此两句乃吾向造化窟中夺将来也。'"（《风月堂诗话》卷下）

汪师韩："'朱唇'二句绘其态，'林深'二句传其神，'雨中'二句写其韵。不染铅粉，不值描摹，乃得是追魂摄魄之笔。"（《苏诗选评笺释》卷三）

查慎行："读前半，竟似海棠曲矣，妙在'先生食饱'一转。"（《初白庵诗评》卷中）

赵克宜："（'忽逢'六句）人与花绾结，发论极有情思。"（《角山楼苏诗评注汇钞》卷九）

赵克宜："（'天涯'句）一语双锁。"（同上）

话》卷一引《太真外传》："上皇（玄宗）登沉香亭，诏太真妃子。妃于时卯醉未醒，命力士从侍儿扶掖而至。妃子醉颜残妆，鬓乱钗横，不能再拜。上皇笑曰：'岂是妃子醉，真海棠睡未足耳。'"　[9]凄怆：忧伤。　[10]清淑：清丽和婉。　[11]先生：苏轼自谓。　[12]扪腹：抚摸腹部，形容饱食后怡然自得的样子。　[13]不问：不管，无论。　[14]绝艳：指海棠花。衰朽：苏轼自指。　[15]陋邦：边远闭塞之地，此指黄州。　[16]移西蜀：从西蜀移来。西蜀盛产海棠，有"海棠香国"之称。　[17]"寸根"二句：谓海棠种子难以得到，莫非是鸿鹄从千里外衔种子来此。寒山诗："白鹤衔苦桃，千里作一息。"此化用其意。　[18]"天涯"句：苏轼蜀人，海棠蜀产，都流落黄州，故云。白居易《琵琶行》："同是天涯沦落人。"此化用其意。　[19]雪落：花瓣纷纷飘落如雪。

[点评]

这首诗被黄庭坚誉为"古今绝唱"（《跋所书苏轼海棠诗》，见《山谷年谱》卷二十五），历代评论家也赞不绝口。纪昀评价说："纯以海棠自寓，风姿高秀，兴象深微，后半尤烟波跌宕。此种真非东坡不能，东坡非一时兴到亦不能。"（《纪评苏诗》卷二十）所谓"一时兴到"，是指苏轼此诗的创作，乃因海棠花所触动，睹物伤情，诗兴不能自已。

诗的前半部分专写海棠，如查慎行所说"竟似《海棠曲》矣"。开头六句写海棠在杂花满山的环境中孤独地开放，正如绝代佳人幽居在空谷，令漫山桃李顿显粗俗。这里化用杜甫《佳人》的诗句，将"名花"比作"佳人"。

"自然富贵"以下八句皆就佳人的"天姿"层层铺写。"朱唇"二句描绘其外在形态，海棠粉红的花瓣如美人酒晕上脸，其碧绿的嫩叶如翠袖半卷露出肌肤。"林深"二句描绘其内在神采，海棠在雾暗的深林里，如美人春眠不觉晓；日暖风轻时海棠色泽艳丽，如美人睡足醒来。"雨中"二句描绘其情韵风致，雨中的海棠如带泪的美人，充满忧伤；月下的海棠如幽独的美人，清丽和淑。总之，这几句拟人化的描写，勾画出一幅绝色美人图，其神态风韵，只有海棠配得上。特别是"朱唇"二句，袁宏道"以为海棠写真"，赵克宜认为"比例恰切海棠，余花移掇不去"。

后半部分由"先生食饱"一句转折，叙写苏轼自己在黄州的生活，正值壮年之时，被贬谪至此，投闲置散，饱食终日，无所事事，看似逍遥，实属无奈。"修竹"二字亦暗用杜甫《佳人》中"日暮倚修竹"之句，呼应前文"佳人在空谷"，同时也呼应"嫣然一笑竹篱间"。"忽逢"六句将花与人的身世绾结起来。绝艳的名花与衰朽的迁客，虽然一盛一衰，对照强烈，却原来有着共同的命运，都不幸从千里之外的故乡"西蜀"流落到此黄州"陋邦"。进一步而言，苏轼由朝廷命官而置身于黄州"土人"之中，何尝不是绝代佳人"幽居在空谷"，何尝不是"苦幽独"的名花置身于粗俗的桃李之中。"天涯流落俱可念"从白居易《琵琶行》"同是天涯沦落人"化用而来，借花的命运感叹自己的命运，惜花而伤己，即赵克宜所谓"一语双锁"。

这首诗在艺术上的成功，在于对海棠其态、其神、其韵的传神摹写，以及对"先生"生活的刻画，而非一味作叹息流落之词，使得花与人的共同命运，建立在生动丰满的形象塑造（即"追魂摄魄"）之上，由此而造就"千古绝作"（查慎行语）。

寒食雨二首[1]

其　一

自我来黄州，已过三寒食[2]。

年年欲惜春，春去不容惜。

今年又苦雨，两月秋萧瑟[3]。

卧闻海棠花，泥污燕脂雪[4]。

暗中偷负去[5]，夜半真有力。

何殊病少年[6]，病起头已白。

其　二

春江欲入户，雨势来不已。

小屋如渔舟，蒙蒙水云里。

空庖煮寒菜[7]，破灶烧湿苇。

那知是寒食[8]，但见乌衔纸。

君门深九重[9]，坟墓在万里。

也拟哭途穷[10]，死灰吹不起[11]。

[注释]

[1]寒食雨二首:元丰五年（1082）三月初四日作于黄州，是年清明在三月初五。据梁宗懔《荆楚岁时记》:"去冬节一百五日，即有疾风甚雨，谓之寒食，禁火三日。"　[2]已过三寒食:苏轼于元丰三年（1080）二月到黄州，作此诗时已经过三个寒食节。　[3]两月秋萧瑟:谓两月春雨连绵不止，萧瑟有如秋日。　[4]燕脂雪:指海棠花飞落的花片。燕脂，即胭脂，颜料名，色红。杜甫《曲江对雨》:"林花著雨燕脂湿。"　[5]"暗中"二句:谓岁月不知不觉消逝，仿佛在夜半被有力者背负而去。语本《庄子·大宗师》:"夫藏舟于壑，藏山于泽，谓之固矣。然而夜半有力者负之而走，昧者不知也。"　[6]"何殊"二句:谓时光流逝的迅速，无异于少年一病起来已成白发老人。　[7]空庖煮寒菜:谓厨房空空，只有雨湿的冷菜。　[8]"那知"二句:谓见到乌鸦衔取坟前烧挂的纸钱，才知道已是寒食节。唐张籍《北邙行》:"寒食家家送纸钱，鸱鸢作窠衔上树。"　[9]"君门"二句:赵次公注:"此二句，言欲归朝廷邪？则君门有九重之深;欲返乡里邪？则坟墓有万里之远，皆以谪居而势不可也。"《楚辞》宋玉《九辩》:"岂不郁陶而思君兮，君之门以九重。"王逸注:"君门深邃，不可至也。"　[10]也拟哭途穷:《晋书·阮籍传》:"时率意独驾，不由径路，车迹所穷，辄恸哭而反。"杜甫《陪章留后侍御宴南楼得风字》:"此身醒复醉，不拟哭途穷。"此反用杜诗意。　[11]死灰吹不起:双关语，既照应前面"乌衔纸"景象，写寒食下雨，纸灰不飞，又用韩长孺之事自比，以表示不作死灰复燃之望。《史记·韩长孺列传》:"安国坐法抵罪，蒙狱吏田甲辱安国，安国曰:'死灰独不复然乎？'田甲曰:'然即溺之。'"

[点评]

苏轼手书这两首诗的墨迹至今存世，被视为书法杰作。清人方浚颐《梦园书画录》卷二十四称："坡公此帖词翰双绝，山谷倾倒亦至矣。"黄庭坚《跋东坡书寒食诗》兼评其诗与书法，仅评诗就推崇备至："东坡此书似李太白，犹恐太白有未到处。"（《山谷别集》卷十一）

前一首主题是惜春，嗟叹岁月流逝的迅速。一是叹息来黄州不觉已过三年，二是叹息春雨不觉已下了两月。年年欲惜春，但春日短暂，又遇淫雨绵绵。俗话说"一雨成秋"，何况两月苦雨，更如秋日一般萧瑟凄凉。海棠花被泥雨所污，正是"春去不容惜"的注脚。苏轼在黄州，海棠花是其最爱，《定惠院海棠》诗可以为证。而今却连赏花的机会都没有，只有"卧闻"其"泥污燕脂雪"，这是何等令人叹惜之事。所以后四句分别用典故和比喻，试图进一步深化匆匆春又归去的主题。"暗中"二句虽是典出《庄子》，却不言舟与山，而是将"春"这一抽象的时间概念，表述为可以"负去"的具象化的东西。最后以"少年"倏忽变为"白头"，比喻春天倏忽变为秋天，而所谓"病"，正是这两月不断的"苦雨"，由此点出"寒食雨"的主题。

后一首主题是伤怀，极力描写居住环境和生活条件的恶劣，并由寒食乌鸦衔纸的情景，联想到自己既不能重返朝廷，又不能回归故乡的谪居困境，只能作穷途末路之哭，不敢有死灰复燃之望。"春江欲入户"四句，写水涨及门，雨犹未停，像渔舟一样的小屋，飘摇在一片蒙蒙的水云之中，凄凉漂泊之感跃然纸上。这四句尤为前人所称赏，汪师韩指出："后人乃欲将此四句裁作绝句，以争胜王（维）、韦（应物），是乃见山忘道也。"(《苏诗选评笺释》卷三）在此淫雨中，偏偏遇到寒食节，庖是"空庖"，菜是"寒菜"，灶是"破灶"，柴是"湿苇"，真是萧瑟如秋。古人寒食上坟烧纸钱，"乌衔纸"是寒食特有景象，苏轼后来在《海南人不作寒食》诗中也有"老鸦衔肉纸飞灰"之句。这一景象总让苏轼产生想"归去"的情怀。但是因受新党迫害，以戴罪之身谪居黄州，致使朝廷难归，"君门深九重"，含蓄传达了欲报答君王而不得的幽怨。又因贬谪，致使故乡难归，"坟墓在万里"，含蓄表达了欲祭扫父母先茔而不得的痛苦。最后二句将幽怨与痛苦推向极点。人生至此已如寒食烧残的纸灰，惨遭苦雨浇灭，岂有韩长孺"死灰复燃"的希望，因此只能学阮籍作绝望的穷途之哭。

汪师韩评论道："二诗，后作尤精绝。结四句固是长歌之悲，起四句乃先极荒凉之境。移村落小景以作官居，情况大可想矣。"(《苏诗选评笺释》卷三）

鱼蛮子 [1]

江淮水为田 [2]，舟楫为室居。

鱼虾以为粮，不耕自有余。

异哉鱼蛮子，本非左衽徒 [3]。

连排入江住 [4]，竹瓦三尺庐。

赵克宜："四句一气注下，看其句法错落。"(《角山楼苏诗评注汇钞》卷十）

于焉长子孙[5]，戚施且侏儒[6]。

擘水取鲂鲤[7]，易如拾诸途。

破釜不着盐，雪鳞芼青蔬[8]。

一饱便甘寝[9]，何异獭与狙。

人间行路难[10]，踏地出赋租。

不如鱼蛮子，驾浪浮空虚[11]。

空虚未可知，会当算舟车[12]。

蛮子叩头泣，勿语桑大夫[13]。

[注释]

[1] 鱼蛮子：元丰五年（1082）六月作于黄州。鱼蛮子，专以打鱼为生、在船上居住的渔民。　[2] 江淮：本指长江以北、淮河以南的江淮地区，此特指黄州一带，宋代黄州属淮南西路，临长江。　[3] 左衽徒：古代少数民族的服装，前襟在左，此指少数民族。《尚书·毕命》："四夷左衽。"　[4]"连排"二句：以竹木为排，浮水中，排上以苇、竹瓦为屋。竹瓦，王禹偁《黄冈新建小竹楼记》："黄冈之地多竹，大者如椽。竹工破之，刳去其节，用代陶瓦。"三尺庐，言其船屋极狭窄。　[5] 于焉：于此，在此。长子孙：养育儿孙。　[6] 戚施：驼背的人。侏儒：身材极矮小的人。　[7]"擘（bò）水"二句：谓鱼蛮子入水捉鱼，易如在路上拾取。擘水，劈水，分开水。鲂鲤，代指鱼类。　[8] 雪鳞芼（mào）青蔬：谓锅中用青菜拌和鱼肉。雪鳞，代指鱼，因鱼鳞雪白之故。芼，用菜拌和。　[9]"一饱"二句：谓鱼蛮子吃饱就熟睡，就像水獭和猕猴一样。　[10]"人间"二句：谓人世间生活

艰难，特别是陆地上，凡种地均要缴纳租税。乐府杂曲歌辞有《行路难》曲，此处借用其语。　　[11]驾浪浮空虚：谓乘船驾浪不用踏地，如在虚空行走。杜甫《寄李十四员外布十二韵》："黄牛平驾浪，画鹢上凌虚。"此化用其词句。　　[12]会当：应当会。算舟车：计算车船大小数目以收税。《史记·平准书》："异时算轺车贾人缗钱皆有差。……轺车以一算，商贾人轺车二算，船五丈以上一算。"算，汉代赋税缗钱的计量单位。　　[13]桑大夫：桑弘羊，汉武帝时任治粟都尉，领大司农；昭帝时任御史大夫。《史记·平准书》称"桑弘羊以计算用事"。

[点评]

关于这首诗的写作缘起，陆游《老学庵笔记》卷一有说明："张芸叟作《渔父》诗曰：'家住耒江边，门前碧水连。小舟胜养马，大罟当耕田。保甲元无籍，青苗不著钱。桃源在何处，此地有神仙。'盖元丰中谪官湖湘时所作，东坡取其意为《鱼蛮子》云。"然而这个说法有误，因为苏轼此诗作于元丰五年（1082）六月，而张舜民元丰六年（1083）才谪官湖湘。张诗写的是渔父摆脱户籍赋税的逍遥自在，是桃源式的生活，苏诗写的却是鱼蛮子生活的艰苦，只略胜于种地交税的农民。

诗的前四句，总叙鱼蛮子的生活特点。如曾季貍《艇斋诗话》所说："乐天《盐商妇》诗云：'南北东西不失家，风水为乡舟作宅。'东坡《鱼蛮子》诗正取此意。"自"连排入江住"以下十句，具体描写鱼蛮子的水居生活，其船屋狭窄而简陋，其饮食单调而缺乏营养，导致其身材不是驼背，便是侏儒。更可怜的是，其生活不过是吃饱就睡，如动物一般。即便如此，其不受剥削的状态胜似种地的农民。诗中"不着盐"三字，不动声色地暗讽新法实行的严厉盐法，导致鱼蛮子无盐食，正如苏轼在杭州通判任上所言"岂是闻韶解忘味，迩来三月食无盐"（《山村五绝》）。

最后八句，借鱼蛮子与农民的对比，进一步暗讽新法"与民争利"的政策取向。赵克宜评论"连作数转，使笔如风，略逗本意便住"，具体说来，每二句作一转，先写"踏地出赋租"的艰难，次写"驾浪浮空虚"的自由，再写"浮空虚"的生涯也可能遭算计，或许桑弘羊这样的大臣会计算舟车税，最后以"勿语桑大夫"打住。汪师韩对此有精彩的评论："分明指新法病民，出赋租者不如鱼蛮之乐也。忽又念及算舟车者，笔下风生凛凛。《史记·平准书》述卜式之言以结全篇，曰：'烹弘羊，天乃雨。'不更益一字而意已显。此诗结云：'蛮子叩头泣，勿语桑大夫。'亦不待明言其所以然，可称诗史。"此诗无论是政治倾向还是艺术技巧，都跟《史记·平准书》有相通之处。纪昀称此诗"宛然《秦中吟》也"。其"即事名篇"的创作方式，继承了杜甫、白居易以来"惟歌生民病"的优良传统，的确当得上"诗史"之称。

值得注意的是，苏轼因反对新法而遭贬谪，在黄州本该闭口不谈政治。然而当他看到新法扰民带来的恶果，违背他"以民为本"的治国理想，便终于忍不住一吐为快，虽然已尽量克制，尽可能含蓄。在苏轼的政论文中，桑弘羊的理财无非是代表朝廷与民争利，与王安石变法的思路相通，因而"桑大夫"几乎就是新法官员的代名词。早在熙宁二年（1069）十二月《上皇帝书》中，苏轼就指出："昔汉武之世，财力匮竭，用贾人桑羊之说，买贱卖贵，谓之均输，于时商贾不行，盗贼滋炽，几至于乱。"在经历了乌台诗案之后，苏轼仍坚持自己的政治理想，守其初心，实在难能可贵。

题西林壁[1]

横看成岭侧成峰[2]，远近高低各不同[3]。

不识庐山真面目，只缘身在此山中。

[注释]

[1]题西林壁：元丰七年（1084）五月作于庐山。西林，寺名。《舆地纪胜》卷三十《江州》："西林寺，晋太和二年建。水石之美，亦东林之亚。" [2]"横看"句：姚宽《西溪丛语》卷下："南山宣律师《感通录》云：'庐山七岭，共会于东，合而成峰。'因知东坡'横看成岭侧成峰'之句有自来矣。" [3]"远近"句：一作"远近看山了不同"。

[点评]

这是一首著名的说理诗。前两句写游山所见。庐山山形总体而言是南北走向，如果横着看过去，即从东或西看，山形就是并肩排列的坡岭；如果侧着看过去，即从北或南看，山形就是峻峭陡立的险峰。同样道理，从远处、近处、高处、低处看庐山，看到的景象也完全不一样。后两句即景说理。游人不能辨认庐山真相的原因，是因为身处庐山之中，视野为峰峦沟壑所限，只能看到山的某个局部，具有片面性。游山如此，观察世上事物也是如此。人们所处地位不同，观察世界的角度不同，看问题的出发点不同，对客观事物的认识必然有局限性。只有超越狭小的范围，避免自己的偏见，才能全面正确地认识事物。这是今人的普遍看法。

从历代评论者的解释来看，可谓仁者见仁，智者见智。宋人陈善说："孔子登东山而小鲁，登泰山而小天下。所登愈高，所见愈大，天下之理，固自如此。虽然，孔子岂但登泰山而后知天下之小哉？此孟子所以有感于是也。东坡尝用其意作庐山诗曰：'横看成岭侧成峰……'知此则知孔子登山之意矣。"（《扪虱新话》上集卷一《因登山而感所见》）明人杨慎说："予尝言：东坡诗'不识庐山真面目，只缘身在此山中'，盖处于物之外，方见物之真也。"（《丹铅总录》卷一《宋儒论天外》）这是从儒家认识论的立场来理解。

然而，此诗与《赠东林总长老》作于同时，题在西林寺壁上，写作场景在佛教寺院里。而且"真面目"三字，即"本来面目"，也来自禅宗。因此苏轼好友黄庭坚说："此老人于般若横说竖说，了无剩语。非其笔端，能吐此不传之妙哉！"（《冷斋夜话》卷七引）这是从佛禅般若智慧的角度来理解。

苏轼在谈到观察庐山的局限性时，其实已暗含超越这种局限性的哲理。孔子登泰山，无论站得多高，即使是在绝顶，仍然处于"此山中"，只不过是从高处往下看而已。杨慎所谓"处于物之外，方见物之真"，既然站在此山之外，则不能见出此山中的真相细节。跳出"身在此山中"的视觉限制，真正认识"庐山真面目"，这只有般若智慧能够做到。因为这智慧超越了任何一个视觉角度，超越了横看侧看或远近高低看，是一种全知全能的观照。与苏轼同时代的沈括讨论画山水时说："大都山水之法，盖以大观小，如人观假山耳。"（《梦溪笔谈》卷十七）正可借用来说明苏轼的观照立场。

　　"以大观小"之法，源于佛教的周遍法界观。《楞严经》卷四："而如来藏唯妙觉明，圆照法界，是故于中，一为无量，无量为一，小中现大，大中现小，不动道场遍十方界，身含十方无尽虚空。"站在周遍法界的立场，就再也没有观照的局限，庐山的本来面目再也没有遮蔽。纪昀评此诗："亦是禅偈，而不甚露禅偈气，尚不取厌。"（《纪评苏诗》卷二十三）陈衍则认为："此诗有新思想，似未经人道过。"（《宋诗精华录》卷二）

惠崇春江晚景二首（其一）[1]

竹外桃花三两枝，春江水暖鸭先知[2]。
蒌蒿满地芦芽短[3]，正是河豚欲上时[4]。

[注释]

[1]惠崇春江晚景二首：元丰八年（1085）十二月作于汴京。惠崇，福建建阳人，宋初九僧之一，能诗善画。宋郭若虚《图

王士禛：（"蒌蒿"句）"七字非泛咏景物，可见坡诗无一字无来历也。"（《居易录》卷十三）

汪师韩："吹畦风馨，适然相值。"（《苏诗选评笺释》卷四）

纪昀："此是名篇，兴象实为深妙。"（《纪评苏诗》卷二十六）

画见闻志》卷四："建阳僧惠崇，工画鹅雁鹭鸶，尤工小景，善为寒汀远渚，潇洒虚旷之象，人所难到也。"晚景，一作"晓景"。 [2]"春江"句：钱锺书《谈艺录》六八条："东坡诗意，实近梁王筠《雪里梅花》：'水泉犹未动，庭树已先知。'东坡《游桓山会者十人》五古又云：'春风在流水，凫雁先拍拍'；此意盖数用也。" [3]蒌蒿：《尔雅·释草》："购（購），蔏蒌。"郭璞注："蔏蒌，蒌蒿也。生下田，初出可啖，江东用羹鱼。" [4]河豚：鱼名。古谓之鲀，亦称河独。可食，味鲜美，然有毒，误食可致命。

[点评]

此诗题中"晚景"《东坡集》作"晓景"。惠崇爱画"寒汀远渚"，但据苏轼这首题画诗的描写，画面却是充满了生机，无荒寒之意。诗的前三句描述画面的春江晚景：竹林外三两枝桃花初放，水中嬉戏的鸭子感受到春江的温暖，蒌蒿已遍布河滩，而芦苇也开始抽芽。最后一句是根据画中的"蒌蒿"而引起河豚正在溯流由海中洄游江河的联想。河豚是著名的美食，即梅尧臣《河豚》诗所云"河豚当此时，贵不数鱼虾"，苏轼欣赏春江晚景，一见蒌蒿芦芽马上想到美味河豚，正如王文濡所说："绝妙风景，老饕见之，馋涎欲滴。"（《宋元明诗评注读本》）也就是一位"老饕"美食家在观画时所生发的艺术联想。

关于这首诗，历代有两个争议的话题，第一个是"水暖鸭先知"的说法是否恰当，清人毛奇龄《西河诗话》记载与汪懋麟论宋诗，汪举苏轼此诗，以为远胜唐人。毛曰："此正效唐人而未能者。'花间觅路鸟先知'，唐人句也。觅路在人，先知在鸟，以鸟习花间故也。此'先'，先人也；

若鸭，则先谁乎？水中之物，皆知冷暖，必先及鸭，妄矣。"
王士禛《居易录》卷二载此事："萧山毛检讨奇龄大可，生
平不喜东坡诗。在京师日，汪懋麟季用举坡绝句云'竹外
桃花三两枝，……正是河豚欲上时'，语毛曰：'如此诗，
亦可道不佳耶？'毛愤然曰：'鹅也先知，怎只说鸭？'众
为捧腹。"其后，毛的弟子张文虦《螺江日记》卷六指责
王士禛"直借先生此言作笑柄"，又引王鹤汀曰："鸭之在
水，无间冬夏，又何知有冷暖，而谩以'先知'予之。虽
一时谐笑之言，然自是至理，为格物家所不废。若然，则
坡诗诚不无可议矣。盖缘情体物，贵得其真，窃恐'先知'
之句，于物情有未真也。"袁枚《随园诗话》卷三则认为
毛奇龄诋毁此诗太过分，辩驳说："若持此论诗，则《三百
篇》句句不是：'在河之洲'者，斑鸠、鸣鸠皆可在也，何
必雎鸠耶？'止邱隅'者，黑鸟、白鸟皆可止也，何必黄
鸟耶？"其实，毛奇龄、王鹤汀的说法不难驳倒。首先，
此诗是题画诗，诚如钱锺书所言："是必惠崇画中有桃竹芦
鸭等物，故诗中遂遍及之。"其次，以鸭代替"水中之物"，
是艺术形象以个别表现一般的特性。再有，"水暖鸭先知"
是诗人见春江鸭戏图的独特感受，这是一种审美的移情，
诗人将自己的冷暖感受投射到鸭身上，这跟鸭是否知冷暖、
鸭是否比鹅先知水暖的格物之学并无多少关系。

　　第二个争议话题是"河豚欲上时"的时间是否准确。
胡仔《苕溪渔隐丛话·前集》卷三十一引孔毅夫《杂记》
云："永叔（欧阳修）称圣俞（梅尧臣）《河豚》诗云：'春
洲生荻芽，春岸飞杨花。河豚于此时，贵不数鱼虾。'以
谓河豚食柳絮而肥，圣俞破题两句便说尽河豚好处。"孔

氏认为这是欧阳修褒誉之词，其实并非如此。河豚"鱼盛于二月，至柳絮时鱼已过矣"。胡仔据此评论："东坡诗云：'竹外桃花三两枝，……正是河豚欲上时。'此正是二月景致，是时河豚已盛矣，但'欲上'之语似乎未稳。"然而，河豚产于海，春江水涨，则沿江上行，所至时间有先后。陈岩肖《庚溪诗话》卷下："余尝寓居江阴及毗陵，见江阴每腊尽春初已食之。毗陵则二月初方食。其后官于秣陵，则三月间方有之。盖此鱼由海而上，近海处先得之。鱼至江左，则春已暮矣。江阴、毗陵无荻芽，秣陵等处则以荻芽芼之。"高步瀛据此推断云："则河豚上时各地不同，子瞻所咏殆与圣俞同耳。"（《唐宋诗举要》卷八）王士禛称这二句："非但风韵之妙，盖河豚食蒌蓠则肥，亦如梅圣俞之'春洲生荻芽，春岸飞杨花'，无一字泛设也。"（《渔洋诗话》卷中）然而以上争议似未注意"河豚"乃由画面景物引起的联想，非写实，如汪师韩所说："吹畦风馨，适然相值。"即偶然由蒌蒿、芦芽等画中之物，联想到河豚，这是美食家诗人思维的飞跃，关乎"兴象深妙"的艺事，而非考据精密的实证。

胡应麟："苏长公诗无所解，独二语绝得三昧，曰：'赋诗必此诗，定非知诗人。'盖诗惟咏物不可汗漫。至于登临、燕集、寄忆、赠送，惟以神韵为主，使句格可传，乃为上乘。"（《诗薮》内编卷五）

纪昀："（起四句）识入深微，不嫌说理。"（《纪评苏诗》卷二十九）

赵克宜："信笔拈出，自足千古。"（《角山楼苏诗评注汇钞》卷十三）

书鄢陵王主簿所画折枝二首 [1]

其　一

论画以形似 [2]，见与儿童邻。

赋诗必此诗 [3]，定非知诗人。

诗画本一律，天工与清新。

边鸾雀写生[4]，赵昌花传神[5]。

何如此两幅，疏淡含精匀。

谁言一点红[6]，解寄无边春。

其　二

瘦竹如幽人，幽花如处女。

低昂枝上雀，摇荡花间雨。

双翎决将起[7]，众叶纷自举。

可怜采花蜂，清蜜寄两股[8]。

若人富天巧[9]，春色入毫楮[10]。

悬知君能诗[11]，寄声求妙语。

查慎行："别有明秀之色。"（《初白庵诗评》卷中）

查慎行："（低昂二句）分承。"（同上）

纪昀："（起四句）生趣可掬。"（《纪评苏诗》卷二十九）

赵克宜："（'双翎'二句）十字清道，宛如见画。"（《角山楼苏诗评注汇钞》卷十三）

纪昀："（末二句）忽回应前首作章法，可谓投之所向，无不如志。"（《纪评苏诗》卷二十九）

[注释]

[1]书鄢陵王主簿所画折枝二首：元祐二年（1087）作于汴京。鄢陵，县名，宋属开封府，今属河南省。王主簿，生平未详。《画继》卷四："鄢陵王主簿，未审其名，长于花鸟。"折枝，花卉画的一种，不画全株，只画从树干上折下的部分花枝，故名。　[2]"论画"二句：谓如果以形似与否来评判画的高下，那么见解跟儿童差不多幼稚。俞弁《逸老堂诗话》卷下："今人见画不谙先观其韵，往往以形似求之，此画工鉴耳，非古人意趣，岂可同日语哉！……苏东坡云：'论画以形似，见与儿童邻。'真名言也。"　[3]"赋诗"二句：谓如果以切题（着题）与否来评判诗的高下，那么其人必定不是懂诗的人。《诗人玉屑》卷五引《漫

叟诗话》："世有《青衿集》一编，以授学徒，可以谕蒙。若《天》诗云：'戴盆徒仰止，测管讵知之？'《席》诗云：'孔堂曾子避，汉殿戴冯重。'可谓着题，乃东坡所谓'赋诗必此诗'也。" [4]边鸾：唐画家。唐朱景玄《唐朝名画录》："边鸾，京兆人也。少攻丹青，最长于花鸟折枝草木之妙，未之有也。或观其下笔轻利，用色鲜明，穷羽毛之变态，夺花卉之芳妍。……近代折枝花居其第一，凡草木、蜂蝶、雀蝉，并居妙品。" [5]赵昌：北宋画家。郭若虚《图画见闻志》卷四："赵昌，字昌之，广汉人。工画花果，其名最著。然则生意未许全株，折枝多从定本。惟于傅彩，旷代无双，古所谓失于妙而后精者也。昌兼画草虫，皆云尽善；苟图禽石，咸谓非精。昌家富，晚年复自购己画，故近世尤为难得。"李廌《德隅斋画品·菡萏图》："昌善画花，设色明润，笔迹柔美，国朝以来有名于蜀。士大夫旧云：'徐熙画花传花神，赵昌画花写花形。'然比之徐熙则差劣。" [6]"谁言"二句：陆凯赠范晔诗："折梅逢驿使，寄与陇头人。江南无所有，聊赠一枝春。"此化用其意。解寄，能寄。 [7]决（xuè），同"翅"，迅疾貌，或小鸟飞貌。《庄子·逍遥游》："我决起而飞，枪榆枋，时则不至，而控于地而已矣。" [8]清蜜寄两股：形容蜜蜂采蜜，两条大腿上沾满清新的蜜汁。 [9]若人：此人，指鄢陵王主簿。 [10]毫楮（chǔ）：谓笔和纸。楮，即构树，皮可制纸，故以为纸的代称。 [11]"悬知"二句：意谓由王主簿之画推知其诗也必佳，故寄此诗以相求。悬知，料想。寄声，犹言寄此诗致意。妙语，指王主簿诗。

[点评]

此组诗第一首将王主簿与唐宋花鸟画名家边鸾、赵昌相比较，由此提出诗歌、绘画的一般艺术原则，即超越"形似"和"着题"之上的"天工与清新"。前四句最为著名，引发历代关于诗画创作评价原则的讨论和诠释，影响极大，正如汪师韩所说："直以诗画三昧举示来哲。"（《苏诗选评笺释》卷四）

前人大多推崇苏轼的观点，尤其是宋人，认为苏轼意在反对诗画片面追求"形似"和"着题"。如费衮《梁溪漫志》卷七："此言可为论画作诗之法也。世之浅近者不知此理，做月诗便说'明'，做雪诗便说'白'，间有不用此等语，便笑其不著题。"吕本中《童蒙诗训》："'赋诗必此诗，定非知诗人'，此或一道也。鲁直（黄庭坚）作咏物诗，曲当其理。"陈善《扪虱新话》卷五："文章须要于题外立意，不可以寻常格律而自窘束。东坡尝有诗曰：'论画以形似，……定非知诗人。'此便是文字关纽也。"

然而，苏轼这四句诗，很容易被理解为画不要形似，诗不要着题，所以有评论家特别强调不要误会苏轼的观点，对此有补充演绎。如葛立方《韵语阳秋》卷十四引欧阳修诗"古画画意不画形"及苏轼此二句曰："或谓二公所论，不以形似，当画何物？曰：非谓画牛作马也，但以气韵为主尔。谢赫云：'卫协之画，虽不该备形妙，而有气韵，凌跨雄杰。'其此之谓乎！"王若虚《滹南诗话》卷二："夫所贵于画者，为其似耳，画而不似，则如勿画；命题而赋诗，不必此诗，果为何语？然则坡之论非欤？曰：论妙于形似之外，而非遗其形似；不窘于题，而要不失其题，如是而已耳。"袁枚《随园诗话》卷七："东坡云：'作诗必此诗，定知非诗人。'此言最妙。然须知作此诗而竟不是此诗，则尤非诗人矣。其妙处总在旁见侧出，吸取题神，不是此诗，恰是此诗。"吴仰贤《小匏庵诗话》卷二："此言诗贵超脱，当别有寄托，不取刻画。非不论何题，概以笼统门面语为高浑也。"

当然，也有人对苏轼之论略有微词。贺裳《载酒园诗话》认为"此言论画，犹得失参半，论诗则深入三昧"。称赞其论诗，却不太赞同其论画。更有人批评苏轼此论失之偏颇，杨慎《升庵诗话》卷十三《论诗画》引此四句，评曰："此言画贵神，诗贵韵也。然其言有偏，非至论也。晁以道和公诗云（此为晁补之《和苏翰林题李甲画雁》诗，晁以道名说之，杨慎误）：'画写物外形，要物形不改。诗传画外意，贵有画中态。'其论始为定，盖欲以补坡公之未备也。"

同样重要的一句是"诗画本一律"，认为诗画二者规律相同，这是苏轼打通诗画艺术界限的一贯观点。《王直方诗话》："东坡作《韩幹画马图》诗云：'韩生画马真是马，苏子作诗如见画。世无伯乐亦无韩，此诗此画谁当看？'又云：'论画以形似，……天工与清新。'又云：'少陵翰墨无形画，韩幹丹青不语诗。此画此诗今已矣，人间驽骥谩争驰。'余以为若论诗画，于此尽矣。每诵数过，殆欲常以为法也。"还可以从苏轼其他诗文中找到印证，如《次韵吴传正枯木歌》："古来画师非俗士，妙想实与诗同出。"《书摩诘蓝田烟雨图》："味摩诘之诗，诗中有画；观摩诘之画，画中有诗。"都主张诗画一律。

苏轼在题画诗中更推崇"疏淡含精匀"的风格，也就是看上去画法疏略而平淡，却含有精确匀称的细节描写，这是比边鸾"写生"、赵昌"传神"更高明的境界。

需要指出的是，赵昌花的"传神"，是指为花"传神写照"，即为花"写真"，跟边鸾雀的"写生"意思相同，互文见义，其实就是"形似"之意，因此不如王主簿的画。这样的评价可能有恭维之嫌，不过可看出苏轼的艺术理念。

再看"谁言一点红"二句，用个别的具体形象"红"代替一般的抽象概念"春"，这就给王主簿所画折枝赋予了艺术的象征意义，超越了画面本身的形象性。

第二首诗具体描写王主簿折枝所画的内容，即汪师韩所说："次首言竹、言花、言雀、言蜂，又言花之枝、花之叶、花间之雨、雀之翎、蜂之蜜，合之广大，析之精微，浓淡浅深，得意必兼得格。"（《苏诗选评笺释》卷四）具体说来，首二句用"幽人"和"处女"比喻瘦竹、幽花，使得画中的花卉俨然有佳人的气质，如画家心爱的朋友。次四句"双翎决将起"承接"枝上雀"，写雀的动态；"众叶纷自举"承接"花间雨"，写雨的效果，这就是查慎行所说的"分承"，后两句分别承接前两句。"清蜜寄两股"，写蜂采蜜的情景，可以说精细入微，这应该就是王主簿所画折枝"精匀"之处。这些描写，如同将静态的画面转化为动态的电影，是苏轼题画诗的一贯写作特色。末二句料想王主簿能诗，并希望得其妙语，呼应第一首前六句，进一步突出"诗画本一律"的观念，即画家与诗人艺术相通，相信王主簿定是"知诗人"。

书王定国所藏烟江叠嶂图^[1]

纪昀："奇情幻景，笔足以达之。竟是为画作记。然摹写之妙，恐作记反不如也。"(《纪评苏诗》卷三十)

方东树："起段以写为叙，写得入妙，而笔势又高，气又遒，神又旺。'使君'四句正锋。"(《昭昧詹言》卷十二)

纪昀："蓦起波澜，文境乃阔。"(《纪评苏诗》卷三十)

纪昀："节奏之妙，纯乎化境。"(同上)

曾国藩："前十二句状画中胜境。'使君'四句点明题目。'君不见'十二句，言樊口胜境亦不减于图中之景，但人自欠闲耳。"(《曾文正公全集·读书录》卷九《东坡诗集》)

江上愁心千叠山^[2]，浮空积翠如云烟。

山耶云耶远莫知，烟空云散山依然。

但见两崖苍苍暗绝谷，中有百道飞来泉。

萦林络石隐复见，下赴谷口为奔川。

川平山开林麓断，小桥野店依山前。

行人稍度乔木外^[3]，渔舟一叶江吞天^[4]。

使君何从得此本^[5]？点缀毫末分清妍。

不知人间何处有此境？径欲往买二顷田^[6]。

君不见武昌樊口幽绝处^[7]，东坡先生留五年^[8]。

春风摇江天漠漠^[9]，暮云卷雨山娟娟。

丹枫翻鸦伴水宿，长松落雪惊醉眠。

桃花流水在人世^[10]，武陵岂必皆神仙。

江山清空我尘土^[11]，虽有去路寻无缘。

还君此画三叹息，山中故人应有招我归来篇^[12]。

[注释]

[1] 书王定国所藏烟江叠嶂图：元祐三年（1088）十二月作于汴京，其时苏轼任翰林学士。王定国，名巩，见前《百步洪二首》注[2]。题下苏轼自注："王晋卿画。"南宋邓椿《画继》卷二："王诜，字晋卿，尚英宗女蜀国公主，为利州防御使。……其

所画山水学李成，皴法以金碌为之，似古。今《观音宝陀山状小景》，亦墨作平远，皆李成法也。故东坡谓晋卿得破墨三昧。有《烟江叠嶂图》……传于世。" [2]江上愁心：唐张说《江上愁心赋》："江上之峻山兮，郁崎嶬而不极。云为峰兮烟为色，欻变态兮心不识。" [3]稍度：逐渐穿过。 [4]江吞天：唐杜牧《送孟迟》诗："大江吞天去。" [5]"使君"句：问王诜从何处得到作画所凭依的样本素材。使君，指王诜，曾任利州防御使，故称。《苏诗集成》卷三十载王诜和诗，有"四时为我供画本，巧自增损媸与妍"之句，似乎回答苏诗此问。 [6]"径欲"句：《史记·苏秦列传》载苏秦语曰："且使我有雒阳负郭田二顷，吾岂能佩六国相印乎！"此反其意而用之。 [7]武昌：县名，宋属荆湖北路鄂州，今湖北鄂州市。樊口：在湖北鄂州西北，长江南岸，与黄州隔岸相望。 [8]"东坡"句：苏轼自元丰三年（1080）二月到黄州，于元丰七年（1084）四月离开黄州，量移汝州，共计四年零两个月，跨五个年头。其间屡次游武昌西山，即樊口幽绝处。 [9]"春风"四句：写春夏秋冬四时之景。 [10]"桃花"二句：李白《山中问答》："桃花流水窅然去，别有天地非人间。"此反其意而用之，谓武昌樊口幽绝处就类似桃源仙境。武陵，在今湖南常德。陶渊明《桃花源记》记武陵渔人发现世外桃源。此以武陵代指桃源。 [11]尘土：形容卑俗。 [12]"山中"句：此句反用《楚辞·招隐士》"王孙兮归来，山中兮不可以久留"之语，又暗用陶渊明《归去来兮辞》之意。

[**点评**]

这首诗是苏轼题画诗的代表作之一。前十二句写画中之景，所谓"以写为叙"，即用生动的形象描摹来叙述画面的内容。先借张说《江上愁心赋》的语意，形容云山莫辨、烟江空蒙的画境，奇幻空灵。云烟消散，化为百道飞泉；飞泉下赴，化为谷口的奔川；奔川出了林麓，化为吞天的大江。观画者诗人的视线随着云、泉、川、江的景色而移动，一路过来，苍崖、绝谷、树林、山石、小桥、野店、行人、乔木、渔舟点缀其间，脉络井然，层次分明。更重要的是，诗歌将静态的画面变为一个个动态的电影镜头，随着镜头的移动，读者仿佛被带进若真若幻的画境之中，置身于超越尘世之外的艺术审美境界。而画面中小桥野店的点缀和行人渔舟的出现，格外增添了宁静闲适和自然朴素的情调。

"使君"四句正面点明题目及自注。"得此本"，应当是指得到绘画的底本，即绘画素材，也就是王诜所说"画本"。画家正是根据"此本"而摹画出这幅细节逼真的烟江叠嶂图，苏轼希望王诜能告知这个"画本"在人间何处，意欲买田归隐。也有一种说法，"使君"指王巩，但苏轼作此诗时，王巩尚无典州郡的经历。诗写至此，便由叙画而转向抒怀。

"君不见"以下十二句，苏轼回忆自己在黄州五年的生活，对比眼下在京城的仕宦，不由得引发无由归隐桃源的感慨。苏轼曾多次游访"武昌樊口幽绝处"，饱览江山四时之景，春日风卷江浪，水天漠漠；夏日暮云卷雨，山色娟娟；秋日水宿，红枫与乌鸦相伴；冬日醉眠，长松与落雪惊梦。这幽绝的境界，清空的江山，绝不亚于画中之境，并非神仙所居的世外桃源，而是活生生存在于人世间，苏轼且曾留住其中。从唐代王维《桃源行》以来，多有诗人将桃源描写为仙境，而苏轼不以为然，所以称"武陵岂必皆神仙"。后来他在《和陶桃花源》诗序中仍表达同样的观点，认为只要"山川清远，有足乐者"，即可为避世的桃源。只可惜诗人奔走于仕途，为"尘土"所污，再也无缘重寻"归去来"的"去路"。最后"还君此画"，回到题画的主题，而在结尾留下无穷的慨叹。

这首七言古诗一韵到底，没有换韵。但由于其中夹杂着几句超过七言的九字句、十字句乃至十一字句，而使整首诗的韵律节奏显得变化多端，抑扬顿挫，摇曳多姿，富有一唱三叹的美感。

赠刘景文 [1]

荷尽已无擎雨盖，菊残犹有傲霜枝。
一年好景君须记，正是橙黄橘绿时。

汪师韩："浅语遥情。"(《苏诗选评笺释》卷五)

[注释]

[1] 赠刘景文：元祐五年（1090）初冬作于杭州。刘景文，刘季孙，字景文。时任两浙兵马都监，在杭州。苏轼视之为国士，曾作《乞擢用刘季孙状》，向朝廷荐举。

[点评]

初冬景物，向来没有多少可称道者，而苏轼这首诗，描写初冬的荷、菊、橙、橘等四种植物的不同形态，竟使得这个季节成为"一年好景",其诗也因此而成为写初冬的名篇。胡仔评论说:"'天街小雨润如酥,草色遥看近却无。最是一年春好处,绝胜烟柳满皇都。'此退之早春诗也。'荷尽已无擎雨盖,菊残犹有傲霜枝。一年好景君须记,最是橙黄橘绿时。'此子瞻初冬诗也。二诗意思颇同而词殊,皆曲尽其妙。"(《苕溪渔隐丛话·前集》卷十)韩愈诗题为《早春呈水部张十八员外》,诗中通过对小雨、嫩草、轻烟、细柳的描绘,准确表现了早春朦胧优美的意境。而初冬季节,万物凋零,寒气萧瑟,并无多少诗意值得品味和夸赞。那么,苏轼这首诗的"浅语遥情"体现在何处呢?

荷与菊向来是诗人寄托情怀的名花,而此诗一开头就描写"荷尽""菊残"的惨淡景色。"荷尽已无擎雨盖",可与唐人李商隐"秋阴不散霜飞晚,留得枯荷听雨声"(《宿骆氏亭寄怀崔雍崔衮》)的诗句对读。留得枯荷,毕竟还能听雨打荷叶的声音,尚有几分诗意。然而"荷尽"不是荷枯,甚至连"擎雨"的叶盖也没剩下,因此"听雨"的雅趣也被剥夺。幸好"菊残犹有傲霜枝",菊花虽然凋残,其傲霜斗寒的枝条仍然挺立。"已无"和"犹有"的强烈对比,突出荷与菊两种名花的季节特征和不同品格,荷花属于炎夏,而菊花属于寒秋。

鉴于这首诗题为《赠刘景文》,因此其主题决不单单是写景"曲尽其妙"的"初冬诗"。从《乞擢用刘季孙状》中可以知道,刘景文这时五十八岁,已非壮年,而苏轼此时也已五十五岁,晚景将至。对于人生来说,相当于一年中的初冬。作为青壮年象征的"荷",已彻底枯尽;

作为中老年象征的"菊"，已大抵凋残。然而诗的后两句，"一年好景君须记，正是橙黄橘绿时"，却一扫肃杀衰败之气，赞美生机盎然的黄橙绿橘。黄与绿的色彩，在灰色的初冬背景下显得格外明丽。诗人特意告诉老年友人"君须记"，花尽而果熟，"荷尽""菊残"又何妨，自有"橙黄橘绿"的回报，这正是一年中最美的季节。当然也是人生最成熟的时段。后两句的写景，既是劝慰朋友，也是自我勉励。因此这首诗也就不同于韩愈《早春》诗重点在早春景物的渲染，而是在写景中蕴含着人生哲理，以景物象征刘景文高洁的情操，并相信他的文才武略已到了应该收获功名之时。

用橙黄橘绿表达对初冬的礼赞，将肃杀的季节写得饶有生意，从景物的对比描写中表现对友人的宽慰和期待，从而使此诗成为具有普遍象征意义的人生格言，这也许就是其"浅语遥情"之所在吧。

聚星堂雪并引 [1]

元祐六年十一月一日，祷雨张龙公 [2]，得小雪，与客会饮聚星堂。忽忆欧阳文忠公作守时 [3]，雪中约客赋诗 [4]，禁体物语，于艰难中特出奇丽。尔来四十余年 [5]，莫有继者。仆以老门生继公后 [6]，虽不足追配先生，而宾客之美，殆不减当时。公之二子又适在郡[7]，故辄举前令，各赋一篇。

窗前暗响鸣枯叶，龙公试手初行雪[8]。

映空先集疑有无，作态斜飞正愁绝[9]。

众宾起舞风竹乱[10]，老守先醉霜松折。

恨无翠袖点横斜[11]，只有微灯照明灭。

归来尚喜更鼓永[12]，晨起不待铃索掣[13]。

未嫌长夜作衣棱[14]，却怕初阳生眼缬[15]。

欲浮大白追余赏[16]，幸有回飙惊落屑[17]。

模糊桧顶独多时[18]，历乱瓦沟裁一瞥[19]。

汝南先贤有故事[20]，醉翁诗话谁续说[21]？

当时号令君听取[22]，白战不许持寸铁。

[注释]

[1] 聚星堂雪并引：元祐六年（1091）十一月二日作于颍州。按：据诗引，十一月一日与客会饮，而诗中有"归来""晨起""初阳"等词，可见诗当作于次日。聚星堂，欧阳修知颍州时所建。并引，王注本作"并叙"。　[2] 张龙公：欧阳修《集古录跋尾》卷十《张龙公碑》："赵耕撰。云：君讳路斯，颍上百社人也。……景龙中为宣城令。……公罢令归，每夕出，自戌至丑归，常体冷且湿。石氏（张妻）异而询之，公曰：'吾龙也。'……余尝以事至百社村，过其祠下。……岁时祷雨，屡获其应，汝阴人尤以为神也。"苏轼《昭灵侯庙碑》所载相同，又有《祈雨迎张龙公祝文》《送张龙公祝文》。　[3]"欧阳"句：宋胡柯《庐陵

查慎行："'众宾起舞风竹乱'二句，向非禁体物语，此等妙句，亦未必出。"（《初白庵诗评》卷中）

方东树："本色正锋。起八句模写细景如画。"（《昭昧詹言》卷十二）

赵克宜："'初阳'句入微。"（《角山楼苏诗评注汇钞》卷十五）

陈衍："画龙最后点睛，结不落套。"（《宋诗精华录》卷二）

欧阳文忠公年谱》："皇祐元年己丑，公年四十三。正月丙午，移知颍州，二月丙子，至郡。""皇祐二年庚寅，公年四十四。七月丙戌，改知应天府，兼南京留守司事。"　[4]"雪中约客"二句：欧阳修《雪》诗题下自注："时在颍州作。玉、月、梨、梅、练、絮、白、舞、鹅、鹤、银等字，皆请勿用。"　[5]四十余年：自皇祐元年（1049）至元祐六年（1091），计四十三年。　[6]老门生：科举考试自唐以来，贡举之士称主考官为座主，自称门生。据《宋史》本传，苏轼于嘉祐二年（1057）试礼部，主考官乃欧阳修，故自称"老门生"。　[7]"公之二子"句：欧阳修第三子欧阳棐，字叔弼；第四子欧阳辩，字季默，时因母丧正家居于颍州。　[8]初行：王注本作"行初"。　[9]作态：故作窈窕姿态。《后汉书·曹世叔妻传》："入则乱发坏形，出则窈窕作态。"　[10]"众宾"二句：韩愈《忆昨行和张十一》："起舞先醉长松摧。"此演绎其意为二句。　[11]翠袖：指美人。杜甫《佳人》："天寒翠袖薄。"横斜：指梅。林逋《山园小梅》："疏影横斜水清浅。"　[12]更鼓永：王注本作"更鼓暗"。　[13]铃索掣：宋制，州府衙门悬铃于外，有事报闻则拉索击铃，以代传呼。李白《猛虎行》："掣铃交通二千石。"掣，拽，拉。　[14]作衣棱：衣服因寒冻而生棱角。　[15]眼缬（xié）：眼花生纹。缬，有花纹的丝织品。　[16]浮大白：本指罚饮大杯酒，此指满饮大杯酒。刘向《说苑·善说》："魏文侯与大夫饮酒，使公乘不仁为觞政，曰：'饮不嚼者，浮以大白。'"　[17]回飙：回旋的风。落屑：形容雪片飘落。　[18]模糊：形容因雪看不清。白居易《雪中即事答微之》："平明山雪白模糊。"　[19]历乱：凌乱。裁：同"才"。　[20]汝南先贤：《三国志》裴松之注屡引《汝南先贤传》，此借其文字指欧阳修。颍州为汉汝南郡属地，欧阳修自知颍州，即移家于此，故称。　[21]醉翁诗话：指欧阳修《诗话》，后人亦称《六一诗话》。又因欧阳修号醉翁，故称。　[22]"当时"二句：谓应遵从欧阳修当时约客赋诗"禁体物语"的号令，不许犯其所列"体物语"中的任何一字。白战，空手作战，不用武器，比喻不用"体物语"写雪。

[点评]

从《聚星堂雪》诗引里，可知苏轼所举欧阳修作诗禁令包括如下几点：一是名称，欧阳修所说拟雪诸字"皆请勿用"，苏轼明确表述为"禁体物语"，有学者解释为"禁体物"，不够准确，因为并非禁止"体物"，而只是禁止某些"体物"（拟雪）的语词。二是目的，"禁体物语"乃是为了"于艰难中特出奇丽"，因难见巧，排除熟悉和容易的字眼，在陌生和困难的语言选择中，使诗歌产生出"奇丽"的美感。三是对象，"禁体物语"的对象是"雪"这一独特物体，宋人有关"禁体物语"的讨论，只限于咏雪诗。四是场合，欧、苏的"禁体物语"提出于文人燕集的独特场合，即"与客会饮""各赋一篇"，既是行酒的酒令，也是唱酬的规则，因此这种特殊的诗体具有强烈的文字游戏和诗艺竞技的意味。

所谓"禁体物语"，具体是指在咏雪诗中禁止使用常见的比拟雪花颜色形貌的字词。嘉祐四年（1059）冬，苏轼写过一首咏雪诗，题为《江上值雪，效欧阳体，限不以盐、玉、鹤、鹭、絮、蝶、飞、舞之类为比，仍不使皓、白、洁、素等字，次子由韵》。将欧、苏禁用的字合并，去其重复，一共有18字：玉、银、盐、月、梨、梅、练、素、絮、鹤、鹅、鹭、蝶、白、皓、洁、飞、舞。

这些被禁用的"体物语"有名词，如白色矿物（玉、银、盐）、白色植物（梨、梅）、织物（练、素、絮）、白色动物（鹤、鹅、鹭、蝶）、白色天体（月）等；有形容词，如形容雪色的白、皓、洁等；有动词，如描写雪态的飞、舞等。不用以上任何一个描写雪的字眼，就相当于执行了"白战不许持寸铁"的号令。

《聚星堂雪》是一首七言古诗，押入声韵，隔句押韵，一韵到底。根据诗义，可把全诗分为五个单元，一单元四句。

开头四句先写窗前枯叶摵摵"暗响"，次写"映空先集"的雪花疑有疑无，再写小雪欲落未落，"作态斜飞"，体物入神。"龙公试手初行雪"照应诗引中"祷雨张龙公，得小雪"句。祷雨，说明天旱，得小雪，聊胜于无。"试手"暗示龙公此次"初行雪"，后将放手大行雪。"正愁绝"时得此初行雪，足值得庆幸。

接着四句写与客会饮聚星堂的场面。"众宾起舞"，"老守先醉"，皆见出久旱得雪的欢欣。用"风竹乱"比喻众宾的舞姿，用"霜松折"比喻老守的醉态，都非常传神。宋人以松、竹、梅为"岁寒三友"，聚星堂中已有风竹、霜松，只缺雪梅，所以有"恨无翠袖点横斜"的遗憾。"横斜"状梅的疏影，双关小雪斜飞，同时暗喻佳人姿态。如果老守、众宾加上翠袖，岂非松竹梅"岁寒三友"在雪中聚齐？可惜并无翠袖陪酒，"只有微灯照明灭"，微弱的灯光照着雪花，看上去若明若灭。方东树称"起八句模写细景如画"（《昭昧詹言》卷十二），的确如此。

"归来"四句叙写夜归晨起的种种心理活动。宴会结束后归至州衙，卧听更鼓，推知夜雪未停，因此早晨不待掣索铃响，就急忙起来看雪情如何。长夜衣服冻硬如生出棱角也不以为嫌，只担心太阳出来眩花眼睛，暗示雪未下够已转天晴。四句用了"尚喜""不待""未嫌""却怕"四个虚词，生动传达出诗人喜悦、焦急、等待、担心等复杂的心情。而这忧乐乃与"祷雨"是否有效相关，也与"雪兆丰年"的愿望相通，与颍州人民的忧乐是一致的。

承接上文"眼缬"，以下"欲浮大白"四句，转到观雪景上来。这时旋风吹起雪片，如细屑飞落；桧树顶上雪色一片模糊，而屋顶瓦沟上也积雪凌乱。"余赏"直写晨起赏雪，"一瞥"则暗示因雪太刺眼，不敢注视，害怕"眼缬"。纪昀评此诗："句句恰是小雪，体物神妙，不愧名篇。"（《纪评苏诗》卷三十四）以上十六句的描写，当得起这一评价。

最后四句收结到题目上来，聚星堂为欧阳修所建，他是"汝南"（即颍州）的"先贤"；雪中"约客赋诗，禁体物语"是欧阳修知颍州时的事，即"故事"。苏轼"辄举前令，各赋一篇"，就是遵循其"故事"。欧阳修《六一诗话》曾载进士许洞之事："因会诸诗僧分题，出一纸，约曰：'不得犯此一字。'其字乃山、水、风、云、竹、石、花、草、雪、霜、星、月、禽、鸟之类，于是诸僧皆阁笔。"许洞所禁为自然物象的名词，与欧氏咏雪"禁体物语"并不相同，但禁用某些词语的要求有相通之处，所以苏轼希望有人能将聚星堂咏雪的韵事记载下来，续写"醉翁诗话"。最后"白战不许持寸铁"的比喻，是唐宋诗中常见的一种"以战喻诗"的修辞现象。欧阳修《雪》

诗就有"巨笔人人把矛槊"之句,比诗笔为"矛槊"。苏轼的比喻从字面上看是对欧诗的翻案,不仅禁止"把矛槊",而且不许"持寸铁",不得触犯那些禁用的词语。这句比喻特别精彩生动,所以后人也把"禁体物语"的咏雪诗称为"白战体"。欧、苏的"白战体"也许本来只是"雪中约客赋诗"的酒令,然而其中却暗含着排除体物诗中随处可见的陈词滥调的革新思路。他们所禁用的字眼,正是自六朝以来咏雪诗的惯用语。

　　这首诗中有"起舞""大白""白战"等看似违规的用字,但"舞"是众宾,非雪花,"大白"是酒杯,"白战"是徒手肉搏,与白色无关。唯一违规的是"斜飞"的"飞"字写雪,但欧阳修《雪》诗未禁用此字。

荔支叹^[1]

十里一置飞尘灰^[2],五里一堠兵火催。

颠坑仆谷相枕藉,知是荔支龙眼来。

飞车跨山鹘横海^[3],风枝露叶如新采。

宫中美人一破颜^[4],惊尘溅血流千载。

永元荔支来交州^[5],天宝岁贡取之涪。

至今欲食林甫肉,无人举觞酹伯游。

我愿天公怜赤子^[6],莫生尤物为疮痏^[7]。

方东树:"起三句写,有笔势。四句倒入叙。"(《昭昧詹言》卷十二)

纪昀:"精神飞舞。"(《纪评苏诗》卷三十九)

方东树:"'永元'句逆入叙,结上。"(同上)

赵克宜:"('永元荔支来交州'四句)用笔顺逆,皆极自然。"(《角山楼苏诗评注汇钞》卷十八)

雨顺风调百谷登[8]，民不饥寒为上瑞[9]。

君不见武夷溪边粟粒芽[10]，前丁后蔡相笼加。

争新买宠各出意，今年斗品充官茶[11]。

吾君所乏岂此物，致养口体何陋耶。

洛阳相君忠孝家[12]，可怜亦进姚黄花。

纪昀：（"雨顺"二句）"二句凡猥，宜从集本删之。"（《纪评苏诗》卷三十九）

赵克宜："二句信凡猥，然删之则语势不足。"（《角山楼苏诗评注汇钞》卷十八）

汪师韩："'君不见'一段，百端交集，一篇之奇横在此。诗本为荔支发叹，忽说到茶，又说到牡丹，其胸中郁勃有不可以已者。惟不可以已而言，斯至言至文也。"（《苏诗选评笺释》卷六）

赵克宜："（'君不见'以下）此主意也，却似牵连及之，故妙。"（《角山楼苏诗评注汇钞》卷十八）

[注释]

[1] 荔支叹：绍圣二年（1095）夏作于惠州。　[2]"十里"四句：《后汉书·和帝纪》："旧南海献龙眼荔支，十里一置，五里一候，奔腾阻险，死者继路。"此化用其意而加以形容刻画。置，以马传递的驿站。古代不同时期"置"的里程不同，《韩非子·难势》："夫良马固车，五十里而一置。"《史记·孝文本纪》："余皆以给传置。"司马贞《索隐》引《续汉书》："驿马三十里一置。"堠（hòu），记里程的土堆。《后汉书·和帝纪》作"候"，通"堠"。颠坑仆谷，谓颠仆跌倒在坑谷中。相枕藉，纵横相枕而卧，这里形容送荔支的役夫颠仆死亡甚多。　[3]"飞车"句：谓马车飞快过山，如鹘鸟飞越大海一般迅疾。王十朋集注引洪龟父曰："鹘横海言船也。"冯应榴合注谓："鹘横海喻其飞递，非言船也。汉唐荔支不由水驿入贡。"此取冯说。　[4]宫中美人：指杨贵妃。破颜：开颜而笑。杜牧《过华清宫》："一骑红尘妃子笑，无人知是荔支来。"此化用其句意。　[5]"永元"四句：苏轼自注："汉永元中，交州进荔支、龙眼，十里一置，五里一堠。奔腾死亡，罹猛兽毒虫之害者无数。唐羌，字伯游，为临武长，上书言状，和帝罢之。唐天宝中，盖取涪州荔支，自子午谷路进入。"永元，汉和帝刘肇年号（89—105）。交州，汉武帝元封五年（前106）所置十三州部之一，

时称交趾。天宝,唐玄宗李隆基年号(742—756)。岁贡取之涪,吴曾《能改斋漫录》卷十五《贡荔枝地》:"近见《涪州图经》,及询土人云:'涪州有妃子园荔枝。盖妃嗜生荔枝,以驿骑传递,自涪至长安,有便路,不七日可到。'故杜牧之诗云:'一骑红尘妃子笑。'东坡亦川人,故得其实。"林甫,李林甫,唐宗室。玄宗开元、天宝年间任宰相,封晋国公。为相十九年,口蜜腹剑,献媚邀宠,是唐朝由盛转衰的罪魁祸首。酹,祭奠。伯游,《后汉书·和帝纪》李贤等注引谢承《后汉书》曰:"唐羌字伯游,辟公府,补临武长。县接交州。旧献龙眼、荔支,及生鲜献之,驿马昼夜传送之,至有遭虎狼毒害,顿仆死亡不绝。道经临武,羌乃上书谏曰:'……伏见交趾七郡献生龙眼等,鸟惊风发。南州土地,恶虫猛兽不绝于路,至于触犯死亡之害,死者不可复生,来者犹可救也。此二物升殿,未必延年益寿。'帝从之。"　[6]赤子:百姓。　[7]尤物:珍奇之物,即诗中所写荔支、龙眼、茶、牡丹等贡物。疻痏(wěi):疮痍,瘢痕,喻指祸害。　[8]登:成熟,丰收。　[9]上瑞:极好的祥瑞。韩愈《贺庆云表》:"斯为上瑞,实应太平。"　[10]"君不见"二句:苏轼自注:"大小龙茶,始于丁晋公,而成于蔡君谟。欧阳永叔闻君谟进小龙团,惊叹曰:'君谟士人也,何至作此事!'"武夷溪,即建溪,闽江的北源,流经福建武夷山茶区。粟粒芽,建溪茶中的上品。查慎行注引《武夷山记》:"山产茶如粟粒者,初春芽茶也,品最贵。"前丁,指丁谓在前,开贡茶风气之先。丁谓(966—1037),字谓之,真宗朝官至宰相,封晋国公。《山堂肆考》卷一百九十三《龙团》引《高斋诗话》:"咸平中,丁晋公为福建漕,监造御茶,进龙凤团。"后蔡,指蔡襄在后。蔡襄(1012—1067),字君谟,仁宗朝知谏院,累官至端明殿学士。欧阳修《归田录》卷二:"茶之品莫贵于龙凤,谓之团茶,凡八饼重一斤。庆历中,蔡君谟为福建路转运使,始造小片龙茶以进,其品绝精,谓之小团,凡二十饼重一斤。"笼加,笼装加封。　[11]"今年"句：苏轼自注："今年闽中监司，乞进斗茶，许之。"斗品，经过斗优劣而获胜的上品佳茗。蔡襄《茶录》："建安斗茶以水痕先没者为负，俟久者为胜。"　[12]"洛阳"二句：苏轼自注："洛阳贡花，自钱惟演始。"苏轼《东坡志林》卷五亦曰："钱惟演为留守，始置驿贡洛花，识者鄙之，此宫妾爱君之意也。"钱惟演（961—1034），字希圣，吴越王钱俶次子。从其父归降宋朝，官至枢密使。晚年以使相留守西京洛阳，故称"洛阳相君"。宋太宗称许钱俶"以忠孝而保社稷"，卒谥"忠懿"，故称钱氏为"忠孝家"。姚黄花，牡丹之名品。欧阳修《洛阳牡丹记·花释名第二》："姚黄者，千叶黄花，出于民姚氏家。"

[点评]

严羽《沧浪诗话·诗体》："又有以'叹'名者。古词有《楚妃叹》，有《明君叹》。"郭茂倩《乐府诗集》卷二十九《相和歌辞》引《古今乐录》谓有"吟叹四曲"，其一为《楚妃叹》。同书卷九十六《新乐府辞》收唐元结《系乐府》十二首，其中有《陇上叹》《古遗叹》。同书卷一百《新乐府辞》收唐皮日休《正乐府》十首，其中有《橡媪叹》。苏轼这首《荔支叹》，以"叹"为名，仿唐代新乐府格调而自创新题，旨在为时为事而作。

诗人的感叹由岭南惠州的荔支而触发。诗的前半部分写汉唐朝贡荔支带来的灾祸。头四句用诗的语言檃括《后汉书·和帝纪》的历史叙述，"飞尘灰""兵火催""相枕藉"的描写，比史书更生动具体，突出了交州进贡荔支兵令催促所造成驿路车马奔腾、道旁死亡不绝的情状。接着"飞车跨山"四句描写唐玄宗朝的荔支进贡。因为从涪州到长安皆为艰险的陆路，所以"鹘横海"显然是比喻"飞车跨山"的迅疾。为了让杨贵妃吃上"风枝露叶如新采"的新鲜荔支，开颜一笑，可以想象，不知有多少人死于险峻的蜀道旁。那接力赛一样的荔支传递是何等残酷，马踏血尘的"惊尘溅血"的场景更是惊心动魄。

"永元荔支"以下四句，以错综行文的笔法分别总结了汉和帝、唐玄宗两朝岁贡荔支的后果，即李林甫近承"天宝岁贡"，唐伯游远接"永元荔支"。李林甫向唐玄宗、杨贵妃谄媚求宠，而唐伯游却向汉和帝上书劝谏罢免荔支朝贡。可叹的是，人们至今仍痛恨李林甫的祸国殃民，却没有人祭奠唐伯游这样有良心的下层官员。"无人举觞酹伯游"是诗人最沉痛的感叹，因为汉唐的闹剧仍在宋朝延续，虽然再没有岁贡荔支之举，但相似的"尤物"仍给百姓带来"疮痏"。

此诗以《荔支叹》为题，然而荔支更像是用来借古讽今的物品，更像是后半部分诗句的引子。换言之，真正让苏轼感叹的是本朝类似岁贡荔支的活生生的现实，所以汪师韩称"'君不见'一段，百端交集，一篇之奇横在此"；赵克宜称"君不见"以下，是此诗的"主意"（主要意思）。宋代虽无汉唐的"惊尘溅血"，却有各种以尤物害民的新花样，如建溪龙团茶和洛阳姚黄花之类的朝贡。更令苏轼痛心的是，这些"争新买宠"的竟然是"士人"，是"忠孝家"的子弟。"前丁后蔡"的贡茶竟然成了本朝的传统，直至"今年"仍然有"斗品充官茶"，岂非咄咄怪事。如何做一个有道义担当的正直士大夫，始终是苏轼思考并践行的问题。范仲淹"先天下之忧而忧，后天下之乐而乐"

（《岳阳楼记》）的情怀，欧阳修"以救时行道为贤，以犯颜纳谏为忠"（《六一居士文集叙》）的勇气，都为苏轼树立了良好的榜样。他自己心目中的士大夫是："大道之行，士贵其身，维人求我，匪我求人。"（《张文定公墓志铭》）具有独立尊严的人格，与君王共同遵循"行大道"的原则。而当下的现实是，士大夫阶层接二连三干出太监一般为君王"致养口体"的陋事，堕落为"宫妾爱君"般的"争新买宠"，竟无人祭奠推崇汉代劝谏君王罢免岁贡荔支的普通下层官吏唐伯游，这才是苏轼最感痛心的。全诗之"叹"，非只为荔支而发，更是"建茶叹""洛花叹"，甚至可以说是"士人"堕落为太监宫妾之叹。

此诗在艺术上很有特点，纪昀评论道："貌不袭杜，而神似之，出没开合，纯乎杜法。"（《纪评苏诗》卷三十九）方东树也认为："章法变化，笔势腾掷，波澜壮阔，真太史公之文。"（《昭昧詹言》卷十二）的确，此诗的章法与白居易等人的新题乐府大异其趣。比如白居易的《卖炭翁》《上阳白发人》等诗，不过围绕题目卖炭翁、上阳人而叙写，所谓"就题还题"，寸步不移。而《荔支叹》诗则"本为荔支发叹，忽说到茶，又说到牡丹，其胸中郁勃有不可以已者。惟不可以已而言，斯至言至文也"（汪师韩《苏诗选评笺释》卷六），从小物中开出大境界。这是因为苏轼此诗不仅在于对社会生活的客观记录和讽喻，而且在于对古往今来尤物为疮痏社会现实的感慨，尤其是对官员争邀宠的当朝现象的愤怒，胸中的激情不可遏制，勃发为诗，言与意合，自然形成天下之"至言至文"。

纵笔[1]

白头萧散满霜风[2]，小阁藤床寄病容。

报道先生春睡美，道人轻打五更钟[3]。

[注释]

[1] 纵笔：绍圣三年（1096）四月作于惠州。苏轼《迁居》诗引曰："吾绍圣元年十月二日至惠州，寓居合江楼。是月十八日，迁于嘉祐寺。二年三月十九日，复迁于合江楼。三年四月二十日，复归于嘉祐寺。时方卜筑白鹤峰之上，新居成，庶几其少安乎？"曾季貍《艇斋诗话》："东坡海外《上梁文口号》云：'为报先生春睡美，道人轻打五更钟。'章子厚见之，遂再贬儋耳，以为安稳，故再迁也。"按，《上梁文口号》指苏轼《白鹤新居上梁文》中的歌词，有"尽道先生春睡美，道人轻打五更钟"之句，与《纵笔》诗后两句同，仅有一字之别，诗与文皆当作于寓居嘉祐寺时。　[2]"白头"句：苏轼后在儋州作《纵笔三首》，其一亦曰："寂寂东坡一病翁，白头萧散满霜风。"此用自己的旧句。　[3] 道人：得道之人，此指僧人、和尚。《白鹤新居上梁文》在"尽道先生春睡美"之前，有"乔木参天梵释宫"句，梵释宫是佛寺的代称，打钟者当为嘉祐寺的和尚。

[点评]

这首七绝题为"纵笔"，乃信手写成。其时苏轼受政敌章惇（字子厚）的迫害，贬谪到岭南惠州，寓居嘉祐寺，生活条件很艰苦。白鹤峰的新居正在营造中，尚未完成，但值得期待。

　　诗的前两句写自己的身体状态，"白头萧散满霜风"是极言其"老"，白发满头，饱经风霜；"小阁藤床寄病容"是自言其"病"，行动不便，只有卧躺在寺中小阁楼的藤床上。"小阁"之"小"字，意味着住处极狭窄；"藤床"之"藤"字，暗示卧床之简陋。总之，诗的前两句自道身体状况和居住条件都甚为恶劣。一个遭受贬谪的年已六旬的老人，在充满瘴气的岭南生活，其老病状况可以想见。

　　然而，诗的后两句却一举荡开老病之态，开辟出另一番境界。在如此恶劣的环境下，苏轼却仍能睡得安稳。"报道先生春睡美"二句，是此诗最动人之处。寺中的和尚在撞击"五更钟"时，仿佛在自我告诫：尽量轻一点敲吧，东坡先生正睡得甜美，莫要吵醒他。"报道"二字，意谓这道人轻轻敲打的钟声，是在宣告东坡先生睡眠的安稳。而道人的行为正是惠州人民对苏轼充满敬意和体贴的表现。此处不直接说自己睡得香，而从道人和钟声的角度切入，构思新颖。如果说前两句是外在身体和物质条件的描写，那么后两句则展示出一种东坡特有的随遇而安的旷达胸襟。

　　然而，这首诗里"五更钟"所"报道"出来的舒适和旷达，传到京城，激怒了苏轼的政敌章惇。正如汪师韩所说："自写酣适，本无怨刺，乃遭执政之怒。岂以其安于所遇，反不足以惬忌者之心耶？"（《苏诗选评笺释》卷六）章惇将苏轼贬到惠州，其目的是从肉体和精神上使其痛苦，以满足其报复之心。而苏轼在恶劣的环境里依然安之若素，不仅如此，还能享受到那些奔走利海名场的官僚们所无法得到的舒适和安稳，只这"春睡美"三字，就足以令政敌嫉妒得发疯，何况还有对苏轼关怀备至的道人"轻打五更钟"，怎不叫章惇咬牙切齿。纪昀则从另一个角度指出："此诗无所讥讽，竟亦贾祸。盖失意之人作旷达语，正是极牢骚耳。"(《纪评苏诗》卷四十）苏轼在逆境中保持乐观旷达，而决不做凄苦可怜之状，这是故意要做给迫害他的执政者看，从而曲折地传递出更大的不满和牢骚。可以说，看似酣适安稳的春睡，其中正蕴藏着苏轼决不屈服于迫害的一身傲骨。

纪昀："('登高'四句)有此四句一顿挫，下半乃折宕有力。凡古诗长篇，第一要知顿挫之法。"(《纪评苏诗》卷四十一)

王文诰："今观此诗，起四句如绘地图，接四句如释地理，乃合八句为一节也。"(《苏轼诗集》卷四十一)

行琼儋间，肩舆坐睡，
梦中得句云："千山动鳞甲，万谷酤笙钟。"
觉而遇清风急雨，戏作此数句[1]

四州环一岛[2]，百洞蟠其中[3]。

我行西北隅[4]，如度月半弓。

登高望中原，但见积水空。

此生当安归？四顾真途穷。

眇观大瀛海[5]，坐咏谈天翁。

茫茫太仓中[6]，一米谁雌雄。

幽怀忽破散，永啸来天风[7]。

千山动鳞甲[8]，万谷酤笙钟。

王文诰："('万谷酤笙钟')以上八句亦是一节。其前'四顾真途穷'句，已水穷山尽矣。却不肯别起头脑，真从'途穷'拓出，故有'茫茫''一米'等句。然一路写来，却是完'行琼儋间'题面。"(同上)

安知非群仙[9]，钧天宴未终。

喜我归有期，举酒属青童[10]。

急雨岂无意[11]，催诗走群龙。

梦云忽变色[12]，笑电亦改容[13]。

应怪东坡老，颜衰语徒工。

久矣此妙声，不闻蓬莱宫[14]。

纪昀："('安知'四句）此一层又烘托得好。长篇须如此展拓，方不单薄。"（《纪评苏诗》卷四十一）

王文诰："('安知'四句）此节首转出'安知非群仙'句，乃欲跌出下意之故，特于'真途穷'时，落'喜我归有期'句，答还首节之'此生当安归'也。"（《苏轼诗集》卷四十一）

王文诰："自'安知'以下至'笑电'八句，亦为一节。且于中一节言风，此一节言雨，点清'梦'字及戏之之意，题境已完。其后直下作结。"（同上）

纪昀："结处兀傲得好。一路来势既大，非此则收裹不住。"（《纪评苏诗》卷四十一）

王文诰："'妙声'句虽为找足'群仙'诸语，实乃自为评赏，赞叹欲绝也。"（《苏轼诗集》卷四十一）

[注释]

[1] 行琼儋间，肩舆坐睡，梦中得句云："千山动鳞甲，万谷酣笙钟。"觉而遇清风急雨，戏作此数句：绍圣四年（1097）六月作于自琼州赴儋州途中。肩舆，用人力抬扛的代步工具，二长竿中置软椅以坐人。　　[2]"四州"句：谓海南岛周边为琼州、儋州（昌化军）、万安州（万安军）、崖州（朱崖军）等四州环列。　　[3]"百洞"句：谓海南岛中央五指山区为黎族人盘踞。百洞，指黎族人居住的洞穴，即《元丰九域志》卷九所云"黎峒"或"黎夷峒穴"。查慎行《苏诗补注》卷四十一《和陶劝农》注"黎民"："《琼州志》云：'五指山在安定县南，一云黎母山。黎人居山四旁，内为生黎，外为熟黎。'《方舆志》：'生黎各有洞主。'"楼钥《攻愧集》卷三《送万耕道帅琼管》："生黎中居不可近，熟黎百洞蟠疆封。"　　[4]"我行"二句：苏轼渡海到海南岛后，从琼州往西折南至儋州贬所，犹如走半月弓形之弧。　　[5]"眇观"二句：《史记·孟子荀卿列传》："驺衍谓：'中国名曰赤县神州。赤县神州内自有九州，禹之序九州是也。不得为州数。中国外如赤县神州者九，乃所谓九州也。于是有裨海环之，人民禽兽莫能相通者。如一区中者，乃为一州。如此者九，乃有大瀛海环其外，天

地之际焉。'"眇观,远观。谈天翁,即驺(邹)衍,人称"谈天衍"。　[6]"茫茫"二句:《庄子·秋水》记北海若语:"计中国之在海内,不似稊米之在大仓乎?"陆游《老学庵笔记》卷五:"晁子止云:曾见东坡手书'四州环一岛'诗,其间'茫茫太仓中'一句,乃'区区魏中梁'。不知果否?"按:下句有"一米",则以作"茫茫太仓中"为是。王注本作"区区魏中梁",用《庄子·则阳》语:"通达之中有魏,于魏中有梁,于梁中有王,王与蛮氏有辩乎?"其事与"一米"无关,今不取。　[7]永啸:长啸。三国魏嵇康《幽愤诗》:"永啸长吟,颐神养寿。"　[8]"千山"二句:《苕溪渔隐丛话·前集》卷四十二释此二句:"盖风来则千山草木皆动,如动鳞甲;万谷号呼有声,如酾笙钟耳。"　[9]"安知"二句:《史记·赵世家》:"简子寤语大夫曰:'我之帝所,甚乐,与百神游于钧天,广乐九奏万舞,不类三代之乐,其声动人心。'"钧天,天之中央。钧天广乐,指天上的音乐。　[10]青童:指神仙青童君。　[11]"急雨"二句:杜甫《陪诸贵公子丈八沟携妓纳凉晚际遇雨》:"片云头上黑,应是雨催诗。"此化用其意。　[12]梦云:如梦之云。宋玉《高唐赋》:"昔者楚襄王与宋玉游于云梦之台,望高唐之观,其上独有云气,崒兮直上,忽兮改容,须臾之间,变化无穷。"　[13]笑电:闪电如天在笑,故称。旧题东方朔《神异经》:"东王公与玉女投壶,……天为之笑。"张华注:"言笑者,天口流火照灼。今天不雨而有电光,是天笑也。"　[14]蓬莱宫:指仙宫。白居易《长恨歌》:"蓬莱宫中日月长。"

[点评]

宋哲宗绍圣四年(1097),朝廷加重对元祐诸臣的惩罚,苏轼再贬为琼州别驾、昌化军安置。六月渡海到琼州,随之赴昌化军(儋州)贬所。这首诗写于由琼赴儋的途中。据诗题，苏轼在乘坐肩舆时入睡，梦中得"千山动鳞甲，万谷酣笙钟"两句，醒后遇雨，于是"戏作此数句"，以补足梦中句，使之成为一首完整的诗。

诗开头"四州环一岛"二句，写海南岛的地理形势。宋代海南岛设琼、儋、万安、崖四州，分别位于岛的北、西、东、南，环抱全岛。而岛的中央是黎人盘踞的洞穴，称"黎峒"。"我行西北隅"二句，扣住诗题"行琼儋间"，写由琼赴儋的路线，先向西，再折向南，在岛的西北角走了一个弯月状的弧线，故称"如度月半弓"。接着"登高望中原"四句，写身处绝境的穷途末路之感。北望中原，但见一片大海，环顾四周，难有一处归宿。此时苏轼已六十二岁，垂暮之年，告别子孙，远谪海外，前途渺茫。《到昌化军谢表》："子孙恸哭于江边，已为死别；魑魅逢迎于海上，宁许生还？"就写到这种沉痛和悲凉。而海南岛四面环海的地形，更增加了"四顾真途穷"的绝望感。这四句虽写了海南与中原的大海阻隔，但诗人重点不在解释地理，而在于借所见"岛之困境"来抒发一腔悲愤的"幽怀"。

此时，诗人望中原，眺大海，想起了驺衍和庄子的理论，从而跳出个人当下的具体困境，站在更广大的立场上来俯瞰宇宙人生。"眇观大瀛海"四句，承接"但见积水空"而来，用"谈天翁"驺衍的观点来宽慰自己。登高所望的"中原"，即中国，按驺衍的话来说，叫赤县神州，而在中国之外，这样的赤县神州有九处，即九州，每处有"裨海"环绕；而九州之外，又有大瀛海环绕。所以从这个意义上说，"中原"也是海中之岛。据朱弁记载,苏轼在儋州,因试笔,写过一段话:"吾始至南海,环视天水无际,凄然伤之,曰:'何时得出此岛耶?'已而思之,天地在积水中,九州在大瀛海中,中国在少海中,有生孰不在岛者?"(《曲洧旧闻》卷五)此外,《庄子·秋水》中所言"计中国之在海内,不似稊米之在大仓乎",认为大与小都是相对的。中原之大,海南岛之小,从宇宙的立场来看,不过都是太仓里的一粒米,其差别可忽略不计。既然如此,那些把苏轼贬到"小岛"上的政敌,不过是留在稍微大一点的"岛"上而已,彼此又有何雌雄胜负之分呢?想至此,苏轼胸中豁然开朗。"幽怀忽破散"四句,写其苦闷痛苦随之消失,精神大振,长啸一声,以至于招来一阵"天风"。于是,千山草木摇摆,如鱼龙摇动鳞甲;万谷号呼有声,如笙钟吹奏正酣。"千山"两句充满生命和动感的诗句,诗人自称为梦中所得,应是其得意之作。这里扣合诗题"遇清风"。以上八句从"途穷"中拓出一番新境界。使"幽怀"得以"破散"者,既有骖衍、庄子的理论,又有大自然的"天风"。"天风"也就是庄子所说的"天籁",是天上的音乐。

"安知非群仙"四句,苏轼想象这美妙的笙钟,或许是群仙举行的音乐宴会尚未结束,青童仙君举酒相劝,祝贺自己重归天庭为期不远。"急雨岂无意"四句,扣合诗题"遇急雨",进一步渲染"钧天宴"的精彩震撼,行急雨催诗的群龙,梦幻般变化的云层,不断咧嘴大笑的闪电,绘声绘色。从修辞角度看,"催诗""变色""改容"的"急雨""梦云""笑电",都采用了拟人化的描写,不只是用典而已。而且"梦云"应诗题"梦中得句"之

"梦"，"笑电"应诗题"戏作"之"戏"。这段关于钧天广乐、青童群仙、急雨群龙、梦云笑电的描写，充满奇情幻想，诚如纪昀所说："以杳冥诡异之词，抒雄阔奇伟之气，而不露圭角，不使粗豪，故为上乘。"（《纪评苏诗》卷四十一）又如汪师韩所说："行荒远僻陋之地，作骑龙弄凤之思，一气浩歌而出，天风浪浪，海山苍苍，足当司空图'豪放'二字。"（《苏诗选评笺释》卷六）此处苏轼以"谪仙"自居，想象天上的群仙待其归，有意派遣急雨来催诗，因为自他被谪以来，仙宫中已久无好诗。最后"应怪东坡老"四句，是说群仙应惊怪这东坡老人，容颜衰老，却诗语工妙。"妙声"二字双关，既指风雨雷电组成的钧天广乐，又暗指诗人自己美妙的诗篇。值得注意的是"喜我归有期"一句，应答前面"此生当安归"，是苏轼在"四顾真途穷"之后获得的精神解脱以及乐观希望。法国作家罗曼·罗兰说过："世界上只有一种真正的英雄主义，那就是在认识生活的真相后，依然热爱生活。"苏轼的这首诗，很好地诠释了什么是"真正的英雄主义"。

这首诗有三个现象值得注意：一是"梦中得句"，醒而续作，自南朝谢灵运梦中作"池塘生春草"以来，诗人多有类似情况，苏轼这首诗的写作过程在宋代诗人中很有代表性。二是"急雨催诗"，这是苏轼作诗的驱动力之一，在本集所选《有美堂暴雨》和《次韵江晦叔》诗中都有类似描写。三是"戏作此数句"，也是苏轼的创作态度之一，通过戏谑来化解人生的苦闷和不幸，解脱人生存在的困境，此诗的"戏作"尤有这样的作用。

倦夜[1]

倦枕厌长夜[2]，小窗终未明。

孤村一犬吠，残月几人行。

衰鬓久已白，旅怀空自清[3]。

荒园有络纬[4]，虚织竟何成。

[注释]

[1] 倦夜：元符二年（1099）八月作于海南儋州（昌化军）。 [2] 倦枕：谓于枕上辗转反侧，不能入睡。 [3] 旅怀：客怀，羁旅者的情怀。 [4]“荒园”二句：络纬空有纺织之名，而无织成之实，暗指自己一生事业无成。络纬，崔豹《古今注·虫鱼》："莎鸡，一名络纬，一名蟋蟀，谓其鸣如纺纬也。"赵次公注引《古今注》："络纬，促织别名也。"庾信《奉和赐曹美人》："络纬无机织。"孟郊《古乐府·杂怨三首》其三："暗蛩有虚织。"刘敞《秋雨》："蟋蟀悲虚织。"

[点评]

《倦夜》诗题出自杜甫。杜诗曰："竹凉侵卧内，野月满庭隅。重露成涓滴，稀星乍有无。暗飞萤自照，水宿鸟相呼。万事干戈里，空悲清夜徂。"仇兆鳌《杜诗详注》卷十四题下引张远注："竟夕不寐，故曰倦夜。"卢元昌《杜诗阐》卷十八："倦夜则一夜无眠矣。"苏轼这首诗也写一夜无眠的感受。查慎行评说："通首俱得少陵

高步瀛："写景如在目前，而绝不吃力，故佳。"（《唐宋诗举要》卷四）

纪昀："结有意致，遂令通体俱有归宿，若非此结，则成空调。"（《纪评苏诗》卷四十二）

赵克宜："纪言结有意致是矣，谓通体有归宿则非。"（《角山楼苏诗评注汇钞》卷二十）

高步瀛："义兼比兴。"（《唐宋诗举要》卷四）

神味。"(《初白庵诗评》卷中）但赵克宜并不认可，反驳说："查评动引少陵，竟无毫发之似。"(《角山楼苏诗评注汇钞》卷二十）若说苏诗与杜诗"无毫发之似"，也许并不准确，因为二人都写彻夜无眠的情景，都在尾联写倦夜引发的内心感叹。但若说"通首俱得少陵神味"，也未免不确，苏诗与杜诗的差异还是很明显的。首先，杜诗前六句皆写景，而苏轼只有颔联两句写景。其次，苏轼颈联写自己的身心——衰鬓与旅怀，杜诗却无。再次，杜甫在清夜中想到"干戈"的社会背景，苏轼感慨的背景却是海南的"荒园"。相比较而言，苏诗更多地表达了个人的主观情绪。

首联描写不眠的感受，上句直接使用"倦"与"厌"两个含主观情绪的字眼，下句则以"终未明"三字形容"长夜"之长。这两句写出不眠之人的普遍感受，很有表现力。颔联从听觉和视觉两个角度写长夜之景，而并置之景又暗含因果关系。村里传来一犬吠声，应是有几人在行走。几人惊动一犬，足见夜之静谧；能听到一犬吠者，足见其人之敏感。村中犬吠的所闻是实写，月下行人的所见是虚写，此乃枕上闻犬吠而猜想有人行。此联动中有静，实中有虚，"孤"字写居住之荒僻，"残"字写长夜之将尽，用字皆极精炼准确，摹写入神。《唐宋诗醇》卷四十一称此诗"虚廓寂寥，具臻妙境"，颔联的描写功不可没。

颈联因不眠反观自身，年华老去，鬓发已经衰白，谪居海南，客怀如此凄清。此时听到园中络纬的叫声，更引发无穷感慨。尾联的"虚织竟何成"，秋虫络纬空有类似织布的札札鸣声，却从未有织出的成果，暗喻自己平生也如络纬一般，徒有其名，而最终一事无成，虚度岁月。这其实就是杜甫"空悲清夜徂"诗意的另一种表现。联想到苏轼晚年在海南的处境，其政治生命已被剥夺，此时长夜难眠，百忧丛集，因此其感慨是非常沉重悲凉的。高步瀛称尾联"义兼比兴"，具体说来，以络纬的虚织喻人生的虚度，这是"比"的手法；而这一喻义又是静夜闻络纬鸣声所引发的，是感发触动的结果，这是"兴"的手法。

汲江煎茶 [1]

活水还须活火烹 [2]，自临钓石取深清 [3]。
大瓢贮月归春瓮，小杓分江入夜瓶。
雪乳已翻煎处脚 [4]，松风忽作泻时声 [5]。
枯肠未易禁三碗 [6]，坐听荒城长短更 [7]。

[注释]

[1] 汲江煎茶：元符三年（1100）春作于海南昌化军。江，此指伦江，发源于五指山，流经昌化军治所宜伦县入海。　[2]"活水"句：施注本有苏轼自注："唐人云：'茶须缓火炙，活火煎。'"唐人指李约。赵璘《因话录》卷二谓：兵部员外郎李约"天性惟嗜茶，能自煎。谓人曰：'茶须缓火炙，活火煎。'活火谓炭火之

杨万里："第二句七字而具五意：水清，一也；深处清，二也；石下之水非有泥土，三也；石乃钓石，非寻常之石，四也；东坡自汲，非遣卒奴，五也。"（《诚斋诗话》）

查慎行："贮月分江，小中见大。"（《初白庵诗评》卷下）

林昌彝："东坡烹茶句'大瓢贮月归春瓮，小杓分江入夜瓶'，句特雅炼，然却是宋人诗派。"（《海天琴思录》卷七）

杨万里："（'雪乳'二句）此倒语也，尤为诗家妙法，即少陵'红稻啄余鹦鹉粒，碧梧栖老凤凰枝'也。"（《诚斋诗话》）

何焯："三碗便不能成寐，以足深情之意。'长短'则亦有活字余韵，枕上时闻时不闻也。"（《瀛奎律髓汇评》卷十八引）

纪昀："《博物志》曰：'饮真茶令人少眠。'结二句即此意。"（同上）

焰者也"。活水，指有源头且流动的水。　[3]取深清：一本作"汲深清"。　[4]雪乳：指煎茶时翻起的白色浮沫，如雪白的乳花。王注本、施注本"雪乳"作"茶雨"。煎处脚：茶脚。赵次公注："湖州之研膏紫笋，烹之，有绿脚垂下也。"　[5]松风：喻水沸声。苏轼《试院煎茶》："蟹眼已过鱼眼生，飕飕欲作松风鸣。"黄庭坚《信中远来相访且致今岁新茗》："松风转蟹眼，乳花明兔毫。"　[6]"枯肠"句：谓禁不得饮三碗茶来搜索枯肠作诗。卢仝《走笔谢孟谏议寄新茶》："一碗喉吻润，二碗破孤闷。三碗搜枯肠，唯有文字五千卷。四碗发轻汗，平生不平事，尽向毛孔散。五碗肌骨清，六碗通仙灵。七碗吃不得也，唯觉两腋习习清风生。"　[7]坐听荒城：一本作"坐数荒村"，一本作"卧听山城"。

[点评]

苏轼有两首咏煎茶之诗，一首是七言古诗《试院煎茶》，另一首即此七言律诗《汲江煎茶》。汪师韩称这两首茶诗"在古近体中各推绝唱"（《苏诗选评笺释》卷一）。煎茶是唐宋时期流行的制作饮用茶的工序，工艺程序复杂，各茶谱所说也不太一致。因此，我们关注苏轼的煎茶诗，不在于探讨其程序到底如何，而在于欣赏他能将日常生活中的茶事作出诗意的提升。

这首《汲江煎茶》作于贬谪海南时期，跟在杭州通判任上的试院煎茶环境颇有不同，没有精致典雅的银屏玉碗，只有粗朴简陋的大瓢小杓，不过，这丝毫不影响苏轼煎茶的兴味。胡仔指出："此诗奇甚，道尽烹茶之要。且茶非活水则不能发其鲜馥，东坡深知此理矣。"（《苕溪渔隐丛话·后集》卷十一）诗首句"活水""活火"二词，是一篇的眼目。由唐人李约"茶须缓火炙，活火煎"的说法引出。"活火"是指有火焰的炭火，火焰摇动闪烁，故称为"活"。"活水"煎茶的说法也有来历，陆羽《茶经》卷下论煎茶用水曰："其水，用山水上，江水中，井水下。……其江水，取去人远者。""井水"近乎死水，属下品。然而儋州没有上等的"山水"（山上的泉水溪水）可取，只能退而求其次，即"取去人远"的江水。第二句"自临钓石取深清"，完全是遵循《茶经》的取水法，且更有讲究。杨万里《诚斋诗话》把第二句七字分为五层意思，的确过分琐碎，被纪昀等人所批评。然而也不可否认，苏轼这句的确有意识对"汲江"所取之水作了限定。垂钓之处一般偏僻安静，符合"去人远"的条件。不仅如此，在石下取水，表明是不带泥沙的水；水取自深处，不是浅水，因而特别清。此句可知苏轼所取煎茶之水，不仅是"活水"，而且是"清水"。

　　颔联"大瓢"二句，写汲江取水的过程，充满诗意。月光照耀水面，舀一大瓢水，仿佛要将水中的明月贮存瓮中。而用小杓舀水的时候，则如同从江水中分出一部分注入陶瓶。"贮月"以暗示水之清，因为水清则月现；"分江"以暗示水之活，因为是流动的江水，不同于井水。同时，一瓢中见明月，一杓中见清江，这是"小中见大"；而把明月、清江归入瓶瓮，则将月与江视为可贮可分之物，这是"以大观小"。这种泯合客观事物的大小巨细的观照方法，与苏轼"俯仰了大块"的"法眼"有密切关系，而贮月、分江的奇特想象，便是其"法眼"转换为"诗眼"的自然结果。还有，"春瓮"之"春"，表明正是新茶采摘的季节；而"夜瓶"之"夜"，点明煎茶的时间，与结句"长短更"相呼应。这两句用语非常精准，没有一个多余的字，所以前人称其"句特雅炼"。

如果说颔联重在写"汲江"、写"活水"的话，那么接下来的颈联就重在写"煎茶"、写"活火"。"雪乳"句意为，随着沸水翻转，茶脚浮上一层白沫，即雪白的茶乳。"松风"句意为，沸茶泻入碗中的时候，发出飕飕的声音，如松风鸣响一般。杨万里称这两句为"倒语"，即倒装句法，若按顺叙，应作"煎处已翻雪乳脚，泻时忽作松风声"，正如同杜甫名句"红豆啄余鹦鹉粒，碧梧栖老凤凰枝"的倒装一样，若顺叙当作"鹦鹉啄余红豆粒，凤凰栖老碧梧枝"。所以说这是仿杜甫的"诗家妙法"。"雪乳"二字，有的版本作"茶雨"，但是，在宋代的茶诗、茶词里，我们找不到其他"茶雨"一词的用例，从文本的互文性来看，显然缺乏依据。宋人认为"茶色贵白"，因而"雪乳"一词几乎是宋人咏茶的口头禅，如僧惠洪《空印以新茶见饷》："要看雪乳急停筅。"王炎《次韵韩毅伯谢人惠茶》："雪乳云腴何可无。"王洋《题前寺中洲茶》："瀹以寒泉雪乳轻。"曹冠《朝中措》茶词："花瓷雪乳珍奇。"不胜枚举。可见"雪乳"比"茶雨"更符合宋人的习惯用法。

尾联写饮茶的情景。杨万里《诚斋诗话》："（'枯肠'句）又翻却卢仝公案，仝吃到七碗，坡不禁三碗。"其实，苏轼之所以说未禁三碗，是因为卢仝茶诗称"三碗搜枯肠，唯有文字五千卷"，"枯肠"与"七碗"无关，算不上翻案。此处一方面自谦写诗如搜枯肠，另一方面夸赞此茶为地地道道的"真茶"，三碗足令人不能成寐。结句写在城南简陋的居舍里，静听海南荒城里不时传来或长或短的打更声。"长短更"既是荒城"更漏无定"的客观情况，又是苏轼在枕上"时闻时不闻"的主观感受，而为何无寐听更声，则已不只是茶的作用。联想到苏轼在海南的遭遇，无论是荒村的静卧无聊，长夜难眠，还是枯肠的辗转搜索，都包含在"坐听荒城长短更"之中。结句不作议论和感叹，虽不言情，而"入情无迹"（纪昀语），余味无穷。

澄迈驿通潮阁二首（其二）[1]

余生欲老海南村，帝遣巫阳招我魂[2]。
杳杳天低鹘没处[3]，青山一发是中原[4]。

纪昀："（末二句）神来之笔。"（《纪评苏诗》卷四十三）

汪师韩："羁望深情，含蕴无际。"（《苏诗选评笺释》卷六）

赵克宜："意极悲痛，佳在但作指点，不与说尽。"（《角山楼苏诗评注汇钞》卷二十）

[注释]

[1] 澄迈驿通潮阁二首：元符三年（1100）正月，宋徽宗即位，大赦天下。五月中，苏轼受告命量移廉州安置；六月，将渡海赴廉州，途经澄迈县，登通潮阁，作诗二首，此选其第二首。通潮阁，一名通明阁，在澄迈县西，乃驿站之阁。　[2]"帝遣"句：《楚辞·招魂》："帝告巫阳曰：'有人在下，我欲辅之。魂魄离散，汝筮予之。'……巫阳焉乃下招曰：'魂兮归来！'"　[3] 杳杳：深远隐约貌。鹘：一本作"鸿"。　[4] 青山一发：喻远山微茫，细如一发。韩愈《赠别元十八协律六首》其六："乘潮簸扶胥，近岸指一发。"

[点评]

四年海南岛的贬谪生活即将结束，苏轼登上澄迈驿通潮阁，隔海远望中原，百感交集。尽管他已习惯海南的生活，也留恋这里的父老乡亲，但毕竟这是蛮荒的流放之地，条件极为艰苦，对于一个六十多岁的老人来说，能从海外回归中原故乡，无论如何是一件令人高兴的事。据朱弁《曲洧旧闻》卷五记载："东坡在儋耳，谓子过曰：'吾尝告汝，我决不为海外人，近日颇觉有还中州气象。'……后数日，而廉州之命至。"在《澄迈驿通潮阁》第一首中有"倦客愁闻归路遥"之句，所以北望而思中原，是这组诗的主题。

此诗是苏轼七言绝句中的精品，施补华《岘佣说诗》评说："东坡七绝亦可爱，然趣多致多，而神韵却少。……独'余生欲老海南村，……青山一发是中原'，则气韵两到，语带沉雄，不可及也。"

前面"余生"二句，表明自己虽已做好在海南安度余生的打算，却未曾料想得到新天子的大赦，竟有魂归中原的一天。次句用《楚辞·招魂》的典故，以天帝喻皇帝，以招魂喻召还，即量移廉州的告命。苏轼《移廉州谢上表》"诏词温厚，亟返惊魂"二句，可看作"帝遣巫阳招我魂"的注脚。他曾在《潮州韩文公庙碑》中写道："钧天无人帝悲伤，讴吟下招遣巫阳。"那是天帝招韩愈之忠魂，而这次轮到自己，是皇帝诏词来招海南的惊魂。无论如何，苏轼不经意间将自己与韩愈的命运等同起来。

后两句是此诗最精彩之处，被纪昀称为"神来之笔"。胡仔《苕溪渔隐丛话·后集》卷三十："《澄迈驿通潮阁》

诗云：'杳杳天低鹘没处，青山一发是中原。'《伏波将军庙碑》有云：'南望连山，若有若无，杳杳一发耳。'皆两用之，其语倔奇，盖得意也。"这杳杳一发，形容隔海远望的中原大陆，飞鸟灭没之处的天尽头，只见一条细细的淡痕，不仅其写景极为准确生动，而且其情绪的表达既沉痛又含蓄。值得注意的是，"鹘"字一本作"鸿"，若根据诗的情调意境来看，"鸿"字似更佳，更合作者本意。理由如下：

其一，苏轼《水调歌头·黄州快哉亭赠张偓佺》有句曰："长记平山堂上，敧枕江南烟雨，杳杳没孤鸿。"其"杳杳"与"没"字皆与此诗相同，换言之，若作"杳杳天低鸿没处"，能在苏轼作品里找到文本互文的内证。苏轼《单同年求德兴俞氏聚远楼诗三首》其三："心在飞鸿灭没间。"想象登楼远望的情景，也与此诗意象大抵类似。

其二，唐人和苏轼同时代人爱使用飞鸿灭没的意象，如释惠洪《冷斋夜话》卷一《换骨夺胎法》："李翰林（李白）诗曰：'鸟飞不尽暮天碧。'又曰：'青天尽处没孤鸿。'"晁补之《披榛亭赋》："飞鸿灭没，夕阳就微。"苏轼作诗也有无一字无来处的特点，"鸿没"有出处，而"鹘没"没有。

其三，目送飞鸿，是一个古老的写作传统，嵇康《赠秀才入军》诗曰："目送归鸿，手挥五弦。"目送的"鸿"往往与"没"字结合，如释惠洪《庆长出仲宣诗语意有及者作此寄之》："识君定何时，目送孤鸿没。"因此，苏轼远望琼州海峡之北的中原，目送杳杳天低处飞鸿灭没的意象，具有盼望北归的象征意义。

其四，《楚辞·招魂》中有"魂兮归来哀江南"之句，足见北望中原充满"归"的期待，那"江南"也正是"欹枕江南烟雨，杳杳没孤鸿"的处所。"鹘"作为一种猛禽，并无灭没于烟波浩渺之情状，也与全诗想望中原的归心无多少交涉。所以"鹘没处"正确的原文，或者说更具"或然性"的原文，应该是"鸿没处"。只是从版本学上来看，证据尚不充足，此处仍然尊重底本作"鹘"。

查慎行："前半四句俱用四字作叠，而不觉其板滞，由于气充力厚，足以陶铸镕冶故也。"(《初白庵诗评》卷下)

纪昀："前半纯是比体，如此措辞，自无痕迹。"(《瀛奎律髓刊误》卷四十三)

贺裳："坡诗吾第一服其气概。后至垂老投荒，夜渡瘴海，犹云'空余鲁叟乘桴意，……兹游奇绝冠平生'，如此胸襟，真天人也。"(《载酒园诗话》)

六月二十日夜渡海[1]

参横斗转欲三更[2]，苦雨终风也解晴[3]。
云散月明谁点缀[4]，天容海色本澄清。
空余鲁叟乘桴意[5]，粗识轩辕奏乐声[6]。
九死南荒吾不恨[7]，兹游奇绝冠平生[8]。

[注释]

[1]六月二十日夜渡海：元符三年（1100）六月作于渡琼州海峡时。　[2]参横斗转：参星横斜，北斗星转向，谓夜已深。《宋书·乐志》载《善哉行》古词："月没参横，北斗阑干。"参，星宿名，二十八宿之一，即猎户座第七颗亮星。　[3]苦雨终风也解晴：以风雨转晴隐喻政治局势由恶劣转清明。苦雨，久下成灾的雨，为人所患。终风，终日不停的风。《诗经·邶风·终风》："终风且暴。"[4]"云散"二句：隐喻政敌的诬陷如蔽月之云已经消散，而自己本如晴空碧海一般澄净清白。《世说新语·言语》："司

马太傅斋中夜坐，于时天月明净，都无纤翳，太傅叹以为佳。谢景重在坐，答曰：'意谓乃不如微云点缀。'太傅因戏谢曰：'卿居心不净，乃复强欲滓秽太清邪？'"　[5]"空余"句：谓这次渡海徒然抱有孔子那样对世道的感叹。《论语·公冶长》："子曰：'道不行，乘桴浮于海。'"鲁叟，指孔子。　[6]"粗识"句：谓从海涛声中粗略领会到黄帝咸池之乐的妙理。《汉书·律历志》："（黄帝）始垂衣裳，有轩冕之服，故天下号曰轩辕氏。"《庄子·天运》："帝张《咸池》之乐于洞庭之野。"　[7]"九死"句：化用屈原《离骚》"虽九死其犹未悔"句意。　[8]"兹游"句：谓这次贬谪海南实为自己平生最美妙的旅游。

[点评]

这首诗前四句通过描写自然天气的变化以及海峡夜景，隐喻政治气候终于由污秽转向清明，从而洋溢着一种洗清罪名、昭示清白的喜悦心情。纪昀说"前半纯是比体，如此措辞，自无痕迹"，正是指政治局势的隐喻与海天夜色的描写融为一体，浑化无迹。这是由景色触动的情绪所引发的政局联想，即所谓"兴中有比"或"义兼比兴"。"云散"句化用《世说新语》的词语写夜景，但即使不知其用典也不影响理解诗意，此即所谓"水中着盐，饮水乃知盐味"，是一种"作诗用事"很高明的手段（见蔡絛《西清诗话》）。

从句法上来说，这四句都采用了所谓"当句对"，"参横"对"斗转"，"苦雨"对"终风"，"云散"对"月明"，"天容"对"海色"，也就是查慎行所说"四字作叠"。四句都用相同的"当句对"，很容易造成句法板滞单调，然而苏轼用每句后三字来作调节，使得四句之间有前后相续的转折因果关系，从而气势连贯，毫无堆砌铺排之感。

颈联上句写乘渡船时的感受。这次遇赦渡海北归，再不用像孔子那样感叹"道不行，乘桴浮于海"，因为在苏轼看来，新天子即位，举措英明，大道将行，所以用"空余"二字暗示"乘桴"的局面不会再出现。苏轼贬谪海南，本是政敌章惇、蔡卞等人迫害的结果，即"道不行"的结果，但他将之比为自己"乘桴浮于海"的主动选择，这就显示出一种绝不向无道之世妥协的精神。下句写闻海涛声引起的联想。这海涛声如同美妙的"咸池之乐"，苏轼从中粗略地领会到黄帝所讲的妙理，即老庄学说的玄理。据《庄子·天运》，黄帝张《咸池》之乐于洞庭之野，并为北门成解释闻乐时所以惧、所以怠、所以惑的原因："乐也者，始于惧，惧故祟；吾又次之以怠，怠故遁；卒之于惑，惑故愚。愚故道，道可载而与之俱也。"这就是忘怀得失、由愚入道、与道俱载的妙理。

苏轼在海南居住四年，生活条件极为艰苦，饱经磨难，但在尾联他却用戏谑的口吻，表达了"虽九死其犹未悔"的傲岸精神以及"兹游奇绝冠平生"的乐观态度。旧时评论者或有站在"君命"立场批评苏轼这种放旷不羁的诗句，如瞿祐评这两句："方负罪戾，而傲世自得如此。虽曰取快一时，而中含戏侮，不可以为法也。"（《归田诗话》卷中）何焯也认为："投荒不恨，是以君命为戏也。"（《义门读书记》卷五）然而，苏轼不过是新旧党争中的受害者，一身清白，何罪之有？此诗所展现出的胸襟气度，已非一般匍匐于君臣伦理之下的士大夫所能理解，而达到超人世而识天道的境界。正如方回所说："或谓尾句太过，无省愆之意，殊不然也。章子厚、蔡卞欲杀之，而处之怡然。当此老境，无怨无怒，以为兹游奇绝，真了生死、轻得丧天人也。"（《瀛奎律髓》卷四十三）汪师韩也高度评价全诗："高阔空明，非实身有仙骨，莫能有其只字。"（《苏诗选评笺释》卷六）此诗中体现出来的笑傲南荒、忘怀九死如"天人"般的超越态度，正是苏轼留给后人的精神财富。

次韵江晦叔二首（其二）[1]

钟鼓江南岸[2]，归来梦自惊[3]。
浮云时事改[4]，孤月此心明。
雨已倾盆落，诗仍翻水成[5]。
二江争送客[6]，木杪看桥横[7]。

胡仔："语意高妙，参禅悟道之人，吐露胸襟，无一毫窒碍也。"（《苕溪渔隐丛话·后集》卷二十六）

[注释]
[1]次韵江晦叔二首：建中靖国元年（1101）三月作于虔州（今江西赣州市）。江晦叔，江公著，字晦叔，睦州桐庐人。建中靖国元年任虔州知州。　　[2]江南：宋代虔州属于江南西路，此处代指虔州。　　[3]归来：指从海南遇赦北归。　　[4]"浮云"二句：世事如浮云一样变幻不定，我心如孤月一样明净皎洁。　　[5]翻水：比喻极其容易。《史记·高祖本纪》："譬犹居高屋之上，建瓴

水也。"裴骃集解引如淳说："瓴，盛水瓶也。居高屋之上而幡瓴水，言其向下之势易也。" [6]二江：指章水、贡水，在虔州合流，是为赣江。 [7]木杪：树梢。

[点评]

这首诗作于建中靖国元年（1101），苏轼北归，正月下旬抵达虔州。因赣江水量不足，舟难前行，因而滞留四十余日。宋人方勺《泊宅编》卷三记载："赣石数百里之险，天下所共闻。若雨少溪浅，则舟舫皆杈（停船靠岸）以待，有留数月者。"苏轼遇到的正是这种情况。其时江公著到虔州知州任，二人相交往，作诗唱和。此诗当作于雨落江涨后将离开虔州时。

诗的首联，写听到虔州的钟鼓声，恍然从梦中惊醒，才意识到自己终于离开岭南瘴疠之地，来到江南西路的境地。江公著是苏轼的故人，元祐六年（1091）苏轼知杭州时曾有交游，并作《送江公著知吉州》。来到虔州，见到故人，所以有"归来"的感慨。

颔联向江公著表明自己的心迹。浮云比喻政局，如白衣苍狗一般，变化多端。孤月比喻自心，始终明净皎洁，一尘不染。苏轼从初谪黄州，到重返朝廷，再贬谪惠州、儋州，又从岭外重归内地，看惯北宋党争的波谲云诡。然而他始终能保持自己的独立人格，决不见风使舵，心地纯洁澄明，不为外界的浮云所摇荡遮蔽。这是一种充实高明的心性境界，体现了不囿于物的内在独立性和超越性，与宋代理学和禅学的精神相通，所以颇为后人称道。胡仔云："（东坡）自岭外归，《次韵江晦叔》

诗云：'浮云时事改，孤月此心明。'语意高妙，参禅悟道之人，吐露胸襟，无一毫窒碍也。"王应麟认为这两句诗"见东坡公之心"，可看出"坡公晚年所造深矣"（《困学纪闻》卷十八）。汪师韩也肯定这两句的胸襟和哲理："冲襟内盎，见于文词，无不邃然入理。"（《苏诗选评笺释》卷六）

颈联写"雨"与"诗"的关系，一方面是写实景实情，虔州大雨，诗人作诗；另一方面是演绎杜甫《陪诸贵公子丈八沟携妓纳凉晚际遇雨》"应是雨催诗"的构思，同时又借用韩愈《寄崔二十六立之》"文如翻水成"的现成句子。大雨触发勃然诗兴，是苏轼作诗的常态之一，如《游张山人园》"飒飒催诗白雨来"，《行琼儋间肩舆坐睡……戏作此数句》"急雨岂无意，催诗走群龙"，意境相似。"诗仍翻水成"则是苏轼一贯的写作方式，快意倾泻。

"雨已倾盆落"不仅催诗，而且暗示江水暴涨，所以尾联"二江争送客"，不写自己将离别虔州，而写章、贡二江涨水争送客船，江水犹如此恋恋不舍，更何况是故人江公著。"木杪看桥横"，应是写船行渐远，透过树梢能看到江上横桥，而已见不到桥上故人的身影。翁方纲云："然予意则赏其结二语云：'二江争送客，木杪看桥横。'以为言外有神也。"（《石洲诗话》卷三）的确值得玩味。

词

蝶恋花 [1]

花褪残红青杏小，燕子飞时 [2]，绿水人家绕 [3]。枝上柳绵吹又少 [4]，天涯何处无芳草。

墙里秋千墙外道，墙外行人，墙里佳人笑。笑渐不闻声渐悄，多情却被无情恼。

[注释]

[1] 蝶恋花：约熙宁七年（1074）作于杭州。关于此词系年，今人有熙宁九年密州、元丰年间黄州、绍圣元年自定州南迁途中、绍圣二年惠州诸说，皆系推测，并无确证，今不从。《历代诗余》卷一百一十五引宋释惠洪《冷斋夜话》，谓"东坡渡海（应作'度岭'），惟朝云王氏随行，日诵'枝上柳绵'二句，为之流泪。病极，犹不释口。东坡作《西江月》悼之"。元伊世珍《琅嬛记》卷中引《林下词谈》："子瞻在惠州，与朝云闲坐。时青女初至，落木萧萧，凄然有悲秋之意。命朝云把大白，唱'花褪残红'。朝云歌喉将啭，泪满衣襟。子瞻诘其故，答曰：'奴所不能

王士禛："'枝上柳绵'，恐屯田缘情绮靡，未必能过。孰谓坡但解作'大江东去'耶？髯直是轶伦绝群。"（《花草蒙拾》）

尤侗："东坡'柳绵'之句，可入女郎红牙；使屯田赋《赤壁》，必不能制将军铁板之声也。"（《西堂杂俎》二集卷三《三十二芙蓉词序》）

沈际飞："'枝上'一句，断送朝云；一声《何满子》，竟能使肠断。李龟年正若是耳。"（《草堂诗余正集》卷二）

黄苏："'柳绵'自是佳句，而次阕尤为奇情四溢也。"（《蓼园词选》）

杨湜："'多情却被无情恼'，盖行人多情，佳人无情耳，此二字极有理趣。"（《诗人玉屑》卷二十一引《古今词话》）

歌是"枝上柳绵吹又少，天涯何处无芳草"也。'子瞻翻然大笑曰：
'是吾正悲秋，而汝又伤春矣。'遂罢。朝云不久抱疾而亡。子瞻
终身不复听此词。"所言皆指朝云唱词之事，然非作词之日。按：
朝云尤钟情于此词，秋千上的佳人应当就是少女时的朝云，在惠
州病笃时唱此词，所以尤为悲伤。此词或当系于熙宁七年（1074）
朝云初归苏轼时。蝶恋花，词牌名。《御定词谱》卷十三："唐教
坊曲，本名《鹊踏枝》，宋晏殊词改今名。"毛先舒《填词名解》
卷二谓："采梁简文帝乐府'翻阶蛱蝶恋花情'为名。"底本无题，
吴讷钞本、《二妙集》本、茅维《苏文忠公全集》本、毛本题作"春
景"。　［2］飞：《二妙集》本、毛本注："一作'来'。"　［3］绕：底
本注："一作'晓'。"《诗人玉屑》卷二十一引杨湜《古今词话》曰：
"予得真本于友人处，'绿水人家绕'作'绿水人家晓'。……而
'绕'与'晓'自霄壤也。"《草堂诗余》卷三引杨慎曰："'晓'字
胜于'绕'字，'晓'字有味，'绕'字呆。可悟字法。"沈际飞《草
堂诗余正集》卷二曰："有燕子句，合用'绕'字，若'晓'字，
少着落。"俞彦《爱园词话》曰："子瞻'绿水人家绕'，别本'绕'
作'晓'，为《古今词话》所赏。愚谓'绕'字虽平，然是实景；'晓'
字无皈着。试通咏全章便见。"　［4］柳绵：即柳絮。

［点评］

　　这首词本无词题，其内容上阕写春景，下阕写春情，
清丽婉约。王士禛、尤侗等人都认为，写婉约词的高手
柳永，都未必能超过此词的"缘情绮靡"。

　　所谓"春景"，其实是暮春接近初夏时的景色。"花
褪残红青杏小"，杏花早已凋零，甚至连残红也已褪尽，
但春天美好的生命却得以延续，有娇小可爱的青杏为之

补偿。"燕子飞时"二句,绿水弯弯曲曲,燕子飞来飞去,或许想在岸边的"寻常百姓家"筑巢。"绕"字有版本作"晓",有人评论"晓"字更佳。但是整首词都没有景物能表明这是清晨时分,"晓"字与上下文不配。而"绕"字则能落到实处,燕子绕人家而飞,绿水绕人家而流,宛然一幅春日图画。"枝上柳绵吹又少",是词中唯一略带伤感的句子,枝上柳絮纷飞殆尽,春色将阑,不免令人惆怅。因为"柳绵"就是"杨花",它将"春色三分"都化为尘土和流水。但接下来一句"天涯何处无芳草",则将伤感一扫而空,连天的芳草又是另一番欣欣向荣的景象,足以让人忘记伤春的忧愁。因而,这一句所表现的达观情怀,并不同于淮南小山《招隐士》中"王孙游兮不归,春草生兮萋萋"的感叹,而更接近《离骚》中卜者灵氛劝告屈原的话:"何所独无芳草兮,尔何怀乎故宇?"总之,上阕所写暮春之景,始终带有青春乐观的心态,残红尽,有青杏,柳絮少,有芳草,夏日的生命更值得期待。

所谓"春情",是指墙外行人和墙里佳人的邂逅。值得注意的是墙里"秋千",在唐宋时期,秋千是专给少女游乐的体育器械。冯延巳词有"柳外秋千出画墙"(《上行杯》)之句,秋千荡到高处,就会荡出墙头。如此一来,墙外的行人就能在"秋千出画墙"的那一瞬间见到佳人。而佳人却只是天真无邪、情窦未开的少女,见到墙外陌生的行人,只留下一串银铃般的笑声。"笑渐不闻声渐悄",伫立在墙外的行人还在忘情地聆听动人的笑声,但佳人已下秋千,回闺房,笑声渐渐消失。"多情却被无情恼"，这次邂逅最终落得个令人烦恼的结局。行人自是"多情"，那惊鸿一瞥，便顿生情愫，那笑声一闻，更情不能已。而佳人自是"无情"，青春年少，无忧无虑，哪里知道行人的心思。下阕尽管以"恼"字结尾，结局看似残酷，却并不沉重，"多情"与"无情"的对比，更像是一出男女轻喜剧。从用字方面来看，除了"墙里""墙外"重复使用外，还有二"人"字，二"笑"字，二"渐"字，二"情"字，同时还用了顶针的修辞手法，颇有几分民歌的风味，既缠绵往复，又活泼有趣。

　　事实上，从这首词描写的景物和情感来看，更像是青春的颂歌。青杏、燕子、绿水、芳草、秋千、佳人、笑声，都充满健康的生命力。这秋千上的佳人，或许是苏轼初次见到王朝云的形象。那时朝云十二岁，正是"无情"的年龄，而她天真的性格、甜美的笑声一定给苏轼留下深刻的印象。《冷斋夜话》《林下词谈》不约而同地谈到朝云在惠州不忍唱"枝上柳绵吹又少"之句，如果其中有几分真实信息的话，那么正可说明苏轼当年这首《蝶恋花》是为朝云而作。当年那位秋千上欢笑的少女，如今已是饱经苦难的妇人，病体缠身，万念俱灰。正因为此词是二人爱情的见证，所以在惠州每诵及此词，不由得悲从中来，以泪洗面。换言之，此词本身并无多少伤感，其引起朝云悲伤的是度岭后罹病的环境。至于有人评论此词下阕说："此亦寓言，无端致谤之喻。"（李佳《左庵词话》卷下）作政治隐喻的理解，恐怕是求之过深了吧。

江城子[1]

乙卯正月二十日夜记梦

十年生死两茫茫[2]，不思量，自难忘。千里孤坟[3]，无处话凄凉。纵使相逢应不识，尘满面，鬓如霜。

夜来幽梦忽还乡，小轩窗，正梳妆。相对无言，惟有泪千行。料得年年肠断处[4]，明月夜，短松冈。

[注释]

[1] 江城子：熙宁八年（1075）正月二十日作于密州。傅藻《东坡纪年录》熙宁八年乙卯："上元作《蝶恋花》，二十日记梦作《江神子》。"江城子，词牌名，亦名"江神子"，傅注本作"江神子"。此词所记梦中人为苏轼亡妻王弗。　[2]"十年"句：据苏轼《亡妻王氏墓志铭》载："治平二年五月丁亥，赵郡苏轼之妻王氏卒于京师。……其死也，盖年二十有七而已。"治平二年（1065）到熙宁八年正好十年。　[3] 千里孤坟：据《亡妻王氏墓志铭》载，治平三年（1066）六月壬午，"葬于眉之东北彭山县安镇乡可龙里先君先夫人墓之西北"。眉州彭山县与密州相隔数千里，故云。　[4]"料得"三句：孟棨《本事诗·征异》记唐开元中幽州衙将张某，妻孔氏，生五子，不幸去世。后娶妻李氏，悍怒狠戾，虐待五子。五子不堪其苦，哭于母坟。孔氏忽于冢中出，抚其子，悲恸久之，因以白布巾题诗赠张某，诗的尾联为"欲知肠断处，

明月照孤坟"。此处化用其意。

[点评]

　　这首题为"记梦"的词，其实是一首悼亡词。记梦和悼亡，都是诗的传统题材，前者如唐人韩愈《记梦》、陆龟蒙《纪梦游甘露寺》等，后者则有晋人潘岳、唐人元稹的《悼亡诗》。以词记梦，在苏轼之前有南唐李后主《忆江南》"多少恨，昨夜梦魂中"以及其他词人的作品，然而，以词记梦来表达悼亡之情，则以苏轼为第一人。这是苏轼将诗的题材移入词体的一次尝试，后人称他"以诗为词"，这首词也算一例。当然，苏轼作此词并非有意"破体"，而是因为梦醒后情不能已，为记此缠绵凄婉的梦境，不得不选择词这一长短句形式。正如王国维所说："词之为体，要眇宜修，能言诗之所不能言。"（《人间词话》）换句话说，词这一体裁能更好地表达他对亡妻王弗的一片深情。

　　王弗是眉州青神县乡贡进士王方之女，十六岁嫁与苏轼，生子苏迈。她聪明娴静，侍亲甚孝，与苏轼相濡以沫十二年，伉俪情深。王弗去世后，苏轼将其安葬在故乡父母坟茔边，后续娶王弗堂妹王闰之为妻。在王弗去世后的十年间，政局大变，苏轼因反对王安石变法，颇受压制。特别是由杭州通判移知密州后，其政务和生活条件变得异常艰苦。据他自己描述："始至之日，岁比不登，盗贼满野，狱讼充斥；而斋厨索然，日食杞菊。"这首词正作于他"始至之日"。

词的上阕抒写生死离别之情，可分为三层：第一层，"十年生死两茫茫"三句，劈空而来，诉说人鬼情未了的真情。王弗去世十年来，夫妻生死悬隔，苏轼经历了"上穷碧落下黄泉，两处茫茫皆不见"的痛苦追寻，但即使是想摆脱思念，却始终难以忘怀。"不思量"与"自难忘"看似矛盾的心态，进一步表达了他内心真挚的怀念之情。然而，对于死者王弗来说，何尝不是如此。这深情由"十年"二字领起，可以说是时间角度的切入。第二层，"千里孤坟"二句，则是从空间角度书写。夫妻二人不仅生死相隔已过十年，而且地理上相隔数千里，在清明、中元节时，连个祭扫的机会都没有，更无法在爱妻面前诉说自己凄凉无助的心情。"无处话凄凉"可以说是双向的，作者设想亡妻魂灵在孤坟中，也无法向数千里以外的自己诉说其孤独凄凉的处境。第三层，"纵使相逢应不识"三句，设想如果真有见面的机会，亡妻也认不出自己，当年意气风发的帅气郎君，而今已被生活折磨得憔悴不堪。十年前苏轼不到三十岁，而今却已接近四十岁。"鬓如霜"的说法或许有些夸张，而"尘满面"的摹写大致与其近况相合。据苏轼《亡妻王氏墓志铭》描写，王弗一直是苏轼的贤内助，颇有见识。苏轼在凤翔为官，王弗时时告诫他"子去亲远，不可以不慎"。苏轼接待客人，王弗"立屏间听之"。客走后根据其言来判断其人，告诫苏轼哪些人不能交往，判断相当准确。"其言多可听，类有识者。"王弗去世后这十年，苏轼在官场中交友常有不慎，屡遭构陷，以致仕途不顺，饱经忧患。所以"纵使"三句虽是从亡妻的角度设想，却曲折传达出自己失去贤内助之后的落拓潦倒。

　　真正的记梦从下阕开始。上阕的铺垫可谓"日有所思"，自然引出下阕的"夜有所梦"。"夜来幽梦忽还乡"三句，记叙梦中的温情，苏轼仿佛回到了日思夜梦的故乡，在那里和王弗曾度过甜蜜的新婚岁月。那熟悉而又亲切的小室轩窗下，王弗正在梳妆打扮，情态体貌依稀如当年一样。对镜梳妆，是新娘子最美的动作，也是王弗给苏轼留下最深的印象。然而美好的梦境过于短暂，接下来温馨忽然变作伤感，夫妻见面，来不及鸳梦重温，竟"相顾无言，惟有泪千行"。十年相思，千里相望，不知有多少说不完的话，一时竟然只剩下"无言"和"有泪"，那千行泪中的情感胜过千言万语，饱含着无限凄凉和沉痛。更残酷的是从带泪的梦中醒来，还来不及回味梦中的甜蜜，思绪便回到了"千里孤坟，无处话凄凉"的现实。最后三句，料想长眠于短松冈孤坟里的爱妻，年年在月明的夜晚，凄冷孤独，割舍不断人世的爱情，该是如何痛苦，柔肠寸断。而作者想到这样的场景和情态，又如何不是肝肠寸断呢？这里设想死者的痛苦，以表达自己的伤逝之情，更加令人黯然销魂。

　　这首词始终围绕夫妻生死双方"两茫茫"来展开，坟里坟外，梦里梦外，思量是双方的思量，难忘是双方的难忘，无言是双方的无言，泪千行是双方的泪千行。"纵使"的假设和"料得"的想象，都包括作者与亡妻双方的感情。亡妻眼中的苏轼是"尘满面，鬓如霜"，而苏轼眼中的亡妻则是"小轩窗，正梳妆"。此外，"明月夜，短松冈"与"小轩窗，正梳妆"两组形象间的巨大反差，也就是梦境和现实之间的巨大反差，极大地增加了这首词的艺术感染力。整首词语言极为简洁朴素，明白如话，没有任何词藻的雕琢，也不借助任何修辞手段，一腔真情奔涌而出，不愧为古今第一的悼亡词。

江城子[1]

密州出猎[2]

老夫聊发少年狂[3]，左牵黄[4]，右擎苍。锦帽貂裘[5]，千骑卷平冈[6]。为报倾城随太守[7]，亲射虎[8]，看孙郎。

酒酣胸胆尚开张，鬓微霜，又何妨。持节云中[9]，何日遣冯唐。会挽雕弓如满月[10]，西北望，射天狼[11]。

[注释]

[1] 江城子：熙宁八年（1075）十月作于密州，傅注本作"江神子"。　[2] 密州出猎：毛晋本题作"猎词"。　[3] 老夫：作者自谓。苏轼其年四十岁。少年狂：年轻人的狂放。《老子》第十二章："驰骋田猎，令人心发狂。"此化用其意。　[4] "左牵黄"二句：左手牵黄狗，右臂举苍鹰。《南史·张充传》："绪尝告归至吴，始入西郭，逢充猎，右臂鹰，左牵狗。"　[5] 锦帽：锦蒙帽。

貂裘：貂鼠皮裘衣。　　[6]千骑：汉太守随从有千骑。汉乐府《陌上桑》："东方千余骑，夫婿居上头。"苏轼为知州，身份相当于古时太守。　　[7]为报：为我告诉。倾城：代指美女。《汉书·外戚传》李延年歌："北方有佳人，绝世而独立。一顾倾人城，再顾倾人国。"　　[8]"亲射虎"二句：《三国志·吴书·吴主传》："（建安）二十三年十月，权将如吴，亲乘马射虎于庱亭。马为虎所伤，权投以双戟，虎却废。常从张世击以戈，获之。"孙郎，孙权的美称，此以孙权自喻。　　[9]"持节云中"二句：《汉书·冯唐传》载，冯唐为汉文帝言，云中太守魏尚善抚士卒，击败匈奴，因坐轻罪而削爵。谓文帝有名将如李牧，却不能用。"文帝说（悦），是日，令唐持节赦魏尚，复以为云中守。"此以魏尚自比，希望朝廷能任用自己，御敌守边。　　[10]会挽雕弓如满月：谓能将雕弓之弦拉开如满月一般。李白《赠宣城宇文太守兼呈崔侍御》："弯弓绿弦开，满月不惮坚。"　　[11]射天狼：《楚辞·九歌·东君》："举长矢兮射天狼。"王逸注："天狼，星名，以喻贪残。"此喻侵扰宋朝西北边疆的西夏和辽国。

[**点评**]

　　苏轼这首词写于到密州大半年之后，生活已逐渐习惯，同时也熏染了东州壮士的豪迈之气。作为一个文人出身的官员，苏轼能亲自参加射猎活动，因而兴奋异常。据傅藻《东坡纪年录》：乙卯（熙宁八年）冬，"祭常山回，与同官习射放鹰。……又作《江神子》。"同时作诗作词，纪念这非同一般的生活体验。《祭常山回小猎》诗曰："青盖前头点皂旗，黄茅冈下出长围。弄风骄马跑空立，趁兔苍鹰掠地飞。回望白云生翠嶂，归来红叶满征衣。圣明若用西凉簿，白羽犹能效一挥。"可与此词对读。围猎本是诗的传统题材之一，以曲子词写出猎，大约也是苏轼"以诗为词"的尝试之一。

词的上阕写出猎的场面，豪壮热烈。骑马打猎本是贵游公子的爱好，是年轻人的活动，而且具有"令人心发狂"的效果。然而苏轼一时兴起，顾不得自己已是四十岁的中年人，带领同僚习射放鹰，故称"老夫聊发少年狂"，姑且展示一下自己少年轻狂的形象吧。打猎的辅助工具是鹰犬，这里用"黄"代指黄狗，"苍"代指苍鹰，一方面固然是为了押韵，另一方面也是为了突出鹰犬的色彩，与下文"锦帽貂裘"的华丽服装相配合，共同构成富有油画般色调的"平冈射猎图"。"锦帽貂裘"是汉代羽林军的装束，此处泛指从行的官吏将士。宋代知州相当于汉代太守，汉太守随从有千骑，此处用"千骑"，一则表明自己的知州身份，二则极力形容从骑之多。所谓"千骑卷平冈"，就是《祭常山回小猎》所写"黄茅冈下出长围"，而"卷"字更有气势，刻画出众骑如卷席一般掠过黄茅冈的情景。"为报倾城随太守"句中的"倾城"，一般教材讲为"全城的人"，这可能有问题。一是苏轼率领官吏将士去祭常山神庙谢雨，回程顺便打猎，而这猎也是"小猎"，不可能全城百姓出动相随。二是在苏轼所有诗词中，"倾城"二字无一例外都是指美人，这是古代以"倾国倾城"形容美人的写作传统，苏词的用法也遵循这一传统。三是"郎"指青少年男子，此处用孙权典故以自比。称孙权为"孙郎"，如同以"周郎"称"周瑜"；而"亲射虎，看孙郎"，正是作者对这"倾城"美人的回报致意：且看我亲自射杀猛虎吧。同时也呼应首句"聊发少年狂"，少年郎的狂放是如此英武雄壮。

英雄因美人而表现得格外勇敢，至于这"倾城"到底是随从的侍妾还是官妓，已不可考，也不必考。

下阕承接"孙郎"而来，"酒酣胸胆尚开张"，进一步描写"少年"狂态，开怀畅饮，豪气横生。而"鬓微霜"则暗示毕竟是"老夫"，当然，只是鬓发略微有点白。不过值得注意的是，在大约十个月前苏轼还自称"鬓如霜"，而今却将"如"字换为"微"字，人们会问，鬓发怎么会越来越黑，这是写实吗？在苏轼的《超然台记》文中可找到答案："处之期年，而貌加丰，发之白者，日以反黑。"这比刚到密州时精神状态和身体状况都好了不少。"又何妨"三字正显示出"老夫"不服老的豪迈气概。此番射猎，大大增加了苏轼论兵却敌的信心。"持节云中，何日遣冯唐。"此处以魏尚自喻，因为二人的身份都是太守。作者希望得到朝廷的任用，派使者将自己召往边疆，一展军事才能，为国守边御敌。这里的心情正如《祭常山回小猎》所言："圣明若用西凉簿，白羽犹能效一挥。"《乌台诗案》记苏轼自云："意取西凉州主簿谢艾事。艾本书生也，善能用兵，故以此自比。若用轼为将，亦不减谢艾也。"谢艾事见《晋书·张重华传》。苏轼诗以谢艾自比，与这首词以魏尚自比的意思相同，都意在用兵杀敌，为国效力。最后"会挽雕弓如满月"三句，由射猎生发出英雄般的联想，搭上长箭，拉满弓弦，射落贪婪残暴的天狼星。关于"西北望，射天狼"，若从天文学的角度看，苏轼在密州所见天狼星绝对不在其西北方，因此这里使用的是比喻，以"主侵掠，占非其处"的天狼星比喻给宋朝带来边患的西方西夏国和北方辽国。

然而，此处的比喻也有其天文学依据，《史记·天官书》："下有四星，曰弧，直狼。"张守节《正义》曰："弧九星，在狼东南，天之弓也。以伐叛怀远，又主备贼盗之知奸邪者。"弧九星既在天狼星东南，那么天狼星就在弧九星西北，所以此词的最后三句，作者充满了浪漫主义的想象，站在弧九星的立场，拉满天弧的雕弓，射掉西北的天狼。这样此词的结尾，既表达了抗击西夏、辽国的雄心壮志，又符合天文学的基本知识，在《楚辞·九歌·东君》"举长矢兮射天狼"的基础上，又增加了新的奇想。

这是苏轼词集中最早的一首典型的豪放词。苏轼在《与鲜于子骏三首》其二中告诉友人："近却颇作小词，虽无柳七郎风味，亦自是一家，呵呵！数日前猎于郊外，所获颇多。作得一阕，令东州壮士抵掌顿足而歌之，吹笛击鼓以为节，颇壮观也。"指的就是这首词。可见，苏轼私下对自己在"柳七郎风味"（柳永婉约词）之外，能做到"自是一家"，是颇为自豪的。

望江南 [1]

超然台作 [2]

春未老，风细柳斜斜。试上超然台上望，半壕春水一城花 [3]。烟雨暗千家。

寒食后 [4]，酒醒却咨嗟。休对故人思故国 [5]，且将新火试新茶^[6]。诗酒趁年华。

[注释]

[1] 望江南：熙宁九年（1076）春末寒食节后作于密州。望江南，词牌名，又名《忆江南》。《望江南》为小令，单调二十七字，苏轼此词为重调小令，相当于上下两阕。　　[2] 超然台：熙宁八年（1075）十一月，苏轼修葺密州官廨园北旧台，苏辙为之取名"超然台"。参见本集《超然台记》。　　[3] 壕：护城河。傅幹《注坡词》："壕，城下池。"　[4] 寒食：清明节前一日或二日，禁火，吃冷食，故名。参见前《寒食雨二首》注。　　[5] 故人：指密州通判赵成伯。苏轼《密州通判厅题名记》曰："尚书郎赵君成伯为眉之丹棱令，邑人至今称之。余其邻邑人也，故知之为详。……及移守胶西（密州），未一年而君来倅（通判）是邦。……君既故人，而简易疏达，表里洞然，余固甚乐之。"故国：指故乡眉州。　　[6] 新火：寒食节不举火，节后新钻木取火，故称新火。杜甫《清明》："朝来新火起新烟，湖色春光净客船。"新茶：指寒食前所采制的火前茶。《苕溪渔隐丛话·前集》卷四十六引《学林新编》："茶之佳品，造在社前；其次则火前，谓寒食前也；其下则雨前，谓谷雨前也。"

[点评]

这首词作于寒食后的清明，地点在密州超然台。上阕写景，下阕抒情，体现了苏词既婉约又豪放的典型风格。

"春未老"三字，提纲挈领，总领整首词，无论景物还是情怀，都围绕着"春未老"展开。"风细柳斜斜"，点明季节特征，微风中的依依杨柳，正是春未老的标识。"试上超然台上望"三句，写登台所见之景。作者的目光由近及远，先俯瞰台下护城河的"半壕春水"，这是近景；再移动视线而观望"一城花"，这是中景；最后是远眺"烟雨暗千家"，这是大全景。三个数词暗自形成对仗排比——"半壕""一城""千家"，将密州清明时节的满城景物铺排展开，极具概括力和表现力。词句未用颜色字，却表现出景物明暗相映衬的丰富色彩感。"半壕春水"，水映天光，明亮发白；"一城花"，应是指梨花，明丽如雪；而"烟雨暗千家"自然是一大片灰暗的色调。苏轼回忆密州之诗《东栏梨花》有"梨花淡白柳深青"之句，正好为此作注脚。

"烟雨暗千家"一句，既收束上阕的写景，又引出下阕的心情。"暗"字固然是形容客观景物，但也可以说是带有主观的暗淡色彩，因此下阕一开始就写"酒醒却咨嗟"。寒食之后就是清明，是返乡扫墓的时节，而故乡远在数千里之外，欲归不得。登台远望，城中虽有千家，却无自己的家园，故国之思，一时涌上心头，不由得黯然销魂。此时一同登台的有密州通判赵成伯，是眉州的故人，想必此时也是和苏轼一样思念家乡，一样"酒醒却咨嗟"。依古代习俗，寒食是为了纪念介子推，禁火三日，寒食过后，重新钻木取火，称为"新火"。因此，"寒食后"就具有了两重意义：一方面是对家园桑梓的思念，对过去生活的怀念，即"对故人思故国"；另一方面是对新的事物的尝试和展望，即"将新火试新茶"。苏轼用一"休"字将自己从对故园的眷恋中解脱出来，又用一"且"字表示这种解脱的无奈，不得已用新火煮新茶来宽慰苦闷的心情，借煮茶来实现自我排遣。这里"故人"与"故国"相对、"新火"与"新茶"相对，同时又上下联"故"

与“新”相对，十分工整，古人称之为“当句对”，如杜甫诗《曲江对酒》“桃花细逐杨花落，黄鸟时兼白鸟飞”，《白帝》“戎马不如归马逸，千家今有百家存”之类的句式。苏轼此处“休对故人思故国，且将新火试新茶”，将律诗的句法移入曲子词，也是其“以诗为词”的尝试。承接二“新”字，最后一句“诗酒趁年华”，作者完全从心情暗淡的咨嗟中解脱出来，趁着春光尚好，赋诗饮酒，及时行乐。这句不仅与词首句“春未老”相呼应，而且与“超然台”的取名之意相扣合，忘怀忧虑，无往而不乐。

这首词的写景抒情很有特点，写景是从明到暗，以“烟柳暗千家”结束上阕；抒情则是从暗到明，以“诗酒趁年华”结束下阕。乐景与哀景、哀情与乐情相互交织，相互映衬，使得整首词显得抑扬顿挫，很好地表达了作者细微而复杂的情感变化过程。

水调歌头[1]

丙辰中秋[2]，欢饮达旦，大醉，作此篇兼怀子由[3]。

明月几时有[4]？把酒问青天。不知天上宫阙，今夕是何年[5]。我欲乘风归去[6]，惟恐琼楼玉宇，高处不胜寒。起舞弄清影[7]，何似在人间。

转朱阁[8]，低绮户，照无眠。不应有恨[9]，

郑文焯：“发端从太白仙心脱化，顿成奇逸之笔。”（《大鹤山人词话》）

刘体仁：“‘琼楼玉宇’，《天问》之遗也。”（《七颂堂词绎》）

刘熙载：“词以不犯本位为高。东坡《满庭芳》‘老去君恩未报，空回首、弹铗悲歌’，语诚慷慨，然不若《水调歌头》‘我欲乘风归去，又恐琼楼玉宇，高处不胜寒’，尤觉空灵蕴藉。”（《艺概》卷四）

王闿运：（“不应有恨”）“作‘有’，则语意觥朏，又与下二‘有’字犯，为改一‘惹’字。”（《湘绮楼选绝妙好词·前编》）

何事长向别时圆。人有悲欢离合，月有阴晴圆缺，此事古难全。但愿人长久，千里共婵娟[10]。

[注释]

[1] 水调歌头：熙宁九年（1076）八月十六日作于密州。水调歌头，词牌名。《御定词谱》卷二十三："按，《水调》乃唐人大曲，凡大曲有歌头。此必裁截其歌头，另倚新声也。"　[2] 丙辰：即熙宁九年。　[3] 子由：苏轼弟苏辙字子由。　[4] "明月几时有"二句：化用李白《把酒问月》"青天有月来几时？我今停杯一问之"之句。　[5] 今夕是何年：《诗经·唐风·绸缪》："今夕何夕，见此良人。"旧题牛僧孺《周秦行纪》载其诗曰："香风引到大罗天，月地云阶拜洞仙。共道人间惆怅事，不知今夕是何年。"　[6] "我欲乘风归去"三句：谓本想乘风飞往月宫，而畏寒不敢去。"惟"，吴讷钞本、《二妙集》本、毛本作"又"。琼楼玉宇，指月宫。段成式《酉阳杂俎·前集》卷二："（翟乾祐）曾于江岸与弟子数十玩月，或曰：'此中竟何有？'翟笑曰：'可随吾指观。'弟子中两人见月规半天，琼楼金阙满焉。数息间，不复见。"高处不胜寒，傅幹《注坡词》卷一引《明皇杂录》："八月十五夜，叶静能邀上游月宫。将行，请上衣裘而往。及至月宫，寒凛特异，上不能禁。静能出丹二粒，进上，服之，乃止。"　[7] "起舞弄清影"二句：李白《月下独酌》："我歌月徘徊，我舞影零乱。"此化用其意。　[8] "转朱阁"三句：晏殊《蝶恋花》："明月不谙离恨苦，斜光到晓穿朱户。"此或化用其意。　[9] "不应有恨"二句：司马光《温公续诗话》："李长吉歌'天若有情天亦老'，人以为奇绝无对。曼卿对'月如无恨月长圆'，人以为勍敌。"此翻用其意。　[10] 千里共婵娟：谢庄《月赋》："隔千里兮共明月。"婵娟，姿态美好，喻月。许浑《怀江南同志》："唯

王闿运："（'人有'三句）大开大合之笔，亦他人所不能。"（《湘绮楼选绝妙好词·前编》）

郑文焯："湘绮诵此词，以为此'全'字韵可当'三语掾'，自来未经人道。"（《大鹤山人词话》）

黄苏："按通首只是咏月耳。前阕是见月思君，言天上宫阙，高不胜寒，但仿佛神魂归去，几不知身在人间也。次阕言月何不照人欢洽，何似有恨偏于人离索之时而圆乎？复又自解，人有离合，月有圆缺，皆是常事，惟望长久共婵娟耳。缠绵悱恻之思，愈转愈曲，愈曲愈深，忠爱之思，令人玩味不尽。"（《蓼园词选》）

应洞庭月，万里共婵娟。"

[点评]

　　这首词历来被推为中秋词的绝唱。根据词序，可知此词表达了"欢饮达旦"和"兼怀子由"两个主题，而这两个主题都是在"丙辰中秋"的背景下展开。中秋的主角是月，此词也从不同角度描写了中秋之夜人与月的关系。概括说来，上阕写"我"与月的关系，即醉中自我对月宫的种种想象，主要场景在"天上"，是"欢饮达旦"的浪漫情怀。下阕写"人"与月的关系，即人类社会与宇宙现象的异质同构，落脚点在"人间"，是"兼怀子由"引发的具有普遍意义的祈祷与期待。

　　上阕一开始便提出"明月几时有"的问题，问得突兀，也问得天真。"把酒问青天"之问，令人想到李白的《把酒问月》，皆是出于迷狂状态下的诗人意欲追溯宇宙起源的问题。当苏轼把酒之际，他的目光和思绪已投向"青天"，接下来又发一问："不知天上宫阙，今夕是何年。"问得更离奇，更痴迷。明月的诞生距今不知多久远，如果说月中有宫阙，那么彼宫阙的日历今天该是什么日子呢？《周秦行纪》中牛僧孺诗曰："共道人间惆怅事，不知今夕是何年。"那是从"月地云阶"问人间的年岁，苏轼反用其意，从地上问"天上宫阙"的岁月。既然人间是中秋佳节，那么想象天上也应该是美好的日子，何况彼处宫阙是如此之美呢。醉中苏轼兴起游仙之想，"我欲乘风归去"，《列子·黄帝》称列子"乘风而归"，此化用其语。这里未用"前去"，而用"归去"，显然是将月宫视为故居，而暗示自己是像李白一样的"谪仙"。然而，苏轼觉得自己已久离天上，恐怕很难再适应广寒宫那种孤高寒冷的生活，因而"惟恐琼楼玉宇，高处不胜寒"，尽管楼宇如白玉般玲珑皎洁，可其寒冷让人无法忍受。这里暗用了唐人小说中的两个典故，分别摹状月宫的高洁和寒冷。虽然游仙令人向往，但毕竟过于清寒，反倒不如人间值得留恋。"起舞弄清影"二句，有学者认为是指嫦娥在月宫起舞，这恐怕误解了词意。这里化用李白《月下独酌》"我歌月徘徊，我舞影零乱"的诗句，正与开篇"把酒问青天"相呼应，表达了词题中"欢饮达旦"的情景，"欢饮"而至"大醉"，不免手之舞之，足之蹈之，这正是两位"谪仙"行止的相通之处。而且"我欲乘风归去"以下五句，皆写"我"的感受。我"欲"，我"惟恐"，我"不胜寒"，因而"起舞"是"我"的动作，"何似在人间"也是"我"的判断。"起舞弄清影"二句是倒装句。意谓与其在高处的琼楼玉宇中受寒，还不如在人间"起舞弄清影"。若讲成嫦娥起舞，便与苏轼醉中欲去又留的情感变化了无干系。正是苏轼不忍归去、眷恋人间的态度，才有后来神宗皇帝读到此处的评语："苏轼终是爱君。"（见《岁时广记》）

下阕承接"何似在人间"而来，写人间亲情，即"兼怀子由"。"转朱阁"三句，用"转""低""照"三个动词从月照的不同角度，暗示望着明月由中天向西落的彻夜难眠的过程。想必人间有多少离别之人，无论身处朱阁还是绮户，都在遭遇无情明月的折磨，无处逃遁。朱

阁绮户代指人间的住所，与天上的琼楼玉宇相对，都是
作者特意选用的华美辞藻。低处朱阁绮户是暖色调，带
有人间的温情，不同于高处琼楼玉宇那冷色调的寒意。
人间最痛苦之处，乃在于温情的离别，在中秋月圆时不
能与亲人团圆。作为不眠之人，作者不禁无理地埋怨明
月："不应有恨，何事长向别时圆。"苏轼的前辈诗人石
曼卿曾说："月如无恨月长圆。"意谓月之所以不能长圆，
乃在于有恨。苏轼却认为月本是无情之物，不应有恨，
但故意与人为难，偏偏在人离别的时候团圆。苏轼与弟
弟已有七个中秋未能团聚，因而用"长向"二字。这无
理的质问，显示出作者醉中无法排遣的思念之苦。接下
来他又为明月开脱，并非月故意与人为难，而是月本身
也像人一样，有圆满之日，也有遗憾之时。当然，这开
脱实际上是自我排遣。"人有悲欢离合"，正如"月有阴
晴圆缺"，人月同圆的情况自古以来就很难满足。这里暗
含一个人人皆知的常理，月既然有圆满之时，那么人也
会有相聚之日。遗憾中始终带着希望，这就是苏轼特有
的达观心态。最后"但愿人长久"二句，是对中秋之际
离别之人提出的最美好的祝愿。在苏轼之前，谢庄《月
赋》有"隔千里兮共明月"之句，杜牧《秋霁寄远》有"唯
应待明月，千里与君同"之联，许浑《怀江南同志》更
有"万里共婵娟"的句子，都表现出远隔千里共享明月
的美好愿望。而苏词这两句在前人诗句的基础上更增加
新的内容，不仅要在空间上与明月相共，而且要在时间
上与明月相守。只要亲人长久健在，那么即使远隔千里，
也能通过普照世界的明月把离别双方连接起来。"但愿人

长久"，突破时间的界限，非此一时，而是天长地久；"千里共婵娟"，超越空间的阻隔，非此一地，而是天涯相共。由此，苏词这两句成为中秋祝福的最强音，穿越近千年仍触动着现代读者的心灵。

这首词充满浪漫的想象和缠绵的情怀，旷达而深挚。整篇不拘一格，随着情绪的变化和抒情的需要自由书写，甚至不避多处使用重字，除了王闿运所说三个"有"字"相犯"外，还有"何年""何似""何事"三个"何"，"不知""不胜""不应"三个"不"，以及三个"人"、两个"天"、两个"时"、两个"事"、两个"长"，等等，但读起来如行云流水，没有丝毫重复拖沓的感觉。其对明月的向往之情，对人间的眷恋之意，以及其高远的境界，都给人以美好的艺术享受。

郑文焯："'不'字律妙句天成。"（《大鹤山人词话》）

杨万里："五七字绝句最少，而最难工，虽作者亦难得四句全好者。……东坡云：'暮云收尽溢清寒……'四句皆好矣。"（《诚斋诗话》）

刘克庄："（'此生此夜'二句）与高适'今年人日空相忆，明年人日知何处'之句暗合。"（《后村诗话·后集》卷一）

阳关曲[1]

中秋作。本名《小秦王》[2]，入腔即《阳关曲》[3]。

暮云收尽溢清寒，银汉无声转玉盘[4]。此生此夜不长好，明月明年何处看？

[注释]

[1]阳关曲：熙宁十年（1077）八月十五日作于徐州，时苏

轼任徐州知州。此词又别见于《苏轼诗集》卷十五，题作《中秋月》。苏轼《书彭城观月诗》："余十八年前中秋夜，与子由观月彭城，作此诗，以《阳关》歌之。今复此夜宿于赣上，方迁岭表，独歌此曲，聊复书之，以识一时之事，殊未觉有今夕之悲，悬知有他日之喜也。"苏轼于绍圣元年（1094）南迁惠州，途经江西，八月十五夜宿于赣上，上推十八年，为熙宁十年。　[2]《小秦王》：唐教坊曲名，即《秦王破阵乐》的小令。作为词调，为七言四句，二十八字，押平声韵。唐无名氏《小秦王》："柳条金嫩不胜鸦，青粉墙头道韫家。燕子不来春寂寂，小窗和雨梦梨花。"其声调格律为："仄平平仄仄平平，平仄平平仄仄平。仄仄仄平平仄仄，仄平平仄仄平平。"　[3]《阳关曲》：以唐王维《送元二使安西》诗"西出阳关无故人"之句而得名。其声调格律为："仄平平仄仄平平，仄仄平平仄仄平。仄平仄仄仄平仄，平仄平平平仄平。"第二、三句失粘，与《小秦王》声调不同。但二者皆为七言绝句，宋人以之唱曲，两种词调或可相通。底本题无"即《阳关曲》"四字，上海古籍出版社校本据《宋六十名家词》补。傅注本"阳关"下无"曲"字。　[4]银汉：天河，银河。玉盘：比喻圆月。李白《古朗月行》："小时不识月，呼作白玉盘。"

[点评]

苏轼曾在密州中秋夜怀念弟弟苏辙，作《水调歌头》一首。而今日在徐州，兄弟俩相逢，又遇上中秋月圆，于是对景抒怀，写下这首《阳关曲》。

"暮云收尽溢清寒"二句，写赏月的过程。先是"暮云"渐渐散尽，天宇一片澄明，"溢"字极妙，既暗示月光如水，又形容"清寒"感觉的充盈。照理说月明星稀，中秋月明之夜，银河自然是暗淡无光。苏轼用"银汉无声"四字来描状银河，仿佛它本是有声的，因为唐诗人李贺有"银浦流云学水声"（《天上谣》）之句。既然银汉本来有声，而此时无声，那么说明它在中秋夜已成为背景，暗淡沉默。这一切都让位于天宇的主角——如白玉盘一般的圆月。这"转"字既写出月亮的动感，又双关它的圆转。更重要的是，在《水调歌头》的"丙辰中秋"，苏轼和弟弟各处一方，那时的月亮"转朱阁，低绮户，照无眠"，而此时月在天宇的"转"，却是兄弟俩一起观看，一起经历。

徐州今夜，良辰、美景、赏心、乐事所谓"四美"，都称得上齐备。"此生此夜不长好"，有两层意思：一是赞叹此夜之"好"，含佳会难得、及时行乐之意；二是感慨在此生中如此良夜"不长好"，含月圆即缺、人合即离之忧，"此事古难全"。兄弟今日共度良宵，日后却分离在即，如此场景将不会再有，因此发出"明月明年何处看"的沉重喟叹。兄弟即将分手，未来不可预期，明年的中秋月明之时，看月者已是人各千里。后两句抒发的感慨，不光是苏轼兄弟乐极生悲的情感，也是所有相亲相爱的人共度良宵后便要分离的共同感受，最能引起人们的共鸣。"此生此夜"与"明月明年"对仗工整，明月之"明"和明年之"明"在意义上不同，但字面上相同，二"明"字借来组合，与二"此"字相对，非常巧妙而自然。

此词后两句的意思，前人诗句多有表述，如刘希夷《代悲白头翁》："今年花落颜色改，明年花开复谁在？"

杜甫《九日蓝田崔氏庄》："明年此会知谁健？醉把茱萸仔细看。"高适《人日寄杜二拾遗》："今年人日空相忆，明年人日知何处？"戴叔伦《对月答袁明府》："明年此夕游何处，纵有清光知对谁？"然而，苏轼词仍具有鲜明的特色，因为这两句凝聚着他所有中秋诗词所运载的情感，而且浓缩了他一生关于悲欢离合的人生感悟。

浣溪沙[1]

徐门石潭谢雨[2]，道上作五首。潭在城东二十里，常与泗水增减清浊相应[3]。

其　一

照日深红暖见鱼[4]，连村绿暗晚藏乌。黄童白叟聚睢盱[5]。

麋鹿逢人虽未惯[6]，猿猱闻鼓不须呼[7]。归来说与采桑姑。

其　二

旋抹红妆看使君[8]，三三五五棘篱门，相排踏破蒨罗裙[9]。

老幼扶携收麦社，乌鸢翔舞赛神村[10]。道逢醉叟卧黄昏。

曾慥："东坡长短句云:'村南村北响缫车。'参寥诗云:'隔林仿佛闻机杼,知有人家住翠微。'秦少游云:'菰蒲深处疑无地,忽有人家笑语声。'三诗大同小异,皆奇句也。"(《苕溪渔隐丛话·前集》卷五十六引《高斋诗话》)

王士禛:"'牛衣古柳卖黄瓜',非坡仙无此胸次。"(《花草蒙拾·春晓亭子》)

其　三

麻叶层层檾叶光[11],谁家煮茧一村香?隔篱娇语络丝娘[12]。

垂白杖藜抬醉眼[13],捋青捣䴬软饥肠[14]。问言豆叶几时黄[15]?

其　四

簌簌衣巾落枣花[16],村南村北响缫车[17],牛衣古柳卖黄瓜[18]。

酒困路长惟欲睡,日高人渴漫思茶[19]。敲门试问野人家。

其　五

软草平莎过雨新[20],轻沙走马路无尘,何时收拾耦耕身[21]?

日暖桑麻光似泼,风来蒿艾气如薰。使君元是此中人。

[注释]

[1]浣溪沙:元丰元年(1078)初夏作于徐州。浣溪沙,词牌名。为唐玄宗时教坊曲名,后用为词调。苏轼《起伏龙行》诗叙曰:"徐州城东二十里,有石潭。父老云:'与泗水通,增损清浊,相应不差,时有河鱼出焉。'元丰元年春旱,或云置虎头潭中,

可以致雷雨。"苏轼按当地父老说法，到石潭依民俗置虎头于潭中求雨，其后果有效验。这组词作于石潭谢雨途中。　[2]徐门：傅幹《注坡词》作"徐州"。谢雨：旱后喜雨，设祭谢神。　[3]泗水：古泗水流经徐州东北，东南流入淮河。　[4]"照日深红暖见鱼"二句：此词头两句用对仗，"深红"对"暗绿"似为优。苏轼《书司空表圣诗》："司空图表圣自论其诗，以为得味于味外。'绿树连村暗，黄花入麦稀'，此句最善。"此处化用其语。"连村绿暗"，傅注本作"连溪暗绿"。藏乌，绿树掩藏乌鸦。《乐府诗集》卷四十六《读曲歌》："暂出白门前，杨柳可藏乌。"　[5]黄童：黄毛幼童。白叟：白发老人。睢盱（suī xū）：喜悦貌。《周易·豫》："六三，盱豫，悔。"孔颖达疏："盱，谓睢盱。睢盱者，喜说（悦）之貌。"　[6]麋鹿：鹿属，比鹿大。　[7]猿猱（náo）：即猿猴。猱，又名"狄"，猴属。　[8]使君：太守，此为苏轼自称。　[9]蒨（qiàn）罗裙：绛色女裙。杜牧《村行》："蓑唱牧牛儿，篱窥蒨裙女。"　[10]乌鸢：乌鸦和老鹰。　[11]檾（qǐng）：同"苘"，麻类植物。　[12]络丝娘：此指缲丝姑娘。　[13]垂白杖藜：白发老人拄着藜杖。杜甫《屏迹三首》其二："杖藜从白首，心迹喜双清。"　[14]捋（luō）青：用手捋下青嫩的麦粒。捣麨（chǎo）：将麦粒炒熟后捣细。　[15]问言：犹问询。　[16]簌簌：纷纷下落貌。　[17]缫车：缫丝用的器具。　[18]牛衣：用麻或草编织的为牛保暖的护被。《汉书·王章传》："章疾病，无被，卧牛衣中。"程大昌《演繁露》卷二《牛衣》："牛衣者，编草使暖，以被牛体，盖蓑衣之类也。"此代指粗劣的衣着。按，龚颐正《芥隐笔记·东坡真迹》："予见孙昌符家坡朱陈词真迹云：'半依古柳卖黄瓜。'今印本多作'牛依'，或迁就为'牛衣'矣。"曾季狸《艇斋诗话》也称苏轼墨迹作"半依"。傅注本作"牛依"。　[19]漫思茶：想随便喝点茶。皮日休《闲夜酒醒》："酒渴漫思茶。"　[20]平莎：

此泛指平坦的草地。莎，莎草，多年生草本植物，块根称香附子。 [21]收拾：安排。耦耕：二人各执一耜并耕。《论语·微子》："长沮、桀溺耦而耕，孔子过之，使子路问津焉。"

[点评]

这组《浣溪沙》词共五首，书写的是石潭谢雨路上所见的徐州农村初夏景象，充满了田园生活的情趣，表现了苏轼与民同乐的情怀。

第一首词上阕写水中游鱼、树上乌鸦以及道旁的儿童老人，作者有意使用了"红""绿""黄""白"四个颜色词，如果加上乌鸦的"乌"，就是五个颜色词。此外，还有意突出这些颜色词的色调，日光映照的红鱼不仅色"深"且色"暖"，而连村的绿树其色"暗"。儿童老人则突出其黄毛和白发。动物与人物共同构成一幅色彩丰富的静态风景画。"睢盱"二字统率上阕的情绪，不仅童叟愉悦，而且鱼鸟同乐。下阕头两句仍写动物，而注重刻画其神态。羞怯的麋鹿见到人就躲避开去，调皮的猿猱听到祭神的鼓声就前来觅食。杭州灵隐山有呼猿洞，高僧养猿于山中，临洞长啸，众猿聚集。苏轼在杭州当通判时知道此事，所以此处"猿猱闻鼓不须呼"乃是反用"呼猿"的典故。有学者认为："此处的麋鹿猿猱都是喻指朴实的乡野农民。言其见生人不习惯，但闻到鼓声则自然跑来聚观。"并举苏轼诗《寿州李定少卿出饯城东龙潭上》"使君惜别催歌管，村巷惊呼聚玃猴"为例（《苏轼诗集》卷六）。然而，以麋鹿、猿猱比喻农民并不贴切，还是应当看作实写乡村所见为佳，因为村野的麋鹿、猿猱也较常见。苏轼《清溪词》

有"呼猿狙兮子鹿麇"之句，写山林生活，其猿、鹿意象正与此词相同。最后一句"归来说与"的主语，应是见到如桃花源一般的乡村景色的太守，"采桑姑"暗用汉乐府《陌上桑》中采桑姑娘罗敷的故事。与上阕一样，下阕结句也写农村人物。下阕所写是动态的场景，如一段视频录像，"逢人""闻鼓""归来""说与"皆是动态，甚至连人物"姑"前面也有"采桑"的动词修饰。

整首词的结构颇为精巧，上阕三句，分别写红鱼、黑乌与黄童白叟；下阕三句分别写麋鹿、猿猱、采桑姑。上下阕皆是两句写动物，一句写人。上阕写静态画面，下阕写动态场景，一静一动，共同构成有声有色的田园风景画。

第二首上阕三句是一个意群，写经过村庄时见到的富有戏剧性的场面。村姑们听说使君下乡要经过此处，连忙临时化妆，涂脂抹粉。"旋抹"二字极为传神，而抹红妆是为了"看使君"。这些姑娘三五成群地站在棘篱门边，争着想一睹使君风采，"相排踏破蒨罗裙"，挤来挤去竟然把长裙踩破，真是活泼可爱。这三句意味很丰富，其一，从侧面暗示出使君在村民特别是村姑心目中的形象，简直就是男神，想必姑娘们早已听闻使君的亲民故事和文采风流。其二，"看使君"之事非同小可，作为使君的"粉丝"，姑娘们不仅旋抹红妆，而且穿上鲜艳的蒨罗裙（很可能是节日才穿的裙子），这当然是想给使君留下良好的印象。其三，"棘篱门"三字显示出村舍的简陋贫困，然而即使居住条件如此，姑娘们仍有爱美之心。

　　下阕三句分别写了三幅画面。第一幅"老幼扶携收麦社"，农民们扶老携幼，组成收麦的社团，互相帮助，这是劳动场景。第二幅"乌鸢翔舞赛神村"，村上赛神会有各种祭神的供品，乌鸦和老鹰翔舞盘旋想来偷食，这是民俗场景。"道逢醉叟卧黄昏"，黄昏时遇到在路边醉卧的老人，这是欢宴后的场景。三幅场景传递出徐州农村一派安乐祥和的气氛。

　　第三首词写初夏最典型的耕织生活。上阕三句都与纺织有关，第一句从视觉角度写，"麻叶层层檾叶光"，麻和檾都是织布的原料，可做衣物，这句暗示麻、檾长势良好，织物丰收在即。第二句从嗅觉角度写，"谁家煮茧一村香"，桑蚕已结茧，不知谁家已开始煮茧缫丝，其煮茧散发的香味弥漫整个村落。第三句从听觉角度写，"隔篱娇语络丝娘"，隔着棘篱门传来阵阵缫丝姑娘的娇语声。"络丝娘"本是昆虫络纬的俗称，此处借用以称呼纺织姑娘，一语双关，即所谓"以俗为雅"。以上从眼、鼻、耳的感觉全方位描摹出农村的纺织生活。

　　下阕则是从田间收成写去。"垂白杖藜抬醉眼"，白发老人拄着杖藜，喝得醉醺醺的样子，应是衣食无忧。"捋青捣麨软饥肠"，捋下青嫩的麦穗捣成软软的炒面，最适合老人的饥肠。有学者将"软"字讲为"饱"，然而证据不充分，"软"字的所有义项中并无"饱"的含义。"问言豆叶几时黄"，这可能是使君问"垂白"老人，也可能是"抬醉眼"的老人问旁人，总之，"豆叶黄"时夏收就要正式开始。如果说此词上阕的主角是缫丝的姑娘，那么下阕的主角就是喝醉的老叟，以两种人物的行为展现了农村耕织生活的温馨细节。

　　第四首继续写经过村落时的所见所闻。"簌簌衣巾落枣花"，四月枣树开串串细花，风吹落沾满衣巾，"簌簌"二字描状枣花轻落貌特别准确。"村南村北响缫车"，这句被南宋曾慥《高斋诗话》称为"奇句"，认为跟诗僧道潜（参寥子）"隔林仿佛闻机杼，知有人家住翠微"以及秦观（少游）"菰蒲深处疑无地，忽有人家笑语声"之句"大同小异"。大约三者相同之处在于，都是用描写声响来烘托人家之所在，只闻其声，不见其人。缫车的声响自然会让人联想到如"络丝娘"那样缫丝的人，而"村南村北"到处的缫车声，则暗示村中正处于忙于缫丝的季节。"牛衣古柳卖黄瓜"写出村中悠闲的一面，穿着简朴牛衣的老农，靠着古柳摆摊卖黄瓜。这个典型的场景，相隔近千年读来仍如在目前，给人熟悉的感觉。"牛衣"二字以衣着代替老农，用的是修辞学上的借代法。南宋曾慥、龚颐正声称见过苏轼墨迹，"牛衣"作"半依"。问题是若作"半依"，这句的主语是谁？谁半依古柳呢？所以"牛衣"二字更文从字顺。

　　下阕"酒困路长惟欲睡"三句，写自己在乡间路行的感受和行为。因为喝了酒，不胜酒力，只想睡觉；因为初夏太阳高照，感到口渴，很想喝茶。"敲门试问野人家"这句特别令人感动，作为一州的长官，苏轼毫无居高临下的霸气，没有派人"捶门"，而是自己轻轻"敲门"，门开后不是颐指气使的命令，而是彬彬有礼的"试问"，即请问。他面对的是地位低下的"野人家"，却给予对方如此的尊重。此处讨茶的举动，充分展示了苏轼平等待人的亲民作风，朴实自然，显得极有教养。

第五首主要抒写自己在徐州农村田野间经行时的见闻和感想，场景由村落转向野外。上阕"软草平莎过雨新"，这句扣合词叙"谢雨"二字，雨停之后的原野草软莎平，空气清新。"轻沙走马路无尘"，在田间带沙的泥路上纵马飞奔，也扬不起尘埃，这与黄尘滚滚的京城生活形成鲜明的对比。如此清新干净的原野，使作者不由得产生出"何时收拾耦耕身"的想法，盼望有朝一日能归耕田园，像长沮、桀溺一样并列耕作，脱离官场生活，获得自由。

下阕前两句写初夏典型的田野风景，"日暖桑麻光似泼"，暖暖的阳光照在桑麻叶上，如同光泼上去一般，闪闪发亮。用"泼"字形容光的照射，极有表现力。这"泼"字本是绘画术语中的"泼墨"之"泼"，而此处把"光"作为一种绘画颜料，"泼"在桑麻叶上，更凸显了日光的神奇。同时，也因为日光照在雨后的桑麻叶上，这"泼"字便兼有了雨的质感。"风来蒿艾气如薰"，清风掠过蒿艾一类的野草，传来薰香一般的气息。《说文·草部》："薰，香草也。""薰"字又双关初夏的东南风。《吕氏春秋·有始》："东南曰薰风。"所以，以"薰"字来形容初夏蒿艾的气息，最恰当不过。无论是日下"光似泼"的桑麻，还是风中"气如薰"的蒿艾，再加上前面软草平莎、无尘沙路，都是苏轼感官最熟悉的东西，所以结句感叹"使君元是此中人"，我这州长官本来就是乡村的种田人。这让人想起苏轼的另外两句诗："吏民莫作官长看，我是识字耕田夫。"（《庆源宣义王丈以累举得官为洪雅主簿雅州户掾》）虽是赠写他人，却可看作夫子自道。这种与民平等的为官作风，是苏轼最可爱之处。而"使君元是此中人"也是这组词中的最强音，堪称"豹尾"。

苏轼用《浣溪沙》这一形式写北宋徐州的农村生活，其中包含村落和原野的风光，男女老少各种人物形象，赛神结社的民风民俗，各种动物植物，以及官民之间融洽的关系，其语言明白如话，而内容丰富多彩，具有很高的审美价值和历史价值。这组词为宋词开拓出全新的领域，后来农村题材的作品，如南宋辛弃疾的农村词，可以说都以此为滥觞。王士禛评论说："非坡仙无此胸次。"大概就是指苏轼不顾身份地位而与民同乐的胸襟吧。

永遇乐 [1]

彭城夜宿燕子楼，梦盼盼，因作此词。一云：徐州夜梦觉，登燕子楼作。

明月如霜，好风如水，清景无限 [2]。曲港跳鱼 [3]，圆荷泻露，寂寞无人见。纮如三鼓 [4]，铿然一叶 [5]，黯黯梦云惊断 [6]。夜茫茫、重寻无处 [7]，觉来小园行遍。

天涯倦客，山中归路，望断故园心眼。燕子楼空，佳人何在，空锁楼中燕。古今如梦 [8]，何曾梦觉，但有旧欢新怨。异时对、黄楼夜景 [9]，

沈际飞："园、楼、梦、觉，犯重。"（《草堂诗余别集》卷四）

张炎："词用事最难，要体认著题，融化不涩。如东坡《永遇乐》云：'燕子楼空，佳人何在，空锁楼中燕。'用张建封事。……此皆用事，不为事所使。"（《词源》卷下）

郑文焯："公以'燕子楼空'三句语秦淮海，殆以示咏古之超宕，贵神情不贵迹象也。"（《手批东坡乐府》）

为余浩叹。

[注释]

[1]永遇乐：元丰元年（1078）十月作于知徐州任上。永遇乐，词牌名。《御定词谱》卷三十二《永遇乐》："此调有平韵、仄韵两体。仄韵者始自北宋，……平韵者始自南宋。"此词为仄韵。王文诰《苏诗总案》卷十七元丰元年十月："梦登燕子楼，翌日往寻其地，作《永遇乐》词。"郑文焯《手批东坡乐府》："燕子楼未必可宿，盼盼更何必入梦，东坡居士断不作此痴人说梦之题，亟宜改正。""题当从王案。"然而，傅幹注："公旧注云：'夜宿燕子楼，梦盼盼，因作此词。'一云：'徐州梦觉，北登燕子楼作。'"词中有"梦云"二字，与梦盼盼之事有关；上下阕都关涉"夜景"，非"翌日往寻其地"；且燕子楼故址在徐州州衙内，傅幹引苏轼旧注可信。白居易《燕子楼三首》诗序曰："徐州故张尚书有爱妓曰盼盼，善歌舞，雅多风态。予为校书郎时，游徐、泗间。张尚书宴予，酒酣，出盼盼以佐欢。欢甚，予因赠诗云：'醉娇胜不得，风袅牡丹花。'一欢而去，尔后绝不相闻，迨兹仅一纪矣。昨日司勋员外郎张仲素缋之访予，因吟新诗，有《燕子楼三首》，词甚婉丽。诘其由，为盼盼作也。缋之从事武宁军累年，颇知盼盼始末。云尚书既殁，归葬东洛，而彭城有张氏旧第，第中有小楼名燕子。盼盼念旧爱而不嫁，居是楼十余年，幽独块然，于今尚在。予爱缋之新咏，感彭城旧游，因同其题，作三绝句。"诗序所言"张尚书"，宋人认为是徐州节度使张建封。然而，张建封死于贞元十六年（800），白居易授校书郎是在贞元二十年（804）。又诗序言张缋之"从事武宁军累年"，建封之子张愔为武宁军节度使，召为工部尚书，卒赠尚书右仆射。因此"张尚书"当指张愔。事见《新唐书·张建封传》。　[2]景：傅注本作"光"，误，按词律，

此字当作仄声。　　[3]曲港：水湾。　　[4]纨（dǎn）如：击鼓声。《晋书·邓攸传》引吴人歌："纨如打五鼓，鸡鸣天欲曙。"如，形容词词尾。三鼓：报道三更天的鼓声。　　[5]铿然：本为形容敲击金石发出的声响，此处形容静夜秋叶坠地之声。"铿"，傅注本作"铮"。　　[6]梦云：宋玉《高唐赋》言楚襄王梦巫山神女，自称"旦为朝云，暮为行雨"。后以"梦云"喻指梦中男女欢会事。　　[7]无处：傅注本作"无觅处"，据词律，"觅"字衍。　　[8]"古今如梦"二句：《庄子·齐物论》："方其梦也，不知其梦也，梦之中又占其梦焉，觉而后知其梦也。"此化用其意。　　[9]异时：他时，以后。黄楼：徐州城东门楼，苏轼改建，因涂以黄土，故名。参见前《百步洪二首》注[6]。

[点评]

宿燕子楼而梦盼盼，这是一个极易被写得缠绵悱恻的题材。然而，苏轼这首词却极力避免艳情的暗示，用空灵之梦，营造出清丽而寂寞的意境；用惆怅之觉，抒发了深沉的人生感慨。

上阕前六句，写燕子楼的夜景，也是作者梦境。白居易《燕子楼》诗："满窗明月满帘霜，被冷灯残拂卧床。燕子楼中霜月夜，秋来只为一人长。"首句"明月如霜"即从白诗化出，暗示此夜为"燕子楼中霜月夜"，因而梦境也从这里开始。秋月明亮，皎洁如霜，秋风舒爽，清凉如水，这皎洁清凉的月下风中，蕴藏着无限清幽的夜景。接下来"曲港跳鱼"三句，"清景"由大入小，由静入动，由触觉的清冷转入视觉的幽微。"曲"和"圆"都是线条形状，形容水岸和荷叶；"跳"和"泻"是动词，一向上，一向下。本来跳鱼、泻露在夜里难以被肉眼见到，可是因为明月皎洁，这样细微的动态也纤毫毕现，"无人见"三字正反过来说明本可以见。跳鱼暗示人静，泻露暗示夜深。以上六句，每三句一个单元。"明月如霜"二句对仗，以"清景无限"句概括；"曲港跳鱼"二句对仗，以"寂寞无人见"句概括。"无限清景"与"无人见"形成一个矛盾。可以想见，梦中的作者独自占有了燕子楼的寂寞清景，而无他人介入。这种"寂寞"，也就是当年盼盼独居时的寂寞，而今梦中作者与之分享。"纨如三鼓"二句，也是对仗，这是从听觉方面描写感受。三更鼓响，回响在宁静的午夜；一叶坠地，发出铿然的金石之声。"纨如""铿然"之声如此震耳，竟然惊破了作者与佳人幽会的缠绵之梦。"黯黯"意为黯然，沮丧貌。江淹《别赋》曰："黯然销魂者，唯别而已矣。"而"梦云"二字在中国古代诗词里，乃是代指男女欢会的云雨之梦。因为"梦云惊断"，不得已与盼盼相别，故而黯黯不乐。这句扣合"宿燕子楼梦盼盼"的主题，乃是文人常有的臆想之梦。"夜茫茫"三句，写梦醒后的失落感，行遍小园，欲重寻梦境，而不可再得，无限惆怅。

下阕从"梦云惊断"的失落中联想到更为失落的人生，不免沉痛感叹。"天涯倦客"二句，用名词性词组形成对仗，表达了对宦游天涯的厌倦，以及归隐山林的意愿。"望断故园心眼"，写出心中眼中对故乡的想望。而"望断"之"断"，正如上阕的"惊断"，暗示怀念故园之梦的破灭。由此又回到眼前的燕子楼，"燕子楼空"三句，曾经"善歌舞，雅多风态"的盼盼，"幽独块然"居此楼的盼盼，

而今何在？只剩下楼中的燕子。这三句写燕子楼中风流而
寂寞的故事，虽用白居易诗序所载，却不具体描写故事本
身，而是感叹其身世和结局，表达对佳人的无限同情。此
三句用了两个"空"字，将一切风流韵事一扫而尽，归结
到万法皆空的虚无。换言之，盼盼和燕子楼的故事，不过
是一场梦而已。所以接下来"古今如梦"三句，呼应上阕
的"梦云惊断"和"觉来小园行遍"，夜宿燕子楼见盼盼
固然是一场梦，然而"觉来"又何尝不是在梦中。古时盼
盼与张尚书的故事固然是一场梦，而今日自己天涯的宦游
和归乡的心愿又何尝不是梦。人们生活在梦中而"何曾
梦觉"，于是就只有旧日的欢乐和今日的哀怨，无法排解。
这里的两个"梦"字，与前面两个"空"字一道，组成苏
轼对人生境遇的认识，由幻灭中生出觉悟，既然古往今来
皆如一梦，又何必执着，何必烦恼。苏轼从《庄子》的哲
学中体悟到超越痛苦的逍遥。最后"异时对"三句，苏轼
由盼盼的燕子楼联想到自己刚建的黄楼，设想后人面对黄
楼夜景，凭吊自己，也如同自己此刻面对燕子楼夜景一般，
不免"浩叹"。吊古之人将成为后人吊古的对象。但"浩
叹"的后人未必是真正的醒者，因为古今并无"梦觉"之
人，想必"异时"也是如此。

　　南宋诗论家胡仔将这首词视为苏词代表作之一，称
赞其"绝去笔墨畦径间，直造古人不到处，真可使人一
唱而三叹"（《苕溪渔隐丛话·后集》卷二十六）。后来清
词学家邓廷桢认为这首词"遂为石帚（姜夔）导师"（《双
砚斋词话·东坡词高华》）。先著、程洪评苏轼这首词如
"野云孤飞，去来无迹"，与姜夔（石帚）的词品相近（《词

洁辑评》卷五）。可见，这首词"贵神情不贵迹象"的作法，开启了南宋姜夔"清空"一派的风格。

卜算子[1]

黄州定惠院寓居作[2]

缺月挂疏桐，漏断人初静[3]。谁见幽人独往来[4]，缥缈孤鸿影[5]。

惊起却回头，有恨无人省[6]。拣尽寒枝不肯栖[7]，寂寞沙洲冷[8]。

陈鹄："鲁直跋东坡道人黄州所作《卜算子》词云：'语意高妙，似非吃烟火食人语。'此真知东坡者也。盖'拣尽寒枝不肯栖'，取兴鸟择木之意，所以谓之'高妙'。而《苕溪渔隐丛话》乃云'鸿雁未尝栖宿树枝，惟在田野苇丛间，此亦语病'，当为东坡称屈可也。"（《耆旧续闻》卷二）

胡仔："此词本咏夜景，至换头但只说鸿。正如《贺新郎》词'乳燕飞华屋'，本咏夏景，至换头只说榴花。盖其文章之妙，语意到处即为之，不可限以绳墨也。"（《苕溪渔隐丛话·前集》卷三十九）

[注释]

[1]卜算子：元丰三年（1080）作于初到黄州时。苏轼于是年二月贬谪黄州，初寓居定慧院，五月迁居临皋亭。此词有"寒枝"一词，当作于二三月间。王文诰《苏诗总案》卷二十一将此词系于元丰五年（1082）十二月，不确。卜算子，词牌名。万树《词律》卷三："毛氏云：'骆义乌（宾王）诗用数名，人谓为卜算子，故牌名取之。'"　[2]定惠院：一作"定慧院"，佛寺，在黄州府治黄冈县东南，已见前注。　[3]漏断：漏壶（古代计时器）中的水将漏尽，指夜深。　[4]幽人：幽居隐逸的人。《周易·履》："九二，履道坦坦，幽人贞吉。"孔颖达疏："幽隐之人守正得吉。""谁见"，傅幹注："'谁见'，一作'时见'，一作'惟有'。"　[5]缥缈：隐隐约约、若有若无的样子。　[6]省：懂得，

理解。　　[7]"拣尽"句：谓择尽树枝不肯栖宿，暗含良禽择木而栖之意。　　[8]寂寞沙洲冷：底本作"枫落吴江冷"，此据傅注本。

[点评]

这首词的系年、本事、主旨、文字历来多有争议，此处略作辨析。

王文诰《苏诗总案》系于元丰五年（1082）十二月，其后苏轼词集多从其说，今日网上赏析文章仍沿袭其编年。然而，苏轼自元丰三年（1080）二月寓居定惠院，五月便已迁居临皋亭，此后并未重返定惠院寓居，因此按词序可肯定作于元丰三年春。

此词的"本事"（写作背景），宋人有几种说法都称苏轼为某女而作。吴曾《能改斋漫录》卷十六称："东坡先生谪居黄州，作《卜算子》云……其属意盖为王氏女子也，读者不能解。"袁文《瓮牖闲评》卷五曰："苏东坡谪黄州，邻家一女子甚贤，每夕只在窗下听东坡读书。后其家欲议亲，女子云：'须得读书如东坡者乃可。'竟无所谐而死。故东坡作《卜算子》以记之。"王楙《野客丛书》卷二十四则谓："此词东坡在惠州白鹤观所作，非黄州也。惠有温都监女，颇有色，年十六，不肯嫁人。闻东坡至，喜谓人曰：'此吾婿也。'每夜闻坡讽咏，则徘徊窗外。"苏轼欲为其议婚王郎，但不久就贬海南，此议未果。苏轼回惠州时，此女已卒，遂为之作《卜算子》。李如箎《东园丛说》卷下则称："苏公少年时常夜读书，邻家豪右之女常窃听之，一夕来奔，苏公不纳。而约以登第后聘以为室。"后其事不果，女守前言，不嫁而死，故苏轼作词悼念。以上几种说法，以惠州温都监女之事最为荒谬，与苏轼行迹不合，难以取信。

关于词的主旨，历代评论者也众说纷纭。有道德寓意说，如曾丰《知稼翁词集序》曰："文忠苏公文章妙天下，长短句特绪余耳，犹有与道德合者。'缺月疏桐'一章，触兴于惊鸿，发乎情性也；收思于冷洲，归乎礼义也。"认为苏轼此词表现了儒家"发乎情止乎礼义"的道德规范，虽写男女间的爱慕，而最终不逾越礼仪的约束。所谓"触兴于惊鸿"，是因为《卜算子》词中有"飘渺孤鸿影""惊起却回头"二句。三国魏曹植《洛神赋》有"翩若惊鸿，婉若游龙"之句，以"惊鸿"形容洛神之美，其后诗词中常借以代指体态轻盈的美女。此词中既有"鸿"又有"惊"，因而很容易让人引起美女的联想，这也是几种有关苏轼作词悼念有情女子的"本事"所产生的原因。

另有政治寄托说，如铜阳居士曰："'缺月'，刺明微也。'漏断'，暗时也。'幽人'，不得志也。'独往来'，无助也。'惊鸿'，贤人不安也。'回头'，爱君不忘也。……此词与《考槃》诗极相似。"（《类编草堂诗余》卷一引）俞文豹也大体如此解释："'缺月挂疏桐'，明小不见察也。'漏断人初静'，群谤稍息也。'时见幽人独往来'，进退无处也。'缥渺孤鸿影'，悄然孤立也。'惊起却回头'，犹恐谗慝也。'有恨无人省'，谁其知我也。'拣尽寒枝不肯栖'，不苟依附也。'寂寞沙洲冷'，宁甘冷淡也。"（《吹剑录》）无论是道德寓意说还是政治寄托说，都有意借用"比兴"的解诗方法，来提高词体的地位，为后来清

代常州词派所继承。如张德瀛所说："本朝张茗柯（张惠言）论词，每宗此义，遂为鲖阳之续。"（《词征》卷五）

词的文字也有版本异同，最大的异文是"寂寞沙洲冷"，底本（元刻本）作"枫落吴江冷"。然而，"枫落吴江冷"是初唐诗人崔信明的名句，事见新旧《唐书》，此词作于春天，苏轼不应当袭用其句，而且与词的上文不相应。

黄庭坚称此词："东坡道人在黄州时作。语意高妙，似非吃烟火食人语。非胸中有万卷书，笔下无一点尘俗气，孰能至此！"（《跋东坡乐府》）黄氏为苏轼友人，其说应该可信。按照其意推测，苏轼此词是借月夜孤鸿托物寓怀，表达远离尘俗、孤高自许的寂寞心境。

上阕首句"缺月挂疏桐"写景，缺月微明，梧桐萧疏，寂寞而冷清；次句"漏断人初静"写时，夜漏深沉，人事止息，万籁无声。头两句渲染出远离尘嚣的境界。在这寂静的深夜里，出现一个独往独来的幽隐之人。然而，既然是人静之时，又有谁能见这"独往来"的"幽人"呢？"缥缈孤鸿影"似乎在回答"谁见"的提问。假设是孤鸿之"影"见到幽人，那么鸿影的"缥缈"又是谁所见呢？孤鸿之"影"，到底是见"幽人"者，还是"幽人"自身，很难确定。人影鸿影，同样孤独，同样缥缈，浑然莫辨。

下阕承"孤鸿影"而来，专咏孤鸿之事。谁使鸿"惊起"呢？鸿又为谁"回头"呢？既惊起欲飞去，又回头眷恋不忍，可知此中定然"有恨"，却无法说出，也无人理解。在此，"孤鸿"已完全人格化，成为幽人的象征。

"拣尽寒枝"二句，正是孤鸿的心事，也是幽人的心事。古语说：良禽择木而栖，贤臣择主而事。然而木上空有"寒枝"，无可拣择，非可栖之处，因此宁愿含"恨"止宿于"沙洲"上，自甘清冷寂寞。词中隐隐传达出谪居黄州时的心境，即无枝可依的孤独和幽怨之感。

当然，这首词也可理解为"幽人"与"孤鸿"的邂逅，因为不仅有"惊鸿"指代美人的文学传统，而且良禽择木而栖，也象征贤女择夫而嫁。所以"回头""有恨""无人省""不肯栖"的种种描写，完全可以解释为某女子对苏轼的深情眷恋。只是其间吞吐含蓄，如空中传恨，亦如"缥缈孤鸿影"一般不可捉摸。毕竟，词之传统小令多言男女之情，此词未必不是为黄州邻家女而作。

沈际飞："笛制取良干，首存一节，节间留纤枝，剪而束之，节以下，若膺处则微涨，而全体皆须白净。'龙须'三句，善状。""五十余字，堪与马赋并传，修语清远，马似不逮。""用许故事，不为事用。"（《草堂诗余》正集卷五）

水龙吟 [1]

赠赵晦之吹笛侍儿 [2]

楚山修竹如云 [3]，异材秀出千林表。龙须半剪 [4]，凤膺微涨，玉肌匀绕。木落淮南 [5]，雨晴云梦，月明风袅。自中郎不见 [6]，桓伊去后 [7]，知孤负，秋多少。

闻道岭南太守，后堂深、绿珠娇小 [8]。绮窗学弄 [9]，《梁州》初遍 [10]，《霓裳》未了 [11]。嚼徵含宫^[12]，泛商流羽，一声云杪^[13]。为使君洗尽，蛮风瘴雨^[14]，作《霜天晓》^[15]。

[注释]

[1]水龙吟：元丰三年（1080）冬作于黄州。水龙吟，词牌名。毛先舒《填词名解》卷三："《水龙吟》，越调曲也。采李白诗'笛奏龙吟水'。"　[2]赵晦之：名昶，南雄州（今广东南雄）人。历任楚州团练推官，密州东武县令。熙宁八年（1075）罢东武令，苏轼作《减字木兰花·送东武令赵昶失官归海州》。后起知藤州，被命再任。苏轼在黄州日，有《与赵晦之》尺牍四首。傅幹注："公旧序云：'时太守闾丘公显已致仕，居姑苏，后房懿卿者，甚有才色，因赋此词。'一云：'赠赵晦之。'"按，此词称"岭南太守"，而闾丘公显并无出任岭南知州的记载，此当指赵昶，藤州属广南西路，在岭南。孔平仲《谈苑》卷二："朝士赵昶有两婢善吹笛，知藤州日，以丹砂遗子瞻。子瞻以蕲笛报之，并有一曲，其词甚美，云：'木落淮南，雨晴云梦，日斜风袅。'又云：'自中郎不见，桓伊去后，知孤负，秋多少。'断章云：'为使君洗尽蛮风瘴雨，作清霜晓。'昶曰：'子瞻骂我矣。'昶，南雄州人，意谓子瞻以蛮风讥之。"孔平仲为苏轼文友，其说当可信。　[3]"楚山修竹如云"二句：谓蕲州美笛来自秀出千林的美竹。傅幹注："今蕲州笛材，故楚地也。"曾敏行《独醒杂志》卷三"东坡《水龙吟》笛词"引高云翔云："后之笺释者，独谓'楚山修竹如云'是蕲州出笛竹，至'异材秀出千林表'之语，不知是东坡叙取材法也。凡竹，林生，后长者必过前竹，其不能过者多死。一林内特一竹可材，远而望之，或伐取数十百竿，错乱终不可识。蔡邕仰视柯亭屋椽得奇材，不待如此求之。而邕后无至鉴，独有此法可求耳。"　[4]"龙

张端义："东坡《水龙吟》笛词八字谶，'楚山修竹如云，异材秀出千林表'，此笛之质也；'龙须半剪，凤膺微涨，玉肌匀绕'，此笛之状也；'木落淮南，雨晴云梦，月明风袅'，此笛之时也；'自中郎不见，将军去后，知孤负，秋多少'，此笛之事也；'闻道岭南太守，后堂深，绿珠娇小'，此笛之人也；'绮窗学弄，《凉州》初试，《霓裳》未了'，此笛之曲也；'嚼徵含宫，泛商流羽，一声云杪'，此笛之音也；'为使君洗尽，蛮烟瘴雨，作《霜天晓》'，此笛之功也。"（《贵耳集》卷下）

须半剪"三句：言美笛的制作。傅幹注："笛制取良斡通洞之，若于首颈处，则存一节，节间留纤枝，剪而束之，节以下若膺处则微涨，而全体皆要匀净。若《汉书》所谓生其窍厚均者，断两节间而吹之。审如是，然后可制。故能远可通灵达微，近可以写情畅神。谓之'龙须''凤膺''玉肌'，皆取其美好之名也。"〔5〕"木落淮南"三句：言吹笛的最佳时节。傅幹注："善吹笛者，必俟气肃天清，风微月亮，聊作一二弄，遂臻其妙。"刘长卿《江州重别薛六柳八二员外》："江上月明胡雁过，淮南木落楚山多。"《楚辞·九歌·湘夫人》："袅袅兮秋风，洞庭波兮木叶下。"此化用其语。淮南，指黄州、蕲州一带。北宋时黄州、蕲州属淮南西路，故称。云梦，古楚地名，有云梦大泽，为古湖泊群，黄州也属其地。〔6〕中郎：指东汉蔡邕。蔡邕曾为中郎将，故称。傅幹注："蔡邕初避难江南，宿于柯亭之馆，以竹为椽。邕仰而盼之曰：'此良竹也。'取以为笛，奇声独绝，历代传之至于今。"〔7〕桓伊：东晋人，字子野，善音乐，尽一时之妙，为江左第一。《世说新语·任诞》："王子猷出都，尚在渚下。旧闻桓子野善吹笛，而不相识。遇桓于岸上过，王在船中。客有识之者，云是桓子野。王便令人与相闻云：'闻君善吹笛，试为我一奏。'桓时已贵显，素闻王名，即便回下车，踞胡床，为作三调。弄毕，便上车去。客主不交一言。"〔8〕绿珠：《晋书·石崇传》："崇有妓曰绿珠，美而艳，善吹笛。"此借指赵晦之吹笛侍儿。〔9〕弄：演奏。〔10〕《梁州》：指《凉州曲》。郑綮《开天传信记》："西凉州俗好音乐，制新曲曰《凉州》，开元中列上献。"初遍：乐曲结构术语。王灼《碧鸡漫志》卷三："《凉州曲》，唐史及传载称：天宝乐曲皆以边地为名，若《凉州》《伊州》《甘州》之类。……凡大曲有散序、靸、排遍、攧、正攧、入破、虚催、实催、衮遍、歇拍、杀衮，始成一曲，此谓大遍。"傅幹注："'初遍'者，今乐府诸大曲，凡数十解，于擫前则有'排遍'，擫后则有'延遍'。此谓之'初遍'，岂非'排遍'之首谓乎？"　[11]《霓裳》：指《霓裳羽衣曲》。《碧鸡漫志》卷三："《霓裳羽衣曲》，说者多异。予断之曰：西凉创作，明皇润色，又为易美名。其他饰以神怪者，皆不足信也。唐史云：河西节度使杨敬述献，凡十二遍。白乐天和元微之《霓裳羽衣曲歌》云：'由来能事各有主，杨氏创声君造谱。'自注云：'开元中，西凉节度使杨敬述造。'"　[12]"嚼徵含宫"二句：此指吹奏的各种音阶。宋玉《对楚王问》："引商刻羽，杂以流徵，国中属而和者，不过数人而已。"古代五音，即音阶，按音高顺序为宫、商、角、徵、羽。　[13]一声云杪：傅幹注："诸乐器中，唯笛有穿云裂石之声。"云杪，指云霄、高空。　[14]蛮风瘴雨：指岭南山林湿热含瘴的风雨。　[15]《霜天晓》：曲名有《霜天晓角》。

[点评]

　　这首《水龙吟》，上阕是咏蕲州出产之美笛，下阕是咏岭南吹笛之美人。上阕在楚地的空间展开，下阕在广南的空间展开，而上下阕自然衔接，转换自然。

　　上阕"楚山修竹如云"二句，首先拈出蕲州竹笛的不凡，"修竹"已见竹之颀长，"如云"又状竹之众多，而在如云的修竹中，更有一竿特异的竹材，挺然独秀，高出千林之上。修竹本有君子之操，而此秀出之异材，则质地自然更是超卓。据曾敏行《独醒杂志》说，这两句是"东坡叙取材法"，意思是取美笛之材，要取秀出千林者。接下来"龙须半剪"三句，简要叙写美笛的制作方法和过程，具体内容见傅幹的注释。"龙须""凤膺"，都是形容笛子的美好词语，"玉肌"指全体白净的笛身。

这三句描写，使冷冰冰的笛子仿佛赋有龙凤的灵性乃至美人的肌骨，状貌不凡。"木落淮南"三句，摹状楚地秋高气爽的环境，淮南千山叶落，云梦久雨初晴，皎皎明月伴着袅袅秋风，正是吹笛的最佳季节。这是由于空气纯净度高，因而笛声传得更远。傅幹注释说："善吹笛者，必俟气肃天清，风微月亮，聊作一二弄，遂臻其妙。"黄庭坚《登快阁》诗中"落木千山天远大，澄江一道月分明"二句，描写的正是这样的天气，而诗中"万里归船弄长笛"一句，也可证明"月明风袅"正适合吹笛。然而，此时的黄州却久无吹笛赏笛之人，上阕最后"自中郎不见"四句，叹息世上再无蔡邕、桓伊那样的历史人物，能做美笛的知音，古往今来，不知辜负多少淮南"月明风袅"的大好秋天。这几句不仅是感慨世上美笛无人赏音，不得尽其用，而且也隐然叹惜世上"秀出千林表"的"异材"无人识拔，空度岁月，美笛的遭遇与贤人的处境，大抵如此，令人扼腕。这里关于笛的典故，皆与知音者相关，由此自然引出下阕的主角——赵晦之家的吹笛侍儿。

下阕"闻道岭南太守"三句，由咏笛转向咏吹笛之人，由淮南的黄州贬所转向岭南的太守后堂，以吹笛侍儿回应上阕"知辜负，秋多少"的慨叹。而今有绿珠一样善吹笛的美人，"月明风袅"的秋日再也不会辜负，再也不用感叹"自中郎不见，桓伊去后"善笛知音者的稀缺。以"美而艳"的绿珠作类比，这既是对赵晦之的恭维，也是对吹笛侍儿的赞美。"绮窗学弄"三句，想象娇小的侍儿已学会《凉州》初遍的吹奏，尚不能完成整个

《霓裳羽衣曲》，因为后者的曲调更为复杂。中国古代有宫、商、角、徵、羽的音乐术语，指五声音阶，"嚼徵含宫"二句，描绘笛子各种音阶的吹奏手法，虽化用宋玉《对楚王问》"引商刻羽，杂以流徵"的句式，但动词的使用更加生动准确。笛子以口吹奏，所以用"嚼""含"二字形容，而"嚼徵"和"含宫"，又是一种"通感"式的写法，仿佛本属于听觉的音阶，此时可以用味觉的器官去咀嚼含化。笛子的声音悠扬飘忽，所以用"泛""流"二字形容，"泛"字很准确地刻画出笛声一跃多个音阶的"泛音"特点，"流"字则让人联想到像流泉淙淙一样的"琶音"。"一声云杪"，想象侍儿的笛声高亢远扬，直上云霄，甚或是响遏行云。最后"为使君洗尽"三句，想象这侍儿的笛声，能驱散岭南的蛮风瘴雨，为赵晦之带来秋霜高洁的清晓，使之神清气爽。"霜天晓"三字，也双关《霜天晓角》的曲子。宋词中有《霜天晓角》的词牌，但其曲起源于何时已不可考。宋人张端义评论最后三句说："五音已用其四，乏一'角'字，'霜天晓'，歇后一'角'字。"（《贵耳集》卷下）李星垣也认为："'霜天晓'隐'角'字，与上徵、宫、商、羽合。"（《类编草堂诗余》卷四）若以"角"字为"霜天晓"的歇后语，则结句构思极为巧妙，在咏笛声的功能的同时，与前面"嚼徵含宫，泛商流羽"相呼应，可谓神来之笔。而且用"霜天晓"来驱散岭南炎热的"蛮风瘴雨"，虽赵晦之未必乐意，但苏轼借咏笛表达了自己对朋友的关怀，也称得上是曲终奏雅。

　　这首词向来被评论家视为苏词的佳作之一。胡仔称

刘熙载："东坡《水龙吟》起云：'似花还似非花。'此句可作全词评语，盖不离不即也。"（《艺概》卷四）

沈际飞："随风万里寻郎，悉杨花神魂。"（《草堂诗余正集》卷五）

曾季貍："东坡和章质夫《杨花词》云'思量却是，无情有思'，用老杜'落絮游丝亦有情'也。'梦随风万里，寻郎去处，依前被莺呼起'，即唐人诗云：'打起黄莺儿，莫教枝上啼。几回惊妾梦，不得到辽西。''细看来不是杨花，点点是离人泪'，即唐人诗云：'时人有酒送张八，惟我无酒送张八。君有陌上梅花红，尽是离人眼中血。'皆夺胎换骨手。"（《艇斋诗话》）

其"绝去笔墨畦径间，直造古人不到处，真可使人一唱而三叹"（《苕溪渔隐丛话·后集》卷二十六）；张炎称其"清丽舒徐，高出人表"（《词源》卷下《杂论》）；李星垣称其"玉骨冰心，千秋绝调"（《类编草堂诗余》卷四）；先著、程洪称其"非无字面芜累处，然丰骨毕竟超凡"（《词洁辑评》卷五）。整首词给人的感觉是清丽悠远，超凡脱俗。

水龙吟 [1]

次韵章质夫杨花词 [2]

似花还似非花 [3]，也无人惜从教坠 [4]。抛家傍路，思量却是，无情有思 [5]。萦损柔肠，困酣娇眼，欲开还闭。梦随风万里 [6]，寻郎去处，又还被、莺呼起。

不恨此花飞尽，恨西园、落红难缀。晓来雨过，遗踪何在？一池萍碎 [7]。春色三分 [8]，二分尘土，一分流水。细看来 [9]，不是杨花，点点是离人泪。

[**注释**]

[1] 水龙吟：元丰四年（1081）初夏作于黄州。 [2] 章质夫：

章楶（1027—1102），字质夫，建州浦城人。治平二年（1065）试礼部第一。历官吏部郎中、同知枢密院事。卒谥庄简，改谥庄敏。《宋史》有传。按，苏轼《与章质夫》尺牍曰："柳花词妙绝，使来者何以措词。本不敢继作，又思公正柳花飞时出巡按，坐想四子，闭门愁断，故写其意，次韵一首寄去，亦告不以示人也。"尺牍又提及黄州知州徐君猷，可知作于黄州。据《续资治通鉴长编》卷三百一十二，元丰四年（1081）四月章楶在荆湖北路提点刑狱任上，临近黄州，苏轼与之往还，多有唱酬。故此词当作于元丰四年。王文诰《苏诗总案》谓此词作于元祐二年（1087）丁卯，其说不确。按，章楶《水龙吟》柳花词曰："燕忙莺懒花残，正堤上、柳花飘坠。轻飞点画青林，谁道全无才思。闲趁游丝，静临深院，日长门闭。傍珠帘散漫，垂垂欲下，依前被、风扶起。

　　兰帐玉人睡觉，怪春衣、雪沾琼缀。绣床旋满，香球无数，才圆却碎。时见蜂儿，仰粘轻粉，鱼吹池水。望章台路杳，金鞍游荡，有盈盈泪。"　[3]似花还似非花：南朝梁元帝《咏阳云楼檐柳》："杨柳非花树，依楼自觉春。"　[4]从教坠：听任飘坠。　[5]无情有思：韩愈《晚春》："杨花榆荚无才思，惟解漫天作雪飞。"此处反用其意。　[6]"梦随风万里"三句：顾夐《虞美人》词："凭栏愁立双蛾细，柳影斜摇砌。玉郎还是不还家，教人魂梦逐杨花，绕天涯。"金昌绪《春怨》："打起黄莺儿，莫教枝上啼。啼时惊妾梦，不得到辽西。"此处化用其意。　[7]一池萍碎：苏轼自注："杨花落水为浮萍，验之信然。"又苏诗《再和曾仲锡荔支》"柳花著水万浮萍"句自注："柳至易成，飞絮落水中，经宿即为浮萍。"陆佃《埤雅》卷十六《苹》："苹之殖根，以水为地也。世说杨华入水，化为浮萍。"　[8]"春色三分"三句：叶清臣《贺圣朝》词："三分春色二分愁，更一分风雨。"此处化用其语意。　[9]"细看来"三句：唐无名氏诗："君有陌上梅花红，尽是离人眼中血。"

[点评]

这是一首咏物词，同时也是一首次韵词。古人称柳树为"杨柳"，故而词所咏之物"杨花"，也就是柳絮。作为咏物词，必须整首词扣合杨花来写。作为次韵词，每一处押韵的字及其次序都必须与原词同。章楶《水龙吟》原词的韵脚为：坠、思、闭、起、缀、碎、水、泪。苏轼次韵词也必须按照这样的韵脚次序来押韵。章楶原词紧扣杨花描写铺叙，"其命意用事，清丽可喜"（朱弁《曲洧旧闻》卷五），尤其是"傍珠帘散漫，垂垂欲下，依前被、风扶起"几句，生动传神，"曲尽杨花妙处"（《诗人玉屑》卷二十一）。就连苏轼也感叹章楶"柳花词妙绝，使来者何以措词"，佳作在前，次韵而作，要想出新出彩，难度极大。然而，苏轼却丝毫不受韵之牵制，后来居上，正如王国维所说："东坡《水龙吟》咏杨花，和韵而似原唱。章质夫词，原唱而似和韵。才之不可强也如是。"（《人间词话》）

上阕起句"似花还似非花"，是整首词的纲领，柳絮虽然被称为"杨花"，却不是真正意义上的花。惜春之人主要在于惜花，既然杨花非花，因此"也无人惜从教坠"，任随其从树上飘坠，而无人怜惜。首两句并无描摹刻画的意象语言，却能准确概括出杨花的性质及其命运。接下来三句，从"坠"字入手写开去，"抛家傍路"是"坠"的拟人化描写。杨花未辞树前，固然无人观赏，但等到飘零之时，却如落花一般动人情感。其"抛家傍路"的行为，似是无情，而仔细想来，却有万般情思，如杜甫诗所说，"落絮游丝亦有情"（《白丝行》）。"萦损柔肠"三句，把杨柳比成娇美的女子，写其枝叶，以衬托杨花的情态。柳条柔弱袅娜，如同美人因离愁萦绕而损伤的柔肠。柳叶细长，如同美人因春日而极度困倦的睡眼，"欲开还闭"，摹状出慵懒的娇态。古人称柳叶为"柳眼"，故借美人的"娇眼"比拟。因"困酣"而引出美人之梦。杨花体态轻盈，如梦一般无拘无束，随风自由飞扬，故词人秦观称"自在飞花轻似梦"（《浣溪沙》）。"梦随风万里"四句，既写思妇之梦，又写杨花之态，飞去飞还，忽起忽落，是花是梦，浑然莫辨。化用唐人诗意，以杨花的神魂申说思妇的情思，咏物与抒情融为一体。据苏轼《与章质夫》尺牍："又思公正柳花飞时出巡按，坐想四子，闭门愁断，故写其意。"可知此处所写思妇梦中"寻郎"，乃是设想章楶的爱妾"四子"的闺中愁思，咏柳的同时酬答友人，写其双方的思念之情。上阕咏柳，描写入微，而浑化无迹，句句不离杨花，而句句皆是写人的情态。

　　下阕由咏杨花转入伤春，更进一层。上阕后半既说尽杨花的婉转情思，过片却以"不恨此花飞尽"一句荡开，而"恨西园、落红难缀"。此两句表面看来是照应"也无人惜从教坠"，而实际上是欲擒故纵，杨花与落红命运相似，皆在春末辞别枝头，一是"抛家"，一是"难缀"，"此花飞尽"之日，就是"落红难缀"之时，美好的春天随之消逝，怎能让人不恨不惜？因而接下来"晓来雨过"三句，翻转"不恨"之说。"遗踪何在"一问，令人黯然销魂，但见得昨夜飞尽的杨花，入水经宿，到晓来已化作"一池萍碎"，这是答案，也是归宿，此岂不是深"恨"。"春色三分"三句，承接化萍之说而来。杨花的去路无非两条，一是落入泥中，一是飞入水中，前者多而后者少，故云"二分尘土，一分流水"。苏轼的诗友僧道潜有诗曰："禅心已作沾泥絮，不逐春风上下狂。"(《子瞻席上令歌舞者求诗戏以此赠》) 那是借以比喻禅定之心，不受外界干扰。而此处杨花落入尘泥，却是令人伤感的场景，它与落入水中的杨花一道，将"三分春色"分解殆尽。至此，杨花已成为"春色"的代称，春天的象征。词句虽从叶清臣"三分春色二分愁，更一分风雨"化用而来，却能切合杨花与春色的关系，妙用数字，传达出无尽的伤春之情。结尾"细看来"三句，明明是杨花，却偏说是离人泪，而且说这是细看的结果，以无理之语写情，更增加抒情效果。"离人泪"的断语，从咏物来说，一是承接"一分流水"而来，由流水想到泪水；二是因为杨花的轻盈球状，其形态如泪珠"点点"。从抒情来说，与上阕的梦中"寻郎"不得的寸寸柔肠，到此处"离人"的盈盈粉泪，正好遥相呼应。此外，结尾所言"不是杨花"，也照应了前面"似花还似非花"的定义，不仅首尾相应，章法完整，而且烘托出全词咏物伤春兼怀人的主旨，余音袅袅，含蓄不尽。正如张炎所说："后片愈出愈奇，真是压倒古今。"(《词源》卷下)

这首咏物词，无一句脱离杨花，无一句不带感情，沈谦称其"幽怨缠绵，直是言情，非复赋物"(《填词杂说》)，只说对了一半。其实，将言情与赋物完美地结合在一起，这才是苏词最高妙之处。

整首词紧扣题目而不为题目拘束，开篇"似花还似非花"，一句道尽咏物的精妙之处，不仅如刘熙载所说，"可作全词评语，盖不离不即也"(《艺概》卷四)，而且可推而广之，作为咏物词写作的基本原则，即处于着题与不着题、似与不似之间。

定风波 [1]

三月七日，沙湖道中遇雨，雨具先去 [2]，同行皆狼狈 [3]，余独不觉。已而遂晴，故作此。

莫听穿林打叶声，何妨吟啸且徐行 [4]。竹杖芒鞋轻胜马 [5]，谁怕？一蓑烟雨任平生 [6]。

料峭春风吹酒醒 [7]，微冷，山头斜照却相迎。回首向来萧瑟处 [8]，归去，也无风雨也无晴 [9]。

[注释]

[1] 定风波：元丰五年（1082）三月七日作于黄州。定风波，词牌名。《御定词谱》卷十四《定风波》："唐教坊曲名。李珣词名《定风流》。"苏轼《书吕道人砚》："元丰五年三月七日，偶至沙湖黄氏家。"又《书清泉寺词》："黄州东南三十里，为沙湖，亦曰螺蛳店，余将买田其间，因往相田。"词中所写即此行。　[2] 雨具：此指携带雨具的随行人员。　[3] 狼狈：行动窘迫不堪的样子。　[4] 吟啸：吟诗长啸。撮口作声曰啸。　[5] 芒鞋：芒草编织成的鞋，即草鞋。　[6] 一蓑：郑谷《雪中偶题》："江上晚来堪画处，渔人披得一蓑归。"底本作"一莎"，今从傅注本。　[7] 料峭：形容微寒的感觉。　[8] 萧瑟：本为风雨摇动草木之声，此代指风雨。苏轼《辛丑十一月十九日既与子由别于郑州西门之外马上赋诗一篇寄之》："寒灯相对记畴昔，夜雨何时听萧瑟。"　[9] 也无风雨也无晴：谓既无风雨，也无斜照。

[点评]

这是苏轼词的代表作之一。据词序可知，苏轼酒后步行去沙湖的途中，遇到阵雨，带雨具的随行人员已先走，只得冒雨而行。然而对待这种突发事件，同行者皆狼狈不堪，慌忙躲雨，而苏轼却浑然不觉，悠然自得。雨浇酒醒，随后天又放晴。在由雨转晴的路途中，苏轼表达了他宠辱不惊的人生哲理。所以，这既是一首纪行词，又是一首哲理词，拓展了宋词的境界。

上阕写面对阵雨袭来的态度。"穿林打叶"的声势，说明阵雨不小。然而苏轼却在风雨中"吟啸且徐行"，一副优哉游哉的样子。首句是自然界的风雨，次句写自己如何应对风雨。"莫听"二字，感官屏蔽外在的风雨侵袭；"何妨"二字，行为遵从内在的逍遥自适。不光"吟啸"，一边吟诗长啸，一边放慢脚步。《晋书·谢安传》："尝与孙绰等泛海，风起浪涌，诸人并惧，安吟啸自若。"苏轼在同行皆狼狈的情况下，吟啸且徐行，颇有几番谢安的雅量。"竹杖芒鞋"自然非常轻便，不过要说"轻胜马"，多少有点夸张，毕竟骑马者不用双脚在泥水里行。此处以"马"与"竹杖芒鞋"对举，暗含两种身份的对举。"马"是知州的身份，知州相当于汉代太守，有"五马"之称。而"竹杖芒鞋"则是野老的装束，虽然苏轼在知州任上也曾"竹杖芒鞋取次行"（《与舒教授张山人参寥师同游戏马台书西轩壁兼简颜长道二首》其二），但那是公事之余与山人僧徒往来时的穿着。而此时贬谪到黄州，不得签书公事，其闲置的身份与野老相差无几，因而"竹杖芒鞋"便成了随身之物。往时任知州时，多为公事骑马出行，此刻则无事一身轻，正是从这个意义上说，竹杖芒鞋足以"轻胜马"。由此看来，由知州谪为闲人，虽看来是仕途挫折，却未必不是人生胜出。"谁怕"，果决的语气与前面的"何妨"相呼应，引出"一蓑烟雨任平生"的处世态度。有人曾疑惑，词序中既然说"雨具先去"，那么这里为何还有一件蓑衣？蓑衣岂不是雨具？需要说明的是，首先，"蓑"是量词，并非指苏轼穿着蓑衣。南宋俞成《萤雪丛说》卷上："至若骚人，于渔父则曰'一蓑烟雨'，于农夫则曰'一犁春雨'，于舟子则曰'一篙春水'，皆曲尽形容之妙也。"以"一蓑"形容烟雨的程度。其次，"一蓑烟雨"并非指此时此境，而是指"平生"所遇，象征人生的风雨，政治的风雨。一生任凭风吹雨打，谁会害怕，何妨一如既往地淡定从容。

　　下阕写阵雨转晴后对人生的感悟。"料峭春风吹酒醒，微冷"，淋过雨的身体经春日冷风一吹，不由得生出一丝寒意。"酒醒"二字很有意思，说明上阕"何妨吟啸且徐行"的行为多少与微醺状态相关，醉中的苏轼别有一番天真可爱之处。风过雨停，斜阳在山，作者醉眼看去，那山头的斜阳也显得特别多情，带着温暖的余晖来迎候诗人，为他暖暖身子。这种类似夕照相迎的写法，在苏轼诗词中并不少见，他自我感觉良好，仿佛客观自然景物皆为其从属，如"东风知我欲山行，吹断檐间积雨声"（《新城道中二首》其一），"谁似临平山上塔，亭亭，迎客西来送客行"（《南乡子》），总能善解人意。一边是料峭春风的寒意，一边是山头斜照的暖意，这既是写实，也有几分哲理。人生何尝不是如此，此时固然由雨转晴，值得欣慰，而此后未必不会由晴转雨。"回首向来萧瑟处"三句，回看刚才的风吹雨打之处，风雨何在呢？然而若再掉头归去，斜照又何在呢？原来雨晴只是一场梦，一场空，"也无风雨也无晴"。风雨不惊，转晴不喜，一切随缘任运，何妨吟啸徐行。苏轼至此已进入佛教所言"无差别"境界，升沉荣辱，成败得失，皆泰然处之。这次遇雨途中所感悟到的人生哲理，伴他终生。直到晚年他在海南所作《独觉》诗中仍在用这二句："翛然独觉午窗明，欲觉犹闻醉鼾声。回首向来萧瑟处，也无风雨也无晴。"

词论家郑文焯特别欣赏这首词："此足征是翁（指苏轼）坦荡之怀，任天而动，琢句亦瘦逸，能道眼前景，以曲笔直写胸臆，倚声能事尽之矣。"（《大鹤山人词话》）所谓"瘦逸"，是指词中不用丰缛秾丽的辞藻。"倚声"指词的写作，即填词。他认为苏轼这首词将填词艺术发挥到极致，其说可供参考。

许昂霄："（'松间沙路'二句）何减（杜甫诗）'两边山木合，终日子规啼'耶？"（《词综偶评·宋词》）

陈廷焯："（'谁道人生'三句）愈悲郁，愈豪放，愈忠厚，令我神往。"（《白雨斋词话》卷六）

浣溪沙 [1]

游蕲水清泉寺 [2]，寺临兰溪，溪水西流

山下兰芽短浸溪，松间沙路净无泥 [3]。萧萧暮雨子规啼 [4]。

谁道人生无再少 [5]，门前流水尚能西。休将白发唱黄鸡 [6]。

[注释]

[1]浣溪沙：元丰五年（1082）三月作于蕲州，时在上篇《定风波》之后。苏轼《书清泉寺词》："黄州东南三十里，为沙湖，亦曰螺蛳店，余将买田其间，因往相田。得疾，闻麻桥人庞安时善医而聋，遂往求疗。……疾愈，与之同游清泉寺。寺在蕲水郭门外二里许。有王逸少洗笔泉，水极甘，下临兰溪，溪水西流。余作歌云：'山下兰芽短浸溪……'是日，极饮而归。" [2]蕲水：县名，宋属蕲州，今湖北浠水县。《元丰九域志》卷五淮南西路蕲州蕲水县："州西五十五里。……有茶山、兰溪水、蕲水、流水。" [3]"松间"句：白居易《三月三日祓褉洛滨》："柳桥晴有絮，沙路润无泥。" [4]"萧萧"句：傅幹注："《成都记》：'杜宇亦曰杜主，自天而降，称望帝。好稼穑，教人务农。至今蜀之将者，必先祀杜主。望帝时以国相开明有治水功，因禅位焉。后望帝死，其魂化为鸟，名曰杜鹃，亦曰子规云。'唐吴娘曲：'暮雨萧萧郎不归。'" [5]"谁道"句：傅幹注："古诗：'花有重开日，人无再少年。'" [6]"休将"句：白居易《醉歌·示伎人商玲珑》："罢胡琴，掩秦瑟，玲珑再拜歌初毕。谁道使君不解歌，听唱黄鸡与白日。黄鸡催晓丑时鸣，白日催年酉前没。腰间红绶系未稳，镜里朱颜看已失。玲珑玲珑奈老何，使君歌了汝更歌。"此反其意而用之。

[点评]

暮春三月，苏轼与友人庞安时同游清泉寺，写下这首词。上阕描摹清泉寺周围清幽的风光和环境，下阕抒发由溪水西流引发的人生感悟。

"山下兰芽短浸溪"一句，依眼前实景描绘"兰溪"之名的由来。山下溪水潺潺，溪边兰草刚萌生出短短的幼芽。兰为香草，因而一"浸"字，令人感觉溪水都浸透了兰的幽香。"松间沙路净无泥"一句，也是写实景，松林间的道路是沙路，虽在雨中，却无泥泞。松非杂树，林自清爽，沙无积水，路自洁净。因而一"净"字，令人感到一种心灵的洗礼。江西派诗人徐俯（字师川）曾将苏词头两句与白居易诗"柳桥晴有絮，沙路润无泥"作比较，以为"'净''润'两字，当有能辨之者"（见曾敏行《独醒杂志》卷二）。显然"净"字比"润"字更能表达"松间沙路"给人视觉上的清净，也更能体现作者内心的澄净。由于有了前两句的兰芽、清溪、松林、沙路，因而"萧萧暮雨"中子规啼鸣，也变得富有诗意，不那么令人伤感。毋宁说，正是这"萧萧暮雨"中的几声杜鹃鸟的叫声，使这松林的傍晚更显得深幽清静。上阕从嗅觉、视觉、听觉三方面写兰溪之春，真切可感，也透露出作者的愉悦心情。尽管"子规啼"预示美好的春天即将过去，但那又何妨呢？

下阕作者就眼前"溪水西流"之独特景象生发出感慨和议论。在中国古代诗词写作传统中，常用流水隐喻时间，"百川东到海，何时复西归"，时间如流水一般，一去不复返。而中国的地理是西高东低，流水也总是东到大海，不会反向倒流。流水不可逆，时间也不可逆，这是普遍的自然规律。然而，清泉寺前兰溪的流向却给苏轼以生命的启示："谁道人生无再少，门前流水尚能西。"如果生命的历程如同水流向东奔流不息，那么眼前的溪水就是反向运行的奇迹，既然"水有西流日"，又怎能断定"人无再少时"呢？从某种意义上说，一个人是否能重回青春年少，取决于他的人生态度是否自强不息。结尾一句"休将白发唱黄鸡",便是他绝不服老的人生宣言。

苏轼对白居易《醉歌》"唱黄鸡"的典故很有同情的理解,诗词中多次化用。有时表达的是年华老去的悲观,如《过密州次韵赵明叔乔禹功》:"黄鸡催晓凄凉曲,白发惊秋见在身。"《夜饮次韵毕推官》:"红烛照庭嘶腰褭,黄鸡催晓唱玲珑。"有时表达的是与世沉浮的无奈,如《与临安令宗人同年剧饮》:"黄鸡催晓不须愁,老尽世人非我独。"《次韵苏伯固主簿重九》:"只有黄鸡与白发,玲珑应识使君歌。"而有时他用否定性的字眼对白居易诗意进行翻案,如《浣溪沙》"莫唱黄鸡并白发",以及此词"休将白发唱黄鸡",摒弃叹老嗟衰的态度。特别是最后这句,其健康昂扬的情绪由"门前流水尚能西"的哲理启发而来,更具有理性的力量。在暮雨萧萧的春末,一个罪谪黄州的官员能这样乐观地看待人生,实在令人赞叹。

前人评价说:"坡公韵高,故浅浅语亦觉不凡。"(《词洁辑评》)所谓"韵高",就是指他旷达乐观的性格,高出常人,因而随意吐出的寻常词语,都能表达不凡的见识和哲理。

西江月 [1]

顷在黄州,春夜行蕲水中,过酒家,饮酒醉。乘月至一溪桥上,解鞍,曲肱醉卧 [2],

少休[3]。及觉已晓，乱山攒拥[4]，流水铿然[5]，疑非尘世也。书此语桥柱上。

照野弥弥浅浪[6]，横空隐隐层霄[7]。障泥未解玉骢骄[8]，我欲醉眠芳草[9]。

可惜一溪风月[10]，莫教踏碎琼瑶[11]。解鞍欹枕绿杨桥[12]，杜宇一声春晓[13]。

杨慎："苏公词'照野弥弥浅浪，横空暖暖微霄'，乃用陶渊明'山涤余霭，宇暖微霄'之语也。填词虽于文为末，而非自选诗乐府来，亦不能入妙。"（《词品》卷一）

卓人月："山谷词：'走马章台，踏碎满街月。'坡公偏不忍踏碎，都妙。"（《古今词统》卷六）

[注释]

[1]西江月：元丰五年（1082）三月作于黄州。西江月，词调名，本自李白《苏台览古》诗："只今唯有西江月，曾照吴王宫里人。"一名"步虚词"。　[2]曲肱：弯着胳膊作枕头。《论语·述而》："曲肱而枕之。"　[3]少休：略事休息。少，稍稍。　[4]攒拥：丛聚，簇拥。　[5]铿然：本金石响声，此形容溪流清响。　[6]弥弥：水满溢貌。　[7]隐隐层霄：吴讷本、《二妙集》本、毛本作"暖暖微霄"。　[8]障泥：垂于鞍下马腹两侧，用于遮挡尘泥的垫子。《世说新语·术解》："王武子善解马性。尝乘一马，箸连钱障泥。前有水，终日不肯渡。王云：'此必是惜障泥。'使人解去，便径渡。"玉骢（cōng）：白马的美称。　[9]"我欲"句：郑谷《曲江春草》："香轮莫碾青青破，留与愁人一醉眠。"　[10]可惜：可爱，可怜。风：底本注："一作'明'。"　[11]踏：同"踏"，踩踏。琼瑶：美玉。此形容晶莹的水中月影。　[12]欹枕：斜枕，即词序中所言"曲肱醉卧"。　[13]杜宇：杜鹃鸟，又名子规。傅幹注引《成都记》："杜宇亦曰杜主，自天而降，称望帝。……后望帝死，其魂化为鸟，名曰杜鹃，亦曰子规云。"

[点评]

这首词与以上《定风波》《浣溪沙》两首差不多写于同时。词前的小序寥寥五十四字，就写出地点、时间、景物以及人物的行为和感受，夜行，饮酒，乘月，上桥，解鞍，曲肱醉卧，醒来题柱。青山无语簇拥，碧水有声铿然，一静一动，如超越尘世的仙境。序文叙事简洁生动，俨然一篇充满诗情画意的小品文。

整首词大致用韵语铺写序文的内容，只是去掉地点、时间、事件的叙述，集中表现作者在"疑非尘世"的境界中的感受和心态。上阕"照野"二句，写夜行途中所见。月光照在旷野，春溪水满，翻着浅浅的银浪；隐隐约约的层云横在空中，在皎洁的月光下若有若无。句中无"月"字，却通过旷野的溪水和天宇的微云暗示月光的无处不在。"隐隐层霄"一本作"暧暧微霄"，虽有陶渊明诗的出处，然而"暧暧"二字本义为"昏昧貌"，"日不明也"（见洪兴祖《楚辞补注》），与此词的乘月夜行有矛盾，所以还是以底本文字为佳。"障泥"二句，用《世说新语》中王武子的典故，写坐骑白马临溪流而不肯渡，"骄"字写骏马的形态，神气活现。与马相比，诗人却不胜酒力，欲下马醉眠。马"骄"而人"醉"，形成有趣的对比。"醉眠芳草"四字，表现出诗人的慵困以及环境的美好，想象在春夜月光下的一片芳草地上躺平，该是何等惬意！

下阕"可惜"二句，仍然写马和人临溪流的神情。"一溪"二字以"溪"为量词，小溪装载着的不是水，而是满溪的清风明月。那微风吹拂下的粼粼波光，朦胧醉眼看过去，简直就是满溪晶莹闪烁的美玉。面对如此可爱的由流水、清风、明月组成的一溪琼瑶，骏马不忍渡，苏轼不忍踏。"可惜"和"莫教"四字，表达出对"一溪风月"的珍惜之情。于是，苏轼不让玉骢踏过溪流的"浅浪"，即幻觉中的"琼瑶"，而是从溪桥上走过。"解鞍"二句，写诗人困倦已极，便解下马鞍，在杨柳依依的桥上曲肱而卧，稍事休息。谁知一觉醒来，已是早晨。"绿杨桥"的描写比序中的"溪桥"更具有画面感，更充满春天的气息；而杜鹃鸟的叫声从山谷林中传来，打破清晓的宁静，将诗人从醉梦中唤醒。

这首词颇能体现苏轼乐观旷达的性格，夜行野宿，洒脱随意，近乎禅宗所谓"困来即眠"的生活态度。词中营造的照野横空的月光，纯洁晶莹的溪流，以及芳草地和绿杨桥，再加上骄傲的玉骢马和欲醉眠的诗人，充满了一种梦幻般的意境。在此"疑非尘世"的境界中，苏轼已忘怀宠辱得失，身心完全融化到大自然的美景中，实现了对贬谪生涯痛苦的超越。清人陈廷焯称此词"写得洒落有致"（《词则·放歌集》卷一）。近人俞陛云评价道："诵其下阕四句，清狂自放，有'万象宾客'之概。"（《唐五代两宋词选释》）可谓的评。

念奴娇 [1]

赤壁怀古 [2]

大江东去，浪淘尽、千古风流人物。故垒

西边 [3]，人道是、三国周郎赤壁。乱石崩云 [4]，惊涛裂岸 [5]，卷起千堆雪。江山如画，一时多少豪杰。

遥想公瑾当年 [6]，小乔初嫁了，雄姿英发 [7]。羽扇纶巾 [8]，谈笑间、樯橹灰飞烟灭 [9]。故国神游 [10]，多情应笑我 [11]，早生华发。人生如梦 [12]，一樽还酹江月 [13]。

[注释]

[1]念奴娇：元丰五年（1082）七月作于黄州。念奴娇，词牌名，又名"百字令"。　[2]赤壁：王象之《舆地纪胜》卷四十九《黄州》："赤壁矶，在州治之北。东坡作《赤壁赋》，谓为周瑜破曹操处。"同书卷七十九《汉阳军》："《新经》云：'今江汉间言赤壁者有五：黄州、嘉鱼、江夏、汉阳、汉川。'其说各有所据，惟江夏之说近古而合于史。"张邦基《墨庄漫录》卷九："黄之赤壁，土人云：本赤鼻矶也。"　[3]"故垒"二句：朱彧《萍洲可谈》卷二："孙权破曹操于赤壁，今沔鄂间皆有之。黄州徙治黄冈，俯大江，与武昌县相对。州治之西距江，名赤鼻矶，俗呼'鼻'为'弼'，后人往往以此为赤壁。武昌寒溪，正孙氏故宫。东坡词有'人道是周郎赤壁'之句，指赤鼻矶也。坡非不知自有赤壁，故言'人道是'者，以明俗记尔。"葛立方《韵语阳秋》卷十三："黄州亦有赤壁，但非周瑜所战之地。东坡尝作赋曰：'西望夏口，东望武昌，非孟德之困于周郎者乎？'盖亦疑之矣。故作长短句云：'人道是三国周郎赤壁。'谓之'人道是'，则心知其非矣。"周郎，《三国

志·吴书·周瑜传》:"周瑜字公瑾,庐江舒人也。……授建威中郎将。……瑜时年二十四,吴中皆呼为周郎。" [4] 崩云:傅注本作"穿空"。 [5] 裂岸:傅注本作"拍岸"。 [6]"遥想"二句:《三国志·吴书·周瑜传》:"(孙)策欲取荆州,以瑜为中护军,领江夏太守,从攻皖,拔之。时得桥公两女,皆国色也。策自纳大桥,瑜纳小桥。"当年,正值青壮之年。小乔,即小桥。郑樵《通志》卷二十七《氏族略》三:"乔氏,即桥氏也。后周文帝作相,命桥氏去木,义取高远。" [7] 雄姿:《三国志·吴书·周瑜传》:"瑜长壮有姿貌。"英发:指谈吐不凡,议论风发。《三国志·吴书·吕蒙传》载孙权论吕蒙:"学问开益,筹略奇至,可以次于公瑾,但言议英发不及之耳。" [8] 羽扇纶(guān)巾:儒生的便服,而非戎装,此形容周瑜风度潇洒,指挥若定。羽扇、白鸟羽翻做成的扇子。纶巾,青丝带做成的便巾。 [9]"谈笑"句:指赤壁之战中周瑜以火攻焚烧敌船,打败曹操。李白《赤壁歌送别》:"二龙争战决雌雄,赤壁楼船扫地空。烈火张天照云海,周瑜于此破曹公。"樯橹,挂帆的桅杆和划船的长桨,代指战船。底本作"强虏",此从宋拓《成都西楼帖》东坡手书石刻本。灰飞烟灭,语出《圆觉经》:"譬如钻火,两木相因,火出木尽,灰飞烟灭。" [10] 故国神游:即神游故国,指神游于当年赤壁之战的情景。 [11]"多情"二句:刘驾《山中夜坐》:"谁遣我多情,壮年无鬓发。"欧阳修《六一诗话》记谢伯初诗:"多情未老已白发,野思到春如乱云。" [12] 人生:底本作"人间",此从石刻本。 [13] 酹:以酒浇地表示祭奠。

[点评]

词题为赤壁怀古,词牌为念奴娇,词牌婉约娇艳,词题豪放深沉。虽然宋人不同于古人"由词而制调,故命名多属本意",而是"因调而填词,故赋寄率离原词"(邹祗谟《词衷》），但是"赤壁怀古"与"念奴娇"之间毕竟反差太大，所以后来有人据苏轼这首词的字句或内容，将此词牌改为"大江东去""酹江月"甚至"赤壁词"。

上阕开篇"大江东去"二句，便有视通千载、思接万里的气势。站在赤壁上眺望，但见万里长江，波澜浩渺，滚滚东去，想象千古风流人物就在这波浪声中被淘汰殆尽。中国古人向来视时间如流水，孔子就曾站在河边叹息："逝者如斯夫，不舍昼夜。"因而，开首这二句，在豪壮中不免有种深沉的悲慨，"浪淘尽"者，又何止是千古英雄，今日的黄州逐臣，也不例外。"大江"而又"千古"，展示出阔大的空间感和久远的时间感，构成这首词豪放的基调。"故垒西边"二句，写江边残破的营垒以及赤壁的传说。虽说作者对赤壁战场是否在黄州有所怀疑，但"故垒"二字，便多少坐实了"周郎赤壁"的真实性。既然"人道是"，不妨以为是，借此而抒发胸中怀古之情。这二句承接"千古风流人物"而来，三国时的青年统帅周瑜，正当得上这一美誉。"乱石崩云"三句，写赤壁矶下汹涌澎湃的江水，"崩""裂""卷"三个动词，既表现了浪打石壁的壮观景象，又进一步刻画"浪淘尽"之惊心动魄的场面，石犹如此，人何以堪！然而，这乱石，这惊涛，这千堆雪，又是何等的雄奇壮美，作者自然生出"江山如画"的感叹。面对如画的江山，想象历史上一时涌现出多少英雄豪杰为之争战。总之，上阕始终围绕着赤壁的"江山"和"豪杰"展开，"故垒"二句写豪杰，"乱石"三句写江山，而首尾各二句则兼写，时间空间交织，表达了怀古的主题。

　　下阕前五句，承接"一时多少豪杰"而来，而把怀古的镜头聚焦于"三国周郎"身上。"遥想"二字领起，以下着重写周瑜的人物风流，二十四岁为将军，且娶了美貌的小乔为妻。"小乔初嫁了"，写其婚事，是为了表现其年轻得意。"雄姿英发"，则形容周瑜人才出众，不仅是高大的美男子，而且谈吐不凡，议论风发。他与小乔真算得上郎才女貌，令人羡慕。"羽扇纶巾"二句，写周瑜身着儒生的轻便装束，指挥军队，从容谈笑之间，便把曹操的水军战船烧为灰烬，简直不费吹灰之力。史书上并无周瑜着"羽扇纶巾"的记载，据傅幹注引《蜀志》，诸葛亮"乘素车，葛巾毛扇，指麾三军"，此借用写周瑜。值得注意的是，此处不写"金戈铁马"的戎装，而写"羽扇纶巾"的便服，是为突出其儒雅潇洒的风度，乃是苏轼在遥想中对周瑜形象的重新塑造。"谈笑间"三字，为表现其自信和才略。"樯橹灰飞烟灭"六个字，再现了历史上的一场大战。寥寥数笔，周瑜的英雄形象跃然纸上。"故国神游"三句，由遥想中的周瑜转向现实中的自己。苏轼感叹，若在神游故国时与"雄姿英发"的周郎相遇，想必他会嘲笑我对如画江山、风流人物太多情，以至于"早生华发"。周瑜破曹时，年方三十四岁，而苏轼此时已四十七岁，却贬谪黄州，成为罪废之人。两相对照，作者对功名未立、年华老去的现状深为感叹。"多情应笑我"是倒装句，意为"应笑我多情"，名为年少周郎"笑我"，实为作者自嘲。然而，既然大江已淘尽千古风流人物，那么雄姿英发的三国周郎，而今安在哉？早已随着江水的流逝一去不复返。想到此，苏轼将一腔壮志未酬的愁怀置之脑后。"人生如梦"二句，与其说是消极的态度，不如说是旷达的胸襟，放眼大江，举酒赏月，将虚幻如梦的人生，寄托于永恒的大江明月，又何尝不是对水逝浪淘的世间功名的超越与解脱呢？这是对词的开篇呼应与回答，其间对自然、历史、人生的思考，令人回味。

这首词是苏轼豪放词中最杰出的代表，特别是"大江东去"四字，几乎成为苏词风格的标签。南宋俞文豹《吹剑续录》记载："东坡在玉堂，有幕士善讴，因问'我词比柳词何如'，对曰：'柳郎中词只好十七八女孩儿，执红牙拍板，唱"杨柳岸晓风残月"。学士词须关西大汉，执铁板，唱"大江东去"。'公为之绝倒。"不可否认，苏轼此词并不讲究语言文字的锤炼，用字重复较多，如三"江"、三"人"、二"国"、二"生"、二"故"、二"如"、二"千"（见俞文豹《吹剑录》），还有二"多"、二"一"、二"笑"。然而，这丝毫不影响其抒情达意，胡仔称此词"语意高妙，真古今绝唱"（《苕溪渔隐丛话·前集》卷五十九）。元好问称"词才百余字，而江山人物，无复余蕴，宜其为乐府绝唱"（《题闲闲书赤壁赋后》）。这首词影响深远，后世文人多有唱和，如文天祥、邓剡、萨都剌等等，都曾有次韵之作，这与其壮怀激烈的风格有很大关系。

洞仙歌 [1]

余七岁时，见眉州老尼，姓朱，忘其名，

年九十余。自言尝随其师入蜀主孟昶宫中 [2]。一日，大热，蜀主与花蕊夫人夜纳凉摩诃池上 [3]，作一词，朱具能记之。今四十年，朱已死久矣，人无知此词者，但记其首两句 [4]。暇日寻味，岂《洞仙歌令》乎？乃为足之云。

冰肌玉骨 [5]，自清凉无汗。水殿风来暗香满 [6]。绣帘开，一点明月窥人；人未寝，欹枕钗横鬓乱。

起来携素手，庭户无声，时见疏星渡河汉。试问夜如何 [7]？夜已三更，金波淡 [8]，玉绳低转。但屈指西风几时来 [9]，又不道流年，暗中偷换。

［注释］

[1] 洞仙歌：元丰五年（1082）作于黄州。按：苏轼生于丙子年，七岁时为壬午，又四十年为壬戌，即元丰五年。洞仙歌，词牌名，又作《洞仙歌令》。唐教坊曲名，后用作词调。　[2] 蜀主孟昶：五代时后蜀国主，在位三十二年（934—965），乾德三年（965）降宋后卒。　[3] 花蕊夫人：姓费。陈师道《后山诗话》："费氏，蜀之青城人。以才色入蜀宫，后主嬖之，号花蕊夫人。效王建作宫词百首。国亡，入备后宫。太祖闻之，召使陈诗。诵其《国亡》诗云：'君王城上竖降旗，妾在深宫那得知。十四万人齐解甲，更无一个是男儿。'太祖悦，盖蜀兵十四万，而王师数万尔。"晁公武《郡斋读书志》卷五下著录《花蕊夫人诗》一卷曰："后蜀孟昶爱姬也，青城费氏女。"一说姓徐。吴曾《能改斋漫录》卷十六《花蕊夫人词》："徐匡璋纳

沈祥龙："词韶丽处，不在涂脂抹粉也。诵东坡'冰肌玉骨，自清凉无汗。水殿风来暗香满'句，自觉口吻俱香。……盖皆在神不在迹也。"（《论词随笔》）

杨慎："'点'字妙，从'柳点千家小'点字用法。'山高月小'即'一点明月窥人。'"（《草堂诗余》卷三）又云："杜诗'关山同一点'，点字绝妙。东坡亦极爱之，作《洞仙歌》云：'一点明月窥人。'用其语也。"（《词品》卷一）

女于昶，拜贵妃，别号花蕊夫人，意花不足拟其色，似花蕊翾轻也。……陈无己以夫人姓费，误也。"陶宗仪《南村辍耕录》卷十七亦从其说。然而，蔡絛《铁围山谈丛》卷六则认为有两个花蕊夫人，一是前蜀王建的妾，号小徐妃者。后唐庄宗平蜀，小徐妃随王衍归中国。另一是后蜀孟昶的花蕊夫人，作宫词者。俞正燮《癸巳类稿》卷十二《书旧五代史僭伪列传三后》考证，认为"吴（曾）、陶（宗仪）二说真误。孟蜀花蕊夫人，即宋金城夫人，自姓费。其徐氏乃王建花蕊夫人。建纳成都二徐事，具《蜀梼杌》"。摩诃池：即跃龙池。《方舆胜览》卷五十一成都府："跃龙池，在成都县东南十二里。隋开皇中欲伐陈，凿大池以教水战。伪蜀王衍乾德元年，以跃龙池为宣华苑，即此。隋蜀王秀取土筑广子城，因为池。有胡僧见之，曰：'摩诃宫毗罗。'盖胡僧谓摩诃为大，宫毗罗为龙。谓此池广大有龙耳，又云摩诃池。或云萧摩诃所开。"　[4]首两句：《苕溪渔隐丛话·前集》卷六十引东坡《洞仙歌序》，此下有"冰肌玉骨，自清凉无汗"二句。　[5]冰肌玉骨：《庄子·逍遥游》："藐姑射之山，有神人居焉，肌肤若冰雪，淖约若处子。"　[6]水殿：临水的殿堂。王昌龄《西宫秋怨》："水殿风来珠翠香。"　[7]夜如何：《诗经·小雅·庭燎》："夜如何其，夜未央，庭燎之光。"　[8]"金波淡"二句：《文选》卷二十六谢朓《暂使下都夜发新林至京邑赠西府同僚》："金波丽鹥鹊，玉绳低建章。"李善注："《汉书》歌云：'月穆穆以金波。'《春秋元命苞》曰：'玉衡北两星为玉绳星。'"金波，月光。玉绳，星名。　[9]但：底本注："一作'细'。"

李日华："此词首语'冰肌玉骨，自清凉无汗'，旧传蜀花蕊夫人句，后皆坡翁续成之。豪华婉逸，如出一手，亦公自所得意者。染翰洒洒，想见其轩渠满志也。"（《味水轩日记》）

尤侗："'冰肌玉骨凉无汗，水殿风来暗香满'，蜀宫人纳凉词也。东坡演为《洞仙歌》，每一咏之，枕簟冷然，如含妃子玉鱼，如挂公主澄水帛。虽然，此天上事，吾何望哉？"（《西堂杂俎》三集卷三《消夏词序》）

[点评]

这是一首写美人纳凉消暑的词，女主角是五代后蜀的花蕊夫人。花蕊夫人在后蜀国亡之后，被送到宋朝东京开封，入备后宫，因诵其国亡诗，受宋太祖宠幸。后被宋太宗射杀，理由无非是红颜祸水。总之，花蕊夫人是一位有才情美貌的女性，她与蜀主夏夜在摩诃池畔纳凉的场景，颇有几分浪漫的情调。

苏轼这首词是接孟昶两句词而续写成篇，序中说得很明确。但后来如李公彦《漫叟诗话》、张邦基《墨庄漫录》等诗话笔记，却认为苏轼是檃括孟昶诗而成，孟诗曰：“冰肌玉骨清无汗，水殿风来暗香满。帘间明月独窥人，敧枕钗横云鬓乱。三更庭院悄无声，时见疏星渡河汉。屈指西风几时来，只恐流年暗中换。”清人许昂霄《词综偶评》论五代十国词，认为所谓蜀主孟昶作《玉楼春》（冰肌玉骨清无汗），“此必檃括坡词而托名蜀主者。苕溪渔隐亦云：‘当以序为正。’”宋翔凤《乐府余论》辨析《洞仙歌》作者，也指出，所谓“冰肌玉骨清无汗”一词，“不过檃括苏词，然删去数虚字，语遂平直，了无意味”。应该说，除去首两句，全篇都是苏轼的自创。

词的上阕想象花蕊夫人在水殿帘内倚枕休息的情景。句意共可分为三层：一是写她天生的清凉丽质，有冰的肌肤，有玉的骨骼，无论如何“大热”，她自能“清凉无汗”，真如《庄子·逍遥游》所描绘的藐姑射之山的神人，“大旱金石流土山焦而不热”。二是写她居住的清凉环境，“水殿风来暗香满”，殿临池水，清风吹拂，送来阵阵荷花的香气。风送荷香的境，与冰肌玉骨的人，足以消除盛夏的“大热”，可谓人境双清。三是写她在绣帘中倚枕未寝的形象，“绣帘开”，为了接纳水气荷风，却给了“明月窥人”的机会。借透过绣帘的明月之眼窥人，来描写美人倚枕未寝、云鬓散乱的样子，暗示因天热美人望月而无眠。然而，明月本身也如水殿、清风、暗香一样，是清澈环境的组成要素，即使"钗横鬓乱"，只表现她自然随意，不加修饰，而无妨其资质的冰清玉润。

下阕写花蕊夫人出户纳凉的举动和感受。"起来携素手"三句，从难以入眠的枕畔起来，与爱侣孟昶携手，一道在庭中散步，夜已深，四下寂然无声，"时见疏星渡河汉"，暗示二人同望夜空已多时。接下来"试问夜如何"三句，想象花蕊夫人与孟昶的问答，在月下徘徊，已到半夜三更，此时月光越来越淡，玉绳星也逐渐低垂。可谓斗转星移，时光就这样不断推移变化。结尾"但屈指西风几时来"三句，尤为精彩，既刻画了花蕊夫人"屈指"计算时间的外在动作，又表现出她感叹年华逝去的内心世界。大热之夜，自然盼望凉爽的西风早来，但西风一来，又意味着像流水一样的年光已悄悄变换。在此，苏轼借用描写花蕊夫人的心理活动，传达出对时间流逝的深深惋惜。下阕的用词，同样清丽优美，素手、疏星、河汉的意象，令人想起《古诗十九首》中"纤纤擢素手""迢迢牵牛星""河汉清且浅"之类的句子，很高远皎洁的意境。而"金波""玉绳"的用词，也使夜空景色显得晶莹剔透。

这首词虽写的是古代帝王后妃的生活，但毋宁说是借花蕊夫人故事写自己对"又不道流年，暗中偷换"的人生感慨。全词没有丝毫皇家富贵气，境界清空高远，迥然超越尘俗。写盛暑之词，却能给人一种"清越之音，解烦涤苛"的感觉（沈际飞《草堂诗余正集》）。正如张炎所说，此词算是苏轼"清丽舒徐，高出人表"的代表作之一（《词源》卷下）。

鹧鸪天 [1]

林断山明竹隐墙，乱蝉衰草小池塘。翻空白鸟时时见 [2]，照水红蕖细细香。

村舍外，古城傍，杖藜徐步转斜阳 [3]。殷勤昨夜三更雨 [4]，又得浮生一日凉。

杨万里："唐人云：'因过竹院逢僧话，又得浮生半日闲。'坡云：'殷勤昨夜三更雨，又得浮生尽日凉。'……此皆用古人句律，而不用其句意，以故为新，夺胎换骨。"（《诚斋诗话》）

［注释］

[1]鹧鸪天：约于元丰六年（1083）六月作于黄州。傅注本题作："东坡谪黄州时作。此词真本藏林子敬家。"茅维本"调"作"谪"，义胜。鹧鸪天，词牌名。《填词名解》："《鹧鸪天》一名《思佳客》，一名《于中好》，采郑嵎诗：'春游鸡鹿塞，家在鹧鸪天。'"　[2]"翻空"二句：杜甫《狂夫》："风含翠筱娟娟净，雨裛红蕖冉冉香。"又《严郑公宅同咏竹》："雨洗娟娟净，风吹细细香。"此化用其句律语词。蕖，芙蕖，荷花。　[3]"杖藜"句：杜甫《绝句漫兴九首》其五："杖藜徐步立芳洲。"　[4]"殷勤"二句：唐李涉《题鹤林寺僧舍》："因过竹院逢僧话，又得浮生半日闲。"此化用其句律。

［点评］

这首词主要写夏日农村景色以及作者随遇而安的心态。

上阕写景。"林断山明竹隐墙"，远处树林尽头，露出小山；近处竹林幽深，掩映围墙。因林断而山明，因竹密而墙隐，林、竹色暗，山、墙色明，用"断"和"隐"分别表现林与山、竹与墙的关系。七字之中，远景近景交织，色调明暗变化，极具画面感。"乱蝉衰草小池塘"，描状池塘边的景色，从听觉角度写蝉声，从视觉角度写草状，"乱"字"衰"字，既是客观景物的呈现，蝉声乱作一团，野草衰败一片，又是主观感觉的流露，厌烦而低落。"翻空白鸟时时见"二句，化用杜甫诗句写眼前景，浑化无迹。白鸟翻空，自由翱翔；红蕖照水，亭亭直立。"时时"和"细细"两组叠字的运用，更增强了写景状物的功能。白鸟时时飞过，吸引眼光，红蕖细细幽香，清新扑鼻，这是视觉和嗅觉的感受。"白"与"红"在蓝天、碧水的映衬下，显得色彩格外明丽。这二句白鸟取代了乱蝉，红蕖取代了衰草，"小池塘"给人的感觉为之一变，环境是如此优美宜人。正是在这景物选择和描写的变化上，可窥见作者心态的变化。

上阕描写了一系列夏日的景物，林、山、竹、墙、蝉、草、池塘、白鸟、红蕖等等，而下阕则转向写景中之人的行为和心情。"村舍外，古城傍"，这是作者散步的场所，半城半乡之处。"杖藜徐步"，这是作者散步的形象，拄着藜杖徐行。"转斜阳"，是作者流连的时间，从白昼转到黄昏。"转"字有一个时间延续的过程，因而这句暗示以闲散的心态消磨时光。最后两句，"殷勤昨夜三更雨，又得浮生一日凉"，可以说是画龙点睛之笔。这二句虽然化用唐诗人李涉诗的句律，表现的却是完全不同的境界。"殷勤"是拟人化的用法，意思是服务热情周到。这里表面意思是感谢昨夜三更的一场雨，真是殷勤周到，使得作者又在夏日度过凉爽的一天，这是何等惬意啊。但透过词句，还可体会到另外的情绪。"浮生"二字出自《庄子·刻意》："其生若浮，其死若休。"生命是漂浮不定的形态，难以把严有翼："（欧阳修）送刘贡父守维扬，作长短句云：'平山栏槛倚晴空，山色有无中。'平山堂望江左诸山甚近，或以谓永叔短视，故云'山色有无中'。东坡笑之，因赋《快哉亭》道其事云：'长记平山堂上，欹枕江南烟雨，杳杳没孤鸿。认取醉翁语，山色有无中。'盖山色有无中，非烟雨不能然也。"（《苕溪渔隐丛话·后集》卷二十三引《艺苑雌黄》）

陈岩肖："王摩诘《汉江临泛》诗曰：'江流天地外，山色有无中。'六一居士（欧阳修）平山堂长短句云：'平山栏槛倚晴空，山色有无中。'岂用摩诘语耶？然诗人意所到，而语偶相同者，亦多矣。其后东坡作长短句曰：'记取醉翁语，山色有无中。'则专以为六一语也。"（《庚溪诗话》卷下）

握。苏轼好用"浮生"二字形容人生状态，贬谪黄州，这种感觉尤为强烈。此时已在黄州三年多，这种闲得无聊的日子已为常态，因此"又"字里蕴含着深深的无奈。而从另一方面说，既然对浮生的处境无法掌控，那么又为何不随遇而安，尽情享受盛夏炎热里的"一日凉"呢？

郑文焯评论说："渊明诗：'啸傲东轩下，聊复得此生。'此词从陶诗中得来，逾觉清异，较'浮生半日闲'句，自是诗词异调。论者每谓坡公以诗笔入词，岂审音知言者？"（《手批东坡乐府》）意思是说，苏词在生活态度方面似乎是受陶渊明诗影响，但诗体和词体不同，苏词更"清异"，即景物描写更清丽，情感表达更卓异，其实也就是更细腻。而且此词与李涉的诗相比，也是"诗词异调"。苏轼将前人诗句融入词中，而改变了原句的文体性质，成为词的有机部分。南宋辛弃疾词《鹧鸪天》"陌上柔桑破嫩芽"一类村居词，其清新明丽的风格，走的就是苏词的这条路。

水调歌头 [1]

黄州快哉亭赠张偓佺 [2]

落日绣帘卷，亭下水连空。知君为我新作，窗户湿青红 [3]。长记平山堂上 [4]，欹枕江南烟雨，杳杳没孤鸿。认得醉翁语 [5]，山色有无中。

一千顷 [6]，都镜净，倒碧峰。忽然浪起，掀舞一叶白头翁^[7]。堪笑兰台公子^[8]，未解庄生天籁^[9]，刚道有雌雄^[10]。一点浩然气^[11]，千里快哉风^[12]。

[注释]

[1] 水调歌头：元丰六年（1083）闰六月作于黄州，此从王文诰《苏诗总案》编年。苏辙《黄州快哉亭记》："清河张君梦得，谪居齐安，即其庐之西南为亭，以览观江流之胜。而余兄子瞻名之曰'快哉'。" [2] 张偓佺：字梦得。《续资治通鉴长编》卷二百九十四神宗元丰元年（1078）十月载吕嘉问言，有"江宁府签书判官张偓佺"之句，可知偓佺为名，梦得为字。 [3]"窗户"句：谓此亭刚建好，窗户上新涂青红油漆尚未干，色泽鲜润。 [4] 平山堂：在今江苏扬州，欧阳修所建。 [5] 醉翁：欧阳修，字永叔，自号醉翁，曾作《醉翁亭记》。 [6]"一千顷"三句：《苕溪渔隐丛话·后集》卷十四谓这三句用《谈苑》所载徐骑省（徐铉）《徐孺子亭记》之语意："平湖千亩，凝碧乎其下；西山万叠，倒影乎其中。" [7]"掀舞"句：苏轼《大风留金山两日》："龙骧万斛不敢过，渔舟一叶从掀舞。"白头翁，指船夫。 [8] 兰台公子：指宋玉，因曾任兰台令，故称。 [9] 庄生天籁：《庄子·齐物论》："子綦曰：'夫大块噫气，其名为风。是唯无作，作则万窍怒吗。……'子游曰：'地籁则众窍是已，人籁则比竹是已，敢问天籁？'子綦曰：'夫吹万不同，而使其自已也。咸其自取，怒者其谁邪？'"天籁，发于自然的神妙音响，此指风声。 [10] 刚道：偏说。有雌雄：宋玉《风赋》："清清泠泠，愈病析酲，发明耳目，宁体便人，此所谓大王之雄风也。……中心惨怛，生病造热，中唇为胗，得目为蔑，啖齰嗽获，死生不卒。

黄苏："前阕从'快'字之意入。次阕起三语承上阕写景。'忽然'二句一跌，以顿出末二句来，结处一振，'快'字之意方足。"（《蓼园词选》）

俞陛云："快哉亭与平山堂皆擅登临之胜，故联想及之。转头处五句及上阕'欹枕'四句，想见江湖豪兴，其语气清快，如以并刀削哀梨也。"（《唐五代两宋词选释》）

此所谓庶人之雌风也。" [11]浩然气:《孟子·公孙丑上》:"我善养吾浩然之气。……其为气也,至大至刚,以直养而无害,则塞于天地之间。" [12]快哉风:《风赋》:"楚襄王游于兰台之宫,宋玉、景差侍。有风飒然而至,王乃披襟而当之曰:'快哉此风!寡人所与庶人共者邪?'"

[点评]

这首词也是苏轼豪放词的名篇之一。词为友人张偓佺新建的快哉亭而作,上阕写亭,以平山堂衬托;下阕写风,以明快哉之意。

"落日绣帘卷"二句,描写快哉亭外之所见。黄昏时分,卷起绣帘,只见落日西沉,天水空阔无际。苏辙《黄州快哉亭记》:"盖亭之所见,南北百里,东西一舍,涛澜汹涌,风云开阖。"此词仅"亭下水连空"一句,便说尽快哉亭的地理位置及所见的开阔景象。"落日"二字既是实写登临赏景的时分,又隐含此时将有飒然而至的清风。杜牧诗"落日楼台一笛风"(《题宣州开元寺水阁阁下宛溪夹溪居人》)之句,正表明了落日与风之间的关系,因而首二句已暗含"快哉风"之意。"知君为我新作"二句,描写快哉亭内之所见。这是以戏谑的手法反客为主,既暗示亭的主人与自己的亲密关系,又点明亭的构建甚新,以至于窗户颜色鲜艳的油漆尚未干。"湿青红"三字作用于人的触觉和视觉,极为生动传神。张偓佺建亭,本为了"览观江流之胜",而苏轼受邀来此览观,便将此亭视为友人为自己而作。苏轼诗词中好用"我"字,有强烈的主体意识,虽然亭为张偓佺所有,然而不妨暂为自己借用，以抒发快哉之情。

如果说前四句是实写的话，那么"长记平山堂上"五句就是虚写。此时落日时分的黄州快哉亭，令苏轼联想起扬州平山堂，同样的登眺场景，同样的大江远山，留下多少美好的回忆。平山堂是苏轼的恩师欧阳修所建。元丰二年（1079）四月，苏轼从徐州移知湖州，途经扬州，登临平山堂，怀念欧阳修，写下《西江月》词："三过平山堂下，半生弹指声中。"欧阳修当年在扬州所作《朝中措》词中有"平山阑槛倚晴空，山色有无中"之句，苏轼此词却避开"晴空"，以在平山堂上"欹枕江南烟雨，杳杳没孤鸿"的场景，将"山色有无中"之句移植到烟雨中眺望所见，从而为欧公的"短视"解嘲。其实，"山色有无中"之句，最早出自王维《汉江临泛》诗，为欧词所借用。苏轼并非不知，但因为在此要以平山堂与快哉亭相对照，怀念恩师欧阳修，且回忆自己三过平山堂下的经历，所以直接将"山色有无中"认取为"醉翁语"。

下阕笔锋一转，回到快哉亭。"一千顷"三句，写广阔而平静的江面，如明镜一般纯净，远处青山倒映其中。这里承接上阕开头"亭下水连空"进一步展开描写，突出江水之"净"与"静"。这既与前面杳杳的江南烟雨作对照，又为后面风起浪涌的场面作铺垫。"忽然浪起"，打破江面的宁静，俗话说："无风不起浪。"这句侧面写浪，是为了从正面引出"快哉亭"得名的主角——"快哉风"。在巨浪中，可见到"掀舞一叶白头翁"，白头渔父驾着小船与风浪搏击，如同掀舞一般轻快。

"堪笑兰台公子"三句，不满宋玉之说，而认同庄子观点。宋玉在《风赋》中把风分为"大王之雄风"与"庶人之雌风",以为"快哉此风"只属于楚王。苏轼认为,这种看法实在太浅薄,远不如庄子《齐物论》对"天籁"的理解。"天籁"不同于"地籁""人籁",它是没有形迹可把握的风。有万种不同的风吹,只要做到"使其自己""自取",无有外在的"怒者",任其自然,这就是"天籁"。庄子所说"天籁",承接"吾丧我"的说法而来,即祛除自我之蔽,自然可获得"天籁"。这样看来,风本身没有雄雌、贵贱之分,只要明白庄子所说"天籁"的道理,忘怀得失,顺其自然,则无论是大王还是庶人,都可从风中获得"快哉"之感。在风波江上弄舟的"白头翁",其身份无疑是"庶人",他之所以能无所畏惧,轻快掀舞,就在于已达到"吾丧我"的境界,心中无有"怒者",因而能在"天籁"中获得自由和快乐。苏轼此时贬谪黄州,身份近乎"庶人",遭遇世路风波,然而他能胸襟旷达,无所介怀,在风浪中"掀舞"于小船上的"白头翁",可视为他自己人生态度的一种象征。

　　结尾"一点浩然气"二句,扣合主题,阐释"快哉"的真谛。一个人只要具备了至大至刚的浩然之气,无论其境遇的顺逆、身份的贵贱,都能泰然自若,坦然自适,享受自然界赐予的无穷快意的千里雄风。这两句既是自己人生哲学的宣示,也是对遭贬谪的友人的劝勉,胸中有此浩然之气,则无往而不乐。值得注意的是,这首词的结尾最终由庄子转向孟子,似乎也说明,苏轼无论怎样从庄子那里得到人生的启示,但他始终没有失去自己作为一介儒生的本色。

这首词句法流畅，一气直下，如大江奔腾而下，尤其是首尾四句，雄奇豪放，开拓心胸。而层次转折上，大开大阖，既有"水连空"的壮阔，又有"杳杳没孤鸿"的迷蒙，既有"都镜净"的平静，又有"忽然浪起"的惊骇，虚实相交，动静相形，使得整首词跌宕起伏，动人心魄。还有就是词中的人物，有平山堂上的醉翁，一叶渔舟上的白头翁，还有古代的宋玉、庄子。如郑文焯所说："此等句法，使作者稍稍矜才使气，便入粗豪一派。妙能写景中人，用生出无限情思。"（《手批东坡乐府》）正因为有了"景中人"，其关于"天籁""雌雄""浩然""快哉"的哲理议论，便落实到作者的人生思考上，饱含情韵，令人遐想。

贺新郎 [1]

乳燕飞华屋 [2]。悄无人、桐阴转午，晚凉新浴。手弄生绡白团扇 [3]，扇手一时似玉。渐困倚、孤眠清熟。帘外谁来推绣户，枉教人、梦断瑶台曲 [4]。又却是 [5]，风敲竹。

石榴半吐红巾蹙 [6]。待浮花浪蕊都尽 [7]，伴君幽独。秾艳一枝细看取，芳心千重似束。又恐被、秋风惊绿。若待得君来向此 [8]，花前对酒不忍触。共粉泪，两簌簌 [9]。

项安世："苏公'乳燕飞华屋'之词，兴寄最深，有《离骚经》之遗法。盖以兴君臣遇合之难，一篇之中，殆不止三致意焉。瑶台之梦，主恩之难常也。幽独之情，臣心之不变也。恐西风之惊绿，忧谗之深也。冀君来而共泣，忠爱之至也。其首尾布置，全类《邶·柏舟》。或者不察其意，多疑末章专赋石榴，似与上章不属，而不知此篇意最融贯也。"（《项氏家说》卷八）

吴师道："东坡《贺新郎》词'乳燕飞华屋'云云，后段'石榴半吐红巾蹙'以下皆咏榴，……别一格也。"（《吴礼部词话》）

沈际飞："换头单说榴花，高手作文，语意到处即为之，不当限以绳墨。"（《草堂诗余别集》卷四）

沈际飞："榴花开，榴花谢，以芳心共粉泪想象，咏物妙境。"（同上）

[注释]

[1] 贺新郎：约于元祐六年（1091）初夏作于杭州。杨湜《古今词话》："苏子瞻守钱塘，有官妓秀兰，天性黠慧，善于应对。湖中有宴会，群妓毕至，惟秀兰不来。遣人督之，须臾方至。子瞻问其故，具以'发结沐浴，不觉困睡，忽有人叩门声，急起而问之，乃乐营将催督之，非敢急忽，谨以实告'。子瞻亦恕之。坐中倅车，属意于兰，见其晚来，恚恨未已，责之曰：'必有他事，以此晚至。'秀兰力辩，不能止倅之怒。是时榴花盛开，秀兰以一枝藉手告倅。其怒愈甚。秀兰收泪无言。子瞻作《贺新凉》以解之，其怒始息。其词曰（略）。子瞻之作，皆纪目前事，盖取其沐浴新凉，曲名《贺新凉》也。后人不知之，误为《贺新郎》，盖不得子瞻之意也。子瞻真所谓风流太守也，岂可与俗吏同日语哉！"胡仔力斥其说之"可笑"，不足为信（《苕溪渔隐丛话·后集》卷三十九）。然而曾季貍《艇斋诗话》亦载："东坡《贺新郎》在杭州万（当作"千"）顷寺作。寺有榴花树，故词中云石榴。又是日有歌者昼寝，故词中云'渐困倚、孤眠清熟'。其真本云'乳燕栖华屋'，今本作'飞'字，非是。"其说苏词作于杭州，与杨湜相同。陈鹄《耆旧续闻》卷二记陆辰州言，称晁以道谓东坡有侍妾名榴花，《贺新郎》为榴花而作。贺新郎，词牌名。杨湜认为是《贺新凉》之误。胡仔驳其谬说，认为《贺新郎》"乃古曲名也"。然而，检索苏轼以前的词人词集，未见有此曲名，故当为苏轼创调。　[2] 飞：曾季貍《艇斋诗话》、赵彦卫《云麓漫钞》卷四皆谓苏轼真迹作"栖"。　[3] "手弄"二句：《晋书·乐志下》："《团扇歌》者，中书令王珉与嫂婢有情，爱好甚笃，嫂捶挞婢过苦，婢素善歌，而珉好捉白团扇，故制此歌。"《世说新语·容止》："王夷甫容貌整丽，妙于谈玄，恒捉白玉柄麈尾，与手都无分别。"此化用二事语意。　[4] 瑶台：以玉为台，代指仙境。

曲：曲折幽深处。《楚辞·离骚》："望瑶台之偃蹇兮，见有娀之佚女。"　[5]"又却是"二句：李益《竹窗闻风寄苗发司空曙》："开门复动竹，疑是故人来。"　[6]"石榴"句：白居易《题孤山寺山石榴花示诸僧众》："山榴花似结红巾。"　[7]浮花浪蕊：韩愈《杏花》："浮花浪蕊镇长有，才开还落瘴雾中。"　[8]"若待"二句：丁绍仪《听秋声馆词话》卷十一："《贺新郎》调一百十六字。……（苏轼此词）计一百十五字。窃意'若待得君来向此'，下直接'花前对酒不忍触'，语气未洽，必系'花前'上脱一字。"　[9]簌簌：象声词，花落声。元稹《连昌宫词》："风动落花红簌簌。"

[点评]

关于这首词的"本事"，即写作背景，有几种不同的说法，或云为杭妓秀兰而作，或云为其侍妾榴花而作，或云为杭州万顷寺石榴花而作，或云因外任杭州怀才不遇而作。或有不言本事，专从比兴寄托角度谈词的意旨，如项安世云："苏公'乳燕飞华屋'之词，兴寄最深，有《离骚经》之遗法，盖以兴君臣遇合之难。"（《项氏家说》卷八）如此种种不同说法，体现了苏词乃至宋词解读中"本事"与"兴寄"两种阐释路径的区别，见仁见智，不一而足。若就词的文本来看，无非是上阕写初夏日闺中美人沐后的种种情状，下阕专写榴花与美人相伴，如胡仔所说："盖初夏之时，千花事退，榴花独芳，因以中写幽闺之情。"（《苕溪渔隐丛话·后集》卷三十九）

上阕起句"乳燕飞华屋"，点明季节、地点，以典雅的物象语言推出美人居住的环境。"乳燕"指在春末夏初出生的稚嫩的燕子，语出杜甫《题省中壁》"鸣鸠乳燕青春深";"华屋"指华丽的房屋，语出曹植《野田黄雀行》"生存华屋处"。"悄无人"二句，引出时间、人物。日近中午，梧桐树阴满地，悄无人声，一位美人刚沐浴完毕，在幽静的清昼出场。"转午"指时间转向中午，以树影随日转移将日午时间形象化，诗词中多有用例，如陈棣《清昼》有"庭院闲清昼，疏槐转午阴"之句，与此相同。有人将"晚凉"解释为"傍晚新凉"，总觉得说不通。因为刚说"转午"，接着就说"晚凉"，似乎时间跳跃过大。而且杨湜《古今词话》、曾季貍《艇斋诗话》所言皆为"昼寝"，并非傍晚浴后的"孤眠"。虽然杨、曾说的"本事"未必可信，但对文本所写时间的理解大致不差。或许"晚凉"指晚到的凉意，与时间早晚无关；或许"晚"字为"晓"字之误书。接下来"手弄生绡白团扇"二句，上承"晚凉"，特写手执白团扇纳凉的美人，手与扇皆如白玉一般，难以分辨。这里用白团扇衬托美人手臂肌肤的洁白及其品质的高洁，同时也暗示其命运和身世如团扇。自汉朝班婕妤失宠作《团扇诗》后，团扇往往作为女人因恩情绝而遭弃捐的象征，出现在诗词中。因而下一句"渐困倚、孤眠清熟"，正是其孤寂无聊的写照。以"孤"形容入眠，以"清"形容睡熟，进一步凸显美人的孤独清高。以下"帘外谁来"四句，"清熟"的酣睡中，梦境也特别优美，仿佛进入瑶台仙境的幽深之处，朦胧中觉得闺房帘幕之外，有人轻轻推开绣户，是谁来了呢？引起她兴奋的期待。可惜这只是一场幻觉，梦中醒来，只有风吹竹响的声音。"枉教人"，说明好梦总是成空；"又却是"，暗示失望不止一次。由睡而梦，由梦而醒，由"帘外谁来"的希望变为"风敲竹"的失落，若真若幻，似虚似实，表现出孤眠美人的迷惘和惆怅。整个上阕，用华屋、生绡、团扇、玉手、绣户、瑶台等一系列华丽的意象，展现了美人的居处、行为、体貌、情态、欲望、梦想，特别是她的性格特征和内心世界。

下阕专咏石榴花，借物抒情。"石榴半吐红巾蹙"，化用白居易"山榴花似结红巾"之句，但没用"似"字，而用"吐"和"蹙"两个拟人化的动词，使得红石榴花仿佛有几分西子捧心颦眉的神韵。"待浮花浪蕊都尽，伴君幽独"二句，意谓等待那些轻薄浮浪如桃李之类的春花落尽之后，只剩下初夏盛开的榴花陪伴幽静孤独的美人。榴花与美人，主客不分，相依为伴，互慰"幽独"。不与"浮花浪蕊"为伍，既暗示榴花开放的季节，也象征美人孤高自赏的品格。"秾艳一枝"二句，描写榴花明丽动人的色彩以及花心收束的形态，不仅传神地刻画出榴花的外在形色，而且双关美人的愁心紧锁，美人"芳心"如榴花一样，重重蕴结，不得开放。"千重似束"，夸张其愁绪之多，难以排遣。"又恐被、秋风惊绿"，唯恐夏日太短，秋风将至，红花零落，空剩绿叶。"惊绿"与前面"红巾"呼应，"恐"与"惊"并写榴花与美人，为时节变换而惊心，不免有"惟草木之零落兮，恐美人之迟暮"的感觉。同时这句与上阕"白团扇"也遥相承接，班婕妤《团扇诗》就有"常恐秋节至，凉飙夺炎热"之句，其意与此略同。最后"若待得君来向此"四句，是说如果等到美人来到榴花面前，定会对着花与酒都不忍碰触，因为碰触花，则花瓣簌簌落下，碰触酒，则粉泪簌簌落下。"两簌簌"写出美人与榴花共伤迟暮、两相怜惜的感情。

从内容来看，这首词的撰写应该是由新沐的美女和盛开的榴花引发的。然而，中国古代文学向来有香草美人的比兴传统，所以后世评论者多从兴寄的角度阐释，除了前举项安世之说外，又如黄苏说："次阕，又借榴花，以比此心蕴结，未获达于朝廷，又恐其年已老也。末四句，是花是人，婉曲缠绵，耐人寻味不尽。"（《蓼园词选》）陈世焜说："东坡笔墨自有东坡心事。……此中大有怨情，但怨而不怒，哀而不伤。词骨词品，高绝卓绝。"（《云韶集》卷二）都认为词中表达了苏轼怀才不遇的抑郁心情。

八声甘州 [1]

寄参寥子 [2]，时在巽亭 [3]

有情风万里卷潮来，无情送潮归。问钱塘江上 [4]，西兴浦口 [5]，几度斜晖？不用思量今古，俯仰昔人非 [6]。谁似东坡老，白首忘机 [7]？

记取西湖西畔，正春山好处 [8]，空翠烟霏。算诗人相得，如我与君稀。约他年、东还海道 [9]，愿谢公雅志莫相违。西州路 [10]，不应回首，为我沾衣。

陈廷焯："东坡《八声甘州·寄参寥子》结数语云：'算诗人相得，……为我沾衣。'寄伊郁于豪宕，坡老所以为高。"（《白雨斋词话》卷八）

黄苏："此词不过叹其久于杭州，未蒙内召耳。次阕见人地相得，便欲订终焉之意，未免有激之言，然语意自尔豪宕。"（《蓼园词选》）

[注释]

[1] 八声甘州：元祐六年（1091）三月作于杭州。底本无"时在巽亭"四字，今据傅注本补。《苕溪渔隐丛话·后集》卷三十九："其词石刻后，东坡自题云：'元祐六年三月六日。'余以《东坡先生年谱》考之，元祐四年知杭州，六年召为翰林学士承旨，则长短句盖此时作也。"苏轼《参寥泉铭叙》："其后七年（指元祐四年），余出守钱塘，参寥子在焉。明年，卜智果精舍居之。又明年，新居成，而余以寒食去郡，实来告行。"八声甘州，词牌名。《御定词谱》卷二十五《八声甘州》："《碧鸡漫志》：'《甘州》，仙吕调，有曲破，有八声，有慢，有令。'按：此调前后段八韵，故名八声。乃慢词也。" [2] 参寥子：诗僧道潜，号参寥子。已见前注。 [3] 巽（xùn）亭：在杭州东南。《乾道临安志》卷二："南园巽亭，庆历三年，郡守蒋堂于旧治之东南建巽亭，以对江山之胜。"《周易》八卦中"巽"卦对应方位为东南，亭在郡城东南，故以为名。 [4] 钱塘江：古称浙，全名浙江，浙江下游杭州段称钱塘江。入海口呈喇叭状，海潮倒涌，形成著名的钱塘潮。 [5] 西兴浦口：钱塘江南岸渡口，在浙江萧山县（今浙江杭州市萧山区）西十二里。 [6] "俯仰"句：王羲之《兰亭集序》："俯仰之间，已为陈迹。"僧肇《物不迁论》："梵志出家，白首而归。邻人见之曰：'昔人尚存乎？'梵志曰：'吾犹昔人，非昔人也。'" [7] 忘机：忘却机巧之心，与世无争。 [8] 春：傅注本作"暮"。 [9] "约他年"二句：《晋书·谢安传》："安虽受朝寄，然东山之志始末不渝，每形于言色。及镇新城，尽室而行，造泛海之装，欲须经略粗定，自江道还东。雅志未就，遂遇疾笃。"此反其意而用之。 [10] "西州路"三句：《晋书·谢安传》："羊昙者，太山人，知名士也，为安所爱重。安薨后，辍乐弥年，行不由西州路。尝因石头大醉，扶路唱乐，不觉至州门。左右白曰：'此西

州门。'昙悲感不已，以马策扣扉，诵曹子建诗曰：'生存华屋处，零落归山丘。'恸哭而去。"

[点评]

杭州东南的巽亭，可观看钱塘江潮。苏舜钦《杭州巽亭》诗曰："凉翻帘幌潮声过，清入琴尊雨气来。"苏轼《次韵詹适宣德小饮巽亭》诗曰："涛雷殷白昼。"皆可为证。所以这首寄给参寥子的《八声甘州》，开篇便从钱塘江潮入手。

上阕写"时在巽亭"的所望所感。"有情风万里卷潮来，无情送潮归"，这两句奠定整首词的基调，上阕围绕"无情"二字展开，下阕则围绕"有情"铺叙。由潮涨潮落之景，兴有情无情之叹。长风万里"卷潮"奔来，这是"有情"；而万里长风又"送潮"归去，这是"无情"。江海之有汐，正如天日之有夕，"问钱塘江上"三句，以浦口的"夕晖"对应江上的"潮归"，因此，"几度斜晖"之问，是感叹日之无情，正如感叹"送潮归"的风之无情。以上两组句子，皆从空间而言之，不仅"万里"是空间概念，而且"江上""浦口"的方位词也属空间定位，然而，空间描写中又含有时间叙述。接下来两组词句，则直接写时间的无情，"不用思量今古，俯仰昔人非"，意谓不必说古今时间久远，沧桑巨变，而就在短暂的一瞬，俯仰之间，今日之我已非昔日之我。如同"白首而归"的梵志所说："吾犹昔人，非昔人也。"写至此，又一反问，"谁似东坡老，白首忘机"？世上有谁能像我东坡，能悟透时空之中天地万物的无情，从而超越人世烦恼，忘怀与人争斗的机巧之心呢？"白首"二字暗用梵志喻指自己，并与"潮归""夕晖"的意象相互呼应；"忘机"也包括忘情，摒弃情感，超然旷达，所以这二句是写"东坡老"对万化无情的感悟。

下阕进入"寄参寥子"的主题，极力抒写对参寥子的所忆所思所愿，由"无情"转向"有情"。"记取西湖西畔"三句，回忆在西湖西畔与参寥子同游之乐。苏轼有《连日与王忠玉、张全翁游西湖，访北山清顺、道潜二诗僧，登垂云亭，饮参寥泉，最后过唐州陈使君夜饮，忠玉有诗，次韵答之》纪其事，该诗作于元祐五年二月，有"云深人在坞，风静响应谷"之句，正是"春山好处"留下的记忆。"空翠烟霏"化用王维"山路元无雨，空翠湿人衣"诗意，写春山的云深烟重。想起多年来与参寥子谈禅和诗之乐，不由得从内心深处发出"算诗人相得，如我与君稀"的感叹，志趣投合，知音难得。苏轼曾不止一次赞赏参寥子的诗作，前面所选《送参寥师》就称其"新诗如玉屑，出语便清警"。参寥子的诗句如"隔林仿佛闻机杼，知有人家住翠微""五月临平山下路，藕花无数满汀洲""禅心已作沾泥絮，不逐春风上下狂"等，皆为苏轼所"大称赏"（见《冷斋夜话》卷四、卷六）。"约他年、东还海道"五句，在即将离开杭州之际，劝慰老友，表达自己归隐杭州的夙愿，并期待愿望能实现，以免知己抱憾，由此进一步抒写了与参寥子之间的深情。早在熙宁十年（1077），苏轼《水调歌头（安石在东海）》一首，就表达过效仿谢安归隐的念头，对其"一旦功成名遂，准拟东还海道，扶病入西州。雅志困轩冕，遗恨

"寄沧洲"的遭遇深表遗憾。在此，苏轼以谢安和羊昙的事为喻，与参寥子相约，坚信不会再出现谢安那样"雅志困轩冕""扶病入西州"的人生遗恨，也不会出现羊昙那样恸哭西州路的情景。杭州临海，所以有"东还海道"的期盼。"莫相违""不应回首"两处带否定词的词句，反用谢安、羊昙的故事，即所谓"翻案法"。总之，下阕围绕"有情"展开，呼应词的首句，相信自己也会如"有情风万里卷潮来"一般，乘"有情"之风重返杭州。这里的情感表现，正如陈廷焯所言，乃是"寄伊郁于豪宕"，离别之愁中蕴含豪迈之气。

整首词直抒胸臆，不见丝毫雕琢痕迹，而无一处不扣合主旨。从气势上说，如"突兀雪山，卷地而来，真似钱塘江上看潮时，添得此老胸中数万甲兵，是何气象雄且杰"（郑文焯《大鹤山人词话》）。从章法上说，如"云锦成章，天衣无缝，是作从至情流出，不假熨贴之工"（同上）。

西江月 [1]

玉骨那愁瘴雾 [2]，冰姿自有仙风。海仙时遣探芳丛，倒挂绿毛幺凤 [3]。

素面常嫌粉涴 [4]，洗妆不褪唇红 [5]。高情已逐晓云空，不与梨花同梦 [6]。

王世贞："（'高情'二句）爽语也。其词浓与淡之间也。"（《艺苑卮言》卷五）

[注释]

[1] 西江月：绍圣三年（1096）十月作于惠州。底本无题，傅注本题作"古梅"。释惠洪《冷斋夜话》卷一："东坡南迁，侍儿王朝云者请从行。……又作梅花词曰'玉骨那愁瘴雾'者，其寓意为朝云作也。"王文诰《苏诗总案》卷四十绍圣三年："十月梅开，作《西江月》词。……时侍儿朝云新亡，其寓意为朝云作。"　[2] "玉骨"二句：谓梅花犹如具有玉骨仙姿的美人，不怕瘴雾的侵袭。《庄子·逍遥游》："藐姑射之山，有神人居焉，肌肤若冰雪，淖约如处子。……之人也，物莫之伤：大浸稽天而不溺，大旱金石流，土山焦而不热。"此处化用其意。"玉骨"，《冷斋夜话》卷十引此词作"玉质"。瘴雾，即瘴气，南方山林间湿热蒸发致人疾病之气。　[3] "倒挂"句：苏轼《再用前韵》（前韵指《十一月二十六日松风亭下梅花盛开》）有"绿衣倒挂扶桑暾"句，自注云："岭南珍禽有倒挂子，绿毛，红喙，如鹦鹉而小，自东海来，非尘埃中物也。"庄绰《鸡肋编》卷下："广南有绿羽丹觜禽，其大如雀，状类鹦鹉，栖集皆倒悬于枝上，土人呼为'倒挂子'。"幺（yāo）凤，泛指似凤而小的禽鸟，此指倒挂子。苏轼《异鹊》："幺凤，集桐花。"赵次公注："有彩羽之细禽，人谓其如凤，名之曰幺凤。"幺，细小。　[4] "素面"句：天然美颜常嫌疑脂粉会污染其面容。乐史《杨太真外传》卷上："虢国（夫人）不施妆粉，自炫美艳，常素面朝天。当时杜甫有诗云：'虢国夫人承主恩，平明上马入宫门。却嫌脂粉浣颜色，淡扫蛾眉朝至尊。'""常"，一本作"翻"。浣（wò），污，弄脏。　[5] "洗妆"句：即使洗去妆粉，依然褪不掉唇红。《冷斋夜话》卷十："岭外梅花与中国异，其花几类桃花之色，而唇红香著。"《鸡肋编》卷下："而梅花叶四周皆红，故有'洗妆'之句。"　[6] "不与"句：傅注本此句后有苏轼自跋云："诗人王昌龄，梦中作梨花诗。"《高斋诗话》云："后见

王昌龄梅诗云：'落落寞寞路不分，梦中唤作梨花云。'方知东坡引用此诗也。"

［点评］

这首咏梅词，宋人诗话、笔记都认为是为悼念王朝云而作。苏轼《朝云墓志铭》："东坡先生侍妾曰朝云，字子霞，姓王氏，钱塘人。敏而好义，事先生二十有三年，忠敬若一。绍圣三年七月壬辰卒于惠州，年三十四。八月庚申葬之丰湖之上栖禅山寺之东南。"词作于朝云死后数月，寄托了苏轼深厚的悼念之情。

整首词的写法，都是以美人比拟梅花。上阕"玉骨"两句，化用《庄子·逍遥游》中藐姑射山神人的形象，写南国梅花的品质神韵。众所周知，梅花向来被宋代文人看作"岁寒三友"之一，凌霜傲雪，开放于万卉凋零的严冬。然而，岭南之地炎热潮湿，冬无冰雪，因而这里的梅花所要对付是"瘴雾"。正如藐姑射山的神人那样，外在的自然环境无论多么恶劣都不受侵袭，梅花在瘴疠之地，仍能保持其冰肌玉骨。苏轼贬惠州，家伎都散去，只有朝云伴随。朝云早年就对苏轼"一肚皮不合时宜"深为理解，敬重其所作所为。特别是在苏轼垂老投荒的艰难时刻，朝云成为他生活上相依为命的伴侣，精神上惺惺相惜的知音，一同乐观旷达地面对岭南的恶劣环境。"玉骨那愁瘴雾"二句，正是朝云风姿的写照，"玉骨"纯洁无瑕，"冰姿"遗世独立，既是梅品，又是人品，更是仙品。

"海仙"二句，意谓海仙不时遣来探望梅花的使者，就是倒挂枝上的可爱的绿毛幺凤。这来自海外仙山的珍禽，如此美丽灵巧，如同绿色的小精灵，"非尘埃中物"。只有这绿毛幺凤，海仙派来的仙禽，才能与高洁的仙梅为伴。如果说宋初诗人林逋笔下的"霜禽"（白鹤）才能配山园小梅的话，那么在苏轼的心目中，能够与岭南梅花相配的，只有珍奇非凡的娇小彩凤。

下阕"素面"二句，写岭南梅花"与中国异"的形象特征，表现手法同样是以美人拟梅花。一方面，这梅花天然素淡，如不屑于涂脂抹粉的美人；另一方面，这梅花又如桃花一样鲜艳，如卸了妆仍然保持天生红唇的美人。这哪里是在咏梅花，分明就是一幅以朝云为模特的美人图。素面红唇，一生爱好是天然，任何脂粉妆饰都是对她的污染。

结尾"高情"二句表达了悼念朝云的深情，是整首词的高潮。梅花高洁的情怀已随着朝云的仙逝而飞散空无，不再像唐人诗中的梨花云那样飘入梦中。"晓云"暗指朝云，梅花已化作一片晓云飘散无踪，这梅花云不同于梨花云，梦也难寻。这二句既是对唐人"梨花梦"之诗的翻案，同时也暗用宋玉《高唐赋》楚襄王梦巫山神女之事，王朝云的名字就出自神女的自诉："妾在巫山之阳，高丘之阻，旦为朝云，暮为行雨。"苏轼失去了人生最后的伴侣，失去为他自荐枕席的朝云，一切"高情"都如晓云一般化为一场"空"，甚至连"梦"也不曾留下，这是何等的沉痛。苏轼将无限深情化为不留梦痕的空无，真可谓语淡情浓。

宋人晁以道读此词而赞叹道："只为古今人不曾道到

此，须罚教远去。"（见《王直方诗话》）认为古往今来没有人能写出如此好词，所以上天要罚苏轼去海南。王楙进一步申说："盖以坡公道人所不能到之妙，夺天地造化之巧，故有谪罚之语。"（《野客丛书》卷六）而明人杨慎更推崇说："古今梅词，以坡仙绿毛幺凤为第一。"（《词品》卷二）这首咏梅词既表现了梅花的孤高品格，又描写出梅花的地域特色，以梅拟人，形神兼备，融咏物与怀人为一体。上阕写梅、仙、凤，下阕写云、梦、空，艺术境界空灵蕴藉，令人回味无穷。

主要参考文献

苏轼全集校注 （宋）苏轼撰 张志烈、马德富、周裕锴主编 河北人民出版社 2010 年版

苏轼文集 （宋）苏轼撰 孔凡礼点校 中华书局 1986 年版

经进东坡文集事略 （宋）苏轼撰 （宋）郎晔选注 庞石帚校订 文学古籍刊行社 1957 年版

王状元集百家注分类东坡先生诗 （宋）苏轼撰 题（宋）王十朋纂集 中华再造善本影印宋建安黄善夫家塾刻本 北京图书馆出版社 2004 年版

施顾注东坡先生诗 （宋）苏轼撰 （宋）施元之、顾禧注 中华再造善本影印宋嘉定、景定刊本 北京图书馆出版社 2004 年版

苏轼诗集合注 （宋）苏轼撰 （清）冯应榴辑注 黄任轲、朱怀春校点 上海古籍出版社 2001 年版

苏轼诗集 （宋）苏轼撰 （清）王文诰辑注 孔凡礼点校 中华书局 1982 年版

东坡乐府　（宋）苏轼撰　陈允吉点校　上海古籍出版社 1979 年版

傅幹注坡词　（宋）傅幹注　刘尚荣校证　巴蜀书社 1993 年版

苏轼资料汇编　四川大学中文系唐宋文学研究室编　中华书局 1994 年版

苏轼年谱　孔凡礼撰　中华书局 1998 年版

苏文忠公诗编注集成总案　（清）王文诰撰　巴蜀书社 1985 年版

苏轼选集（修订本）　王水照选注　中华书局 2015 年版

苏轼评传　王水照、朱刚著　南京大学出版社 2004 年版

苏轼传　王水照、崔铭著　人民文学出版社 2019 年版

苏轼十讲　朱刚著　上海三联书店 2019 年版

历代文话　王水照编　复旦大学出版社 2007 年版

冷斋夜话　（宋）释惠洪撰　中华书局 1988 年版

诗话总龟　（宋）阮阅编著　周本淳校点　人民文学出版社 1987 年版

苕溪渔隐丛话　（宋）胡仔纂集　廖德明校点　人民文学出版社 1981 年版

诗人玉屑　（宋）魏庆之编　上海古籍出版社 1978 年版

历代诗话　（清）何文焕辑　中华书局 1981 年版

历代诗话续编　丁福保辑　中华书局 1983 年版

清诗话　（清）王夫之等撰　上海古籍出版社 1978 年版

清诗话续编　郭绍虞编选　上海古籍出版社 1983 年版

昭昧詹言　（清）方东树著　汪绍楹校点　人民文学出版社 1961 年版

瓯北诗话　（清）赵翼著　霍松林、胡主佑校点　人民文学出版社 1998 年版

瀛奎律髓汇评　（元）方回选评　李庆甲集评校点　上海古籍出版社 2005 年版

唐宋文举要　高步瀛选注　上海古籍出版社 1982 年版

唐宋诗举要　高步瀛选注　上海古籍出版社 1978 年版

宋文选　四川大学中文系古典文学教研室选注　人民文学出版社 1985 年版

宋诗精华录　陈衍评点　曹中孚校注　巴蜀书社 1992 年版

宋诗选注　钱锺书选注　人民文学出版社 1979 年版

宋诗精选　程千帆编选　江苏古籍出版社 1995 年版

宋词三百首笺注　（清）上彊村民重编　唐圭璋笺注　上海古籍出版社 1979 年版

宋词选　胡云翼选注　上海古籍出版社 1978 年版

《中华传统文化百部经典》已出版图书

书　　名	解读人	出版时间
周易	余敦康	2017 年 9 月
尚书	钱宗武	2017 年 9 月
诗经（节选）	李　山	2017 年 9 月
论语	钱　逊	2017 年 9 月
孟子	梁　涛	2017 年 9 月
老子	王中江	2017 年 9 月
庄子	陈鼓应	2017 年 9 月
管子（节选）	孙中原	2017 年 9 月
孙子兵法	黄朴民	2017 年 9 月
史记（节选）	张大可	2017 年 9 月
传习录	吴　震	2018 年 11 月
墨子（节选）	姜宝昌	2018 年 12 月
韩非子（节选）	张　觉	2018 年 12 月
左传（节选）	郭　丹	2018 年 12 月
吕氏春秋（节选）	张双棣	2018 年 12 月
荀子（节选）	廖名春	2019 年 6 月
楚辞	赵逵夫	2019 年 6 月
论衡（节选）	邵毅平	2019 年 6 月
史通（节选）	王嘉川	2019 年 6 月
贞观政要	谢保成	2019 年 6 月
战国策（节选）	何　晋	2019 年 12 月
黄帝内经（节选）	柳长华	2019 年 12 月
春秋繁露（节选）	周桂钿	2019 年 12 月
九章算术	郭书春	2019 年 12 月
齐民要术（节选）	惠富平	2019 年 12 月
杜甫集（节选）	张忠纲	2019 年 12 月
韩愈集（节选）	孙昌武	2019 年 12 月
王安石集（节选）	刘成国	2019 年 12 月
西厢记	张燕瑾	2019 年 12 月

书　名	解读人	出版时间
聊斋志异（节选）	马瑞芳	2019 年 12 月
礼记（节选）	郭齐勇	2020 年 12 月
国语（节选）	沈长云	2020 年 12 月
抱朴子（节选）	张松辉	2020 年 12 月
陶渊明集	袁行霈	2020 年 12 月
坛经	洪修平	2020 年 12 月
李白集（节选）	郁贤皓	2020 年 12 月
柳宗元集（节选）	尹占华	2020 年 12 月
辛弃疾集（节选）	王兆鹏	2020 年 12 月
本草纲目（节选）	张瑞贤	2020 年 12 月
曲律	叶长海	2020 年 12 月
孝经	汪受宽	2021 年 6 月
淮南子（节选）	陈　静	2021 年 6 月
太平经（节选）	罗　炽	2021 年 6 月
曹操集	刘运好	2021 年 6 月
世说新语（节选）	王能宪	2021 年 6 月
欧阳修集（节选）	洪本健	2021 年 6 月
梦溪笔谈（节选）	张富祥	2021 年 6 月
牡丹亭	周育德	2021 年 6 月
日知录（节选）	黄　珅	2021 年 6 月
儒林外史（节选）	李汉秋	2021 年 6 月
商君书	蒋重跃	2022 年 6 月
新书	方向东	2022 年 6 月
伤寒论	刘力红	2022 年 6 月
水经注（节选）	李晓杰	2022 年 6 月
王维集（节选）	陈铁民	2022 年 6 月
元好问集（节选）	狄宝心	2022 年 6 月
赵氏孤儿	董上德	2022 年 6 月
王祯农书（节选）	孙显斌	2022 年 6 月
三国演义（节选）	关四平	2022 年 6 月
文史通义（节选）	陈其泰	2022 年 6 月

书　　名	解读人	出版时间
汉书（节选）	许殿才	2022 年 12 月
周易略例	王锦民	2022 年 12 月
后汉书（节选）	王承略	2022 年 12 月
通典（节选）	杜文玉	2022 年 12 月
资治通鉴（节选）	张国刚	2022 年 12 月
张载集（节选）	林乐昌	2022 年 12 月
苏轼集（节选）	周裕锴	2022 年 12 月
陆游集（节选）	欧明俊	2022 年 12 月
徐霞客游记（节选）	赵伯陶	2022 年 12 月
桃花扇	谢雍君	2022 年 12 月
法言	韩敬、梁涛	2023 年 12 月
颜氏家训	杨世文	2023 年 12 月
大唐西域记（节选）	王邦维	2023 年 12 月
法书要录（节选） 历代名画记	祝　帅	2023 年 12 月
耶律楚材集（节选）	刘　晓	2023 年 12 月
水浒传（节选）	黄　霖	2023 年 12 月
西游记（节选）	刘勇强	2023 年 12 月
乐律全书（节选）	李　玫	2023 年 12 月
读通鉴论（节选）	向燕南	2023 年 12 月
孟子字义疏证	徐道彬	2023 年 12 月
嵇康集	崔富章	2024 年 12 月
白居易集（节选）	陈才智	2024 年 12 月
李清照集（节选）	诸葛忆兵	2024 年 12 月
近思录	查洪德	2024 年 12 月
林则徐集	杨国桢	2024 年 12 月